HEYNE
BÜCHER

Das Buch

Ein unbeschwerter Ausflug in die örtliche Shopping Mall endet in einer Katastrophe: Tom Chapman, erfolgreicher Investitionsberater, wird von FBI-Agenten verhaftet, kann jedoch entkommen und läßt seine Frau Claire Heller und die sechsjährige Stieftochter Annie entgeistert zurück. Claire, Harvard-Professorin und erfolgreiche Anwältin, erfährt bald den Grund für die dramatische Flucht: Tom ist nicht der Mann, den sie vor drei Jahren zu heiraten geglaubt hat. Als militärischer Undercover-Agent gehörte er einer Spezialeinheit an, die vor dreizehn Jahren im Zuge einer Vergeltungsaktion ein Massaker in einem salvadorianischen Dorf anrichtete – angeblich ohne Einsatzbefehl. Tom nimmt Kontakt mit Claire auf und beteuert seine Unschuld. Um seinen damaligen, mittlerweile zum General aufgestiegenen Vorgesetzten zu schützen, werde er von der Armee als Sündenbock benutzt. Hin- und hergerissen zwischen Liebe und Mißtrauen entschließt sich Claire, ihn zu verteidigen. Doch die Verhandlung ist gefährlich: Claires Büro wird abgehört, ein Mordanschlag auf die Anwältin verübt.

Was passierte tatsächlich vor Jahren in El Salvador? Sagt Tom die Wahrheit? Und was steckt hinter seinen Tobsuchtsanfällen? Claire ermittelt auf eigene Faust und wendet nach und nach alle Anschuldigungen gegen Tom ab. Als zivile Anwältin gewinnt sie ihren ersten Militärprozeß – um schließlich doch noch alles zu verlieren…

Der Autor

Joseph Finder, 1958 in Chicago geboren, ist Spezialist für russische und internationale Politik sowie Geheimdienste. Er veröffentlichte Beiträge in The New York Times, Washington Post und The Times. Finder ist Autor mehrerer Romane, bei Heyne erschienen bisher: »Moskau Connection« und »Das CIA-Komplott«. Finder lebt mit seiner Frau und Tochter in Boston.

JOSEPH FINDER

AUF HÖCHSTEN BEFEHL

Roman

Aus dem Amerikanischen
von Karin Dufner

WILHELM HEYNE VERLAG
MÜNCHEN

HEYNE ALLGEMEINE REIHE
Band-Nr. 01/13119

Titel der Originalausgabe
HIGH CRIMES

Umwelthinweis:
Dieses Buch wurde auf
chlor- und säurefreiem Papier gedruckt.

Taschenbucherstausgabe: 6/2000

Printed in Germany 2000
Umschlagillustration: Voller Ernst/Sabine Openländer/SoA, Berlin
Umschlaggestaltung: Nele Schütz Design, München
Satz: Leingärtner, Nabburg
Druck und Bindung: Ebner, Ulm

ISBN 3-453-16923-9

http://www.heyne.de

Für Michele
und für Emma & ihren Fanclub

Wer Augen hat zu sehen und Ohren zu hören, möge sich selbst davon überzeugen, daß kein Sterblicher ein Geheimnis bewahren kann. Wenn seine Lippen schweigen, schwatzt er mit den Fingerspitzen, und der Verrat dringt ihm aus jeder Pore.

SIGMUND FREUD, *Dora*

Erster Teil

1

Als Claire Heller um Punkt neun Uhr morgens den riesigen Hörsaal der juristischen Fakultät von Harvard betrat, lagen die Reporter schon auf der Lauer. Es waren vier oder fünf, und einer von ihnen war mit einer schweren Fernsehkamera bewaffnet.

Claire hatte damit gerechnet. Seit der Urteilsverkündung im Fall Lambert vor zwei Tagen konnte sie sich vor Anrufen von Journalisten kaum noch retten. Ihre einzige Chance war gewesen, einfach nicht ans Telefon zu gehen. Und jetzt drängten sich die Medienleute vorne am Pult des alten Hörsaals und bestürmten sie mit Fragen, während sie wortlos an ihnen vorbeimarschierte.

Sie setzte ein höfliches Lächeln auf. Das meiste verstand sie sowieso nicht.

»... Lambert? Was sagen Sie dazu?«

»... mit dem Urteil zufrieden?«

»... Stört es Sie nicht, daß ein Vergewaltiger jetzt frei herumläuft?«

Die Studenten begannen zu tuscheln. Auf dem Podium angekommen, wandte sie sich an die Reporter, die sie nun um einen halben Meter überragte: »Ich muß Sie leider bitten, den Hörsaal zu verlassen.«

»Nur ein kurzes Statement, Frau Professor«, rief eine Fernsehreporterin, eine hübsche Blondine. Sie trug ein lachsfarbenes Kostüm mit wattierter Jacke, in dem ihre Schultern wie die eines Preisboxers aussahen.

»Im Augenblick nicht, tut mir leid«, entgegnete Claire. »Ich muß hier ein Seminar abhalten.«

Ihre Studenten saßen in langen, bogenförmigen Bankreihen, die rund um den Raum verliefen wie die Ringe um den Saturn. In der juristischen Fakultät von Harvard kam ein Professor gleich nach Gott – ein eindeutiger Fall von Blasphemie also.

»Aber Frau Professor, nur eine kurze ...«

»Was Sie hier tun, nennt man Hausfriedensbruch. Bitte verlassen Sie auf der Stelle den Raum.«

Murrend drehte sich die Meute um und polterte über den knarzenden Boden des Mittelganges zur Tür.

Lächelnd wandte sich Claire an ihre Studenten. Claire Heller, wie sie sich von Kollegen und Studenten nennen ließ, war Mitte Dreißig, zierlich und schlank; sie hatte braune Augen, Grübchen und einen kupferroten Haarschopf. Heute trug sie eine schokoladenbraune Tweedjacke, die allerdings nicht hausbacken wirkte, über einem cremefarbenen Seidenkleid.

»Also gut«, sagte sie. »Das letztemal hat mich jemand gefragt, wer Regina und Rex sind.« Sie nahm einen Schluck Wasser. Verhaltenes Kichern war zu hören. Einige lachten laut. Als Jurastudent lachte man, um zu zeigen, daß man den Witz verstanden hatte und nicht auf den Kopf gefallen war – nicht etwa, weil man es lustig fand.

»Das ist Latein, Leute.« Wieder ein Schluck Wasser, eine effektvolle Kunstpause. »Englisches Recht. Regina bedeutet Königin, Rex König.«

Lautes, erleichtertes Gelächter von den Langsameren, die auch endlich dahintergekommen waren. Nach einem solchen Publikum hätte sich jeder Komiker die Finger geleckt.

Die Tür des Hörsaals schloß sich mit einem Knall hinter dem letzten Kameramann. »Also, *Terry gegen den Staat von Ohio*. Eine der letzten Entscheidungen des Obersten Gerichtshofs unter Richter Earl Warren. Ein wahrer Meilenstein der liberalen Rechtsprechung.« Mit undurchdringlicher Miene ließ sie den Blick durch den Raum schweifen. Ein paar Studenten glucksten. Sie wußten, wo Claire politisch stand.

Sie erhob ein wenig die Stimme. »*Terry gegen den Staat von Ohio*. Ein großartiges Urteil, das es der Polizei ermöglicht, Menschen willkürlich festzunehmen. Richter Warren hat ihnen damit quasi einen Freibrief ausgestellt.« Sie wirbelte herum. »Ms. Harrington, was wäre, wenn die Polizei eines Abends ohne Durchsuchungsbefehl Ihre Wohnung stürmen und Ihren Crackvorrat finden würde? Könnte man Sie wegen Drogenbesitzes unter Anklage stellen?« Wieder Kichern. Ms. Harrington, ein ernster Strebertyp, hochgewachsen, blaß, das lange aschblonde Haar in der Mitte gescheitelt, gehörte bestimmt nicht zu den Leuten, bei denen man Crack vermutet hätte.

»Auf keinen Fall«, antwortete sie. »Wenn die Polizei ohne Durchsuchungsbefehl hereinplatzt, sind die dabei sichergestellten Beweisstücke in der Verhandlung nicht zulässig und können ausgeschlossen werden.«

»Und woraus ist das abgeleitet?« fragte Claire.

»Aus dem vierten Verfassungszusatz«, entgegnete Ms. Harrington. Die dunklen Ringe unter ihren Augen wiesen auf viele durchbüffelte Nächte hin. »Er behandelt die Unverletzlichkeit der Wohnung. Deshalb muß jedes Beweisstück, das unter Verstoß gegen den vierten Verfassungszusatz beschlagnahmt wurde, aus der Verhandlung ausgeschlossen werden. Man nennt das ›Beschaffung von Beweisen mit unlauteren Mitteln‹.«

»Und das, obwohl der Besitz von Crack illegal ist«, fügte Claire hinzu.

Ms. Harrington sah Claire aus müden Augen an und lächelte gezwungen. »Richtig.«

Inzwischen hatten die Studenten – die intelligenteren zumindest – begriffen, worum es eigentlich ging: Claire Heller, die Altlinke aus den Sechzigern, die als Studentin bei so mancher Demonstration verhaftet worden war, hielt den Zeitpunkt für gekommen, ihnen eine Lektion zu erteilen. *Alle Macht dem Volke. Nieder mit dem Establishment.*

»Okay, kann mir jemand verraten, wo genau im vierten Verfassungszusatz steht, daß unrechtmäßig sichergestellte

Beweise von der Verhandlung ausgeschlossen werden müssen?« fragte Claire.

Schweigen.

»Ms. Zelinski? Ms. Cartwright? Ms. Williams? Mr. Papoulis?«

Sie trat vom Podium und stolzierte den Gang mit seinem knarzenden Boden entlang, als wäre es ein Laufsteg. »Nirgendwo, Leute. Nirgendwo.«

Ganz hinten im Raum ließ sich der krächzende Bariton von Chadwick Lowell III vernehmen. Er hatte schütteres, sandfarbenes Haar und trug eine Nickellbrille im Krankenkassendesign – vermutlich ein Relikt aus seiner Zeit als Rhodes-Stipendiat. »Offenbar sind Sie kein Fan dieser Regelung.«

»Sie haben's erfaßt«, erwiderte Claire. »Erst vor vierzig Jahren wurde diese Regelung in den Vereinigten Staaten eingeführt – also einhundertsiebzig Jahre nach dem vierten Verfassungszusatz.«

»Doch die Ausschlußregelung«, beharrte Mr. Lowell pedantisch, »hat Sie doch bei der Revision im Fall Gary Lambert auch nicht gestört. Indem Sie die Durchsuchung seiner Mülltonne nicht zuließen, haben Sie erreicht, daß das Urteil gegen ihn aufgehoben wurde. Offenbar sind Sie doch nicht so konsequent«

Verblüfftes Schweigen. Claire drehte sich langsam zu ihm um. Insgeheim war sie beeindruckt. Mr. Lowell zuckte nicht mit der Wimper. »Im Seminar können wir Haarspaltereien betreiben«, sagte sie. »Doch im Gerichtssaal muß man sämtliche Prinzipien über Bord werfen und mit allen Kräften für seinen Mandanten kämpfen.« Sie ging in Richtung Podium. »Und nun beschäftigen wir uns wieder mit *Terry gegen den Staat von Ohio*.«

»Arbeiten Sie noch daran?«

Der Kellner war groß, schlank, Anfang Zwanzig und unerträglich durchgestylt. Mit seinem kurzgeschnittenen blonden Haar und den gestutzten Koteletten sah er aus wie ein Model von Ralph Lauren. Seine Storchenbeine steckten in schwarzen Jeans, und dazu trug er ein T-Shirt aus gleichfarbigem Leinen.

Claire, ihr Mann Tom und ihre sechsjährige Tochter Annie aßen an diesem Abend in einem familienfreundlichen Fischrestaurant. Es lag in einem schicken Einkaufszentrum in der Innenstadt von Boston. »Familienfreundlich« hieß normalerweise nur Heliumballons, Buntstifte und Platzdeckchen aus Papier. Aber dieses Lokal war ein paar Klassen besser, und über das Essen konnte man wahrhaftig nicht klagen.

Claire wechselte einen Blick mit Tom und grinste. Sie beide fanden diese Bemerkung des Kellners ziemlich komisch: Seit wann war Essen denn Arbeit?

»Wir sind versorgt«, antwortete Tom freundlich. Tom Chapman war ein guterhaltener Mittvierziger, durchtrainiert und attraktiv. Da er gerade aus dem Büro kam, trug er einen marineblauen Armani-Anzug. Sein kurzes Haar wurde bereits grau, und er bekam allmählich Geheimratsecken. Seine von tiefen Krähenfüßen umgebenen Augen waren blaugrau, eigentlich eher grau als blau. Im Moment funkelten sie belustigt.

Claire nickte zustimmend. »Wir kommen gut voran«, meinte sie todernst.

»Ich bin satt«, meldete sich Annie zu Wort. Sie trug das glänzende, braune Haar zu zwei Pferdeschwänzen gebunden. Heute hatte sie ihren blaßrosa Lieblingspullover aus Baumwolle an.

»Annie-Schatz«, sagte Tom. »Es ist noch mehr als die Hälfte von deinem Hamburger übrig.«

»Ist etwas nicht in Ordnung?« fragte der Kellner besorgt.

»Wir sind zufrieden, danke«, entgegnete Tom.

»Aber die Pommes habe ich gegessen!«

»Kann ich Sie vielleicht mit einem Dessert in Versuchung führen?« erkundigte sich der Kellner. »Das *marquise au chocolat* mit Pistaziensauce ist köstlich. Wirklich ein Gedicht. Außerdem haben wir warm glasierten Schokoladenkuchen, der eine Sünde wert ist.«

»Ich will Schokoladenkuchen«, forderte Annie.

Als Tom Claire ansah, schüttelte diese den Kopf. »Für mich nichts.«

»Sind Sie sicher?« meinte der Kellner mit einem verschwörerischen Zwinkern. »Soll ich Ihnen drei Gabeln bringen?«

»Nein, danke. Eine Tasse Kaffee bitte. Und die Kleine kriegt nur Schokoladenkuchen, wenn sie ihren Hamburger aufißt.«

»Ich esse ihn ganz bestimmt auf!« protestierte Annie und rutschte auf ihrem Stuhl herum.

»Gut«, sagte der Kellner. »Zweimal Kaffee?«

»Einmal«, antwortete Claire, als Tom den Kopf schüttelte.

Der Kellner zögerte und musterte Claire dann neugierig. »Entschuldigen Sie, sind Sie nicht Professor Heller?«

Claire nickte. »Stimmt.«

Der Kellner strahlte, als hätte man ihn in ein Staatsgeheimnis eingeweiht. »Ich habe Sie im Fernsehen gesehen«, fügte er erklärend hinzu.

»Wer nie im Fernsehen war, existiert nicht«, stellte Tom fest, nachdem der Kellner fort war. Er drückte unter dem Tisch Claires Hand. »Die Bürde des Ruhms.«

»Jetzt übertreib mal nicht.«

»Wenigstens in Boston. Wie kommen deine Kollegen an der Uni damit klar?«

»Solange ich meinem Lehrauftrag nachkomme, ist es ihnen ziemlich egal, wen ich verteidige. Wenn ich Charles Mason vertreten würde, würden sie mich vielleicht hinter vorgehaltener Hand als publicitygeil bezeichnen, aber sie würden mich in Ruhe lassen.« Sie tätschelte ihm die Wange, streichelte seine Hand und küßte ihn dann auf den Mund. »Danke«, sagte sie. »Eine wunderschöne Feier.«

»Es war mir ein Vergnügen.«

Das Licht spiegelte sich in Toms gefurchter Stirn. Bewundernd betrachtete Claire sein Gesicht, die hohen Wangenknochen, das markante Kinn. Tom trug sein Haar fast so kurz wie beim Militär, damit es nicht so auffiel, daß es immer schütterer wurde. Dadurch sah er aus wie ein zu groß geratener Junge, frisch geschrubbt und begeisterungsfähig. Heute abend wirkten seine Augen eher blau als grau und machten einen unschuldigen Eindruck. Als er ihren Blick bemerkte, lächelte er sie an. »Was ist?«

»Nichts. Ich habe nur nachgedacht.«

»Worüber?«

Sie zuckte die Achseln.

»Du wirkst ein bißchen bedrückt. Macht es dir zu schaffen, daß du Lambert freigekriegt hast?«

»Schon möglich. Obwohl ich finde, daß ich das Richtige getan habe. Es war ein sehr wichtiger Fall. Beweise, die eindeutig nicht hätten zugelassen werden dürfen. Bewußte Einwilligung. Unrechtmäßige Durchsuchung von Privaträumen. Beweisaufnahme. Und vor allem der vierte Verfassungszusatz.«

»Trotzdem hast du einen Vergewaltiger rausgepaukt«, sagte er leise. Er wußte, ihr war gar nicht wohl dabei, daß sie den Fall Lambert überhaupt angenommen hatte. Der dreißigjährige Gary Lambert, Erbe eines gewaltigen Vermögens und – normalerweise in den Armen eines Supermodels – ziemlich häufig in der Zeitschrift *People* abgebildet, war von der New Yorker Polizei der Vergewaltigung einer Fünfzehnjährigen beschuldigt worden.

Als Lamberts Staranwälte Claire gebeten hatten, das Berufungsverfahren zu übernehmen, hatte sie ohne zu zögern ja gesagt. Sie wußte, warum die Wahl auf sie gefallen war. Es lag nicht daran, daß sie auf diesem Gebiet inzwischen als eine Kapazität galt. Der Grund war vielmehr, daß sie als Professorin an der juristischen Fakultät von Harvard lehrte. Ihr Bekanntheitsgrad in Juristenkreisen hatte sicher dazu beigetragen, Gary Lamberts ziemlich zwielichtiges Image ein wenig aufzupolieren. Doch am meisten hatten sie die juristischen Probleme dieses Falls interessiert. Von Anfang an war ihr klargewesen, daß die polizeiliche Durchsuchung von Lamberts Penthouse und seiner Mülltonne ein Rechtsbruch gewesen war. Und sie hatte nie daran gezweifelt, daß es ihr gelingen würde, die Aufhebung des Urteils zu erreichen.

Als Ergebnis stand Claire nun auf einmal im Licht der Öffentlichkeit. Mittlerweile trat sie regelmäßig in Gerichtssendungen und in Geraldo Riveras Talkshow auf, in der es um juristische Themen ging. Die *New York Times* zitierte sie schon in ihren Artikeln über andere Prozesse und rechtliche Streitfragen. Sie konnte zwar noch unerkannt auf die Straße gehen, aber das Fernsehen hatte sie entdeckt.

»Hör mal«, meinte Tom, »du sagst doch immer selbst, je unsympathischer ein Mensch ist, desto dringender braucht er einen Anwalt.«

»Richtig«, antwortete sie, allerdings ohne rechte Überzeugung. »Theoretisch schon.«

»Nun, ich finde, du hast großartige Arbeit geleistet, und ich bin wirklich stolz auf dich.«

»Dann kannst du ja an meiner Stelle dem *Globe* Interviews geben«, entgegnete sie.

»Ich habe alles aufgegessen«, verkündete Annie und hielt ein Stück Brötchen in die Luft. »Jetzt will ich meinen Nachtisch.« Sie rutschte von ihrem Stuhl und kletterte auf Toms Schoß.

Lächelnd hob Tom seine Stieftochter hoch und drückte ihr einen Kuß auf die Wange. »Ich liebe dich, du kleines Monster. Der Kuchen kommt gleich, Annie-Schatz.«

»Ich hab noch was vergessen«, unterbrach Claire. »Das *Boston Magazine* möchte uns in seine Liste der fünfzig Karrierepaare aufnehmen – oder wie immer sie das nennen.«

»Mama, krieg ich auch Eis dazu?« fragte Annie.

»Laß mich raten«, meinte Tom. »Sie haben dich gerade angerufen, weil du Gary Lambert freibekommen hast.«

»Ja, Liebes, du kriegst welches«, sagte Claire. »Um genau zu sein, sie haben sich schon vor ein paar Tagen gemeldet.«

»Du meine Güte. Ich weiß nicht so recht, Schatz«, entgegnete Tom. »Das paßt doch gar nicht zu uns.«

Claire zuckte die Achseln und lächelte gezwungen. »Wer behauptet das? Außerdem wäre es gut für dein Geschäft. Vielleicht bringt es Chapman & Company neue Investoren.«

»Ich finde es nur ein bißchen übertrieben. ›Karrierepaare‹ ...« Er schüttelte den Kopf. »Du hast doch nicht etwa schon zugesagt?«

»Bis jetzt noch nicht.«

»Mir wäre es lieber, wenn du es läßt.«

»Papa«, mischte sich Annie ein. Sie hatte den Arm um Toms Hals gelegt. »Wann bringt der Mann denn den Kuchen?«

»Bald, Schätzchen.«

»Muß er ihn erst noch backen?«

»Sieht fast so aus«, antwortete Tom. »Wenn man bedenkt, wie lange das dauert.«

Claire wechselte das Thema. »Hab ich dir schon erzählt, daß die Polizei wahrscheinlich eines der gestohlenen Gemälde wiedergefunden hat?« Vor einigen Tagen war bei ihnen zu Hause eingebrochen und zwei Bilder gestohlen worden – eine Aktzeichnung von Corot, die Tom Claire zum Geburtstag geschenkt hatte, und ein Stilleben von William Bailey in Öl. Tom liebte dieses Bild, Claire konnte es nicht ausstehen.

»Wirklich? Und ich wollte den Schaden bereits der Versicherung melden. Welches ist es denn?«

»Keine Ahnung. Übrigens würde ich dem Bailey keine Träne nachweinen.«

»Ich weiß«, meinte Tom. »Zu kalt, pedantisch und technisch, richtig? Nun, mir gefällt es. Aber es sind ja nur Sachen, Schatz, Gegenstände, Dinge. Das wichtigste ist doch, daß keinem von uns etwas passiert ist.«

Der Kellner kam mit einem Tablett, auf dem der Schokoladenkuchen, eine Tasse Kaffee und zwei Champagnerflöten standen. »Auf Kosten des Hauses«, sagte er. »Herzlichen Glückwunsch.«

Als sie das Restaurant verließen, lief Annie voraus in die Imbißhalle des Einkaufszentrums. »Ich will mit dem Raumschiff spielen!« Das riesige Raumschiff aus Plastik befand sich in Annies liebstem Spielwarenladen gleich nebenan. Davor ragten kolossale Comicfiguren aus Pappe auf.

In der Imbißhalle gab es verschiedene Stände, an denen schmackhafte Gerichte zum Mitnehmen angeboten wurden. Das Mobiliar bestand aus kleinen, runden Tischen, Holzbänken und Ficusbäumen in Messingkübeln. Der Boden war mit auf Hochglanz polierten Marmorfliesen gekachelt. Der große, offene Raum erstreckte sich über zwei Stockwerke. Bis hinauf zum gläsernen Dach verliefen von Flutlicht erleuchtete Galerien. Am Ende dieses Atriums war ein künstlicher Wasserfall zu sehen, der eine schartige Granitmauer hinunterplätscherte.

»Langsam, Annie-Schatz!« rief Tom. Annie kam zurück, ergriff die Hand ihres Stiefvaters und zog ihn mit sich. Im gleichen Augenblick näherten sich zwei Männer in Anzügen.

»Mr. Kubik, bitte kommen Sie mit, und machen Sie keine Schwierigkeiten«, sagte einer von ihnen.

Erstaunt wandte sich Tom an den Mann links von ihm. »Wie bitte?«

»Ronald Kubik, wir sind vom FBI. Wir haben einen Haftbefehl gegen Sie.«

Tom runzelte die Stirn und zwang sich zu einem Lächeln. »Sie haben den Falschen erwischt, mein Freund«, meinte er, nahm Claires Hand und wollte weitergehen.

»Mr. Kubik, wenn Sie jetzt ruhig mitkommen, geschieht niemandem etwas.«

Claire lachte ungläubig auf. »Tut mir leid, Jungs.«

»Das muß ein Mißverständnis sein«, protestierte Tom, der das jetzt gar nicht mehr komisch fand.

Der rechte Mann packte Tom plötzlich am Arm. »Lassen Sie meinen Mann los«, schimpfte Claire.

Auf einmal holte Tom mit seinem Aktenkoffer aus und traf den FBI-Agenten im Magen, so daß dieser zu Boden stürzte. Im nächsten Moment machte er einen Satz und rannte davon, lief blitzschnell durch die Imbißhalle.

»Tom, wo willst du hin?« rief Claire ihm nach.

»Papa!« kreischte Annie.

»Stehenbleiben!« brüllte eine Stimme.

Entsetzt sah Claire zu, wie die beiden Männer Tom verfolgten. Überall im Atrium tauchten plötzlich weitere Männer auf. Warum floh Tom, wenn es sich doch nur um ein Mißverständnis handelte? Links von ihr sprangen plötzlich ein paar kurzhaarige Endzwanziger auf, die vor dem Stand mit den Schokoladenkeksen Kaffee getrunken hatten.

»Tom!« schrie Claire. Doch er hatte die Imbißhalle bereits fast durchquert. Er rannte weiter.

Einer der Männer, der einen marineblauen Blazer und eine Krawatte trug, verließ seinen Platz in der Schlange vor dem Pizzastand und winkte die anderen zu sich. Er war ein wenig älter und offenbar ihr Anführer. »Nicht schießen!« befahl er. »Nicht schießen!«

Ein weiterer kurzhaariger Mann, der vor der Salatbar stand, wirbelte herum und beteiligte sich an der Verfolgungsjagd. Auch zwei Touristen mit Kameras um den Hals setzten sich in Bewegung.

»Tom!« Claires Stimme überschlug sich. Was zum Teufel ging hier vor?

Überall erhoben sich nun Männer von ihren Tischen oder traten aus den anliegenden Läden. Vermeintliche Touristen und bummelnde Passanten schwärmten wie auf Kommando aus und kreisten Tom von allen Seiten ein.

Und eine dröhnende, blecherne Stimme aus einem Megaphon schrie: »Stehenbleiben! FBI!«

Ein allgemeines Tohuwabohu brach aus. Die Menschen drängten sich auf den Galerien in den oberen Etagen und beobachteten entgeistert die Szene.

Vor Schreck war Claire wie angewurzelt stehengeblieben. Ihr Verstand arbeitete fieberhaft. Was war da los? Wer waren diese Männer, die Tom verfolgten? Und warum floh er?

»Mama!« jammerte Annie. »Wo will Papa denn hin?«

»Besetzt die Notausgänge!« überbrüllte der Mann im blauen Blazer den Lärm.

Claire drückte Annie an sich und streichelte ihr Gesicht. »Keine Angst, Liebling«, sagte sie. Etwas anderes fiel ihr nicht ein. Was war geschehen? Von allen Seiten strömten Leute in die Imbißhalle. Ein kleiner Junge klammerte sich weinend an das Bein seines Vaters.

Sie sah, daß Tom das andere Ende des Atriums erreicht hatte. In seiner wilden Flucht riß er Stühle und Bänke um. Auf einmal stürmte er auf die weißgekachelte Wand neben dem japanischen Imbißstand zu und streckte die Hand nach dem Feuermelder aus. Ein ohrenbetäubendes Schrillen ertönte. Die Menschen schrien und liefen aufgeregt durcheinander.

»Mama!« rief Annie verängstigt.

Claire drückte ihre Tochter noch fester an sich. »Tom!« kreischte sie, aber sie konnte den Höllenlärm, den Feueralarm und das Geschrei nicht übertönen. Sie beobachtete, wie Tom zu den Aufzügen eilte, mit denen man die Kinos eine Etage höher erreichte.

Einer der Verfolger, ein schlaksiger Schwarzer, hatte Tom eingeholt und wollte ihn aufhalten. Claire stieß einen Schreckensruf aus. Plötzlich wirbelte Tom herum, schlug dem Mann die Handfläche gegen den Hals, packte ihn am

Unterarm und drückte ihn zu Boden. Der Mann schrie auf und blieb wie gelähmt liegen.

Sprachlos und starr vor Entsetzen sah Claire zu. Das war absurd! *Tom hat doch keine Ahnung, wie man mit solchen Leuten fertig wird*, dachte sie nur.

Als Tom an einem Stand mit der Aufschrift PASTA PRIMO vorbeirannte, sprang ein Mann hinter der Theke hervor. Tom schleuderte ihn zu Boden und lief weiter. Aber dem Mann gelang es, sich aufzurappeln, und er stürmte, die Pistole im Anschlag, hinter Tom her. Der riß daraufhin einem erschrockenen Schaulustigen den schweren metallenen Aktenkoffer aus der Hand und warf ihn nach dem Verfolger, so daß dieser die Waffe fallen ließ. Klappernd fiel sie auf den Boden.

Tom eilte zu dem künstlichen Wasserfall und rutschte gerade die Granitwand hinunter, als zwei weitere Männer aus dem Notausgang neben dem italienischen Restaurant stürzten.

Tom kletterte die Felsen vor dem Wasserfall hinauf und erklomm – Claire traute ihren Augen kaum – die schartige Wand. Er hielt sich an Mauervorsprüngen fest und arbeitete sich voran wie ein erfahrener Bergsteiger.

»Stehenbleiben!« rief einer der Männer, zog seine Pistole und zielte. Die Kugel schlug dicht über Toms Kopf in den Stein.

»Tom!« schrie Claire. Und dann brüllte sie seine Verfolger an: »Hören Sie auf damit! Was soll denn das?« Sie konnte das Verhalten des Mannes, mit dem sie nun schon seit drei Jahren verheiratet war und den sie so gut kannte, nicht begreifen. Es schien, als wäre er plötzlich ein anderer geworden, ein Fremder, der Dinge zustande brachte, an die *ihr* Tom nicht einmal im Traum gedacht hätte.

Einen Augenblick hielt Tom tatsächlich inne, und Claire fragte sich, was er dort oben – fast drei Meter über dem Boden – bezweckte.

Ein weiterer Schuß traf die Verglasung der Galerie dicht über ihm, so daß sie in tausend Scherben zersprang. Tom kletterte erstaunlich geschickt weiter. Gebannt sah Claire zu, wie er nach dem Messinghandlauf der Galerie griff und sich rasch zu den glotzenden Zuschauern hinaufschwang, die sich vor den Kinos drängten. Und dann war er verschwunden.

»Verdammt noch mal!« fluchte der Anführer, der inzwischen vor den Aufzügen stand. Er zeigte mit dem Finger auf seine Männer. »Ihr beide, in die Parkgarage. Und du gehst rauf ins Kino. Aber dalli!« Dann wirbelte er zu einem seiner Mitarbeiter herum. »Mist, wir haben das Arschloch verloren!« Er wies auf Claire und Annie und zeigte mit dem Daumen auf sie. »Schnappt euch die beiden!« rief er. »Und zwar sofort.«

2

Claire und Annie wurden in einen kleinen, fensterlosen Raum gebracht, der vom Atrium abging. Offenbar handelte es sich um eine Wachstation, denn draußen waren Männer von einem privaten Sicherheitsdienst in hellblauen Hemden mit dunkelblauen Schulterklappen postiert. Special Agent Howard Massie vom FBI war untersetzt, trug einen Kurzhaarschnitt und hatte kleine graue Augen und ein pockennarbiges Gesicht. Die anderen Männer im Raum waren US-Marshals.

»Was zum Teufel soll das?« fragte Claire. Die heftig zappelnde Annie hatte sie auf dem Arm. Vor Angst krampfte sich ihr der Magen zusammen, und ihre Bluse war unter den Achseln naßgeschwitzt.

Annie rutschte herunter und klammerte sich an Claires Rock. »Wo ist Papa?« wimmerte sie.

»Mrs. Chapman«, begann Agent Massie. »Ich glaube, es

ist besser, wenn wir uns unter vier Augen unterhalten. Vielleicht kann Ihre Tochter draußen warten. Einer dieser netten Herren hier wird auf sie aufpassen.« Er tätschelte Annie den Kopf. Doch das Mädchen verzog das Gesicht und wich zurück.

»Fassen Sie mein Kind nicht an!« protestierte Claire. »Sie werden sie nirgendwo hinbringen. Sie bleibt hier bei mir.«

Massie nickte und zwang sich zu einem dünnen Lächeln. »Ma'am, ich habe Verständnis dafür, daß Sie durcheinander sind ...«

»Durcheinander?« Claire schnappte nach Luft. »Vor zehn Minuten saßen wir noch friedlich beim Abendessen. Und auf einmal wird mein Mann von einer Horde Wahnsinniger verfolgt, die auf ihn schießen! Wollen Sie wissen, was jetzt passiert? Ihnen droht ein Zivilprozeß über mehrere Millionen Dollar wegen unangemessener Gewaltanwendung durch zwei staatliche Behörden und Gefährdung der öffentlichen Sicherheit. Sie und Ihre Cowboys haben sich gerade ganz schön in Schwierigkeiten gebracht, mein Herr.«

»Mrs. Chapman, wir haben einen richterlichen Haftbefehl gegen Ihren Mann. Was die Waffen betrifft, lautet unsere Anweisung zwar nicht, ihn zu töten, aber wir hatten die Genehmigung, ihn, wenn nötig, anzuschießen. Das haben wir nicht getan.«

Lachend schüttelte Claire den Kopf und zog ihr Mobiltelefon aus der Handtasche. Nachdem sie die Antenne herausgezogen hatte, tippte sie eine Nummer ein. »Für den *Herald* und den *Globe* müssen Sie sich eine bessere Geschichte einfallen lassen«, sagte sie. »Offensichtlich haben Sie den Falschen erwischt und Ihren Auftrag ordentlich vermasselt.«

»Warum ist er davongelaufen, wenn es nur ein Mißverständnis war?« fragte Massie ruhig.

»Wahrscheinlich deshalb, weil Sie und Ihre Revolverhelden ihn verfolgt haben ... « Sie hielt inne und unterbrach die Verbindung. »Okay, was wollen Sie?«

»Ich rate Ihnen, die Medien aus dem Spiel zu lassen«, antwortete Massie.

»Ach, wirklich?«

»Wenn die Sache erst mal an die Öffentlichkeit dringt, gibt es kein Zurück mehr. Vielleicht ist es Ihnen lieber, daß es unter uns bleibt. Wir werden die Polizeiberichte unter Verschluß halten und unser Bestes tun, um die Reporter abzuwimmeln. Und Sie sollten beten, daß niemand Sie erkannt hat.«

»Mama«, war Annies dünnes, ängstliches Stimmchen zu hören. »Ich will nach Hause.«

»Es dauert nicht mehr lang, Liebling«, antwortete Claire und legte den Arm um Annie. »Und worum geht es?« schnauzte sie Massie an.

»Ihr Mann Ronald Kubik wird wegen Mordes gesucht.«

Eine Weile war Claire sprachlos. »Jetzt bin ich sicher, daß Sie hinter dem Falschen her sind«, sagte sie schließlich mit einem erleichterten Lächeln. »Mein Mann heißt Tom Chapman.«

»Das ist nicht sein wirklicher Name«, entgegnete Massie. Er wies auf einen billig wirkenden weißen Konferenztisch. »Warum setzen wir uns nicht?«

Claire nahm ihm gegenüber Platz. Annie, die sich zuerst auf dem Stuhl neben ihr niedergelassen hatte, kroch unter den Tisch.

»Und selbst wenn Tom der Mann ist, den Sie verfolgen«, fuhr Claire fort, »wen soll er denn ermordet haben?«

»Tut mir leid, das darf ich Ihnen nicht sagen. Mrs. Chapman, oder besser Professor Heller. Glauben Sie mir, uns ist klar, wer Sie sind. Wir haben mit äußerster Sorgfalt ermittelt. Was wissen Sie eigentlich über die Vergangenheit Ihres Mannes? Was hat er Ihnen erzählt?«

»Ich weiß alles. Sie haben den Falschen im Visier.«

Massie nickte und lächelte mitfühlend. »Sie kennen nur seine Legende, seine erfundene Biographie: Glückliche Kindheit in Südkalifornien, Claremont College, Tätigkeit als Makler, Umzug nach Boston, Gründung einer eigenen Investmentfirma. Richtig?«

Sie runzelte die Stirn. »Legende?«

»Haben Sie sich je beim Claremont College über ihn erkundigt?«

Sie schüttelte den Kopf. »Was wollen Sie damit andeuten?«

»Ich deute überhaupt nichts an. Und um offen zu sein, darf ich Ihnen auch nicht viel mehr mitteilen. Aber Ihr Mann, Ron Kubik, ist nun schon seit dreizehn Jahren auf der Flucht vor der Polizei.«

»So haben Sie ihn vorhin da draußen gerufen«, sagte Claire mit belegter Stimme. Das Herz klopfte ihr bis zum Halse. »Ich habe diesen Namen noch nie gehört.«

»Er hat Ihnen nichts über seine Vergangenheit verraten?«

»Entweder handelt es sich um ein kolossales Mißverständnis, oder Sie wollen ihm etwas anhängen. Ich weiß, wie Sie arbeiten. Tom ist kein Mörder.«

»Vor drei Tagen wurde in Ihr Haus in Cambridge eingebrochen«, fuhr der FBI-Mann fort. »Die Polizei hat Fingerabdrücke genommen, was heutzutage Routine ist, und sie in den AFIS-Computer eingegeben. Die Fingerabdrücke Ihres Mannes wurden identifiziert. Seit Jahren sind sie in der Datei gespeichert und warten nur darauf, daß er wieder ein Verbrechen begeht oder aus einem anderen Grund aktenkundig wird. Sein Pech, daß die Polizei von Cambridge so gewissenhaft ist.«

Claire schüttelte den Kopf. »Mein Mann war nicht einmal zu Hause. Er hat der Polizei seine Fingerabdrücke nicht gegeben.«

»Die Polizei hat die Abdrücke überall im Haus sichergestellt, um alle unverdächtigen Personen auszuschließen. Natürlich waren auch die Ihres Mannes dabei«, erklärte Massie. »Diesmal hätten wir ihn fast geschnappt. Leider haben wir ihn vor ein paar Minuten in der Parkgarage aus den Augen verloren. Ihr Mann ist uns schon früher entwischt, und er wird es wieder versuchen. Nur, daß es diesmal nicht klappen wird. Er sitzt in der Falle.«

Claires Mund fühlte sich trocken an, und ihr Herz klopfte immer schneller. »Sie wissen nicht, mit wem Sie sich angelegt haben«, sagte sie mit einem gekünstelten Lachen.

»Er wird Kontakt mit Ihnen aufnehmen«, fuhr Massie fort. »Er braucht Sie. Und wenn er das tut, sind wir zur Stelle.«

3

Das Auto stand noch an dem Platz in der Parkgarage des Einkaufszentrums, wo sie es zurückgelassen hatte. Fast erwartete sie, daß Tom auf dem Rücksitz kauerte. Sie hätte zumindest mit einem Zeichen gerechnet. Einem Zettel auf dem Armaturenbrett oder unter den Scheibenwischern. Aber nichts. Der Volvo-Kombi war leer.

Eine Weile saß Claire reglos da, atmete tief durch und versuchte sich wieder zu fassen. Nur langsam begriff sie, was da geschehen war – und daß es sich nicht um einen Traum handelte. Annie saß hinten im Wagen und schleckte an ihrem Eis. Anscheinend fürchtete sie sich nicht mehr. Claires Gedanken überschlugen sich. Was genau war passiert? Wenn Massie log – was sie annahm –, warum war Tom dann geflohen? Und wo hatte er gelernt, so geschickt zu klettern und so kräftig zuzuschlagen?

Der Volvo war mit einem Autotelefon ausgestattet, und als Claire die Parkgarage verließ, hoffte sie, daß es klingeln würde. Doch es schwieg.

Wo war er? Steckte er in Schwierigkeiten?

Ihr Haus war eine riesige Villa im georgianischen Stil. Wäre das Anwesen in Gray Gardens, Cambridges Nobelviertel, nicht durch verschiedene, von den Vorbesitzern hinzugefügte Anbauten in ein verschachteltes Gebilde verwandelt worden, hätte es wohl ein wenig protzig gewirkt. Schon aus der Entfernung bemerkte Claire das hektische Flackern des Blaulichts und das für diese späte Stunde ungewöhnlich rege Treiben in ihrer Auffahrt. Ihr wurde flau im Magen.

Die Haustür stand offen.

Als sie genauer hinsah, bemerkte sie, daß man die Tür aus den Angeln gehoben hatte. Angst ergriff sie. Nachdem sie das Auto geparkt hatte, stürzte sie, Annie an der Hand, ins Haus.

Drinnen wimmelte es von Männern, die Schubladen öffneten und Kartons voller Papiere hinauschleppten. Einige trugen Anzüge und Trenchcoats, andere die dunkelblauen Windjacken des FBI.

Annie brach in Tränen aus. »Was machen diese Männer da?« schluchzte sie.

Claire streichelte ihren Rücken. »Keine Angst, Schätzchen.« Dann rief sie: »Okay, wer ist hier der Chef?«

Ein Mann im grauen Anzug kam aus der Küche. Groß, brauner Haarschopf, der ein wenig zu dunkel wirkte, dazu ein gleichfarbiger Schnurrbart. Er hielt Claire einen Ausweis hin. »Special Agent Crawford, FBI«, sagte er.

»Wo ist Ihr Durchsuchungsbefehl?« fragte Claire.

Er funkelte sie wütenden Blicks an, dann griff er widerstrebend in die Brusttasche seines Anzugs, zog ein paar Papiere heraus und reichte sie ihr.

Claire studierte die Papiere. Das erste, eine Ermächtigung zur Durchsuchung ihres Hauses, schien in Ordnung zu sein. Es enthielt nicht nur die richtige Adresse, sondern auch eine korrekte Beschreibung des Gebäudes und eine lächerlich lange Liste von Gegenständen, nach denen gesucht werden sollte. Es fehlte wirklich nichts: Telefonrechnungen, Flugtickets, Bus- oder Bahnfahrscheine, Notizen mit Abfahrts- oder Abflugszeiten oben genannter Verkehrsmittel, Zeitungen aus anderen Bundesstaaten, Werbebroschüren, Aufzeichnungen, die darauf hinwiesen, daß sich derartiges Material im Müll, in Toms Akten, unter seiner persönlichen Habe befinden konnte ... und so weiter und so fort.

Claire sah Crawford an. »Wo ist das Protokoll dazu?«

»Unter Verschluß.«

»Und wo genau?«

Er zuckte die Achseln. »Vermutlich beim Bundesrichter. Ich habe wirklich keine Ahnung. Jedenfalls ist der Durchsuchungsbefehl gültig.«

Natürlich hatte er recht. »Ich verlange eine komplette Auflistung aller mitgenommenen Gegenstände«, sagte sie.

»Selbstverständlich, Ma'am.«

Sie betrachtete das zweite Papier, den Haftbefehl, auf dem auch dieser seltsame Name stand: Ronald Kubik. Als der FBI-Mann das bemerkte, erklärte er: »Es ist auch sein falscher Name vermerkt, Thomas Chapman. Also ist alles in Ordnung, Ma'am.«

Claire hörte, wie die Polizisten sich im Haus verteilten. In Toms Arbeitszimmer direkt über ihr wurden Möbel über den Holzboden gerückt. Stimmen riefen durcheinander. Glas splitterte. Unwillkürlich zuckte sie zusammen. Sie fühlte sich wie in einem Alptraum, und alles erschien ihr bedrohlich und unwirklich.

»Sie haben etwas kaputtgemacht.« Annie starrte ihre Mutter entsetzt an.

»Schon gut, Schatz.«

»Mama, ich will, daß die Männer weggehen.«

»Ich auch, Liebling.«

»Mrs. ... äh ... Professor Heller«, sagte Agent Crawford. »Wenn Sie wissen, wo Ihr Mann sich aufhält, und uns das verschweigen, können Sie der Mittäterschaft angeklagt werden. In diesem Fall wäre das ein Kapitalverbrechen. Dazu käme noch Behinderung der Justiz, was ebenfalls ein Kapitalverbrechen darstellt.«

»Versuchen Sie es doch«, höhnte Claire. »Los, zeigen Sie mich an. Sie würden mir damit eine große Freude machen.«

Crawford verzog das Gesicht. »Haben Sie ein Ferienhaus?«

»Ja, in Truro, Cape Cod. Sie dürfen Ihre Jungs gern dorthin schicken. Ich kann Sie nicht daran hindern. Aber glauben Sie allen Ernstes, daß er sich ausgerechnet dort verstecken würde, wenn er wirklich aus irgendeinem Grund auf der Flucht ist? Bemühen Sie doch mal Ihre grauen Zellen.«

»Gibt es Freunde oder Verwandte, an die er sich vielleicht wenden könnte?«

Sie schüttelte den Kopf.

»Sie wissen, Mrs. Chapman, daß wir Sie auf Schritt und Tritt beobachten werden, für den Fall, daß er zu Ihnen Kontakt aufnimmt oder umgekehrt.«

»Ich bin mir durchaus darüber im klaren, wozu dieser Staat fähig ist, wenn er einen erst mal auf dem Kieker hat.«

Crawford nickte lächelnd.

»Und Sie können Gift darauf nehmen, daß es meinem Mann genauso geht. Und wenn Sie mich jetzt entschuldigen, möchte ich gern meine Tocher ins Bett bringen.«

4

Claires Schwester Jackie traf eine Stunde später ein, als Annie schon im Bett war. Jackie war größer und schlanker als Claire, aber nicht so hübsch. In ihr langes, blondes Haar hatte sie Strähnchen gefärbt. Sie war zwar zwei Jahre jünger, wirkte aber älter. Jackie trug schwarze Jeans und ein schwarzes T-Shirt unter einer schmuddeligen Jeansjacke. Die Fingernägel hatte sie zwar nicht schwarz, aber auberginefarben lackiert – offenbar eine neue Modefarbe von Chanel.

Die beiden Schwestern saßen im Wintergarten, in dem eine Hitze herrschte wie in einem Gewächshaus. Die Scheiben waren beschlagen, und das Kondenswasser lief daran herab.

»Haben sie dir wirklich die Bude auseinandergenommen?« fragte Jacky mit ihrer heiseren, rauchigen Stimme. Sie aß mit Stäbchen Sesamhuhn aus einem weißen Pappbehälter.

Claire nickte.

»Kannst du sie deswegen nicht verklagen? Sachbeschädigung oder so?«

Claire schüttelte langsam den Kopf. »Wir haben ein viel größeres Problem, Schwesterherz.«

Jackie nahm einen Schluck Pepsi-Light und zog dann eine Zigarette aus ihrem Päckchen Salems. »Stört es dich, wenn ich rauche?«

»Ja.«

Trotzdem ließ Jackie das Feuerzeug aus Plastik aufflammen. Die Spitze ihrer Zigarette leuchtete orangerot. Sie zog daran und stieß eine Rauchwolke aus, während sie weitersprach: »Er wird wegen Mordes gesucht? Das muß doch ein Scherz sein! Tom, der edle Ritter?«

»Edler Ritter?«

»Der gute Katholik, ideale Ehemann und Familienvater.«

»Sehr lustig, Jackie. Du kapierst wohl nicht, um was es geht. Wie kannst du jetzt Witze reißen?«

»Tut mir leid. Steht im Haftbefehl nicht, was er verbrochen hat?«

Wieder schüttelte Claire den Kopf. »Verschlußsache.«

»Können die so was machen?«

»Du kennst unsere Regierung nicht. Du glaubst gar nicht, was die alles können.«

»Und was ist mit dem Namen? Rubik irgendwas?«

»Kubik. Ronald Kubik. Ich habe keine Ahnung, Jackie.«

»Kann das stimmen?«

»Inzwischen weiß ich nichts mehr. Das FBI scheint sich seiner Sache sicher zu sein.«

»Das behaupten sie. Vielleicht ist es in Wirklichkeit ganz anders.«

»Guter Einwand. Ich glaube, ich rauche doch eine. Das brauche ich jetzt.«

»Ach nein!«

»Du hast einen schlechten Einfluß auf mich.« Claire nahm eine Zigarette, zündete sie an, inhalierte und fing an zu husten. »Ist schon ein paar Jahre her.«

»Wie Fahrrad fahren«, meinte Jackie.

»Igitt, Menthol«, stöhnte Claire. »Pfui! Das ist ja fast so schlimm wie Nelkenzigaretten. Das Ding schmeckt nach Wick Vapo Rub.«

Jackie blickte durch die beschlagenen Scheiben auf den mustergültig gepflegten Garten. »Und wo ist er?«

Claire zuckte mit den Schultern und blies eine Rauchwolke aus. »Sie sagen, sie hätten ihn in der Parkgarage aus den Augen verloren.«

»Ist das für dich kein Hinweis, daß er doch schuldig sein könnte?«

»Jetzt mach mal 'nen Punkt!« entrüstete sich Claire. »So ein Schwachsinn! Tom hat nichts verbrochen.«

»Und was willst du jetzt tun?«

»Tun? Das FBI vermutet ganz richtig: Er wird sich bestimmt bei mir melden. Oder er kommt zurück und erklärt mir, was die ganze Sache soll.«

»Und wenn er den Mord wirklich begangen hat?«

»Du kennst ihn, Jackie«, zischte Claire zornig. »Was glaubst du?«

»Du hast recht. Tom ist kein Mörder. Aber er ist abgehauen. Und da stellt sich eben die Frage, warum.«

Claire schüttelte den Kopf, als wolle sie diesen Gedanken verscheuchen. »Weißt du«, sagte sie schließlich, »als die Typen ihn verfolgt haben und einer von ihnen ihn einholte, da dachte ich, jetzt ist es vorbei. Aber plötzlich warf Tom den Kerl auf den Boden und setzte ihn mit bloßen Händen außer Gefecht. Der Mann konnte sich nicht mehr rühren und war bewußtlos. Vielleicht war er auch tot.«

»Oh, mein Gott!«

»Es ist, als ... ich habe ihn noch nie so erlebt. Und ich hatte keine Ahnung, daß er zu so etwas fähig ist. Es war zum Fürchten. Und dann ist er die Steilwand am Wasserfall hochgeklettert. Es war, als hätte ich auf einmal einen Fremden vor mir.«

»Ich wußte ja gar nicht, daß er bergklettern kann.«

»Ich auch nicht.«

Eine Weile saßen sie schweigend da.

»Glaubst du, es kommt was darüber in der Zeitung?« fragte Jackie schließlich.

»Bis jetzt hat noch niemand angerufen. Ich denke, außer dem Kellner hat mich niemand erkannt. Und der hat den Vorfall wahrscheinlich nicht mitgekriegt.«

Jackie stieß eine Rauchwolke aus und reckte das Kinn vor. »Tom kommt zurück. Er wird dir dieses ganze Chaos erklären.«

Claire nickte.

»Er ist ein wundervoller Stiefvater. Annie betet ihn an. Sie ist sein Liebling.«

»Ja.« Claire spürte einen Druck in der Brust. Sie vermißte ihn bereits, und sie hatte Angst um ihn.

»Annie hat erzählt, er hätte sie letzte Woche am Elterntag in die Schule begleitet.«

Claire verzog das Gesicht. »Ich wollte eigentlich selbst hin, aber ich war zu einem Treffen mit Lamberts Anwälten in New York und konnte keinen Flug mehr kriegen.«

»Mist. Das hat ihr bestimmt nicht gefallen.«

»Ich hatte ein furchtbar schlechtes Gewissen.«

»Warum kann er sich einfach mitten am Tag freinehmen und zu ihr in die Schule kommen? Ich dachte immer, er ist einer von diesen arbeitssüchtigen Managertypen?«

»Wahrscheinlich hat er sich von Jeff, seinem Chefmakler, vertreten lassen. Keine Ahnung. Die meisten Männer würden so was nicht tun.«

»Wenigstens nennt er sie nicht ›meine Prinzessin‹. Das wäre geschmacklos.«

»Manchmal glaube ich, Annie hält mich für die Stiefmutter.«

»Wie alt war sie noch mal, als ihr geheiratet habt? Zwei? An ihren wirklichen Vater kann sie sich bestimmt nicht mehr erinnern.«

»Trotzdem«, sagte Claire mürrisch. »Immerhin habe ich sie zur Welt gebracht.«

»Habt ihr Wodka im Haus?« fragte Jackie.

Claire war überzeugt, daß nur jemand, der schon einmal unglücklich verheiratet gewesen war, eine harmonische Ehe zu schätzen wußte. Jay, ihren ersten Mann, hatte sie an der juristischen Fakultät von Yale kennengelernt, und damals hatte sie das Gefühl gehabt, daß sie gut zusammenpaßten. Er war attraktiv, groß, blond und schlank und machte einen lockeren Eindruck, obwohl er eigentlich ein sehr gehemmter Mensch war. Außerdem überschüttete er sie mit Aufmerksamkeiten, wie sie es noch bei keinem Mann zuvor erlebt hatte. Und schon allein damit hatte er ihr Herz erobert. Schließlich war sie eine verunsicherte junge Frau, deren Vater der Familie den Rücken gekehrt hatte, als sie neun Jahre alt gewesen war. Daß ihr dieser Umstand immer noch zu schaffen machte, hatte sie in einer Therapie herausgefunden. Jay war genauso karriereorientiert und fleißig wie sie, und sie beging den Fehler zu glauben, daß das für ihre Beziehung nur positiv sein konnte. Nach dem Referendariat wurde ihr ein Posten an der juristischen Fakultät in Harvard angeboten. Er zog nach Boston und nahm eine Stelle bei einer bedeutenden Kanzlei an, um bei ihr zu sein. Nach einer Weile heirateten sie, gingen täglich ins Büro und sprachen in der Freizeit über ihre Arbeit. Am

Wochenende suchte Jay Entspannung, indem er sich sinnlos betrank. Außerdem wurde er gewalttätig, und bald stellte sich heraus, daß er in seinem Innersten ein sehr unglücklicher Mensch war.

Claire stand zwar kurz vor ihrem dreißigsten Geburtstag, aber sie beide planten keine Kinder. Erst später verstand Claire, daß ihr Zögern bereits der erste Hinweis auf Probleme in ihrer Ehe war. Als sie dann doch schwanger wurde, begann Jay, auch während der Woche zu trinken – erst nur abends, dann auch schon zum Mittagessen und schließlich von früh bis spät. Natürlich litt seine Arbeit darunter. Die Kanzlei machte ihn nicht zum Teilhaber, und irgendwann riet man ihm, sich nach einer anderen Stelle umzusehen.

Jay lehnte das Kind ab und zweifelte an seiner Ehe mit Claire. Er gab zu, daß er sich durch ihren beruflichen Erfolg unter Druck gesetzt fühlte. Als Annie geboren wurde, lebte Jay bereits wieder bei seinen Eltern in Austin, Texas.

Da stand Claire also, eine junge Frau mit glänzenden Karriereaussichten an der juristischen Fakultät von Harvard. Beruflich hatte sie schon fast eine Spitzenposition erreicht, doch ihr Privatleben war ein einziges Fiasko. Ohne die Hilfe ihrer Schwester Jackie hätte sie wohl das Handtuch geworfen.

Ohne Jackie und einen Mann namens Tom Chapman, den Investitionsberater, der in Jays Auftrag ihr kleines, aber stetig wachsendes Aktienpaket verwaltete. Tom wurde ihr Freund, der sie unterstützte und an dessen Schulter sie sich ausweinen konnte. Als Annie sechs Monate alt war, kam Jay, der Vater, den sie nie kennengelernt hatte, bei einem Autounfall ums Leben. Natürlich war er betrunken gewesen. Und auch in dieser Situation war Tom Chapman fast jeden Abend für Claire da, um mit ihr die Beerdigung vorzubereiten und sie zu beraten.

Fünf Monate später waren Claire und Tom ein Paar. Um sie aufzuheitern, besuchte er mit ihr die Spiele der Red Sox und der Celtics, weihte sie in die Geheimnisse des Baseball ein und erklärte ihr die Regeln. Wenn sie niedergeschlagen war, erzählte er ihr Witze, die meist so schlecht waren, daß sie allein schon darüber lachen mußte. Sie veranstalteten Picknicks in Lincoln. Und als es einmal zu regnen anfing, breiteten sie die Decke in seiner Wohnung im South End aus und stellten einen Picknickkorb mit Sandwiches, Nudelsalat und Kartoffelchips darauf. Tom unterschied sich durch seine offene, fürsorgliche Art grundlegend von Jay. Trotz seiner Bedächtigkeit konnte er auch entsetzlich albern sein, und Claire liebte seinen spitzbübischen Witz.

Und er betete Annie an, ja, er war regelrecht vernarrt in sie. Stundenlang spielten die beiden zusammen mit Bauklötzen oder der großen Puppenstube, die er für sie gebastelt hatte. Wenn Claire arbeiten mußte, ging Tom mit Annie zum Spielplatz oder in eine Zoohandlung oder spazierte einfach mit ihr um den Harvard Square. Annie, die nichts über das Schicksal ihres leiblichen Vaters wußte, war zwar begeistert von Tom, begegnete ihm aber anfangs mit Argwohn. Doch als Claire sich in Tom verliebte, schmolz auch das Mißtrauen des kleinen Mädchens dahin. Nach anderthalb Jahren heirateten Claire und Tom. Endlich hatte sie einen Mann gefunden, mit dem sie sich eine gemeinsame Zukunft aufbauen konnte.

Nun gut, also war ihre erste Ehe ein Fehler gewesen. Aber Claire erinnerte sich an ein altes russisches Sprichwort, das sie einmal gelesen und nie vergessen hatte: Der erste Pfannkuchen mißlingt immer.

Obwohl sie sich die Zähne zweimal mit einer Zahnpasta für frischen Atem geputzt hatte, erinnerte sie der Geschmack in ihrem Mund an einen benutzten Aschenbecher. Früher, als sie noch eine Schachtel am Tag geraucht hatte, hatte sie das nie gestört. Aber Tom verabscheute Zigarettenqualm und hatte sie dazu überredet aufzuhören.

Ein wenig schwindelig von dem Wodka, den sie und Jackie getrunken hatten, ging Claire ins Bett. Sie überlegte.

Wo war Tom jetzt? Wohin konnte er geflohen sein?

Und warum?

Sie griff zum Telefon, um Ray Devereaux anzurufen, einen Privatdetektiv, den sie häufig beschäftigte. Das Piepsen in der Leitung sagte ihr, daß auf ihrer Mailbox Nachrichten eingegangen waren.

Daran war eigentlich nichts Ungewöhnliches, aber vielleicht hatte Tom ja etwas hinterlassen, was durchaus wahrscheinlich war: Denn nur sie beide kannten den Geheimcode zum Abfragen der Nachrichten.

Falls das FBI jedoch ihr Telefon überwachte, würden sie alles mithören können.

Sie wählte die Codenummer.

»Bitte geben Sie Ihr Paßwort ein«, forderte die freundlich-sachliche weibliche Computerstimme sie auf.

Sie drückte die entsprechenden Tasten.

»Sie haben zwei Nachrichten. Hauptmenü: Zum Abhören drücken Sie die Eins. Um eine Nachricht zu senden …«

Claire drückte die Eins.

»Erste Nachricht, eingegangen heute um 18:15.« Dann meldete sich eine Frauenstimme: »Hallo, Claire. Wir haben uns ja ewig nicht gesprochen. Hier ist Jen.« Jennifer Evans war eine von Claires ältesten und besten Freundinnen. Allerdings neigte sie dazu, stundenlang zu erzählen, und dafür hatte Claire jetzt keine Zeit. Sie drückte noch einmal die Eins, um die Nachricht zu überspringen, aber statt dessen fing sie noch einmal von vorne an. Entnervt saß Claire da und lauschte Jens langem, von persönlichen Details strotzenden Bericht, ohne richtig zuzuhören. Endlich war Jen fertig, und die freundliche Computerstimme stellte Claire vor die Alternative, die Nachricht zu löschen oder sie zu beantworten. Claire entschied sich fürs Löschen, und dann wurde die nächste Botschaft abgespielt.

»Eingegangen heute um 19:27.« Darauf folgte eine Männerstimme. Es war Tom, und Claires Herz machte einen Satz.

»Claire… Liebling.« Offenbar rief er von einer Telefonzelle aus an, denn im Hintergrund dröhnte Verkehrslärm. »Ich weiß nicht, ob du diese Nachricht erhalten wirst, aber ich möchte nicht, daß du dir Sorgen machst. Mir geht es gut. Ich… Ich mußte weg.« Eine lange Pause entstand. Ein Motorrad heulte auf. »Ich weiß nicht, wie abhörsicher diese Mailboxen sind, Schatz, und deshalb kann ich nicht zu viel sagen. Aber glaube nicht, was die anderen dir erzählen. Ich setze mich bald irgendwie mit dir in Verbindung. Ich liebe dich, Baby. Und es tut mir so leid. Bitte umarme meine kleine Tochter ganz fest von mir. Sag ihr, daß Papa eine Weile auf Geschäftsreise muß und daß ich bald zurückkomme. Ich liebe dich, Schatz.«

Die Nachricht war vorbei. Claire spielte sie noch einmal ab, speicherte sie, indem sie die Zwei drückte, und hängte ein.

Und dann lag sie allein im Bett und weinte.

5

Claire wachte auf und streckte die Hand nach Tom aus – doch dann fiel es ihr wieder ein.

Leicht verkatert stand sie auf und machte Frühstück für Annie und sich. Das Omelett enthielt zwar nur vier Eier und keinerlei weitere Zutaten, aber wenigstens glückte es, was an sich schon ein Wunder war. Schließlich war Tom der Meisterkoch der Familie, während Claires Fähigkeiten schon beim Braten von Eiern an ihre Grenzen stießen. Sie ließ das Omelett auf Annies Lieblingsteller gleiten und halbierte es.

»Ich mag das nicht«, beschwerte sich Annie, als Claire den Teller vor sie hinstellte. Sie hatte sich geweigert, sich anzuziehen, und trug noch ihren Pyjama. »So mag ich keine Eier.«

»Das ist ein Omelett, Liebes«, sagte Claire.

»Ist mir egal. Ich mag es nicht. Es ist anders, als Papa es macht.«

Claire atmete tief durch. »Versuch es doch erst mal.«

»Nein, ich will nicht.«

»Komm, wir teilen es uns, du und ich.« Claire zeigte auf ihren eigenen Teller. »Siehst du, ich esse es auch.«

»Ich finde es eklig. Ich will die Eier so, wie Papa sie macht.«

Claire setzte sich neben Annie und streichelte die unbeschreiblich weiche Wange des kleinen Mädchens. Aber Annie wandte mit einer abrupten Bewegung den Kopf ab. »Schatz, die Eier sind aus. Also kann ich dir kein Rührei braten, wie Papa es macht.«

»Papa soll die Eier machen.«

»Ach Liebes, ich habe dir doch schon gesagt, daß Papa für eine Weile auf Geschäftsreise mußte.«

Annie machte ein bedrücktes Gesicht. »Was ist eine Weile?«

»Ein paar Tage. Vielleicht auch länger. Aber es ist sehr, sehr wichtig. Papa würde nie ohne dich wegfahren, wenn es nicht wichtig wäre. Das weißt du ja.«

»Warum ist er dann vor mir weggelaufen?«

Das war es also! »Er ist nicht vor dir weggelaufen. Er … nun, er mußte vor ein paar bösen Männern fliehen.«

»Vor wem denn?«

Das war eine berechtigte Frage. »Das weiß ich nicht.«

»Warum?«

»Was meinst du mit ›warum‹? Warum er fliehen mußte?«

Annie nickte. Sie sah Claire unverwandt an und lauschte aufmerksam auf jedes Wort.

»Das weiß ich auch noch nicht.«

»Kommt er wirklich zurück?«

»Natürlich. In ein paar Tagen.«

»Ich will aber, daß er heute zurückkommt.«

»Ich auch, Schatz. Aber es geht nicht, weil er einige wichtige geschäftliche Besprechungen hat.«

Annies Miene war nichts zu entnehmen. Einen Augenblick hatte es fast den Anschein, als wäre es Claire gelungen, ihre Sorgen zu zerstreuen.

Doch plötzlich schossen Annies Hände nach vorn und stießen den Teller vom Tisch auf den gekachelten Boden, wo er klirrend zerbrach. Die Scherben spritzten durch die ganze Küche. Gespickt von schartigen Porzellanstückchen, blieb das halbmondförmige, gelbe Omelett wabbelnd liegen.

»Annie!« rief Claire erschrocken aus.

Annie erwiderte ihren Blick triumphierend und trotzig.

Langsam sank Claire in die Knie und schlug die Hände vors Gesicht. Sie fühlte sich wie gelähmt. Sie konnte es nicht länger ertragen.

Annie betrachtete entsetzt ihre weinende Mutter.

»Mami?« fragte sie dann ängstlich.

»Ist schon gut, Schatz.«

»Es tut mir leid, Mami.«

»Ist ja nicht deine Schuld.«

Die Eingangstür öffnete sich. Das Schlüsselklappern und ein Husten verkündeten, daß Rosa eingetroffen war.

»Ist das Papa?«

»Nein, Rosa. Ich habe dir doch erklärt, daß Papa eine Weile wegbleibt.«

»Mrs. Chapman!« rief Rosa, lief auf Claire zu und half ihr beim Aufstehen. »Ist alles in Ordnung?«

»Danke, Rosa. Mir geht es gut.«

Nach einem besorgten Seitenblick auf Claire küßte Rosa Annie auf die Wange, was diese sich gefallen ließ. »*Querida.*«

Claire strich sich das Haar aus dem Gesicht und rückte ihre Bluse zurecht. Sie wußte, daß sie zum Fürchten aussah. »Rosa«, sagte sie. »Ich muß zur Arbeit. Können Sie Annie Frühstück machen und sie zur Schule bringen?«

»Natürlich, Mrs. Chapman. Möchtest du überbackenen Toast, *Querida*?«

»Ja«, antwortete Annie schmollend. Verstohlen blickte sie zwischen ihrer Mutter und Rosa hin und her.

»Wir haben keine Eier mehr, Rosa. Ich habe die letzten heute morgen verbraucht – dafür.« Claire wies auf die Bescherung am Fußboden.

»Dann will ich getoastete Waffeln«, forderte Annie.

Rosa kniete sich hin und begann, vorsichtig die Scherben aufzulesen und sie in eine Einkaufstüte aus Papier zu werfen. »Okay«, sagte sie. »Dann gibt es eben Waffeln.«

Claire beugte sich über Annie, um sie zu küssen. Das Kind rührte sich zuerst nicht, hielt ihrer Mutter dann aber die Wange hin.

Auf dem Weg zur Haustür überprüfte Claire am Küchentelefon, ob noch eine Nachricht eingegangen war.

Nichts.

6

Hier geht es zu wie in einem Tollhaus«, stöhnte Connie Gamache, Claires langjährige Sekretärin. »Seit zwei Tagen läutet das Telefon ununterbrochen. Die Mailbox ist so voll, daß sie keine Nachrichten mehr annimmt. Inzwischen werden die Leute richtig sauer. Eine Dame und verschiedene Herren sind hier, um Sie zu sprechen.« Sie senkte die Stimme. »Obwohl sie diese Bezeichnung nicht unbedingt verdienen.«

»Morgen, Connie.« Claire warf einen Blick zum Wartezimmer, einem mit zwei harten Sofas und einigen Stühlen möblierten Raum, in dem normalerweise nur ein oder zwei Jurastudenten saßen. Doch heute drängten sich dort die Reporter. Claire erkannte zwei von ihnen: den Leiter der Bostoner Redaktion der *New York Times* und eine Fernsehreporterin der Channel 4 News, einer Sendung, die sie selbst gerne sah. Claire nickte den beiden zur Begrüßung zu. Allerdings verspürte sie wenig Lust, sich mit einer Horde entrüsteter Journalisten über den Fall Lambert zu unterhalten.

»Wenn das so weitergeht, brauche ich eine Assistentin«, fügte Connie hinzu. »Sie sind auf einmal eine richtige Berühmtheit.«

»In etwa einer Stunde habe ich eine Professorenkonferenz«, meinte Claire, während sie ihr Büro aufschloß. CLAIRE M. HELLER stand auf einem Messingschild an der Tür, ihr Mädchenname, unter dem sie ihren Beruf ausübte. Claire zog den Mantel aus.

Connie folgte ihr ins Büro und schaltete die Deckenbeleuchtung ein. Sie hatte breite Schultern, einen ausladenden Hintern und weißes Haar. Vor vielen Jahren war die Fünfzigjährige eine schöne Frau gewesen, doch inzwischen wirkte sie frühzeitig gealtert. »Die Reporter warten alle auf ein Interview«, warnte sie. »Soll ich sie wegschicken?«

Claire schichtete den Inhalt ihres Aktenkoffers in ordentlichen Stapeln auf den Kirschholzschreibtisch und seufzte entnervt auf. »Fragen Sie Ms. Novak oder Nowicki – wie hieß sie noch mal? – von Channel 4, wie lange sie braucht. Den Herrn von der *Times* bitten Sie, später wiederzukommen. Vielleicht heute nachmittag.«

Connie schüttelte mißbilligend den Kopf. Sie beherrschte den Umgang mit den Medien, hielt deren Vertreter jedoch für Blutsauger, die man sich besser vom Leibe hielt. Eigentlich war Claire ihrer Sekretärin für diese Umsicht dankbar, denn gewöhnlich hatte sie recht – Reporter neigten dazu, Sensationen nachzujagen, alles zu übertreiben und rufschädigende Artikel zu schreiben. Außerdem wimmelte es in den Berichten meistens von Fehlern. Kurz darauf kehrte Connie zurück. »Jetzt sind sie stinksauer. Carol Novak sagt, sie braucht nur fünf oder zehn Minuten.«

»Gut«, antwortete Claire. Carol Novak – nun fiel ihr der Name wieder ein – hatte ihr nie Grund zur Klage gegeben. Sie war intelligent, verhältnismäßig gründlich und hegte im Gegensatz zu ihren Kollegen kaum Aversionen gegen Harvard. »Geben Sie mir ein paar Minuten, damit ich meine E-Mail durchsehen kann. Dann schicken Sie die Novak rein.«

Carol Novak von Channel 4 betrat den Raum in Begleitung eines Kameramanns, der rasch Scheinwerfer aufstellte, eine Lampe wegschob, einige Stühle verrückte und sich vor Claires Schreibtisch aufbaute. Inzwischen plauderte die Reporterin – eine zierliche, flotte Rothaarige, allerdings zu stark geschminkt wie die meisten Fernsehreporter bei der Arbeit – mit Claire über dies und das. Claire fiel auf, daß ihre Lippen formvollendet nachgezogen und ihre Augenbrauen zu zwei ebenmäßig geschwungenen Bögen gezupft waren. Zuerst erkundigte sich Ms. Novak nach Annie – sie hatte selbst eine sechsjährige Tochter. Dann unterhielten sich die beiden Frauen darüber, wie es ihnen in letzter Zeit ergangen war, und tratschten über einen von Claires Kollegen. Es wurde gewitzelt. Carol machte Claire ein Kompliment und tätschelte ihr freundschaftlich die Hand. Anscheinend wußte sie nichts über den Vorfall im Einkaufszentrum. Der Kameramann bat Claire, ihren Stuhl vom Fenster wegzurücken und vor die Bücherregale zu stellen, die bis zur Decke reichten. Als alles bereit war, nahm Carol neben Claire Platz, so daß sie beide gut ins Bild kamen, und beugte sich mit besorgter Miene vor.

»Sie sind in letzter Zeit ins Kreuzfeuer der Kritik geraten, weil Sie den Fall Gary Lambert übernommen haben«, begann sie. Ihre Stimme klang auf einmal viel tiefer, rauher und äußerst besorgt.

»Weil ich den Prozeß gewonnen habe?« entgegnete Claire.

Carol Novak grinste wölfisch. »Eigentlich deshalb, weil ein verurteilter Vergewaltiger wegen einer Formsache nun wieder auf freiem Fuß ist.«

Claire lächelte ebenfalls. »Ich halte den vierten Verfassungszusatz nicht für eine Formsache. Bei der Durchsuchung der Wohnung wurden Mr. Lamberts Bürgerrechte verletzt. Meine Aufgabe war es, diese zu verteidigen.«

»Selbst wenn nun ein verurteilter Vergewaltiger weiter sein Unwesen treiben kann?«

Claire schüttelte den Kopf. »Lambert wurde zwar verurteilt, doch die Verhandlung gegen ihn wies Verfahrensfehler auf. Das hat unsere erfolgreiche Revision bewiesen.«

»Wollen Sie damit behaupten, daß er unschuldig ist?«

»Ich sage nur, daß es Verfahrensfehler gab. Wenn wir so etwas zulassen, bringen wir uns alle in Gefahr.« Wie oft hatte sie diesen Satz schon ausgesprochen! Klang sie dabei immer so wenig überzeugend wie jetzt?

Carol Novak lehnte sich zurück. Claire war überrascht, mit welch grimmigem Blick die Journalistin sie musterte. »Und wie fühlen Sie sich als Frau, nachdem Sie einem Vergewaltiger zur Freiheit verholfen haben?«

Claire antwortete wie aus der Pistole geschossen, denn jedes Zögern hätte als Zweifel mißdeutet werden können: »Wie ich schon sagte, ist das nicht das Thema ...«

»Claire«, sagte Carol Novak, und in ihrer Stimme schwang tiefe Betroffenheit und Anteilnahme mit. Genauso klang eine Fernsehmoderatorin beim Gespräch mit dem Bewohner einer Barackensiedlung, der zuerst seine eigene Tochter schwängert und dann das dabei gezeugte Enkelkind mißbraucht. »Spüren Sie nie tief da drinnen«, sie tippte sich auf die Brust, »daß Sie einen schrecklichen Fehler gemacht haben?«

»Wenn das so wäre«, entgegnete Claire selbstbewußt und legte dann eine dramatische Kunstpause ein, »hätte ich es nicht getan.« Dann gab sie ihrem Gegenüber mit einem Lächeln zu verstehen, daß das Interview vorbei war. Sie wußte, daß Channel 4 mit diesem Bild seinen Bericht beenden würde.

Ray Devereaux stand auf der Schwelle ihres Büros. Der Privatdetektiv füllte beinahe die ganze Tür aus, sah jedoch trotz seiner mindestens einhundertsiebzig Kilo nicht dick, sondern eher ehrfurchtgebietend aus. Sein Kopf wirkte angesichts seiner gewaltigen Statur fast zu klein, aber das konnte wegen seiner Körpergröße auch eine optische Täuschung sein.

Devereaux hatte einen Sinn fürs Dramatische. Er betrat nicht einfach ein Zimmer, er rauschte herein. Nun stand er, die Arme vor der Brust verschränkt, da und wartete auf sein Stichwort.

»Danke, daß du gekommen bist, Ray«, sagte Claire.

»Gern geschehen«, antwortete er mit finsterer Miene, als hätte er ihr einen riesigen Gefallen getan. »Wo zum Teufel kann man hier denn sein Auto abstellen?«

»Ich parke in der Garage für Universitätsangehörige. Aber auf der Massachussetts Avenue sind immer genug Plätze frei.«

Er runzelte die Stirn. »Mein Auto steht jetzt vor einem Hydranten. Ich habe den Strafzettelblock aufs Armaturenbrett gelegt.« Devereaux war zwar seit über zwölf Jahren nicht mehr bei der Polizei, kannte aber noch alle Kniffe und nutzte die Vorteile, die sich einem Polizeibeamten boten. Der Strafzettelblock war inzwischen sicher schon über zehn Jahre alt, doch eine Politesse würde bestimmt auf diesen Trick hereinfallen und ihm keine Geldbuße von fünfzig Dollar aufbrummen. »Herzlichen Glückwunsch übrigens.«

»Wofür?«

»Zum Sechser im Lotto natürlich. Aber Spaß beiseite – wegen Lambert.«

»Danke.«

»Dir ist bestimmt klar, daß du jetzt auf der Abschußliste deiner Geschlechtsgenossinnen stehst. Bei den Feministinnen bist du jetzt eine *Persona non grata*«.

»Die können mir den Buckel runterrutschen. Komm rein und mach es dir gemütlich. Setz dich.«

Zögernd trat er ein. Devereaux schien sich nicht ganz wohl in seiner Haut zu fühlen. Er traf sich nicht gern mit Claire in ihrem Büro, auf ihren Territorium. Lieber empfing er seine Kunden in seiner furniergetäfelten Detektei in South Boston, wo gerahmte Diplome und Zeugnisse an den Wänden hingen und wo er der uneingeschränkte Herrscher war. Vor einem Besucherstuhl blieb er stehen und musterte ihn argwöhnisch, als hätte er noch nie ein solches Möbelstück gesehen. Neben ihm wirkte der Stuhl wie ein Kinderspielzeug. Dann wies er darauf und grinste. Dabei ähnelte er auf einmal eher einem zehnjährigen Jungen als einem siebenundvierzigjährigen Privatdetektiv.

»Hast du auch was, das nicht gleich unter mir zusammenbricht?«

»Nimm meinen.« Claire erhob sich aus ihrem hochlehnigen, ledergepolsterten Bürosessel und tauschte mit Devereaux die Plätze. Er hatte nichts gegen ihr Angebot einzuwenden. Gemütlich thronte er nun hinter ihrem Schreibtisch. Claire vermutete, daß er sich durch dieses Symbol der Autorität gestärkt fühlte.

»Du hast mich angerufen«, stellte Devereaux fest. Er lehnte sich zurück und faltete die Hände vor dem Bauch. Der Sessel quietschte unheilverkündend.

»Ja, aber ich habe keine Nachricht hinterlassen«, entgegnete sie verblüfft.

»Anruferidentifikation. Deine Nummer wurde gespeichert. Also, was ist los? Geht es wieder um Lambert? Ich dachte, mit diesem schmierigen Typen wärst du fertig?«

»Ich habe ein anderes Problem, Ray. Ich brauche deine Hilfe.« Dann berichtete sie ihm von dem vergangenen Abend im Einkaufszentrum, von der Verfolgungsjagd zwischen Tom und dem FBI, von Toms Verschwinden und der Durchsuchung des Hauses.

Langsam beugte Ray sich vor. »Willst du mich verarschen?« fragte er.

Sie schüttelte den Kopf.

Er schürzte die Lippen und blies die Backen auf wie ein Kugelfisch. Eine lange, bedeutungsschwangere Pause folgte. Devereaux war für seine Fähigkeiten in Verhören bekannt. »Ich kenne da einen Typen aus meiner Zeit beim FBI«, sagte er schließlich. »Vielleicht biete ich ihm eine Zusammenarbeit an.«

»Du möchtest jemanden hinzuziehen?«

»Ich habe nur von *anbieten* gesprochen.«

»Aber sei diskret und halte dich bedeckt. Niemand darf wissen, worauf du es abgesehen hast.«

Devereaux verzog das Gesicht. »Willst du mir etwa sagen, wie ich meinen Job zu machen habe? Ich erzähle dir doch auch nicht, was du deinen Studenten beibringen sollst.«

»Alles klar. Tut mir leid. Könnte es sich vielleicht um einen Irrtum handeln? Ein Mißverständnis?«

Devereaux starrte eine Weile schweigend an die Decke, um die Spannung ins Unerträgliche zu steigern. »Unwahrscheinlich«, antwortete er. »Außerdem mußt du damit rechnen, daß deine Telefone abgehört werden. Und mit Fangschaltungen in Toms Büro, bei dir zu Hause ...«

»Auch hier in meinem Büro?«

»Aber klar doch.«

»Ich möchte, daß du meine Telefone auf Wanzen untersuchst.«

Devereaux grinste höhnisch. »Deine Telefone untersuchen? Falls die Sache von der Zentrale gesteuert wird, und dessen bin ich mir sicher, werde ich überhaupt nichts finden. Wenn du darauf bestehst, sehe ich nach, aber versprich dir nicht zuviel davon. Und selbst wenn ich eine Wanze entdecke, darf ich sie nicht entfernen, falls sie legal dort angebracht wurde.«

»Soll das heißen, daß das FBI den Anruf verfolgen und feststellen kann, wo Tom ist, wenn er sich bei mir meldet?«

»Das ist zumindest ihre Absicht. Allerdings ist es heutzutage ziemlich schwierig geworden. Man muß nur eine

Telefonkarte von einer privaten Betreibergesellschaft kaufen. Dann läuft der Anruf über die und ist nicht mehr zu verfolgen.«

»Er hat mir etwas auf der Mailbox hinterlassen.«

»Wo? Hier oder zu Hause?«

»Zu Hause.«

»Da kommen die ohne Probleme ran. Dazu brauchen sie nicht einmal den Geheimcode. Mit einer richterlichen Genehmigung läßt die Telefongesellschaft sie alle eingegangenen Nachrichten abhören.«

»Also kennen sie auch die Nachricht, die Tom hinterlassen hat?«

»Darauf kannst du dich verlassen. Aber das wußte er wahrscheinlich selbst.«

»Und bestimmt besorgen sie sich auch sämtliche Telefonrechnungen, die privaten und die aus Toms Büro. Dann können sie feststellen, mit wem er in den letzten Tagen telefoniert hat.«

»Du hast's erfaßt.«

»Das geht doch nur bei Ferngesprächen, oder?«

»Irrtum. Die Telefongesellschaft zeichnet jedes Ortsgespräch auf: Telefonnummer, Dauer des Anrufes und so weiter und so fort. Das brauchen sie für die Leute, deren Vertrag keine unbegrenzte Menge an Gesprächen vorsieht.« Claire nickte. »Aber sie bewahren die Daten nur bis zur nächsten Rechnung auf, das heißt, etwa einen Monat.«

»Kann Tom sich also gar nicht mit mir in Verbindung setzen, ohne daß das FBI es rauskriegt?«

Devereaux schwieg eine Weile und stützte nachdenklich den Kopf in die Hände. »Das ginge schon.«

»Wie?«

»Da muß ich mir noch was einfallen lassen. Tom hat sich bestimmt auch schon Gedanken darüber gemacht. Außerdem müssen wir davon ausgehen, daß dein Büro auch verwanzt ist.«

»Du mußt rauskriegen, was los ist, Ray.«

»Ich schaue, was ich tun kann.« Er umfaßte die Armlehnen des Sessels und warf ihr einen finsteren Blick zu, der schauspielerische Begabung verriet. »Sonst noch was, Frau Professor?«

7

»Ich will vor dem Fernseher essen und *Die Schöne und das Biest* anschauen«, quengelte Annie.

»Du ißt am Tisch«, entgegnete Claire so streng sie konnte. Jackie verteilte den Salat aus einer gewaltigen toskanischen Tonschüssel. Salate waren ihre Spezialität. Nach einigen radikalen vegetarischen und makrobiotischen Experimenten war Jackie inzwischen gemäßigte Vegetarierin, rauchte aber weiterhin wie ein Schlot.

»Nein, ich will beim Fernsehen auf dem Sofa essen, und zwar Makkaroni und Käse.«

In einer Ecke der geräumigen Küche bewahrte Annie ihre große Spielsachensammlung auf, zu der verschiedene verbeulte und zerfledderte Puppen und Plüschtiere gehörten. Einige davon hatte sie seit Monaten nicht mehr beachtet. Vor einer abgewetzten Couch mit abnehmbarem Überzug stand ein großer Fernseher. Das Sofa war mit den Flecken Tausender in der Mikrowelle aufgetauter überbackener Nudelgerichte, Traubensaftklecksen und Limonadenspritzern übersät – letztere mit undefinierbarer Geschmacksrichtung, dafür aber knallrot.

»Komm schon, Kleine«, forderte Jackie sie auf. »Iß doch mit deiner Mama und mit mir.«

»Nein.«

»Wir sind eine Familie«, sagte Claire entnervt. »Wir essen zusammen. Und Makkaroni mit Käse bekommst du sowieso nicht. Jackie hat Hühnchen gemacht.«

Annie lief zum Sofa und schob trotzig die Videokassette von *Die Schöne und das Biest* ein. »Ich will Makkaroni und Käse«, wiederholte sie.

»Das steht heute nicht auf der Speisekarte, mein Kind«, entgegnete Jackie. »Tut mir leid.« Zu Claire sagte sie: »Du Arme. Was würdest du ohne mich tun?«

»Keine Ahnung«, gab Claire zu und rief dann: »Jetzt hör mir mal gut zu, Annie. Komm sofort her.«

Ihre Tochter gehorchte und baute sich kerzengerade vor ihr auf wie beim Morgenappell. Sie vermutete, daß ihr ein ordentliches Donnerwetter bevorstand.

»Wenn du das Huhn ißt, das Jackie gekocht hat, kannst du dir *Die Schöne und das Biest* anschauen. Auf dem Sofa.«

»Okay«, antwortete Annie und rannte zurück zur Couch. »Spitze!«

»So schafft man sich Bedingungen«, murmelte Jackie. »Du bist inkonsequent.«

»Aber nur ausnahmsweise!« fügte Claire wenig überzeugend hinzu. Sie füllte Annies Teller mit Huhn und Kartoffelbrei und brachte das Essen, eine kleine Gabel und eine Serviette zum Sofa. Auf dem Weg zurück zum Tisch sah sie durchs Fenster einen dunklen Schatten hinter den Fliederbüschen.

Ein dunkelblaues Behördenfahrzeug, Marke Crown Victoria. Als Jackie bemerkte, daß Claire aus dem Fenster starrte, meinte sie: »Machen dich diese Revolverhelden vor dem Haus nicht wahnsinnig?«

»Das kannst du laut sagen«, erwiderte Claire. »Einer ist mir heute sogar bis in die Arbeit und wieder nach Hause gefolgt.«

»Und du kannst nichts dagegen tun?«

»Es ist öffentlicher Grund. Sie verletzen nicht die Bannmeile.«

»Die was?«

»Den Radius um ein Gebäude, der unter den Schutz der

Privatsphäre fällt. Niemand kann sie daran hindern, sich dort aufzuhalten.«

»Was ist mit deiner Freiheit der... ich weiß nicht, wie man das nennt. Jedenfalls hast du ein Recht darauf, nicht von Gorillas belästigt zu werden.«

Claire verzog den Mund zu einem schiefen Lächeln. »Natürlich könnte ich vor Gericht vielleicht eine einstweilige Verfügung gegen sie erwirken, damit sie mindestens hundert Meter Abstand zu mir halten müssen.«

»Großartig«, spöttelte Jackie. »Das wäre eine tolle Sache: Ein kleiner Amtsrichter pinkelt der Bundesregierung ans Bein. Ich glaube kaum, daß das klappt.«

»Ich habe bei Tom im Büro angerufen«, sagte Claire. Sie kehrte zum Tisch zurück. Obwohl ihr die Aufregung auf den Magen geschlagen hatte, mußte sie unbedingt etwas essen.

»Offenbar hat Tom für seinen Chefmakler Jeff Rosenthal und seine Assistentin Vivian Nachrichten auf E-Mail hinterlassen. Er behauptet, er habe wegen eines streng geheimen Geschäfts überraschend ins Ausland reisen müssen und käme in etwa einer Woche, vielleicht auch später, zurück. Natürlich fragen sich jetzt alle, was los ist, denn jeder Mitarbeiter von Chapman & Company hat Besuch vom FBI gekriegt. Die Beamten haben eine Menge Fragen über Tom gestellt und wollten wissen, wo er jetzt ist.«

»Da sind die Mitarbeiter bestimmt stutzig geworden.«

»Das ist noch milde ausgedrückt. In seiner E-Mail hat Tom ihnen erklärt, daß das FBI sie im Zusammenhang mit einer Überprüfung von Geheimnisträgern vernehmen könnte. Aber ich glaube nicht, daß sie das beruhigt hat.«

»Sicher nicht«, antwortete Jackie. »Wahrscheinlich stellen sie sich dieselben Fragen wie wir.«

Nachdem Annie widerspruchslos ins Bett gegangen war, saßen Claire und Jackie im Wintergarten und rauchten eine Zigarette. Jackie trank Famous-Grouse-Whisky aus einem

Cognacschwenker. Claire, die inzwischen ein weites T-Shirt von Gap und Jogginghosen trug, hatte sich für Mineralwasser entschieden.

»Annie scheint es recht gut zu verkraften, daß ihr Papa weg ist«, stellte Jackie fest und blies eine Rauchwolke durch die Nasenlöcher.

»Sie kann auch ziemlich schwierig sein«, erwiderte Claire.

»Aber das ist auch nicht weiter überraschend. Vergiß nicht, daß du während der Schwangerschaft *Rosemarys Baby* gelesen hast. Vielleicht ist sie ja ein Abkömmling des Satans.«

Claire lächelte müde.

»Kommst du klar?«

Claire nickte. »Ich weiß nicht mehr, was ich von der Sache halten soll. Ich habe Ray Devereaux beauftragt, sich ein wenig umzusehen, und schau dir an, was er herausgefunden hat.«

»Sie behaupten, daß er früher einen anderen Namen und eine andere Identität hatte? Meinst du, sie sagen die Wahrheit?«

»Du kennst ihn, Jackie«, entgegnete Claire. »Du weißt, daß er kein Mörder ist.« Sie legte ihre Zigarette in den Aschenbecher.

»Ich kenne ihn nicht«, erwiderte Jackie. »Und du offenbar auch nicht.«

»Jetzt mach mal 'nen Punkt!« entrüstete sich Claire. »Wir beide haben doch eine gute Menschenkenntnis. Überleg nur, wieviel Zeit wir in den letzten drei Jahren mit Tom verbracht haben. Wie kannst du da behaupten, daß du ihn nicht kennst?«

»Oder war es Ron?«

»Du kannst mich mal!«

»Hör zu. Wir wissen, daß er ziemlich leicht wütend wird. Das haben wir beide schon erlebt. Erinnerst du dich noch an unsere Fahrt nach Cape Cod? Damals ist ein anderes Auto vor uns eingeschert und hat uns geschnitten. Tom ist vollkommen ausgeflippt.«

»Er ist nicht ausgeflippt.«

»Ach was. Er ist puterrot angelaufen, hat den Typen beschimpft und ihn sogar verfolgt. Ich habe richtig Angst bekommen. Du hast ihn angebrüllt, er solle sich beruhigen, und schließlich hat er sich wieder abgeregt … Schon vergessen?«

»Du hast recht«, gab Claire zu. »Na und? Also gut, er wird leicht wütend. Ist er deswegen gleich ein Mörder? Und daß er mir nicht die Wahrheit über seine Vergangenheit gesagt hat, macht ihn ebenfalls nicht zum Verbrecher.«

»Mein Gott, Claire, wieviel weißt du eigentlich über ihn? Seiner Familie hat er dich auch noch nicht vorgestellt.«

»Falsch. Ich habe Nelson, seinen Vater, bei unserer Hochzeit kennengelernt. Und danach haben wir ihn auf Jupiter Island in Florida besucht, wo er eine Eigentumswohnung hat. Jays Eltern bin ich schließlich auch nur einmal begegnet.«

»Und seine Freunde kennst du auch nicht.«

»Freunde? Männer über Vierzig haben nur selten viele Freunde, ist dir das noch nie aufgefallen? Sie sind da anders als Frauen. Nach der Hochzeit stürzen sie sich in ihre Arbeit und brechen den Kontakt zum Rest der Welt ab. Außerdem betrachten sie ihre Geschlechtsgenossen meistens nur als Rivalen. Männer in Toms Alter haben Kollegen und Geschäftsfreunde. Vielleicht sogar Kameraden aus dem Sportverein oder Kumpel, mit denen sie sich im Fernsehen Basketball oder Football anschauen. Das soll heißen, daß Tom viele lose Bekanntschaften hat. Er ist sehr beliebt. Aber soweit ich weiß, hat er keine richtigen alten Freunde. Doch das war bei Jay auch nicht anders.«

»Claire, du hast noch nie mit Leuten gesprochen, mit denen er als Kind gespielt hat oder auf dem College war. Eigentlich hast du noch nie jemanden getroffen, der ihn vor dem Umzug nach Boston kannte. Oder irre ich mich?«

Seufzend fuhr Claire mit dem Zeigefinger über die beschlagene Außenseite ihres Glases. »Hin und wieder rief ein alter Freund aus seiner Collegezeit an. Einmal hat sich auch ein anderer Freund aus Kalifornien gemeldet. Allerdings hielt er keinen regelmäßigen Kontakt mit ihnen. Aber du hast mir anscheinend nicht richtig zugehört, Jackie: Es war nichts Ungewöhnliches daran. Warum hätte ich um Himmels willen Verdacht schöpfen sollen, daß er mich anlügt?«

»Wo, glaubst du, ist er? Wo hat er sich deiner Meinung nach versteckt?«

Claire schüttelte den Kopf. »Keine Ahnung.«

Eine lange Pause entstand.

»Erinnerst du dich noch daran, wie Vater aussah?« fragte Claire plötzlich. »Ich nicht.«

»Schon, aber ich würde es lieber vergessen. Er war ein Arschloch.«

»Und sein Geruch, sein Rasierwasser?«

»Er roch wie eine französische Nutte.«

»Ich mochte seinen Geruch. Old Spice. Immer wenn ich es rieche, muß ich an ihn denken.«

»Ach ja, unsere glückliche Kindheit und unser liebender Vater«, murmelte Jackie. »Hoffentlich benutzt Tom nicht Old Spice.«

»Vater hatte viele Probleme.«

»Er war ein Egoist und ein Versager. Weißt du, welchen Geruch ich mit ihm in Verbindung bringe?« meinte Jackie. »Den Gestank nach verbranntem Benzin, wenn man ein Auto anläßt. Ich weiß noch, wie ich vor dem Haus auf dem Kiesweg stand, mich von ihm verabschiedete, ihm nachblickte und diesen Geruch in der Nase hatte. Ich liebte diesen Geruch, obwohl er mich gleichzeitig auch traurig machte. Schließlich konnte ich nie sicher sein, ob Vater zurückkommen würde. Jedesmal mußte ich damit rechnen, daß es das letztemal war.«

Claire nickte, und wieder schwiegen sie. Jackie drückte die Zigarette aus und leerte ihr Glas. »Gibst du mir mal die Flasche rüber?« Sie schenkte sich den Rest Whisky ein.

»Er ist mein Mann, und ich liebe ihn«, sagte Claire mit leiser Stimme. »Und er ist ein wunderbarer Vater und Ehemann.«

»Ich mag ihn ja irgendwie auch. Hast du noch Scotch im Haus?«

8

Von der Straße aus wirkte die Filiale von Dunkin' Donuts am Central Square wie einer der schicken Feinkostläden in Concord – die Sorte von Geschäften, die vierzig Sorten Balsamico-Essig, aber keinen Eisbergsalat im Sortiment haben. Die dunkelgrüne Fassade mit der Reihe winziger Fenster war vor kurzem im Zuge der Sanierungsarbeiten renoviert worden, die alle paar Jahre über den Central Square hereinbrachen. Doch der neue Glanz würde auch diesmal rasch wieder verblassen, denn in diesem heruntergekommenen Viertel blieb letzlich alles beim alten. Der unscheinbare Central Square, Heimat unzähliger indischer Restaurants, Fabrikresteläden, winziger Anwaltskanzleien und Geschäften mit Billigschmuck, würde sein schäbiges, proletarisches Flair wohl nie verlieren.

Ray Devereaux hatte Claire frühmorgens angerufen und sie gebeten, sich mit ihm zu treffen, nachdem sie Annie in der Schule abgeliefert hatte. Claire hatte noch eine Stunde Zeit, bevor sie in Harvard erwartet wurde. Sie hatte sich geweigert, ihre Seminare ausfallen zu lassen, hielt alle Termine ein, unterrichtete und nahm an sämtlichen Besprechungen teil. Die Fassade mußte aufrechterhalten werden, obwohl Claire kaum an etwas anderes denken konnte als an Tom.

Ray saß bereits an einem grellrosafarbenen Tisch. Sein massiger Leib quoll über die Sitzfläche des schmalen Stuhles mit der zierlichen Lehne. Außerdem wurde seine Bewegungsfreiheit durch einen leeren Kinderwagen eingeengt. Das Kind, dessen Mutter gleichmütig mit einer riesigen, knisternden Plastiküte auf dem Schoß dasaß, krabbelte zwischen den Tischen herum. Es trug einen roten Strampelanzug mit einer rosafarbenen Schleife am Hals. Die Mutter unterhielt sich angeregt auf griechisch mit einem weißhaarigen Mann, der eine Hakennase hatte und eine schwarze Lederjacke trug. Softrock dudelte aus den Lautsprechern (Rod Stewart krächzte »Reason to Believe«) und mischte sich mit dem ohrenbetäubenden Rauschen der Lüftung.

Ray verzehrte genüßlich ein Schokoladenröllchen und trank dabei hin und wieder einen Schluck aus einem Plastikbecher. Er war hier Stammgast.

»Du hast Gesellschaft«, stellte er lässig fest.

»Wie bitte?«

»Dein Fanclub kann offenbar ohne dich nicht leben.«

Claire warf einen Blick durch die Glasfront des Lokals. Ein dunkelblauer Crown Vic setzte sich gerade in Bewegung.

»Ach, das meinst du«, sagte sie. »Die verfolgen mich schon die ganze Zeit. Zur Arbeit und wieder nach Hause. Wahrscheinlich wollen sie mir nur Angst einjagen.«

»Daran werden sie sich die Zähne ausbeißen.« Ray kicherte. »Aber jetzt sind sie weg. Hier, mitten auf der Straße, dürfen sie nämlich nicht in zweiter Reihe parken.«

Er nahm noch einen Bissen und wischte sich mit der Serviette die klebrige Glasur von den Fingern. »Ich habe ein Wörtchen mit meinen Freunden bei der Polizei von Cambridge geredet«, begann er. »Die gute Nachricht ist, daß sie den Typen geschnappt haben, der bei dir eingebrochen ist. Deine Bilder werden allerdings nicht so leicht zu finden sein.«

»Ray, du hast mich doch nicht etwa zum Central Square bestellt, um mir zu erzählen…«

»Nur immer mit der Ruhe.«

Er starrte sie finster an, bis sie sich geschlagen gab: »Also schieß los.«

»Ich habe die Bundesvereinigung der Wertpapierhändler angerufen, die ein Auge auf alle Makler und Vermögensverwalter hat. Sie haben mir den Lebenslauf gefaxt, den Tom bei ihnen eingereicht hat – geboren in Hawthorne, Kalifornien, Abschluß Hawthorne High-School, Examen am Claremont Men's College 1973. Also habe ich mich an den Verband der Absolventen von Claremont gewandt. Ich würde gern Kontakt zu meinem alten Kumpel Tom Chapman aufnehmen, bräuchte seine Adresse und wäre neugierig, was er jetzt so treibt. Du wärst erstaunt, worüber diese Verbände ehemaliger Collegeabsolventen so alles Buch führen. Die Archive sind wahre Fundgruben.«

»Weiter«, meinte Claire. Sie zwang sich ruhig zu bleiben. Der Raum war so überheizt, daß sie Mantel und Blazer ausziehen mußte.

»Die schlechte Nachricht ist, daß deine Freunde vom FBI recht hatten: Im Claremont Men's College gibt es keine Aufzeichnungen über einen Thomas Chapman. Seither hat es übrigens den Namen gewechselt.«

Ein paar Tische weiter schnitt sich eine alte Chinesin die Fingernägel. Die dunkelhaarige Mutter nahm ihr Baby, das jetzt wie am Spieß schrie, auf und legte es in den Kinderwagen.

»Das hat mich stutzig gemacht«, fuhr Devereaux fort. »Ich wollte herausfinden, was wirklich mit deinem Mann los ist. Und dabei bin ich auf ein paar wirklich interessante Dinge gestoßen.«

»Zum Beispiel?«

»Ich habe bei der Sozialversicherung nachgefragt, ob es da irgendwelche Unregelmäßigkeiten gibt. So seltsam es klingt, aber es ist alles in Butter und vollkommen unverdächtig. Allerdings wurden bis 1985 keinerlei Zahlungen geleistet. Überhaupt nichts. Und das ist doch ein bißchen komisch bei einem sechsundvierzigjährigen Mann – außer er hat vor seinem dreißigsten Lebensjahr keinen Schlag gearbeitet, was durchaus möglich wäre. Dann habe ich mich bei der Kreditauskunft TRW erkundigt – auch alles in Ordnung, keine Probleme, nur daß der Mann vor 1985 weder ein Konto noch Kreditkarten besaß. Da muß etwas faul sein.«

Claire fühlte, wie ihr Magen sich zusammenkrampfte.

Im Radio lief gerade ein Lied von Steely Dan. Wie hieß es noch mal? »Katie Lied«? »Katie Died«? Jedenfalls so ähnlich. Das schwülstige Saxophonsolo mischte sich mit dem penetranten Piepsen eines Mikrowellenherdes, dann kam der säuselnde Refrain: »... *Deacon Blue ... Deacon Blue ...*«

»In seinem Lebenslauf sind verschiedene Arbeitsstellen nach dem College aufgelistet, gute Positionen bei seriösen Firmen und Maklerbüros. Und das bringt mich wiederum zu der Frage, warum keine Beiträge an die Sozialversicherung abgeführt wurden, wenn der Mann die ganze Zeit über berufstätig war. Also habe ich einige Anrufe getätigt und noch etwas Seltsames festgestellt: Alle Unternehmen, bei denen er beschäftigt war, bevor er sich selbständig gemacht hat, sind pleite gegangen.«

»Vielleicht bringt er Unglück«, murmelte Claire.

»Einen Bankrott könnte man ja noch verstehen, aber gleich drei? Die betreffenden Investmentfirmen und Makleragenturen gibt es alle nicht mehr. Und das heißt, daß auch keine Unterlagen existieren. Nichts, was sich nachprüfen ließe.«

Claire hörte mit wachsendem Entsetzen zu.

»Was hat das alles zu bedeuten?« fuhr Devereaux fort. »Vor dem Jahr 1985, als er knapp über dreißig war, besaß er keine einzige Kreditkarte – weder AmEx, Visa noch Mastercard. Und ich habe noch was rausgekriegt: Auch das Finanzamt hat bis zu diesem Zeitpunkt keine Akten über ihn. Er listet Tätigkeiten bei Firmen auf, die es nicht mehr gibt, er hat keine Sozialversicherungsbeiträge bezahlt, und er hat auch keine Einkommensteuererklärung eingereicht.«

»Was soll das alles heißen?« fragte Claire, unfähig, einen klaren Gedanken zu fassen.

»Nun, ich habe einen Kumpel in Los Angeles sitzen, den ich gebeten habe, einen kleinen Ausflug nach Hawthorne zu unternehmen...«

»Und er hat herausgefunden, daß Tom auch nicht auf der Hawthorne High-School war«, unterbrach Claire. »Du brauchst gar nicht weiterzureden. Ich kann es mir schon denken.«

»Die High-School hat keinerlei Unterlagen. Keiner der Lehrer von früher erinnert sich an einen Tom Chapman. Niemand aus dem Abschlußjahrgang 1973 kennt ihn. Sein Foto ist nicht im Jahrbuch. Und in den alten Telefonbüchern gibt es keinen Hinweis darauf, daß seine Eltern je dort gewohnt haben. Kein Nelson Chapman hat jemals in Hawthorne gelebt. Das muß nicht heißen, daß das FBI mit offenen Karten spielt. Und auch nicht, daß dein Mann einen Mord begangen hat. Ich sage nur, daß Tom Chapman nicht existiert, Claire. Dein Mann ist nicht der Mensch, für den du ihn hältst.«

Nach dem Seminar kehrte Claire in ihr Büro zurück, um einigen verzweifelten Studenten den Rücken zu stärken. Das Semester war fast zu Ende, und die Abschlußprüfungen standen unmittelbar bevor. Nachdem die Studenten fort waren, sah Claire ihre E-Mail durch.

Leider hatte der Rektor die Vorzüge von E-Mail erst kürzlich entdeckt und benutzte sie, um seine Mitmenschen über alles, was ihm gerade in dem Sinn kam, zu informieren. Erst heute hatte er ihr wieder eine Ansammlung von unwichtigen Memos hinterlassen. Außerdem fand Claire einige Anfragen von Journalisten vor, die auf diesem Weg mit ihr in Kontakt treten wollten. Aber sie wußte, wie man auf so etwas reagieren mußte, und zwar indem man hartnäckig schwieg. Kein Kommentar. Danach kam ein langer, geschwätziger Brief von einer Freundin in Paris.

Schließlich stieß Claire auf eine Nachricht, deren Absender in Finnland ihr unbekannt war. Das Schreiben war an Professor Chapman gerichtet, was sie seltsam fand, da alle sie Professor Heller nannten. Als sie es zum zweitenmal las, fing ihr Herz an zu klopfen.

Sehr geehrte Frau Professor Chapman,
ich möchte Sie bitten, mich in einer äußerst dringlichen und sehr persönlichen Angelegenheit zu vertreten. Zwar hindern mich die Umstände daran, Sie aufzusuchen, doch ich werde mich bald direkt mit Ihnen in Verbindung setzen. Das Telefon und auch die Mailbox bieten keine ausreichende Diskretion. Bitte schenken Sie den fehlerhaften Informationen zu meinem Fall, mit denen man Sie vermutlich konfrontiert hat, keinen Glauben. Bei unserer Unterredung werde ich Ihnen alles erklären und verbleibe mit den besten Wünschen auch an Ihre Tochter und mit freundlichen Grüßen

R. LENEHAN

Claire wußte sofort, daß mit R. Lenehan ihr kleines Lieblingsrestaurant im South End von Boston gemeint war. Eigentlich hieß das Lokal Rose Lenehan's und war der Schauplatz ihrer ersten Verabredung mit Tom gewesen.

Sie schaltete ins Antwortmenü und tippte:

Ich freue mich sehr auf ein baldiges Treffen.

9

Mitten in der Nacht wachte Claire plötzlich schweißgebadet und mit heftigem Herzklopfen auf. Sie ging durchs dunkle, nur von einer Straßenlaterne erleuchtete Schlafzimmer zu der Kommode, in der sie die Familienfotos aufbewahrte. Die FBI-Leute hatten sich nicht sonderlich dafür interessiert. Sie hatten nach konkreteren Hinweisen gesucht – zum Beispiel Fahrpläne, Abflugszeiten und Flugnummern.

Unzählige Bilder von Annie – von der Geburt bis zu ihrem letzten Schulfoto – waren in verschiedene Alben eingeklebt. Wahrscheinlich konnte kein kleines Mädchen eine so lückenlos dokumentierte Vergangenheit vorweisen. In der Schublade befand sich auch ein Album mit Kinderfotos von Claire selbst: Claire mit Jackie, Jackie, die hinter einer traurig dreinblickenden Claire herlief. Und einige Aufnahmen der ganzen Familie – Claire, Jackie und Mutter, die immer erschöpft wirkte. Eine Serie von Fotos zeigte Claire während eines Urlaubs in Wyoming mit einigen Freunden vom College. Dazu Schnappschüsse von ihrer College-Abschlußfeier. Damals war ihre Akne gerade wieder ausgebrochen, und sie hatte im Frühlingssemester ihres letzten Studienjahres ziemlich zugenommen, weshalb sie diese Fotos nur sehr ungern betrachtete.

Und was war mit Toms Bildern?

Es gab nur ein Babyfoto, schwarz-weiß mit gewelltem Rand. Doch es hätte auch irgendein anderes Kleinkind darstellen können, denn es ähnelte Tom überhaupt nicht. Allerdings traf das auf viele Babyfotos zu.

Bilder von ihm als kleiner Junge? Fehlanzeige.

High-School? Nichts.

College? Keine Spur.

Von Tom gab es keine einzige Aufnahme außer diesem nichtssagenden Babybild. Kein High-School-Jahrbuch, bekritzelt mit langen Widmungen in verschnörkelter Handschrift von Mädchen, die vergeblich für Tom geschwärmt hatten.

Gab es wirklich Menschen, die kein einziges Foto aus ihrer Kindheit und Jugend besaßen?

Warum hatte sie sich diese Frage bis jetzt noch nie gestellt?

Als sie an diesem Morgen später als sonst von ihrem Seminar zurückkehrte, wollten zwei hartnäckige Studenten nicht von ihrer Seite weichen. Höflich bat Claire die beiden, am Nachmittag wiederzukommen, da sie eine Besprechung habe. Falls sie sich Sorgen wegen des Examens machten, würde sie gern später mit ihnen darüber reden.

Connie saß an ihrem Schreibtisch und beantwortete Briefe. Sie blickte auf und öffnete schon den Mund, um etwas zu sagen.

Doch Claire winkte ihr nur mit einem Lächeln zu, was besagen sollte, daß sie sich zwar über Connies Anwesenheit freute, jetzt aber keine Zeit für sie hatte. Sie eilte in ihr Büro und schloß die Tür hinter sich.

Ray Devereaux thronte auf ihrem Sessel.

»Jetzt ist die Kacke am Dampfen«, begrüßte er sie. Er trug einen erstaunlich gut geschnittenen grauen Anzug, ein weißes Hemd und eine Krawatte in hellem Türkis.

»Was ist denn passiert?«

Claire ließ sich auf einem Besucherstuhl nieder und stellte den Aktenkoffer ab. »Hast du zuverlässige Quellen?«

»Wie man's nimmt. Ich habe mich zwar überall umgehört, doch die Leute wollen nicht so recht raus mit der Sprache. Hier handelt es sich nicht um kleine Fische. Es steckt was Größeres dahinter.«

»Wie groß?«

Devereaux lehnte sich zurück und Claire rechnete fast damit, daß ihr Gast gleich hintüberkippen würde. »Sie haben die Überwachung verschärft, und sie wissen von der Nachricht auf deiner Mailbox zu Hause. Jetzt haben sie sich eine richterliche Genehmigung besorgt, um auch deine Mailbox hier im Büro abzuhören. Sie haben keine Ahnung, wo Tom steckt, doch sie warten darauf, daß er sich bei dir meldet. Außerdem haben sie Leute vor seinem Büro in der Innenstadt postiert. Vor diesem Gebäude warten auch ein paar Beamte, die dich mit dem Auto verfolgen werden, falls du losfährst, um dich mit ihm zu treffen.«

»Das erinnert mich an das Lied von Police«, meinte Claire mit einem grimmigen Lächeln. »›Every Step You Take.‹«

Devereaux sah sie verständnislos an. »Machen wir einen Spaziergang«, schlug er vor.

Sie schlenderten durch die Anlage zwischen den Gebäuden der juristischen Fakultät. Claire bemerkte, daß zwei Zivilbeamte ihnen in einem nicht gerade unauffälligen Abstand folgten.

»Schönes Wetter heute«, sagte Devereaux. »Ein echter Frühsommertag.«

»Ray …«

»Noch nicht. Ich finde zwar, daß diese Richtmikrophone mit großer Reichweite überschätzt werden – besonders auf belebten Straßen –, aber ich will kein Risiko eingehen. Wir sollten ein Stück weit auf der Massachusetts Avenue entlangspazieren, um die beiden zu ärgern. Dann müssen sie nämlich unsere Stimmen unter denen von Hunderten anderer Passanten heraushören. Nehmen wir mein Auto. Ich habe es erst heute morgen abgeholt, und ich weiß, daß ich nicht verfolgt worden bin. Also ist es wahrscheinlich nicht verwanzt. Noch nicht.«

Devereaux' Wagen war ein neuer Lincoln. Einer seiner Klienten besaß eine Leasingagentur und überließ ihm die Autos anstelle eines Honorars kostenlos. Claire sank in den bequemen, gut gepolsterten Ledersitz, und Ray fuhr ziellos durch die Stadt.

»Du hast Toms Vater erwähnt«, begann Devereaux. »Nelson Chapman, der in Florida wohnt.«

»Hast du mit ihm gesprochen?«

Devereaux schüttelte langsam den Kopf. »Einen Mann dieses Namens gibt es nicht.«

»Ich habe ihn doch kennengelernt. Wir haben ihn auf Jupiter Island besucht.«

»Du hast einen Mann kennengelernt, der sich Nelson Chapman nannte. Der Besitzer der Eigentumswohnung hat noch nie von einem Nelson Chapman gehört. Selbst die Nachbarn, die schon lange dort leben, kennen ihn nicht. Wenn du mir nicht glaubst, kannst du ja selbst anrufen.«

»Soll das bedeuten, Tom hat jemanden engagiert, um seinen Vater zu spielen?«

»Sieht fast so aus. Die Operation ist strenge Verschlußsache.« Er lenkte den Wagen mit dem Zeigefinger. »Ist verdammt schwierig, irgendwas rauszukriegen. Meine Kontaktleute haben keinen Dunst. Und diejenigen, die was wissen, halten dicht. Allerdings konnte ich folgendes erfahren: Es heißt, daß Tom Geheimagent im Auftrag des Pentagon war.«

»Willst du mich auf den Arm nehmen?«

»Warum findest du das so unwahrscheinlich?«

»Er ist doch in der Investmentbranche.«

»Mittlerweile. Aber man sagt, daß er beim Militär war. Irgendwann ist er desertiert und seither spurlos verschwunden. Das ist jetzt etwa zehn Jahre her. Er soll sich nach einem sehr häßlichen und ernsten Vorfall verdrückt haben. Offenbar hat er was ziemlich Übles ausgefressen.«

»Was meinst du damit?«

»Er wird wegen Mordes gesucht.«

»Das hat mir das FBI auch schon erzählt.«

»Meine Kontaktleute berichten, daß er ein Geheimagent der amerikanischen Regierung war, irgendein schreckliches Verbrechen beging und sich dann aus dem Staub gemacht hat.«

Claire schüttelte den Kopf. Sie kaute an einem Fingernagel, eine Angewohnheit aus Studienzeiten, die sie eigentlich abgelegt hatte. »Das ist doch unmöglich!«

»Du bist mit ihm verheiratet«, antwortete Devereaux diplomatisch. »Du mußt es am besten wissen.« Er warf ihr einen Seitenblick zu und sah dann wieder auf die Straße.

Claire bedachte ihn mit einem verkniffenen Lächeln. »Wie gut kennt man den Menschen, mit dem man verheiratet ist?«

»Da bist du bei mir an der falschen Adresse. Als ich Margaret heiratete, wußte ich nicht, zu was für einem Miststück sie sich entwickeln würde – ein folgenschwerer Irrtum. Warum ist es unmöglich, daß Tom für die Regierung gearbeitet hat und einer geheimen militärischen Spezialeinheit angehörte? Tatsache ist, daß er sich eine neue Biographie und eine neue Identität zugelegt hat. Die Sache mit dem College war nur die Spitze des Eisbergs. Er hat etwas zu verbergen und ist vor etwas auf der Flucht. Soviel wäre schon mal sicher.«

»Könnte es nicht auch eine ganz harmlose Erklärung dafür geben?«

»Daß er zum Beispiel zu viele Strafzettel wegen Falschparkens angesammelt hatte? Ziemlich unwahrscheinlich.«

Claire verzog keine Miene.

»Um die Wahrheit zu sagen«, fuhr Devereaux düster fort, »fand ich ihn schon immer ein wenig zu perfekt. Aber da er dein Mann ist, stehe ich natürlich auf seiner Seite. Wenn die Regierung ihre geballte Macht gegen einen einzelnen Menschen auffährt, will sie bestimmt auch etwas vertuschen. Da kannst du Gift drauf nehmen.«

Am Abend, als Claire gerade versuchte, Annie zum Zubettgehen zu überreden, läutete das Telefon.

Sie erkannte die dunkle Altstimme sofort: Julia Margolis, die Frau ihres besten Freundes im Lehrkörper von Harvard. Abe Margolis unterrichtete Verfassungsrecht. »Claire«, sagte Julia. »Wo steckst du denn? Du hättest vor anderthalb Stunden hier sein sollen. Stimmt etwas nicht?«

»Anderthalb ... Oh, mein Gott. Wir sind ja heute bei dir zum Essen eingeladen. So ein Mist. Es tut mir wirklich leid, Julia. Ich habe es total vergessen.«

»Ist wirklich alles in Ordnung? So was kommt doch bei dir sonst nie vor.« Julia Margolis war eine üppige, noch immer attraktive Brünette Ende Fünfzig, eine ausgezeichnete Köchin und für ihre Abendeinladungen berühmt.

»Mir wächst die Arbeit langsam über den Kopf«, meinte Claire und fügte hinzu: »Tom mußte plötzlich geschäftlich verreisen, und zur Zeit wird mir alles ein bißchen zuviel.«

»Ich habe den Schwertfisch zwei Tage lang eingelegt, und es wäre ein Jammer, wenn er verdirbt. Warum kommst du nicht einfach jetzt noch vorbei?«

»Tut mir wirklich leid, Julia. Aber Rosa ist bereits weg, und ich habe keinen Babysitter. Außerdem bin ich schrecklich nervös. Bitte, sei mir nicht böse.«

»Schon gut, Claire. Aber du rufst mich doch an, wenn sich die Dinge ein wenig beruhigt haben? Ich würde euch beide gerne bald wiedersehen.«

10

Später an diesem Abend saßen Claire und Jackie in einem Paar abgewetzter Ledersessel unten im Arbeitszimmer. Tom hatte zwei Monate damit zugebracht, diese Clubsessel für Claire aufzutreiben, die sie in einer Anzeige von Ralph Lauren bewundert hatte. Schließlich hatte er einen Händler in New York ausfindig gemacht, und der hatte die Möbelstücke auf einem Flohmarkt in Paris entdeckt. Nun standen die Sessel, in den zwanziger Jahren Ausstattung eines Pariser Nachtclubs, hier in Cambridge und waren noch immer unvergleichlich bequem.

Jackie trug wieder schwarze Jeans und ein schwarzes T-Shirt. Hemd und Arme waren mit Farbspritzern bedeckt. Jackie war Malerin, mußte sich aber ihren Lebensunterhalt mit dem Verfassen von Gebrauchsanleitungen verdienen. Claire hatte noch keine Zeit gehabt, ihr schickes blaues Kostüm, die Kopie eines Modells von Chanel, auszuziehen. Sie war erschöpft und hatte Kopfschmerzen. Außerdem waren ihr Nacken und ihre Schultern verspannt. Am liebsten hätte sie sich eine Stunde lang in die heiße Badewanne gelegt.

Die untergehende Sonne tauchte den Raum in goldgelbes Licht.

»Ray Devereaux sagt, Tom habe früher geheime Aufträge für die Armee ausgeführt und sei dabei in Schwierigkeiten geraten«, berichtete Claire.

»Ach, du meine Güte! Hältst du Rays Informationen für zuverlässig?«

»Normalerweise liegt er richtig – wenigstens war es bis jetzt immer so.«

»Also glaubst du, Tom ist an irgendeiner verdeckten Operation für die Regierung oder das Pentagon beteiligt gewesen und hat sich dabei was zuschulden kommen lassen? Und dann ist er desertiert, einfach untergetaucht, und hat sich einen neuen Namen zugelegt? Du meinst, er zieht einfach nach Boston, gründet eine Firma und hofft, daß ihn niemand erwischt? Eines Tages wird zufällig bei euch eingebrochen, die Bullen überprüfen seine Fingerabdrücke, und siehe da – das Pentagon hat ihn wieder! Stellst du es dir so vor?«

»Im großen und ganzen ja.« Claire blickte fragend auf ihre Schwester. Wollte Jackie sie auf den Arm nehmen oder zweifelte sie an ihrer Version? Nein: Sie dachte nur laut, was bei ihr häufig vorkam.

»Es ist nicht leicht, ohne Zeugnisse und Referenzen einen Job zu kriegen«, gab Jackie zu bedenken. »Also macht er selbst eine Firma auf. So läuft er nicht Gefahr, daß sich jemand allzu eingehend nach seiner Vergangenheit erkundigt.«

Claire schloß die Augen und nickte.

»Und alles, was wir über Tom wissen, war nur gelogen«, fuhr Jackie fort.

»Vielleicht nicht alles, aber eine ganze Menge.«

»Aber du fühlst dich trotzdem hintergangen«, sagte Jackie leise. »Der klassische Grund für eine Ehekrise.«

Tränen traten Claire in die Augen. Traurig war sie eigentlich nicht, eher niedergeschlagen und erschöpft. »Hintergangen?« wiederholte sie. »Jetzt ist er auf der Flucht und muß sich verstecken.«

»Er hat dich angelogen, Claire. Er hat dir die Wahrheit über sich verschwiegen und ist nicht der Mensch, als der er sich ausgibt. Jemand, der sich eine frei erfundene Biographie zulegt, ist vielleicht auch sonst nicht besonders ehrlich.«

»Er hat sich wieder mit mir in Verbindung gesetzt, Jackie.«

»Wie?«

»Ich weiß nicht, ob hier Wanzen sind«, antwortete Claire und wies auf die Decke. Die Abhörgeräte konnten überall installiert sein.

»Und was hast du jetzt vor?« fragte Jackie. Im selben Moment läutete es. Die beiden Schwestern sahen einander überrascht an. Wer konnte das nur sein? Zögernd stand Claire auf und ging zur Tür.

Es war ein junger Mann Anfang Zwanzig mit einem struppigen Ziegenbart und einem Messingring im linken Ohr. Er trug Radlerhosen und eine Lederjacke. »Boston Kurierdienst«, verkündete er.

Hinter ihm entdeckte Claire zwei Crown Victorias am Randstein, deren Insassen den Besucher eingehend musterten.

»Sind Sie Claire Chapman?«

Claire nickte und musterte ihn mißtrauisch.

»Mein Gott, gute Frau, diese Typen da draußen haben mich aufgehalten und mit Fragen gelöchert. Sie wollten wissen, wer ich bin und was ich hier zu suchen habe. Stimmt bei Ihnen etwas nicht? Haben Sie Probleme? Probleme kann ich nämlich überhaupt nicht brauchen.«

»Und was kann ich für Sie tun?« erkundigte sich Claire.

»Ich habe hier ein Päckchen für Claire Chapman. Aber ich muß zuerst Ihren Ausweis sehen.«

»Augenblick bitte.« Claire schloß die Tür und holte ihren Führerschein aus der Handtasche auf dem Flurtisch.

Nachdem der Kurierfahrer ihn geprüft und das Foto mit Claires Gesicht verglichen hatte, nickte er. »Ich brauche auch Ihren Harvard-Dienstausweis.«

»Von wem ist denn das Päckchen?«

»Keine Ahnung.« Er sah sie an. »Lehanan oder so ähnlich.«

Claire atmete erleichtert auf. Ihre Hände zitterten vor Aufregung. »Bitte sehr«, sagte sie und reichte ihm den Dienstausweis.

Wieder betrachtete er sie und dann das Foto. »In Ordnung«, meinte er dann argwöhnisch. »Wenn Sie hier unterschreiben wollen.«

Claire folgte der Aufforderung und nahm das Päckchen, einen flachen Pappumschlag im Din-A-4-Format, entgegen. Sie gab dem Fahrer ein Trinkgeld und schloß die Tür.

»Von wem ist es?« fragte Jackie.

Claire schwieg und lächelte. Tom wußte, daß die Telefone abgehört wurden, was hieß, daß auch Mailbox und Fax nicht sicher waren. Die Post wurde bestimmt ebenfalls überwacht. Die Sache mit dem Kurierdienst würde zwar auch nur einmal klappen, aber ohne gerichtliche Anordnung konnte das Päckchen nicht konfisziert werden.

Darin befand sich ein handgeschriebener Brief, bei dessen Anblick Claire die Tränen in die Augen schossen. Außerdem entdeckte sie eine gezeichnete Wegbeschreibung, und zum erstenmal schöpfte sie wieder Hoffnung.

11

Vollmond. Eine laue Nacht. Die Beamten in ihren Dienstwagen waren durch das langweilige Warten nachlässig geworden. Deshalb dauerte es eine halbe Stunde, bis es an der Tür klingelte. Claire öffnete und war nicht überrascht, die beiden FBI-Männer vor sich zu sehen. Howard Massie und John Crawford trugen fast identische Trenchcoats. Wahrscheinlich waren sie vom Beobachtungsteam alarmiert worden und sofort hierher geeilt.

Massie fing schon auf der Schwelle an zu reden: »Wo ist der Umschlag?« Heute erschien er Claire größer als bei dem alptraumhaften Vorfall im Einkaufszentrum und dem darauffolgenden »Gespräch«.

»Zuerst müssen wir uns unterhalten«, sagte sie und führte sie in das Zimmer neben der Vorhalle. Der Raum war mit einem Sofa, einigen bequemen Polstersesseln und einer mit Gobelin überzogenen Ottomane möbliert, auf der sich ordentlich alte Ausgaben des *New Yorker* stapelten. Dieses Zimmer wurde nur selten benutzt, und so sah es auch aus: steril wie im Ausstellungsraum eines Möbelgeschäftes.

»Wenn Sie uns etwas verheimlichen wollen ...«, begann Crawford drohend.

Massie unterbrach ihn: »Wir sind auf Ihre Mitarbeit angewiesen, und wenn Ihr Mann eine Verabredung mit Ihnen ...«

»Wie wollen Sie beweisen, daß dieser Ronald Kubik, den Sie suchen, wirklich mit Tom Chapman, meinem Mann, identisch ist?« fiel Claire ihm ins Wort.

Massie warf Crawford einen Blick zu. »Anhand der Fingerabdrücke, Ma'am«, entgegnete dieser. »Fingerabdrücke lügen nicht. Wir könnten Ihnen auch Fotos zeigen, aber das Gesicht hat sich verändert.«

Claires Magen krampfte sich zusammen. »Was soll das heißen: Das Gesicht hat sich verändert?«

»Zwischen den Fotos von Ihrem Mann und denen von Ronald Kubik besteht nur eine flüchtige Ähnlichkeit«, erklärte Massie. »Durch Überlagerung kann man zweifelsfrei feststellen, daß es sich um ein und dieselbe Person handelt, doch das würden Sie uns sowieso nie glauben. Nicht nach all den plastischen Operationen. Sergeant Kubik ist ein außergewöhnlich intelligenter, einfallsreicher Mann. Ohne den Einbruch bei Ihnen und die Gewissenhaftigkeit der Polizei von Cambridge, die alle Fingerabdrücke überprüft hat, hätten wir ihn vermutlich nie gefunden.«

»*Sergeant?*«

»Ja, Ma'am«, entgegnete Crawford. »Wir sind nur die ermittelnde Behörde und im Auftrag der U.S. Army tätig. Des CID, um genau zu sein; das ist die Abteilung, die Verbrechen von Armeeangehörigen untersucht.« Massie musterte sie mit zusammengekniffenen Augen.

»Warum zum Teufel interessiert sich der CID für Tom?«

»Wir wissen, daß Sie Juraprofessorin in Harvard sind«, fuhr Massie fort, »doch vermutlich sind Sie über das Militär nicht so gut im Bilde. Ihr Mann, Ronald Kubik, ist einer Reihe von Verbrechen laut Militärgesetzbuch angeklagt, unter anderem wegen Artikel 85, das ist Fahnenflucht, und wegen Artikel 118 – vorsätzlicher Mord.«

»Und wen soll er angeblich umgebracht haben?«

»Das ist uns leider nicht bekannt«, erwiderte Crawford hastig.

Claire sah Massie an, der den Kopf schüttelte. »Wir sind darüber informiert, daß Ihr Mann Kontakt mit Ihnen aufgenommen hat. Und wir müssen erfahren, wo er sich aufhält. Deshalb würden wir gern einen Blick in das Päckchen werfen.«

»Genau darüber wollte ich mit Ihnen sprechen«, sagte Claire.

»Ich verstehe.« Massie betrachtete Claire forschend.

»Sie und ich verfolgen unterschiedliche Ziele«, fuhr sie fort. »Ich will für Tom nur das Beste. Ganz gleich, was er getan hat, durch Davonlaufen wird sich das Problem nicht lösen lassen. Früher oder später werden unsere Unrechtsbehörden ihn sowieso schnappen.«

»Ich wußte doch, daß Sie irgendwann Vernunft annehmen werden«, meinte Crawford.

Claire bedachte ihn mit einem verächtlichen Blick. »Ich möchte nicht, daß seine Verhaftung zu einem großen Showauftritt ausufert. Keine großangelegte Festnahmeaktion in der Öffentlichkeit. Kein Abführen in Handschellen. Keine Waffen. Keine Fußketten und Fesseln.«

»Darin sehe ich keine Schwierigkeit.«

»Da er sich am Logan Airport mit mir treffen will, wird er sich Ihnen auf dem Parkplatz gegenüber vom Terminal stellen. Ich werde dafür sorgen, daß er unbewaffnet ist oder seine Waffe in Ihrer Gegenwart wegwirft.«

Massie nickte.

»Bevor er sich stellt, möchte ich allein mit ihm sprechen – mindestens eine Stunde lang.« Massie zog die Brauen hoch. »Und zwar unter vier Augen und ohne Zuhörer. Ihre Leute können in der Nähe bleiben, um sicherzugehen, daß er sich nicht wieder aus dem Staub macht. Aber ich will keine Ohrenzeugen.«

»Das dürfte problematisch werden«, meinte Crawford.

»Dann können Sie die Festnahme vergessen. Und seinen Brief zeige ich Ihnen auch nicht.«

»Ich glaube, das läßt sich machen«, erwiderte Massie.

»Gut. Dann möchte ich von Ihnen die Zusage, daß sein Vermögen nicht eingefroren wird.«

»Frau Professor«, protestierte Crawford, »ich glaube nicht, daß das ...«

»Sorgen Sie dafür, meine Herren. Das ist meine Bedingung.«

»Wir müssen zuerst Rücksprache mit Washington halten.«

»Und ich will nicht, daß das FBI ihn wegen Führen eines falschen Namens anklagt. Sämtliche zivilrechtlichen Verfahren gegen ihn müssen eingestellt werden.«

Crawford sah Massie entgeistert an.

»All diese Zusagen werden Sie mir schriftlich bestätigen und von einem stellvertretenden Direktor des FBI abzeichnen lassen. Ein niedrigerer Dienstgrad kommt nicht in Frage. Ich will die Namen der Verantwortlichen kennen. Keiner soll sich später mit der Ausflucht aus der Affäre ziehen können, er sei eigentlich gar nicht zuständig gewesen.«

»Ich denke, daß wir das schaffen«, meinte Massie. »Doch es wird eine Weile dauern.«

»Das Angebot gilt nicht unbegrenzt«, entgegnete Claire. »Bis morgen mittag um zwölf will ich die unterschriebenen Papiere haben. Das Treffen findet am frühen Abend statt.«

»Bis morgen mittag um zwölf?« stammelte Crawford. »Aber ... aber das ist unmöglich!«

Claire zuckte die Achseln. »Tun Sie Ihr Bestes. Wenn Sie meine Bedingungen erfüllen, lasse ich Sie Toms Brief lesen. Und dann dürfen Sie ihn verhaften.«

Als Claire am nächsten Morgen das Haus verließ, trug sie einen Mantel in leuchtendem Königsblau, den sie in einem Anfall von Geschmacksverirrung bei Filene's im Sonderangebot gekauft hatte. Sie brachte Annie zur Schule, begleitete sie bis zum Klassenzimmer, kehrte dann zu ihrem Volvo zurück und fuhr ins Büro. Zwei Crown Victorias folgten ihr wie treue Hirtenhunde.

Um Viertel vor elf lieferte ein Kurier ein Päckchen vom Bostoner FBI-Büro ab. Es enthielt den verlangten Brief, unterzeichnet von einem stellvertretenden Direktor des FBI, dessen unleserliche Unterschrift der zackigen Kurve eines EKG ähnelte.

Eine halbe Stunde später erschien ein weiterer Kurier und holte ein Blatt Papier ab, das für Massie bestimmt war.

Als Connie kurz nach eins zum Mittagessen gehen wollte, gab Claire ihr eine Einkaufstüte mit, die den ordentlich gefalteten blauen Mantel enthielt. Sie bat ihre Sekretärin, die Tüte in dem schicken, belebten Lokal stehenzulassen, wo Connie sich jeden Tag mit zwei anderen Sekretärinnen von der juristischen Fakultät zum Essen traf.

Danach unterrichtete Claire ein Seminar. Die Besprechungen am Nachmittag sagte sie ab.

Um halb fünf packte sie ihren Aktenkoffer zusammen, schloß ihr Büro ab, verabschiedete sich von Connie und ging zum Aufzug. Auf dem Flur ihrer Etage fielen ihr keine Beschatter auf. Claire fuhr mit dem Aufzug ins Tiefgeschoß und schlenderte eine Weile durch die Gänge unter dem Campus, bis sie sicher war, daß niemand ihr folgte. Die Beamten wußten zwar, wie man jemanden beobachtete, ohne ihn aus den Augen zu verlieren – aber Claire kannte sich dafür im Tiefgeschoß des Universitätsgebäudes aus.

Wie Claire dem FBI zugesichert hatte, verließ ihr Volvo um Punkt fünf Uhr langsam die Parkgarage für Universitätsmitarbeiter. Claire, die in einiger Entfernung zu Fuß vorbeiging, betrachtete die dunkelhaarige Fahrerin in dem königsblauen Mantel, deren Gesicht hinter einer gewaltigen Sonnenbrille verborgen war. Die Frau sah Claire ziemlich ähnlich: Jackie hatte mit Hilfe einer eilig erworbenen Perücke ein wahres Wunder vollbracht. Der Volvo fädelte sich, dicht gefolgt von einem zivilen Crown Victoria, in den Berufsverkehr auf der Massachusetts Avenue ein und war bald verschwunden. Jackie würde zum Flughafen fahren – zu dieser Tageszeit eine berüchtigte Staustrecke – und dann zwischen den Terminals herumkurven, als sei sie nicht sicher, welches das richtige war. Die Beschatter würden ihr unweigerlich auf den Fersen bleiben.

Der Brief, den Claire an Massie geschickt hatte, war in einzeiligem Abstand auf dem Laserdrucker in Toms häuslichem Arbeitszimmer ausgedruckt worden. Bei dem Papier handelte es sich um Hammermill-Kopierqualität hellweiß, 0,9 Gramm, das aus einem noch ungeöffneten Packen stammte und deshalb keine Fingerabdrücke aufwies. In dem Schreiben wurde Claire instruiert, Tom im Delta-Terminal auf dem Logan Airport zu treffen, wo er mit dem Inlandsflug aus New York um halb sechs eintreffen wollte. In der Ankunftshalle würde es zwar ebenfalls von FBI-Beamten wimmeln, doch da sie Claire nicht trauten, würden sie ihr wahrscheinlich zum Volvo folgen, um sicherzugehen, daß sie sich wirklich an die Abmachung hielt.

Claire spazierte gemächlich die Oxford Street hinter der Universität entlang, wo Toms Lexus an einer Parkuhr stand. Da Jackie den Wagen schon vor einigen Stunden hier abgestellt hatte, war die Parkuhr längst abgelaufen. Daher wunderte es Claire nicht weiter, daß hinter dem Scheibenwischer ein phosphoreszierender Strafzettel klemmte.

Nimm das Radio aus dem Schlafzimmer, hatte in Toms tatsächlichem Brief gestanden. *Stelle es auf eine Station ziemlich weit oben auf der Skala ein, so etwa um die 108 Megahertz herum, bis Du ein lautes, deutliches Signal hörst. Dann geh mit dem Radio in die Garage und taste mit der Antenne das Auto ab.*

Achte auf das statische Knistern, auf Quietschgeräusche und auf jede Änderung in der Empfangsqualität.

Wenn Du im Auto einen Sender entdeckst oder Dir dessen nicht sicher bist, fahr nirgendwohin.

Ist das Auto sauber, kann es losgehen.

Aber warte auf den Berufsverkehr. Im Stau können sie Dich nicht so gut verfolgen. Bei Dunkelheit werden sie es schwerer haben, unentdeckt zu bleiben, weil man die Scheinwerfer weithin sehen kann.

Fahr im Kreis herum, hatte er sie angewiesen, doch das war leichter gesagt als getan. Wenn man verfolgt wird, findet man plötzlich keine Gelegenheit zum Abbiegen mehr. *Bevor Du zum Autobahnkreuz Massachusetts fährst, kurve ein bißchen durch die Stadt. Biege viermal kurz nacheinander rechts ab. Jeder, der dann noch hinter Dir bleibt, ist hundertprozentig ein Verfolger.*

Außerdem mußt Du öfter links abbiegen, weil es viel schwieriger ist, jemandem dabei unbemerkt zu folgen. Wenn möglich, überfahre Ampeln bei Gelb oder auch bei Rot, sofern Du Dich dabei nicht selbst gefährdest.

Falls sie Dich unbemerkt beschatten wollen, werden sie nicht direkt hinter Dir bleiben, sondern einen oder zwei Wagen Abstand halten. Vielleicht sind Dir vier Autos auf den Fersen, vielleicht auch keines.

Achte auf die rechte Heckseite Deines Autos. Das ist der tote Winkel, den Verfolger besonders lieben.

Ändere ständig die Geschwindigkeit. Gib Gas und geh dann wieder runter. Fahr so übertrieben langsam, daß alle gezwungen sind, Dich zu überholen. Halte an einer Raststätte und parke im hinteren Teil. Bestell Dir was zu essen. Schlag ein paar Stunden tot. Dann demoliere mit einem harten Gegenstand dein rechtes Rücklicht und kehre auf die Autobahn zurück.

Fahr jedesmal ab, wenn sich die Gelegenheit dazu bietet.

Wenn Du die Ausfahrt Nummer 9 passiert hast – das ist hinter Sturbridge im Westen –, verlangsame wieder das Tempo. Nimm die rechte Spur und schalte die Warnblinkanlage ein.

Zuerst hatte Claire sich gewundert, wie gut Tom mit Überwachungstechniken vertraut war. Diese Seite an ihm kannte sie noch gar nicht.

Doch dann fiel ihr ein, wer er angeblich früher gewesen war, und nun wußte sie, daß das FBI wenigstens zum Teil die Wahrheit sagte.

Es war kurz nach zehn Uhr nachts und zu spät, um Annie anzurufen – selbst wenn Claire das gewagt hätte. Sie fuhr durch die Berkeshires in der Nähe von Lee in Massachusetts. Es waren nur wenige Autos unterwegs. Claire dachte an ihre Tochter, die schlafend im Bett lag, während Jackie unten saß und Zigaretten rauchte.

Die Straße war ziemlich hügelig, verlief durch kleine Schluchten und führte dann steil einen Berg hinauf. Claire fuhr langsam und mit eingeschalteter Warnblinkanlage auf dem Seitenstreifen. Sie war sicher, daß niemand ihr folgte. Als sie die Straße auf der anderen Seite des Berges wieder hinunterrollte, bemerkte sie im Rückspiegel ein unbeleuchtetes Auto, das von einem Waldparkplatz kam. Der Wagen beschleunigte, bis er kurz hinter ihr war, und ließ dann zweimal die Lichthupe aufblitzen.

Claire bog in den nächsten, von einer dichten Hecke umgebenen Parkplatz ein und schaltete die Scheinwerfer aus.

Das Herz klopfte ihr bis zum Halse.

Sie blickte starr geradeaus und wagte nicht, sich umzudrehen.

Das Auto bremste direkt hinter ihr. Claire hörte, wie sich die Tür öffnete. Dann knirschten Schritte.

Als sie durch das geschlossene Autofenster sah, stand Tom vor ihr. Bartstoppeln bedeckten sein Gesicht wie ein Schmutzfilm, und er hatte ein Fernglas um den Hals hängen. Er lächelte ihr zu, und sie erwiderte sein Lächeln.

Tränen stiegen ihr in die Augen. Sie riß die Autotür auf und schloß ihn in die Arme.

12

Sie folgte ihm im Lexus auf einer gewundenen Nebenstrecke. Aus Landstraßen wurden Feldwege, und schließlich hatte Claire nicht mehr die geringste Ahnung, wo sie sich befand. Tom fuhr einen alten, schwarzen Jeep Wrangler, über dessen Herkunft er ihr nichts verraten hatte. Sie kamen durch ein Dorf, wo sich seit den fünfziger Jahren nichts verändert zu haben schien. Claire erblickte eine Woolworth-Filiale, die bestimmt schon fünfzig Jahre alt war, und ein altmodisches, rundes Schild mit der Aufschrift *Gulf*. Die Häuser waren dunkel, die Fensterläden geschlossen. Sie fuhren auf der unbeleuchteten Landstraße weiter, vorbei an einem modernen Schulgebäude aus Backstein und über einen Bahnübergang. Nach einiger Zeit bedeutete Tom ihr anzuhalten.

Sie stieg zu ihm in den Jeep.

»Wohin fahren wir?« fragte sie.

»Hab noch ein bißchen Geduld«, erwiderte er. Plötzlich trat er aufs Gas und bog in einen Feldweg ein. Zuerst war dieser noch geteert, doch dann knirschte gestampfter Kies unter ihnen, und schließlich holperte der Wagen eine ganze Weile über wurzeldurchzogene Erde. Auf einmal endete der Weg an einer Felswand, vor der sich schartige Gesteinsbrocken erhoben. Tom schaltete die Scheinwerfer und den Motor aus. Dann nahm er eine große, schwarze Taschenlampe, die am Boden des Wagens gelegen hatte, und bedeutete Claire auszusteigen.

Sie traten in einen Hain von riesenhaften, verkrüppelten Föhren. Da sie in dem dichten Wald am Ufer des kleinen Sees standen, drang wohl nur selten ein Sonnenstrahl zu ihnen durch. Es war stockfinster, und nur das Licht der Taschenlampe wies ihnen den Weg. Tom führte Claire einen gewundenen Trampelpfad entlang, zu dessen Seiten gewaltige Bäume emporragten. Da Claire Pumps mit glatten Sohlen trug, stolperte sie einige Male.

»Bleib in meiner Nähe«, sagte Tom. »Paß auf.«

»Warum?«

»Bleib in meiner Nähe«, wiederholte er nur.

Schließlich erreichten sie eine kleine, grob gezimmerte Holzhütte am Ufer – eigentlich war es eher ein Schuppen. Das Häuschen hatte ein steil abfallendes Dach mit Schindeln aus Teerpappe, das hie und da Lücken aufwies. Vor dem kleinen Fenster hing ein vergilbtes Rollo aus Papier, das den Blick ins Innere versperrte. Das Dach reichte so tief nach unten, daß Claire den Rand berühren konnte. Offenbar war die Hütte einmal weiß gestrichen gewesen – doch seither waren anscheinend Jahrzehnte vergangen. Inzwischen ähnelten die verbliebenen Farbsplitter winzigen Schneeflocken auf einem verwitterten Untergrund aus Holzlatten.

»Willkommen«, sagte Tom.

»Was ist das?« fragte Claire, obwohl sie wußte, daß es auf ihre Frage keine Antwort gab. Daß es sich um eine verlassene Hütte am Ufer eines einsamen Sees im westlichen Massachusetts handelte, war schließlich offensichtlich. Und ebenfalls eindeutig war, daß Tom sich diese Hütte als Unterschlupf ausgesucht hatte.

Sie trat näher an ihn heran. Er hatte sich seit einigen Tagen nicht rasiert, und unter seinen Augen entdeckte sie dunkle Ringe. Auch die Falten auf seiner Stirn erschienen ihr tiefer. Er wirkte erschöpft und todmüde.

Tom bedachte sie mit einem schiefen Lächeln. »Ich bin ein verrückter Dichter aus New York, der sich für ein paar Wochen in die Einöde zurückziehen will. Die Hütte gehört dem Besitzer der Gulf-Tankstelle im Dorf. Sein Vater, der vor zwanzig Jahren verstorben ist, war der Besitzer. Aber die Familie interessiert sich nicht mehr dafür. Ich habe sie vor ein paar Jahren entdeckt, und sie schien mir sehr geeignet, falls ich einmal schnell ein Versteck bräuchte. Als ich den Typen vor ein paar Tagen anrief, war er überglücklich, sie mir für fünfzig Dollar die Woche vermieten zu können.«

»Vor ein paar Tagen? Hast du damit gerechnet?«

»Ja und nein. Einerseits habe ich mir gewünscht, daß der Fall nie eintreten würde. Aber ich war immer darauf vorbereitet.«

»Und hast du dir je Gedanken darüber gemacht, was in diesem Fall aus Annie und mir wird?«

»Claire, wenn ich geahnt hätte, daß es wirklich dazu kommt, hätte ich mich schon viel früher verdrückt. Glaube mir.« Er öffnete die Tür, die in den Angeln quietschte. Ein Schloß gab es nicht.

»Bitte eintreten.«

Der Dielenboden war grob und abgenutzt. Auf dem Holzofen lag eine Schachtel Streichhölzer. Im Raum herrschte ein angenehmer Geruch wie von einem Kaminfeuer. Ein schmales Feldbett an der Wand war mit einer alten, dunkelgrünen Wolldecke ausgestattet. Auf dem wackelig wirkenden Tisch lagen ein Karton Eier, ein halbes Brot und ein paar Dosen Thunfisch. Daneben befand sich ein Häufchen technischer Gerätschaften, die Claire nicht kannte. Sie nahm eines der Teile zur Hand – ein braunes, längliches Gerät, etwa so groß wie ein Feldstecher, mit einem Sucher an einem Ende.

»Was ist denn das?« fragte sie.

»Ein Spielzeug. Ich habe es in einem Laden mit Army-Restbeständen gekauft.«

»Und wozu braucht man es?«

»Zum Schutz. Als Versicherung.«

Claire fragte nicht weiter.

Das Motorengeräusch eines kleinen Flugzeugs war zu hören.

»Erinnere mich dran, an diesem See bloß keine Immobilie zu kaufen«, meinte Claire.

»Ganz hier in der Nähe gibt es einen kleinen Privatflugplatz. Ich glaube, wir liegen mitten in der Einflugschneise. Also …« Er nahm sie in die Arme und drückte sie so fest an sich, daß es fast weh tat. Wieder einmal fiel Claire auf, wie stark er war.

»Danke, daß du gekommen bist«, murmelte er und küßte sie auf den Mund.

Sie machte sich los. »Wer bist du, Tom?« fragte sie ärgerlich. »Oder soll ich dich besser Ron nennen? Was ist dir lieber?«

»Ich bin schon so lange nicht mehr Ron …«, antwortete er. »Und außerdem habe ich mich als Ron nie sehr glücklich gefühlt. Für dich war ich immer Tom. Nenn mich bitte weiter so.«

»Also, Tom«, sagte sie höhnisch. »Wer bist du wirklich? Wieviel wird von dir übrigbleiben, wenn man all die Lügen wegläßt, die du mir aufgetischt hast? Ist es wahr, was ich über dich gehört habe?«

»Was soll wahr sein? Ich habe keine Ahnung, was man dir erzählt hat.«

»Du hast keine Ahnung?« rief sie. »Jedenfalls habe ich vom FBI mehr über dich erfahren als von dir.«

»Claire …«

»Warum sagst du mir nicht endlich die Wahrheit, verdammt?«

»Ich wollte dich schützen, Claire.«

Sie lachte bitter. »Das ist die beste Ausrede, die mir je untergekommen ist. Du hast mich vom ersten Moment an hemmungslos belogen. Und du willst mich schützen? Da bin ich ja an einen echten Kavalier geraten! Danke, daß du mir und meiner Tochter fünf Jahre lang etwas vorgemacht hast. Vielen Dank!«

»Claire, Liebling«, sagte Tom und streckte die Hände nach ihr aus. Doch als er den Arm um sie legen wollte, stieß sie ihn rüde weg.

»Als ich dich kennenlernte, war ich einsam und deprimiert. Ich verdiente ganz ordentlich, indem ich die Gelder anderer Leute verwaltete. Ich hatte mich selbständig machen und meine eigene Firma gründen müssen, denn bei einer Überprüfung meines Lebenslaufes wäre herausgekommen, daß alle meine bisherigen Arbeitgeber pleite gegangen sind. Wer stellt schon einen solchen Unglücksraben ein?« Tom lächelte traurig. »Damals war es schon sechs Jahre her, daß ich verschwunden war und mich in Tom Chapman verwandelt hatte. Aber immer noch blickte ich mich auf der Straße ständig um, denn ich war überzeugt, daß sie mich irgendwann schnappen würden. Die sind nicht von gestern, Claire. Sie verstehen ihr Geschäft, kennen keine Skrupel und scheuen sich nicht, einen Menschen umzulegen.«

»Wer sind ›sie‹?«

»Ich habe für eine streng geheime Abteilung des Pentagon gearbeitet. Eine verdeckt operierende Truppe namens OPSEC, die den Special Forces angehörte.«

»Kannst du mir das etwas genauer erklären?«

»Es handelte sich um ein Sondereinsatzkommando – eine Gruppe von zwölf bestens ausgebildeten Elitesoldaten. Diese Leute wurden eingesetzt, um geheime, manchmal illegale, verdeckte Aktionen im Ausland zu unterstützen, mit denen sich Pentagon, CIA oder Außenministerium nicht die Hände schmutzig machen wollten.«

Tom saß auf der Kante des Feldbettes. Neben ihm hatte sich Claire im Schneidersitz niedergelassen. »Nicht so schnell, Tom.«

Aber Tom achtete nicht auf ihre Worte. Als er weitersprach, hatte seine Stimme einen seltsamen, eindringlich-monotonen Klang. »Offiziell gab es diese Einheit nicht, und sie tauchte in keiner Akte und in keinem Verzeichnis auf. Die Öffentlichkeit erfuhr nie von ihrer Existenz. Allerdings verfügten wir über beträchtliche Mittel aus der schwarzen Kasse des Pentagon. Man bezeichnete uns als Einheit 27, aber wir selbst nannten uns Einheit Brennender Baum. Unser Chef war Colonel William O. Marks, ein echter Fanatiker, der außerdem bestechlich war.«

»Der Name kommt mir bekannt vor.« Claire schwirrte der Kopf.

Tom schnaubte verächtlich. »Inzwischen ist er Stabschef der Army und gehört dem Generalstab an. Als die Regierung Reagan 1984 einen verdeckten Krieg in Mittelamerika führte ...«

»Tom, du mußt langsamer erzählen. Fang noch mal von vorne an. Diese ganze Geschichte ist so chaotisch und wirr, daß ich nicht mehr mitkomme. Sag mir einfach, was stimmt und was nicht. Warst du auf dem College und hast du für verschiedene Maklerbüros gearbeitet? Oder war das auch nur eine Erfindung?«

Er nickte. »Das mit dem Claremont College war nicht nur gelogen. Tatsächlich bin ich in einer Vorstadt nördlich von Chicago geboren und aufgewachsen. Doch es ist richtig, daß meine Eltern sich scheiden ließen und daß mein Vater sich weigerte, meine Studiengebühren zu bezahlen.

Vergiß nicht, daß das alles 1969 passierte. Wer nicht Familienvater, Student oder behindert war, wurde eingezogen und nach Vietnam geschickt. Also bekam auch ich einen Einberufungsbefehl. Allerdings wurde ich aus irgendeinem Grund für die Special Forces ausgesucht. Nach meiner Dienstzeit in Vietnam wurde ich nach Fort Bragg versetzt und der Einheit Brennender Baum unterstellt. Meine Leistungen waren gut, und damals glaubte ich noch an die Sache, obwohl ich mich heute dafür schäme. Zwischen uns bestand eine echte Kameradschaft, wir waren mit Feuereifer dabei. Wir alle waren überzeugt, daß wir die notwendige Drecksarbeit machten, während die amerikanische Regierung den Schwanz einkniff.«

Als Claire ihn zweifelnd ansah, lächelte er. »Wenigstens habe ich mir das eingeredet. In den achtziger Jahren waren der CIA und das Außenministerium bis über beide Ohren in die Probleme in Mittelamerika verstrickt. Der CIA druckte Ausbildungsrichtlinien, in denen man den dort eingesetzten Agenten Foltertechniken beibrachte.«

Claire nickte. Inzwischen waren diese Ausbildungsrichtlinien allgemein bekannt.

»Die Regierung Reagan war besessen von der Idee, den Kommunismus in diesen Ländern auszurotten. Doch da sich die USA nicht im Kriegszustand mit ihnen befanden, durften wir uns nicht offiziell in die Kampfhandlungen einmischen, sondern nur ›beratend‹ tätig werden. Deshalb wurde unsere Einheit dorthin geschickt. Wir trugen Uniformen ohne Abzeichen, damit man uns bei einer Gefangennahme nicht identifizieren konnte. Wir bildeten in Honduras die nicaraguanischen Guerillatruppen aus und unterstützten die Regierung von El Salvador. Das Außenministerium stellte sich auf den Standpunkt, man sei durch kein Gesetz verpflichtet, den Kongreß zu unterrichten, wenn der CIA und das Pentagon verdeckte Einheiten nach Mittelamerika entsende. Schließlich seien Terrorkommandos – also wir – im War Powers Act nicht erwähnt.

Eines Tages, es war der 19. Juni 1985, saßen in Zona Rosa, einem hübschen Viertel von San Salvador, ein paar amerikanische Marines beim Essen. Sie hatten Urlaub, waren in Zivil und hatten sich in einem Straßencafé niedergelassen. Auf einmal hielt neben ihnen ein Pritschenwagen, ein paar Typen sprangen mit halbautomatischen Waffen heraus und eröffneten das Feuer. Das Terrorkommando – es handelte sich um linksgerichtete Guerilleros, die die Regierung bekämpften – tötete bei diesem Überfall vier Marines, zwei amerikanische Geschäftsleute und sieben Salvadorianer und machte sich dann aus dem Staub. Ein blutiges Massaker. Unfaßbar.

Im Weißen Haus war die Hölle los. Immerhin bestand ein Abkommen mit den Guerilleros, amerikanische Bürger nicht zu behelligen. Und nun war es doch geschehen. Die Leichen der vier Marines wurden zum Luftwaffenstützpunkt Andrews gebracht, wo eine Zeremonie stattfand. Reagan war außer sich. Er schwor, Berge zu versetzen und Flüsse zu teilen – du erinnerst dich ja noch an seine blumigen Phrasen –, um diese Verbrecher zu finden und sie ihrer gerechten Strafe zuzuführen.«

Claire schloß die Augen und nickte.

»Allerdings verriet er nicht, daß der Befehl bereits ergangen war: Schnappt euch die Arschlöcher. Holt euch die Kerle, die das getan haben. ›Den Fall endgültig abschließen‹, hieß es, und wie wir alle wußten, bedeutete das, daß wir jeden töten sollten, der nur im entferntesten an dieser Aktion beteiligt gewesen war. Also machte sich die Einheit Brennender Baum auf die Suche nach den Mördern. Wir erhielten einen Hinweis, daß das Kommando, eine Splittergruppe der linksgerichteten Rebellenorganisation FMLN, ihren Stützpunkt in einem Dorf bei San Salvador hatte. Es war wirklich ein kleines Dorf mit Strohhütten, das von Zivilisten bewohnt war: alte Männer, Frauen und Kinder. Man sah auf den ersten Blick, daß sich kein Terrorkommando dort verstecken konnte. Aber wir wollten Rache, verstehst du?«

Claire starrte wie gebannt auf ihn.

»Es war in der Nacht des 22. Juni. Das ganze Dorf schlief, doch wir hatten Befehl, alle Bewohner zu wecken und aus den Betten zu zerren. Dann sollten wir die Hütten nach Waffen durchsuchen. Ich grub gerade am Rand des Dorfes nach Munitionsdepots, als ich Schüsse hörte.«

Inzwischen liefen Tom die Tränen über die Wangen. Er senkte den Kopf und ballte die Fäuste.

»Tom«, sagte Claire, ohne den Blick abzuwenden.

»Als ich zurückkam, waren alle tot.«

»Alle?«

»Die Frauen, die Kinder und die alten Männer ...«

»Wie viele waren es?«

»Maschinengewehre ...« Toms Gesicht war schmerzverzerrt, und die Tränen tropften aus seinen geschlossenen Augen auf die rauhe Decke. »Überall lagen blutüberströmte Leichen ...«

»Wer hat das getan?«

»Ich ... ich weiß es nicht. Niemand wollte darüber reden.«

»Wie viele Menschen wurden getötet, Tom?« fragte Claire leise.

»Siebenundachtzig«, stieß er hervor.

Entsetzt lehnte sich Claire zurück. »Oh, mein Gott«, flüsterte sie. »Oh, mein Gott.«

Tom saß zusammengekauert da und schluchzte wie ein kleines Kind.

13

Ein langes Schweigen folgte.

»Unsere Einheit wurde nach Fort Bragg zurückbeordert«, fuhr Tom endlich fort. »Der Vorfall hatte sich herumgesprochen, und es mußte ein Schuldiger gefunden werden.« Er wischte sich die Tränen vom Gesicht und preßte die Finger gegen die Augen. »Der Colonel bestritt, den Befehl erteilt zu haben. Außerdem wies er die Männer an, diese Version beim Verhör durch den CID, die Militärische Ermittlungskommission, zu bestätigen. So wurde ich zum Sündenbock. Alle behaupteten, ich wäre durchgedreht und hätte die Leute abgeknallt. Colonel Marks fürchtete nämlich, ich würde mich weigern, ihn zu decken, weil ich nicht dabeigewesen war. Er hatte Angst, ich könnte die Wahrheit sagen. Deshalb hat er den Spieß umgedreht und dafür gesorgt, daß die anderen mich beschuldigten. Und in meiner Naivität ahnte ich nicht, was da gespielt wurde.«

»Was meinst du damit?«

»Marks kam mit heiler Haut davon, während man mich unter Anklage stellte – wegen vorsätzlichen Mordes in siebenundachtzig Fällen. Die anderen, die sich nicht an der Vertuschungsaktion beteiligen wollten, kamen einer nach dem anderen ums Leben. Sie begingen in der Zelle Selbstmord, starben bei Autounfällen und so weiter und so fort. Ich wußte, daß ich als nächster dran war, da das Pentagon vorhatte, die ganze Angelegenheit unter den Teppich zu kehren. Du weißt ja, wie es läuft. Jeder der Beteiligten hätte die Führungsriege des Verteidigungsministeriums unter Druck setzen können, denn das Massaker hatte schließlich auf Befehl eines hohen Offiziers stattgefunden.«

»Und deshalb bist du abgehauen.«

»Das war gar nicht so schwierig. Ich habe einen der Militärpolizisten bestochen, die mich bewachten, und ihn gebeten, mir eine Cola zu besorgen. Während er draußen war, bin ich verschwunden.«

»Wie hast du das angestellt?«

»Mein Gott, Claire, so etwas gehörte zu unserer Ausbildung. Ich habe einfach die Tricks angewendet, die man im Zeugenschutzprogramm benutzt. Zuerst bin ich in einen Bus nach Montana gestiegen. Danach habe ich mir einen Sozialversicherungsausweis besorgt, was ein Kinderspiel ist, wenn man sich Zugang zum Einwohnerregister verschafft – und das ist öffentlich. Dann kann man anfangen, sich sämtliche anderen Papiere zu organisieren, Kreditkarten zu beantragen und ein Konto zu eröffnen. Ich habe sozusagen ein Zeugenschutzprogramm auf eigene Faust durchgezogen, bin untergetaucht und unter einer völlig neuen Identität wieder zum Vorschein gekommen. Aber du kannst mir glauben, daß ich die ganze Zeit über vor Angst fast gestorben bin. Ich habe in beschissenen Jobs gearbeitet – als Spüler, in einer Imbißbude und in einer Autowerkstatt. Außerdem war ich beim plastischen Chirurgen und habe mir die Nase operieren und Implantate in die Wangen einsetzen lassen. Man kann ein Gesicht zwar nicht völlig verändern, aber doch so weit, daß einen die meisten Menschen nicht wiedererkennen. Später habe ich langsam und vorsichtig angefangen, mir einen falschen Lebenslauf zurechtzubasteln. Gefälschte Krankenberichte sind das leichteste. Man gibt sie einfach seinem Arzt, und der stellt keine Fragen. Bei Schul- und Universitätsakten ist das schon etwas schwieriger. Im Rahmen eines Zeugenschutzprogramms bringt die Regierung jemanden von der Verwaltung dazu, die Unterlagen ins Archiv einzuschleusen. Immerhin geschieht es zum Wohle der Nation. Aber ich hatte diese Möglichkeit nicht. Allerdings mußte meine neue Identität wasserdicht sein, denn nach einiger Zeit erfuhr ich, daß zwei Millionen Dollar auf meinen Kopf ausgesetzt waren.«

»Von wem? Dem Pentagon?«

»Nicht unbedingt, wenigstens nicht offiziell, sondern von den überlebenden Mitgliedern des Brennenden Baums.«

»Gehört Colonel Bill Marks auch dazu?«

»Inzwischen ist er General«, nickte Tom. »Vier-Sterne-General, um genau zu sein. Außer ihm bin ich der einzige, der die Hintergründe des Massakers kennt. Wenn es jemals bekannt wird …«

»Na und? Es ist doch dreizehn Jahre her.«

»Immerhin hat der derzeitige Stabschef der Army, Mitglied des Generalstabs, befohlen, siebenundachtzig salvadorianische Zivilisten abzuschlachten, und den Vorfall vertuscht.«

Claire nickte.

»Deshalb befinden sich meine Fingerabdrücke in der bundesweiten Verbrecherkartei. Damit sie mich kriegen, falls ich jemals wegen eines Verbrechens verhaftet oder aus irgendeinem Grund aktenkundig werden sollte. Die Polizei hatte keine Ahnung, was sie anrichtete, als sie meine Fingerabdrücke überprüfte, aber dadurch sind sie mir auf die Spur gekommen. Das Pentagon wurde verständigt und hat mir das FBI und die U.S. Marshals auf den Hals gehetzt. Wenn ich das geahnt hätte, hätte ich mich rechtzeitig aus dem Staub gemacht, um dich und Annie aus der Sache rauszuhalten. Das Pentagon will mich lebenslänglich hinter Gittern sehen. Und ich bin sicher, daß sich eine ganze Menge Leute meinen Tod wünschen.«

»Und wer war Nelson Chapman?«

»Ein Freund. Eigentlich der Vater eines alten Kumpels bei der Army. Er war bereit, mir zu helfen, weil ich seinem Sohn einmal das Leben gerettet habe. Außerdem hat er mir Geld zur Gründung meiner Investmentfirma geliehen. Ich habe seine Einlage in vier Monaten verdoppelt.«

»Was glaubst du? Wie lange kannst du dich hier verstecken?«

»Keine Ahnung. Wahrscheinlich werden die Leute bald Verdacht schöpfen.«

»Soweit ich weiß, ist mir niemand gefolgt.«

»Wie du ihnen entwischt bist, das war eine tolle Leistung. Fast schon professionell.«

»Ich habe mich nur an deine Anweisungen gehalten. Was ist mit der E-Mail, die du mir geschickt hast? Können sie die nicht rückverfolgen?«

»Unmöglich. Ich habe sie über einen anonymen Dienst in Finnland laufen lassen. Außerdem bin ich Kunde bei einem kleinen, unabhängigen Provider und bezahle meine Rechnungen per Postanweisung. Den Laptop habe ich hier in der Gegend gebraucht gekauft und mit einem Modem an ein öffentliches Telefon angeschlossen. Und daß das mit dem Kurierdienst nur einmal funktionieren würde, wußte ich…«

Als er mitten im Satz abbrach, drehte Claire sich zu ihm um, legte ihm die Hand aufs Knie und sah ihm in die Augen. »Tom, du hast mich mehr als sechs Jahre lang belogen. Ich weiß wirklich nicht, was ich dir noch glauben kann.«

»Und warum denkst du, habe ich das getan?« antwortete er gereizt. »Hätte ich dir etwa die Wahrheit sagen sollen? *Ach, übrigens, Claire, ich bin gar nicht Tom Chapman aus Kalifornien, sondern Ron Kubik aus Illinois. Und ich bin auch nicht Finanzmakler. In Wirklichkeit war ich früher Geheimagent und muß mich jetzt vor den Behörden verstecken. Und da wäre noch etwas: Ich war beim plastischen Chirurgen, und das Gesicht, das du vor dir siehst, ist eigentlich nicht mein richtiges.* Hätte dir das allen Ernstes besser gefallen? Und natürlich hättest du geantwortet: *Wie interessant. Und wann gibt es Abendessen?*«

»Vielleicht nicht gleich am Anfang, aber du hättest mir wenigstens nach der Hochzeit reinen Wein einschenken können.«

»Ja, das hätte ich!« Er schrie jetzt fast. »Doch dafür ist es jetzt zu spät. Wir sind seit drei Jahren verheiratet, und das ist angesichts der Umstände nicht sehr lang. Wahrscheinlich hätte ich dir später alles gebeichtet. Aber ich habe dich und deine kleine Tochter – unsere Tochter – angesehen und gedacht: Meine wichtigste Aufgabe ist, dafür zu sorgen, daß ihnen nichts passiert. Ich muß sie beschützen. Denn ich wußte, daß dir Gefahr droht, wenn du über die Hintergründe Bescheid weißt. Früher oder später wären sie dahintergekommen. Unvorhergesehene Dinge passieren, die Leute reden, und die Sache spricht sich herum. Und das wollte ich dir nicht antun. Ich hatte die Pflicht, all das von dir fernzuhalten.«

Er legte die Arme um sie und wollte sie küssen, aber sie wandte sich ab.

»Was hätte ich deiner Ansicht nach tun sollen?« fragte er.

»Ich weiß nicht.«

Als er die Hand unter ihre Bluse schob und ihre linke Brust umfaßte, schüttelte sie den Kopf.

»Liebling«, sagte er flehend und zog die Hand zurück.

In Claire tobten widersprüchliche, verwirrende Gefühle. Trotz aller guten Vorsätze spürte sie, wie sie schwach wurde. Am Ende schloß sie die Augen und küßte ihn. Seine Lippen streiften sanft über ihren Hals und glitten dann ihre Brüste entlang.

»Ich sterbe vor Hunger«, sagte sie. »Ich habe noch nicht zu Abend gegessen.«

Sie lagen nackt und eng umschlungen auf der schmalen Pritsche.

Tom sah auf die Uhr. »Es ist drei Uhr morgens. Was hältst du von einem Frühstück?«

»Wunderbare Idee.«

Wieder dröhnte ein Flugzeug über sie hinweg.

»Dreimal darfst du raten, warum niemand an diesem See wohnt«, meinte sie.

»Nach einer Weile achtet man gar nicht mehr darauf«, entgegnete Tom. Er stand auf und ging zum Herd. »Es sind Eier und Toast da.«

Er zündete den Holzofen an und wartete, bis das Feuer brannte. »Manchmal dauert es ein bißchen«, stellte er fest. »So, jetzt klappt es.« Er grinste zufrieden. »Das wäre erledigt.«

»Es ist kalt hier drin«, sagte Claire. Sie erhob sich und zog eines von Toms karierten Flanellhemden an.

Tom schlüpfte in Jeans und T-Shirt. Dann drehte er sich wieder zum Herd um, legte vier Scheiben Toast auf den Rost, gab ein Stück Butter in die Bratpfanne und schlug einige Eier auf. Bald zog der köstliche Duft brutzelnder Eier durch die Hütte.

»Wo wäscht man sich denn hier?«

»Überleg mal.«

»Etwa in dem eiskalten See?«

Er nickte. Plötzlich wandte er den Kopf. »Claire.«

»Was?«

»Hörst du?«

»Gibt es im Wald wilde Tiere? Das hätte mir gerade noch gefehlt!«

»Pssst. Horch.«

»Was soll das?« flüsterte sie, ging zur Tür und öffnete sie vorsichtig. »Tom?«

»Pssst.« Er spähte hinaus und blickte in alle Richtungen. »Ich dachte, ich hätte was gehört«, sagte er kopfschüttelnd.

Er zog abgetragene Reeboks an, die Claire noch nie zuvor gesehen hatte, und trat hinaus. Sie folgte ihm.

Draußen blieb er stehen und hob den Kopf zum Himmel. Nun bemerkte auch Claire das Geräusch, das ganz anders klang als ein gewöhnliches Flugzeug. Es war ein Dröhnen mit einem penetranten, schrillen Unterton, und es wurde immer lauter und deutlicher: das Surren von Hubschrauberrotoren. Tom sah weiter nach oben.

»Offenbar war ein Sender im Lexus«, stellte er fest.

»Aber ich habe alles so untersucht, wie du gesagt hast.«

Wieder schüttelte er den Kopf. »Ich hätte dich nicht mit dem Auto herkommen lassen dürfen. Wir haben den Wagen zwar ein paar Kilometer von hier geparkt, aber die Sender sind seit meiner Zeit bei der Army besser geworden. Du konntest sie nicht finden. Die Flugzeuge von vorhin waren vermutlich kleine einmotorige Maschinen …«

Plötzlich vernahmen sie Geräusche, die Claire an detonierende Feuerwerkskörper erinnerten.

»Mein Gott, Tom! Was ist das?«

»Meine kleinen Fallen. Los, ins Haus!«

Das Surren der Propeller wurde lauter, als die Hubschrauber sich näherten und schließlich direkt über ihnen schwebten. Plötzlich strahlte ein blendend grelles Licht vom Himmel und erleuchtete die gesamte Umgebung.

Claire blinzelte, um die schwarzen Punkte zu vertreiben, die ihr vor den Augen tanzten.

»Los, rein!« rief Tom. Sie drehte sich um und rannte, gefolgt von Tom, zur Hütte.

Er schloß die Tür und packte sie. »Runter auf den Boden!«

»Tom!«

»Jetzt!«

Claire ließ sich fallen und preßte sich gegen die rauhen Dielen.

»Ich habe rings ums Haus Fallen aufgestellt und Stolperdrähte an den Bäumen befestigt. Mit meiner provisorischen Alarmanlage haben sie wahrscheinlich nicht gerechnet.«

Bevor Claire antworten konnte, schallte eine Lautsprecherstimme vom Himmel: *»FBI! Kommen Sie raus und lassen Sie die Waffen fallen!«*

»Tom! Was sollen wir tun?« rief Claire.

Er schwieg. Anscheinend suchte er etwas.

»Tom?«

»Solange du hier bist, werden sie das Haus nicht stürmen«, entgegnete er. »Außerdem wissen sie nicht, wie ich bewaffnet bin. Sie haben uns zwar umzingelt, aber sie werden nicht näher kommen.«

»Und was sollen wir tun?« wiederholte sie verzweifelt.

»Überlaß das nur mir.«

Als Claire sich umdrehte, spähte Tom durch den Sucher des langen, bräunlichen Gerätes, das sie vorhin bemerkt hatte, durchs Fenster. Offenbar zielte er auf den Himmel.

»Was machst du da, Tom?«

»Das ist ein Laserzielgerät aus einem Panzer. Ein alter Trick der Special Forces.«

»Woher hast du es?« Claire blickte jetzt ebenfalls hinaus.

Wieder war die dröhende Lautsprecherstimme zu hören: *»Wir sind U. S. Marshals und haben einen Haftbefehl gegen Sie. Wenn Sie sich ohne Widerstand ergeben, wird niemandem etwas geschehen.«*

»Aus einem Laden für Army-Restbestände in Albany«, erklärte Tom. »Hat einen Tausender gekostet. Mit dem Laser kann man den Piloten vorübergehend blenden. Ein alter Trick, wie gesagt. Wir haben keine andere Wahl. Da sie uns aus der Luft überwachen, müssen wir uns zuerst um den Hubschrauber kümmern.«

»*Kommen Sie mit erhobenen Händen heraus.*«

Tom drückte einen Knopf auf der Schachtel. »Erwischt«, verkündete er.

Claire beobachtete den Helikopter. Der Lärm wurde plötzlich stärker. Der Hubschrauber kippte nach der Seite und geriet ins Schlingern. Dann drehte er ab. Das Dröhnen verebbte.

Es war wieder dunkel und still in der Hütte.

»Ich habe dem Piloten eins mit dem Laser verpaßt. Wahrscheinlich konnte er nichts sehen und hat Panik gekriegt, und der Copilot mußte übernehmen. Das sind keine Idioten. Die kommen bestimmt nicht wieder. Unsere anderen Freunde treiben sich zwar noch draußen herum, doch die sind sicher auch ein wenig durcheinander. Ich schätze, sie sind fünfzig Meter entfernt.«

In diesem Augenblick erklang eine blecherne Stimme direkt vor der Hütte: »*Sie sind umstellt. Kommen Sie mit erhobenen Händen raus.*«

»Bleib unten, Claire.«

Sie sah ihn an. Tom stand am offenen Fenster der Hütte und blickte hinaus.

»Was nun?« fragte sie.

»Ich mach das schon. Jetzt werden sie anfangen zu verhandeln. Und wir lassen sie reden.«

»*Wir geben Ihnen zehn Sekunden*«, sagte die Stimme langsam, laut und betont. »*Wenn Sie sich ergeben, haben Sie nichts zu befürchten. Das Spiel ist aus. Sie sind umstellt. Noch sechs Sekunden.*«

»Mein Gott, Tom! Was tun wir jetzt?«

»Sie werden nicht auf uns schießen, Liebling.«

»Drei Sekunden. Kommen Sie raus, oder wir eröffnen das Feuer.«

»Tom!«

»Alles nur Bluff.«

Plötzlich war eine Salve gedämpfter Schüsse zu hören. Verängstigt rappelte Claire sich auf, kroch zum Fenster und sah hinaus. Einige undefinierbare Gegenstände waren auf sie abgefeuert worden.

»Granaten«, stellte Tom leise fest.

»O mein Gott!« schrie Claire.

Aus jeder Granate stieg eine dünne, weiße Rauchwolke auf.

»Gas«, zischte Tom. »Kein Sprengstoff, sondern Gas, das uns außer Gefecht setzen soll. Scheiße!«

Auf einmal fühlte sich Claire unbeschreiblich schläfrig. Sie konnte die Augen nicht mehr offen halten. Und dann wurde es schwarz um sie.

Zweiter Teil

14

Marinestützpunkt Quantico, Virginia

Das behördengrau gestrichene Tor aus stählernen Gitterstäben glitt automatisch auf. Dahinter stand ein Wachmann in Habtachtstellung. Claires Schritte hallten im Flur des Betongebäudes wider. Hinter ihr fiel das Tor wieder ins Schloß, und Furcht überkam sie. Auf einem roten Schild an der weißen Wand stand »FLÜGEL B«. In dieser Abteilung wurden Vergewaltiger und Mörder untergebracht. Überall hingen Überwachungskameras. Ihr Begleiter, der Direktor des Militärgefängnisses, führte sie zu einer Tür mit der Aufschrift »Zellenblock B« und hielt sie ihr auf. Es war halb neun Uhr morgens.

Ein Wachmann salutierte. Claire wurde zu einem Besucherraum gebracht, der vom Zellenblock abging und sogar Fenster hatte. An einem hölzernen Konferenztisch stand ein blauer Stuhl. Claire setzte sich und wartete frierend.

Ein paar Minuten später hörte sie das Rasseln von Ketten.

Tom stand vor ihr, flankiert von zwei riesigen Wärtern. Bis auf eine graue Militärunterhose war er nackt. Er trug Handschellen und Fußeisen, die durch eine Kette um die Taille miteinander verbunden waren. Außerdem hatte man ihm den Kopf rasiert. Er zitterte.

Tränen traten Claire in die Augen.

»Danke, daß du gekommen bist«, sagte er.

Sie schluchzte.

Dann aber sprang sie auf. »Was zum Teufel soll das?« schrie sie einen der Wachmänner an, der sie nur gleichgültig musterte. »Wo sind seine Sachen?«

»Selbstmordgefahr, Ma'am«, erwiderte der Wachmann.

»Ich verlange, daß er sofort etwas zum Anziehen bekommt!«

»Der Antrag muß dem Gefängnisdirektor vorgelegt werden, Ma'am«, antwortete der andere Wärter.

»Dann gehen Sie und reden Sie mit ihm. Dieser Mann hier hat Rechte«, sagte Claire.

Als sie Tom zurückbrachten, hatte er einen hellblauen Gefängnisoverall an. Allerdings war er noch immer gefesselt und konnte deshalb nur kleine Trippelschritte machen. Immer noch schluchzend umarmte sie ihn. Wegen der Handschellen konnte er ihre Geste nicht erwidern.

»Nehmen Sie ihm die Handschellen ab«, verlangte sie.

»Nur an einer Hand, Ma'am«, entgegnete der Wachmann. »Anordnung des Gefängnisdirektors.«

Tom setzte sich Claire gegenüber an den Konferenztisch. Vor der Tür stand ein Wachposten. Eine Kamera hing in einer Ecke des Raums unter der Decke. Außerdem wurden sie durch eine Glasscheibe von weiteren Wächtern beobachtet.

Eine Weile saßen sie schweigend da. Tom trug einen Anstecker mit einem kleinen, unscharfen Schwarzweißfoto, seinem Namen – Ronald M. Kubik –, seiner Sozialversicherungsnummer und dem Tag der Festnahme. Auf einem schwarzen Streifen stand HÄFTLING, auf einem roten MAX, was maximale Sicherheitsstufe bedeutete.

»Das alles ist nur meine Schuld«, begann Claire.

»Was meinst du damit?«

»Du weißt schon – das Auto ...«

»Du hättest den Sender nie gefunden. Keine Chance. Ich könnte mich ohrfeigen, weil ich dich gebeten habe, zum See zu fahren.«

»Die meinen es ernst«, stellte Claire fest.

Er nickte.

»Jetzt bist du wieder in der Army.«

Erneut nickte er und griff nach ihrer Hand.

»Das war kein Witz«, sprach sie weiter. »Auf dem Papier gehörst du jetzt einer Unterstützungseinheit an. Nach dreizehn Jahren betrachten sie dich immer noch als aktiven Soldaten. Das Gute daran ist nur, daß du wieder ein Gehalt beziehst.« Sie zwang sich zu einem Lächeln.

»Wie geht es meinem kleinen Mädchen?« fragte er.

»Recht gut. Sie vermißt dich. Ich habe sie heute morgen zuletzt gesehen. Jackie hat sie zur Schule gebracht. Morgen ist das Schuljahr zu Ende.«

»Seit wann steht Jackie so früh auf?« Er grinste wehmütig.

»Sie läßt mich nicht im Stich. Ich bin mit der ersten Maschine gekommen. Außer jeder Menge Abgase habe ich noch nichts im Magen.«

»Fliegst du heute zurück nach Boston?«

»Vermutlich nicht.«

»Wo übernachtest du?«

»Zur Zeit noch in einem Quality-Inn-Motel gleich vor dem Eingang zum Stützpunkt.«

»Was wird mir vorgeworfen?«

Zum erstenmal wurde Claire klar, daß Tom völlig im dunkeln tappte. Man hatte ihn in einer DC9 des U. S. Marshal Service direkt nach Quantico geflogen – »Con Air«, Knasttransport, nannte man die dazu bestimmten Flugzeuge. Dort hatte man ihn in eine Zelle gesperrt, ihn ausgezogen, seine persönliche Habe konfisziert, ihn fotografiert und ihm einen vorschriftsmäßigen Haarschnitt verpaßt. Nur mit einer Unterhose bekleidet, war er in Zelle 3, Zellenblock B gesperrt worden, ohne etwas über sein Schicksal zu erfahren. Die U. S. Marshals hatten Claire nur verraten, daß sie mit einem neuen Nervengas beschossen worden waren, welches das FBI nach den katastrophalen Ereignissen in Waco und Ruby Ridge entwickelt hatte. Die Granaten enthielten auch ein Gegengift, das dafür sorgte, daß man kurz darauf wieder aufwachte. Schon eine Stunde später waren sie zu sich gekommen, hatten sich allerdings noch benommen gefühlt und unter Brechreiz gelitten.

Das FBI hatte Claire mit strafrechtlichen Folgen gedroht. Man war verärgert, weil sie es geschafft hatte, den Beschattern zu entwischen. Zuerst hatte man ihr sogar verbieten wollen, Tom zu besuchen. Doch schließlich hatten die FBI-Männer nachgegeben. Juristisch gesehen hatte sie schlicht und einfach das Recht, sich mit ihrem Ehemann zu treffen. Am folgenden Tag war sie nach Washington geflogen, hatte ein Auto gemietet und war nach Quantico gefahren.

»Ich weiß nicht«, antwortete Claire auf Toms Frage. »Offiziell gibt es keine Anklage. Dazu haben sie noch Zeit. Ein tolles Rechtssystem, das muß ich schon sagen.«

»Ich mußte den Inhaftierungsbescheid unterschreiben.«

Sie runzelte die Stirn. »Unterschreib nichts.«

»Ich sollte nur bestätigen, daß ich ihn gelesen habe.«

»Was stand drin?«

»Nur der ›Straftatsbestand‹.«

»Und der wäre?«

»Fahnenflucht. Sonst nichts. Artikel 85 Militärgesetzbuch. Wahrscheinlich haben sie sich das schon vor Jahren ausgedacht, nachdem ich verschwunden war.«

Sie nickte. »Da kommt bestimmt noch mehr. Haben sie dir deine Rechte vorgelesen?«

»Ja.«

»Verdammt. Jetzt müssen wir uns einen Anwalt suchen.«

»Warum machst du es nicht selbst?«

»Ich? Ich habe doch keine Ahnung von Militärrecht.«

»Ich bekomme automatisch einen Militäranwalt zugeteilt. Der kennt sich damit aus.«

Claire schüttelte den Kopf. »Wir brauchen einen unabhängigen Anwalt, der weiß, was er tut. Zusätzlich zu dem, den sie dir zuteilen werden.«

»Wie willst du das anstellen?«

»Keine Sorge, ich erledige das schon.«

»Claire, begreifst du denn nicht, was hier vor sich geht? Weißt du nicht, was sie mit mir vorhaben? Sie werden mich vor ein Kriegsgericht stellen. Es ist ein abgekartetes Spiel. Vermutlich werden sie unter Ausschluß der Öffentlichkeit gegen mich verhandeln, mich schuldig sprechen und mich für den Rest meines Lebens in Leavenworth einsperren. Oder in irgendeiner besonderen Einrichtung des Pentagon, von der noch kein Mensch gehört hat. Aber da werde ich nicht lange bleiben, denn man wird mich bald tot in meiner Zelle auffinden. Todesursache wahrscheinlich Selbstmord.«

Es klopfte an der Tür.

»Hast du meine Zelle gesehen, Claire? Von hier aus hat man einen Blick darauf. Schau.«

Der Wachmann kam herein. »Die Zeit ist um«, sagte er.

»Wir sind noch nicht fertig«, widersprach Claire.

»Tut mir leid. Befehl des Chefs.«

Tom zeigte mit seiner freien Hand auf die offene Tür. Dahinter konnte Claire seine Zelle erkennen: eine grüne Matratze auf einem Metallgestell und ein Waschtisch mit Toilette aus Stahl.

»Claire«, sagte Tom. »Ich brauche dich.«

15

Verzweifelt, wütend und vor allem ratlos saß Claire noch lange in ihrem Mietwagen, nachdem sie den Stützpunkt verlassen hatte. Sie wußte nicht, was sie tun und wen sie um Hilfe bitten sollte. Schließlich griff sie zum Mobiltelefon und rief einen alten Freund an.

Arthur Iselin, ein berühmter Washingtoner Anwalt und ihr früherer Chef, zu dem sie absolutes Vertrauen hatte, war bereit, sich mit ihr zum Mittagessen im Hay-Adams zu treffen. Iselin war Teilhaber einer der größten und bedeutendsten Kanzleien der Hauptstadt. Claire hatte nach ihrem Juraexamen bei ihm gearbeitet, als er noch oberster Staatsanwalt gewesen war. Sie kannte keinen klügeren Mann als ihn.

Ohne auf die Bestellung zu warten, brachte der Kellner Iselin seine übliche Mahlzeit, ein Bauernomelett mit dampfend heißen Brötchen, die der Anwalt mit reichlich Butter bestrich. Einen Gesundheitsfanatiker konnte man ihn beim besten Willen nicht nennen. Am Nebentisch saßen der Stabschef des Weißen Hauses und ein republikanischer Senator. Iselin kannte die beiden Männer und nickte ihnen zu.

»Sie haben bestimmt schon mal das alte Sprichwort gehört«, sagte er. Er hatte weit auseinanderstehende graue Augen mit dunklen Ringen darunter. Die Unterlippe seines breiten Mundes wies eine tiefe Spalte auf. »Die Militärgerichtsbarkeit verhält sich zum Gesetz wie …«

»… Militärmusik zu dem, was man normalerweise unter Musik versteht«, beendete Claire den Satz. »Ich weiß, ich weiß. Aber ich dachte, das hätte sich seit Vietnam gebessert.«

»Seit dem Kriegsgerichtsprozeß gegen Calley, um genau zu sein. Als ich noch in der Army war, hieß es, die Militärgerichtsbarkeit sei der zivilen weit überlegen, da sie zumindest ernstgenommen würde. Aber ich war nie dieser Ansicht und bin es auch heute nicht. Ich glaube, daß das Militär durchaus in der Lage ist, jemanden für den Rest seines Lebens einzusperren, wenn sie es darauf anlegen. Und genau das haben sie zweifellos mit Ihrem Mann vor.«

»Da könnten Sie recht haben«, stimmte Claire zu.

»Wenn Sie sagen, daß er unschuldig ist, ist er es auch.«

»Danke.«

»Natürlich habe ich leicht reden. Nach dem Essen gehe ich zurück in mein Büro und zu meinen Aktenbergen. Doch Ihr Leben hat sich von Grund auf verändert.«

»Richtig.« Sie stocherte in ihrem Salat herum. Seit Toms Verhaftung war ihr der Appetit vergangen.

»Zuerst müssen Sie die wichtige Entscheidung treffen, ob Sie sich mit der Sache an die Öffentlichkeit wenden wollen.

Allein Toms Geschichte wird Schlagzeilen machen. Und wenn das Pentagon ihn tatsächlich unter Anklage stellt, werden die Berichte über ihn auf der ersten Seite stehen.«

»Warum sollte ich nicht an die Öffentlichkeit gehen?«

»Weil das Ihr Trumpf ist. Heutzutage hat das Pentagon eine Heidenangst vor neugierigen Reportern, und Sie könnten das als Drohung einsetzen. Nutzen Sie diese Möglichkeit erst, wenn Sie müssen. Und bis dahin halten Sie alles streng geheim.«

Sie nickte.

»Und da wäre noch etwas: Wenn Sie die Angelegenheit bekanntmachen und das Verfahren eingestellt wird, gilt Tom trotzdem für den Rest seines Lebens als Massenmörder. Ihre Familie wird daran zerbrechen. An Ihrer Stelle würde ich die Finger davon lassen.«

»Klingt einleuchtend.«

»Wie ich vermute, haben Sie bereits beschlossen, nicht als seine Anwältin tätig zu werden.«

Sie zuckte die Achseln.

»Das würde ich mir noch mal überlegen. Das Pentagon wird unter allen Umständen verhindern wollen, daß Sie den Angeklagten verteidigen. Für das Militär sind zivile Anwälte nämlich unsichere Kantonisten. Schließlich besteht immer das Riskiko, daß es zu einer Untersuchung durch den Kongreß kommt. Und außerdem sind Sie Claire Heller Chapman, die große, furchteinflößende, berühmte Juraprofessorin aus Harvard. Die Herrschaften werden sich in die Hosen machen. Ich denke, Sie sollten den Fall übernehmen.« Er musterte ihr bedrücktes Gesicht und biß dann zufrieden in sein Brötchen. »Und wenn das alles nichts nützt, können wir immer noch *darauf* zurückgreifen.« Er schob ihr ein betipptes Blatt Papier zu.

»Ihre Liste der zivilen Anwälte, die sich mit Militärrecht auskennen?«

»Genau. Wie Sie sehen, ist sie nicht sehr lang. Gute zivile Strafverteidiger, die nicht nur hin und wieder Militärrecht praktizieren, sondern wirklich darauf spezialisiert sind, sind dünn gesät. Im ganzen Land gibt es vielleicht eine Handvoll. Wenn Sie sich auf die beschränken, die in Virginia leben, was am sinnvollsten wäre, engt das den Kreis noch mehr ein. Jeder dieser Männer war früher JAG-Offizier, also Mitglied des juristischen Korps.«

»Ich weiß, was JAG bedeutet.«

»Sehr gut. Das Militär hat nämlich seine eigene Sprache, und je früher Sie die lernen, desto besser.«

Enttäuscht ging Claire die Liste durch.

»Auf diese Weise seinen Lebensunterhalt zu verdienen ist nicht leicht«, fuhr Iselin fort. »Früher, als wir noch die Wehrpflicht hatten, waren genug Väter reicher Söhnchen bereit, ein anständiges Sümmchen für einen zivilen Anwalt hinzublättern. Von den freiwilligen Soldaten heute kann kaum jemand genug Geld dafür zusammenkratzen. An Ihrer Stelle würde ich Grimes nehmen. Er hat eine Ein-Mann-Kanzlei in Manassas.«

»Warum?«

»Er ist ein ausgefuchster Bursche und kennt das Militärrecht wie seine Westentasche. Außerdem haßt er die Army wie die Pest. Sie brauchen einen solchen Mann, der mit harten Bandagen kämpft. Denn Ihr Fall ist so schwierig, daß ihn nur ein Kämpfertyp gewinnen kann.«

Claire las den Absatz über Grimes. »Er war früher beim JAG und haßt das Militär? Warum?«

»Sie haben ihn vor sechs Jahren zwangsweise in den Ruhestand versetzt.«

»Aus welchem Grund?«

»Keine Ahnung. Irgendein Skandal. Er ist schwarz, und ich glaube, es war reiner Rassismus. Fragen Sie ihn selbst. Der Mann ist schlau und mit allen Wassern gewaschen. Und er brennt darauf, es der Army mit gleicher Münze heimzuzahlen.«

»Aber es muß doch auch einen erfahrenen Teilhaber einer Washingtoner Kanzlei geben, der beim JAG war.«

»Klar, so einen gibt es auch. Doch von dem rate ich Ihnen ab.«

»Wirklich?«

»Ja. Er arbeitet so ähnlich wie ich, hat überall die Finger drin und überträgt das meiste seinen Mitarbeitern. Sie brauchen jemanden, der mit Leib und Seele Anwalt ist, sich im System auskennt und genug Zeit für diesen aufwendigen Fall hat. Sie müssen damit rechnen, daß Ihr Mann wegen Mordes angeklagt werden wird. Oder wegen Massenmordes, kommt darauf an, wie das Militär es zu nennen beliebt.«

»Kennen Sie jemanden, der ein Haus zu vermieten hat?«

»Ein Haus?«

»Am besten möbliert. Die Sache wird wohl eine Weile dauern.«

Als Claire in ihr Zimmer im Quality Inn zurückkehrte, fand sie ihr Bett zu ihrer Überraschung ungemacht vor. Auf ihre Anfrage bei der Hausdame bekam sie zur Antwort, daß den Großteil des Nachmittags das Schild »Bitte nicht stören« an ihrer Tür gehangen habe. Claire war sicher, daß sie das Schild nicht angebracht hatte. Sie untersuchte ihren Koffer, und wirklich – der Reißverschluß befand sich in einer anderen Stellung als am Morgen.

Eher bedrückt als ängstlich, ließ sie sich aufs Bett sinken und griff zum Telefon.

16

Junge, Junge, ist mir wirklich eine Ehre, Sie kennenzulernen, Ma'am«, sagte der junge Mann. Er hieß Captain Terrence Embry, war siebenundzwanzig Jahre alt und Tom als Militärverteidiger zugeteilt worden. (Claire brachte es noch immer nicht über sich, ihren Mann Ronald zu nennen. Für sie war und blieb er Tom.)

Sie nickte und lächelte höflich, während sie milchfreies, weißes Pulver in ihren Kaffee rührte. Es war früh am Morgen, und sie saßen beim Frühstück im McDonald's auf dem Stützpunkt. Er hatte sie am Vorabend im Motel angerufen, ihr mitgeteilt, daß er an dem Fall arbeite, und ein Treffen vorgeschlagen.

»Wir haben Ihr Buch *Das Verbrechen vor dem Gesetz* im Strafrechtsseminar gelesen«, sprach er weiter. »Es tut mir leid, daß wir uns unter solchen Umständen...« Seine Stimme erstarb. Mit hochrotem Gesicht betrachtete er sein Brötchen mit Rührei.

Terry Embry hatte rotblondes, kurzgeschorenes Haar, die vorschriftsmäßige Frisur, wie Claire inzwischen festgestellt hatte. Dazu abstehende Ohren und schüchtern umherhuschende, wasserblaue Augen. Außerdem errötete er ständig. Aber seine Finger waren lang und schlank, und er hatte einen kräftigen Händedruck. An der linken Hand trug er einen breiten, blitzenden Ehering aus Gold, offenbar nagelneu, an der rechten einen dicken West-Point-Ring mit einem künstlichen schwarzen Saphir. Er hatte sich als Absolvent von West Point vorgestellt. Die Armee hatte ihn in Virginia Jura studieren lassen und ihn dann an die JAG-Akademie in Charlottesville geschickt. Claire sah auf Anhieb, daß er ein kluger junger Mann war – allerdings völlig unerfahren.

Sie hatte noch immer keinen Appetit und trank einen Schluck Kaffee. »Stört es Sie, wenn ich rauche, Captain Embry?« fragte sie.

Embry starrte sie entgeistert an und blickte sich dann ängstlich um. »Nein, Ma'am, ich...«

»Keine Sorge, wir sitzen im Raucherbereich«, entgegnete sie, öffnete ein Päckchen Camel Lights, zog eine Zigarette heraus und zündete sie mit einem Plastikfeuerzeug an. Sie war wütend auf sich, weil sie wieder zu rauchen angefangen hatte. Sie hatte tatsächlich eine Packung gekauft, anstatt eine Zigarette zu schnorren – ein schwerwiegender Schritt, aber im Moment konnte sie einfach nicht anders.

Sie blies den Rauch aus. Kaum etwas war so widerlich, als beim Frühstück zu qualmen. »Verraten Sie mir eins, Captain ...«

»Terry.«

»Okay, Terry. Also sagen Sie mal: Haben Sie je einen Fall vor Gericht verhandelt?«

Er lief wieder rot an, und Claire war sofort im Bilde. »Na ja, Ma'am, ich habe ein paar Vorverhandlungen geführt. Meistens ging es um Drogenbesitz, unerlaubtes Entfernen vom Dienst und solche Sachen ...«

»Aber Sie haben noch nie einen Mandanten vor Gericht verteidigt?«

»Nein, Ma'am«, entgegnete er leise.

»So, so. Und steht der Anklagevertreter bereits fest? Oder ist es dafür noch zu früh?«

»Noch ziemlich früh, doch sie haben trotzdem schon jemanden bestimmt, was heißt, daß es wahrscheinlich auf eine Verhandlung vor dem Kriegsgericht hinausläuft.«

Claire lächelte höhnisch. »Welche Überraschung! Und wie heißt der Mann?«

»Major Waldron, Ma'am. Major Lucas Waldron.« Embry biß in sein Eibrötchen.

»Wissen Sie, ob er gut ist?«

Embry riß die Augen auf. Er kaute heftig, versuchte, mit vollem Mund zu antworten, entschied sich dann aber für ein heftiges Nicken. »Entschuldigen Sie, Ma'am«, brachte er schließlich heraus. »Major Waldron ist ein sehr fähiger Jurist, Ma'am. Wahrscheinlich der beste, den sie haben.«

»Was Sie nicht sagen«, meinte Claire. Sie war nicht sonderlich erstaunt.

»Nun ja, er kennt kein Pardon, wenn Sie verstehen, was ich meine. Und er ist der erfahrenste Ankläger im JAG-Korps. Er geht so richtig ran. Außerdem gewinnt er alle

Prozesse. In einem Verfahren, bei dem er die Anklage vertreten hat, ist noch nie jemand freigesprochen worden.«

»Vermutlich liegt das nicht daran, daß er sich nur die eindeutigen Fälle aussucht, um seinen guten Ruf nicht zu gefährden.«

»Nicht, soweit ich weiß, Ma'am. Er ist einfach sehr gut.«

»Mein Mann soll als Sündenbock herhalten.«

»Ja, Ma'am«, antwortete er höflich.

»Wenn Sie die Akten lesen, werden Sie es selbst sehen. Es handelt sich um ein abgekartetes Spiel. Haben Sie den Mut, sich mit der Army anzulegen?«

»Ja, Ma'am. Wenn es um die Wahrheit geht.«

»Einen Vertuschungsfall beim Militär aufzudecken, ist sicher nicht sehr vorteilhaft für Ihre Karriere, Terry.«

»Darauf darf ich keine Rücksicht nehmen, Ma'am.«

»Lassen wir das mit dem ›Ma'am‹, okay?«

»Entschuldigen Sie.«

»Ich muß Ihnen mitteilen, Terry, daß ich einen zivilen Anwalt beauftragen werde.«

Er betrachtete sein Brötchen. »Dazu sind Sie berechtigt, äh ... Claire. Soll ich mich aus dem Fall zurückziehen?«

»Nein.«

»Einer von uns wird als Nebenanwalt fungieren müssen«, sagte er. Und als Claire nicht antwortete, fügte er hinzu: »Wahrscheinlich ich. Aber das geht schon in Ordnung.«

»Verraten Sie mir eines, Terry: Warum, glauben Sie, ist ein völliger Neuling wie Sie ausgesucht worden, um gegen Major Waldron, den besten Ankläger der Army, anzutreten? Können Sie sich das vorstellen, Terry?«

»Keine Ahnung«, gab er mit entwaffnender Offenheit zu. »Aber das erhöht unsere Chancen nicht gerade.«

Claire schnaubte verächtlich. »Sie haben sich den Fall nicht ausgesucht?«

»So läuft es nicht in der Army. Man tut, was einem gesagt wird.«

»Wären Sie nicht lieber der Ankläger?«

»In diesem Fall?« Er errötete. »Wie es aussieht, wird es eine ganz einfache Sache. Wie ein Elfmeter, wenn der Torwart gerade Pause macht.«

»Für die Anklage.«

»Nach dem, was ich gehört habe, schon. Doch ich habe mich noch nicht richtig eingearbeitet.«

»War es Ihre eigene Entscheidung, Verteidiger zu werden, Terry? Oder wurden Sie eingeteilt?«

»Letzteres. Wissen Sie, jeder beim JAG will lieber Ankläger werden. Verbrecher zu verteidigen ist nicht eben gut für die Karriere.«

Claires Augen blitzten zornig. »Jetzt hören Sie mir mal zu, Terry«, sagte sie eisig. Sie blies eine Rauchwolke aus wie ein feuerspeiender Drache – oder vielleicht wie eine Femme fatale. »Mein Mann ist kein Verbrecher.«

»Wenn Sie meinen. Jedenfalls sollten Sie sich das mal anschauen.« Er zog einige Papiere aus einer Mappe und reichte sie Claire, ohne sie anzusehen.

»Was ist das?«

»Die Anklageschrift. Die arbeiten schnell. Artikel 85, Fahnenflucht. Artikel 90, Angriff auf einen Vorgesetzten und/oder Befehlsverweigerung. Artikel 118, vorsätzlicher Mord in *siebenundachtzig Fällen*.« Kopfschüttelnd blickte er zu Claire auf.

Zum erstenmal begriff Claire, wie ernst die Lage war. Sie hatten es auf Tom abgesehen. Ihm drohte sogar die Todesstrafe, die beim Militär noch immer galt.

Ihr blieb nichts anderes übrig.

»Ich glaube, ich habe es mir gerade anders überlegt«, sagte sie beherrscht. »Wo zum Teufel muß ich mich melden, wenn ich meinen Mann verteidigen will?«

17

Zwanzig Minuten von Quantico entfernt hielt Claire mit ihrem eleganten, gemieteten Oldsmobile am Straßenrand und überprüfte die Hausnummern. Sie befand sich in der zweispurigen Dumfries Road in Manassas, Virginia. Es war eindeutig die richtige Adresse, denn schließlich hatte sie auf der kurzen Liste gestanden, die Arthur Iselin ihr gegeben hatte – und Arthur und seine Sekretärin machten nie Fehler. Außerdem hatte sie mit dem Anwalt telefoniert und sich die Hausnummer noch einmal diktieren lassen. Also war ein Irrtum ausgeschlossen.

Aber das da konnte doch unmöglich eine Kanzlei sein!

Es handelte sich um ein winziges, gelbes Holzhaus, das fast wie ein Puppenhäuschen aussah. Mit einem Bürogebäude hatte es nicht die geringste Ähnlichkeit, und es entsprach dem typisch ländlichen Klischee. Es fehlten nur noch ein Laster voller Rüben und eine Autokarosserie auf Holzblöcken. War das allen Ernstes die Wirkungsstätte von Charles O. Grimes III.?

Nachdem Claire drei- oder viermal vorbeigefahren war, bog sie schließlich in die Auffahrt ein und läutete.

Es dauerte eine Weile, bis sich die Tür öffnete. Ein gutaussehender Schwarzer, Ende Vierzig, mit graumeliertem Haar, Schnurrbart und belustigt funkelnden Augen musterte Claire so durchdringend, daß ihr ganz unbehaglich wurde. »Haben Sie sich verfahren, Frau Professor? Ich habe Sie ein paarmal vorbeikommen sehen.«

»Ich dachte, ich hätte mich in der Adresse geirrt.«

»Kommen Sie rein. Ich heiße Charles.« Er reichte ihr die Hand.

»Claire.«

»Lassen Sie mich raten«, meinte er auf dem Weg durch ein winziges, vollgestopftes Wohnzimmer, das von einem riesigen Fernseher beherrscht wurde. »Sicher fragen Sie sich, warum dieser Typ in derselben Bruchbude arbeitet, in der er auch wohnt. Stimmt's, oder hab ich recht?« Claire, die ihm in ein mit Holzimitat getäfeltes Arbeitszimmer folgte, antwortete nicht. »Wissen Sie, Frau Professor, meine Ex-Gattin hat nicht gerade Luftsprünge gemacht, als sie rausgekriegt hat, daß ich mit meiner Sekretärin vögle. Ganz davon abgesehen, daß besagte Sekretärin in ihrem Job nicht viel getaugt hat und irgendwann spurlos verschwunden ist. Jedenfalls hat meine Frau mich rausgeschmissen, mich auf Unterhalt verklagt und mich ausgenommen wie eine Weihnachtsgans. Schauen Sie, was aus mir geworden ist. Früher hatte ich einen Jaguar, heute fahre ich einen verrosteten Mercedes aus dritter Hand.« Er ließ sich in einen billigen Schreibtischsessel mit orangefarbenem Plastikpolster fallen. »Nehmen Sie Platz. Willkommen bei Grimes & Partner.«

Claire nahm einen Papierstapel vom einzigen Stuhl und setzte sich. Ein derart geschmacklos eingerichtetes Büro hatte sie noch nie erlebt. Der Teppichboden war von einem abscheulichen Orange. Überall türmten sich Papiere, einige in Pappkartons, andere in absturzgefährdet wirkenden Stößen auf den wackeligen, braunen Aktenschränken, die je vier Schubladen hatten. In einer Ecke stand ein tragbarer Ventilator neben einer rotschwarzen Schuhputzmaschine. An der Wand hingen einige Diplome, die Claire nicht entziffern konnte. Auf einem der Aktenschränke drängte sich eine Ansammlung von Bowling-Pokalen. An der anderen Wand prangte ein nachgemachtes antikes Holzschild, das in altertümlicher Schrift verkündete: »Diplomierter, ehrlicher Landadvokat steht Ihnen zu Diensten. Testamente, Grundbucheintragungen, Schlichtungen, Kautionsbürgschaften, Patente. Beratung ab 25 Cent. *Ihr Anwalt ist Ihr Freund.*« Daran befestigt war ein zweites, rechteckiges Schild: »C. O. Grimes III., Rechtsanwalt.«

»Grimes & Partner?« fragte Claire. »Haben Sie Partner?«

»Das ist noch in Planung. Ein Mann darf doch schließlich Träume haben.« Eine Wolke von Mottenpulvergeruch stieg aus seinem Siebziger-Jahre-Polyesterpullover mit dem psychedelischen braungelborangen Muster auf.

»Bitte verstehen Sie mich nicht falsch«, begann sie. »Schließlich sind Sie mir wärmstens empfohlen worden, und zwar von Arthur Iselin.«

»Wie geht's Artie?«

»Gut. Er sagt, Sie sind ein Genie auf dem Gebiet des Militärrechts. Vermutlich soll das heißen, daß Sie viele Prozesse gewinnen. Und wo ich herkomme, haben solche Leute ...«

»... eine Menge vorzuweisen. Mindestens ein Eckzimmer-Büro in einem Wolkenkratzer. Liege ich richtig?«

»Genau.«

»Nun ja, bei einigen meiner Berufskollegen ist das vielleicht so, aber die beschäftigen sich auch mit anderen juristischen Fachgebieten. Firmenrecht, Strafrecht im großen Rahmen und so weiter. Mit Militärrecht kann man nicht reich werden. Ich vertrete zusätzlich noch Klienten, die Schmerzensgeldforderungen oder Probleme mit ihrer Versicherung haben. Nein, ich bin keine berühmte Harvard-Koryphäe wie Sie. Aber wenn Sie nicht schon mit anderen zivilen Militärrechtsspezialisten gesprochen und sich über mich erkundigt hätten, wären Sie nicht hier. Und falls Sie sich wirklich über mich informiert haben, wissen Sie, daß ich meine Prozesse gern gewinne. Es klappt zwar nicht immer, aber ich tue mein Bestes.«

»Warum haben Sie das Militär verlassen?«

Grimes zögerte einen Augenblick. »Ich habe den Dienst quittiert.«

»Warum?«

»Weil ich es satt hatte.«

»Ist etwas vorgefallen?«

»Ich hatte es einfach satt«, wiederholte er ein wenig gereizt. »Das war alles. Haben Sie was dagegen, wenn ich *Ihnen* jetzt ein paar Fragen stelle?«

»Nur zu.«

»Arthur hat mich angerufen. Deshalb bin ich über die Hintergründe im Bilde. Klingt, als würden Sie ganz schön in der Tinte sitzen. Ist er schon unter Anklage gestellt worden?«

Claire reichte Grimes die Anklageschrift. Während er sie durchlas, zog er immer wieder die Augenbrauen hoch und brummte vor sich hin. Bei der zweiten Seite wurde das Brummen lauter und eine Oktave höher. »Das muß ja ein reizendes Früchtchen sein.«

»Wollen Sie mich auf den Arm nehmen?«

»Natürlich war er es nicht«, fuhr Grimes mit einem schalkhaften Funkeln in den Augen fort. »Mein Standardspruch lautet, daß alle meine Mandanten unschuldig sind.«

Claire unterdrückte ihren Ärger. »Ja, er hat Fahnenflucht begangen, daran ist nicht zu rütteln. Aber er ist kein Massenmörder. Man hat versucht, ihm die Schuld an diesem Massaker vor dreizehn Jahren in die Schuhe zu schieben, und er war klug genug, sich aus dem Staub zu machen. General William Marks – der General Marks, der heute vier Sterne trägt und Stabschef der Army ist – hat 1985 als Colonel die Einheit der Special Forces befehligt, die nach El Salvador geschickt wurde, um die Ermordung einiger amerikanischer Marines zu rächen. General Marks selbst hat die Erschießung von siebenundachtzig Zivilisten angeordnet, und zwar nur aus einem einzigen Grund: kaltblütige Rache. Tom war nicht an dieser Operation beteiligt. Er war nicht einmal Augenzeuge.«

Grimes nickte und musterte sie prüfend.

»General Marks hat vor dreizehn Jahren dafür gesorgt, daß die Aktion vertuscht wurde. Er hat versucht, die Verantwortung meinem Mann in die Schuhe zu schieben. Wer also diesen Fall übernimmt, muß Marks entlarven und diese Schweinerei aufdecken. Denn ich will es dem ganzen korrupten System zeigen, dem verdammten Militär ...«

»Das werden Sie schön bleibenlassen«, unterbrach sie Grimes. »Keine Chance. Völlig falscher Ansatz. Am besten vergessen Sie das gleich wieder, junge Frau. Sie werden sich an die Regeln halten. Spielen Sie mit vollem Einsatz und machen Sie ihnen die Hölle heiß, aber die Gegenseite legt die Bedingungen fest. Für die ist es nämlich ein Heimspiel. Und jetzt hören Sie mir gut zu: Ein Zivilist, der an einem Kriegsgerichtsprozeß teilnimmt und an den Fundamenten ihres Systems rüttelt, hat schon so gut wie verloren. Da werden keine Ausnahmen gemacht. Das Militär ist eine verschworene Bruderschaft, die sich selbst sehr wichtig nimmt. Militärrecht ist eine knallharte Angelegenheit. Es wird Sie überraschen, wie sehr es unserem zivilen System ähnelt, doch es wurde schließlich absichtlich so angelegt und dem amerikanischen Strafrecht nachempfunden. Die Rechte des Angeklagten sind in etwa dieselben. Wenn Sie Ihren Mann verteidigen wollen, befassen Sie sich mit der Anklage und widerlegen Sie sie, wie Sie es auch in einem normalen Gerichtssaal tun würden. Sie haben den Verdacht, daß etwas unter den Teppich gekehrt worden ist? Dann schnappen Sie sich General Marks. Schnappen Sie sich General Patton, General Douglas und General MacArthur. Warum nicht gleich General Dwight Eisenhower? Aber stellen Sie nie das System in Frage. Ich interessiere mich brennend für diesen Fall, aber ich will Ihnen nichts vormachen. Wenn Sie mich als Anwalt nehmen, werde ich mich an die Regeln halten. Ich kämpfe mit harten Bandagen, aber ich spiele das Spiel mit – nur ein wenig besser als die anderen.«

Claire nickte lächelnd.

»Hat sich der zuständige Pflichtverteidiger schon mit Ihnen in Verbindung gesetzt?« fragte Grimes.

»Ja. Ein Junge namens Terry Embry. Er kommt frisch von der Universität.«

»Hmmm. Nie von ihm gehört. Ist er gut?«

»Ein absoluter Neuling. Intelligent und vermutlich gutwillig. Nett, aber völlig unerfahren.«

»Wir müssen alle mal anfangen. Warum sollte das Pentagon Ihnen den besten Mann zur Verfügung stellen?

Was ist mit dem Ankläger? Ist der schon bestimmt worden?«

»Lucas Waldron.«

Grimes lehnte sich in seinem Sessel zurück und prustete los. Er lachte, bis er einen Hustenanfall bekam. »Lucas Waldron?« japste er.

»Ich nehme an, Sie haben schon von ihm gehört.«

Endlich hatte Grimes sich wieder beruhigt. »Das können Sie laut sagen. Der Mann ist ein Arschloch und hat nicht die geringsten Skrupel.«

»Hatten Sie je mit ihm zu tun?«

»Ein paarmal. Ich habe das Strafmaß ein wenig drücken können, doch ich habe noch nie gegen ihn gewonnen. Allerdings begreife ich immer noch nicht, weshalb die Ihren Mann überhaupt vor Gericht stellen.«

»Was hätten sie, juristisch gesehen, sonst tun sollen?«

»Oh, Mann, die hätten ihn vollkommen erledigen können. Drei Army-Psychiater hätten ihn für verrückt erklärt, und dann wäre er für den Rest seiner Tage in irgendeiner staatlichen Nervenheilanstalt gelandet. Ich kapiere wirklich nicht, warum die sich die Mühe mit dem Kriegsgericht machen.«

»Vielleicht Ihnen zuliebe. Damit alles seine Ordnung hat.«

Er nickte nachdenklich. »Vielleicht. Es ist aber trotzdem seltsam.«

»Sie kämen erst an zweiter Stelle, wenn ich Sie als Anwalt nehme.«

»Nach dem Baby?«

»Nein, nach mir. Er wäre der dritte im Bunde. Falls ich ihn überhaupt behalte. Ich weiß nicht, ob ich einem Verteidiger von der Army trauen kann.«

»Ich rate Ihnen dringend, den zugeteilten Anwalt zu behalten. Im Gegensatz zu uns hat er das Recht, Angehörige der Army zum Verhör vorladen zu lassen. Außerdem soll er sich um den ganzen Papierkram kümmern. Sie müssen nämlich wissen, daß es bei der Army für alles und jedes Vorschriften gibt, sogar dafür, wie man sich den Hintern abwischt.«

»Okay.«

»Ich will Ihnen ja nicht zu nahe treten, Frau Professor. Wenn Sie die Verteidigung leiten wollen, nur zu. Schließlich ist es Ihr Geld, Ihr Mann und Ihr Fall. Sie sind der Boß. Aber ich habe das dumpfe Gefühl, daß Sie nicht allzuviel Ahnung von Kriegsgerichtsverfahren haben.«

»Sie haben doch eben gesagt, daß es ganz ähnlich abläuft wie vor einem Zivilgericht.«

»Wollen Sie sich weiterbilden, während Ihrem Mann die Todesstrafe droht?«

»Ich rechne damit, daß Sie mir dabei helfen.«

Er zuckte die Achseln. »Sie sind Claire Heller Chapman. Wenn Sie es so wollen, in Ordnung. Hat man Sie schon einmal einer Sicherheitsüberprüfung unterzogen?«

»Warum?«

»Ich garantiere Ihnen, daß die Sie sonst nicht in diesen Gerichtssaal reinlassen werden. Außerdem wird man die meisten Aussagen und Beweise als streng geheim einstufen. Das ist die Strategie der Gegenseite.«

»Ich werde mich überprüfen lassen. Meinen Sie, das könnte problematisch werden?«

»Kaum. Sie müssen nur ein paar Fragebögen ausfüllen. Formular Nummer 86. Dann werden Sie von sämtlichen bundesweit operierenden Behörden durchgecheckt: FBI, militärischer Abschirmdienst. Und dann sind Sie Geheimnisträgerin.«

»Und wenn mein Antrag abgelehnt wird?«

»Geht nicht. Schließlich sind Sie die Verteidigerin und haben damit ein Recht auf den Geheimnisträger-Status. Ansonsten kann Ihr Mann die Aussage verweigern.«

»Wie lange dauert das?«

»Wenn die wollen, geht das über Nacht. Außerdem brauchen wir noch einen guten Privatdetektiv.«

»Ich kenne einen wirklich guten.«

»War er bei der Army? Beim CID? Das ist die militärische Strafermittlungsbehörde.«

»Bei der Bostoner Polizei und beim FBI.«

»Geht in Ordnung.«

»Er wohnt zwar in Boston, aber er ist die zusätzlichen Spesen wert. Wirklich gute Privatdetektive sind dünn gesät.«

»Das brauchen Sie mir nicht zu erklären. Und in diesem Fall sind wir dringend auf ihn angewiesen, denn die Sache wird kein Zuckerschlecken. Also, was ist? Bin ich engagiert?«

18

Vom Flughafen aus fuhr Claire zuerst zu Arthur Iselins Kanzlei in der Nähe des Dupont Circle, um die Schlüssel abzuholen. Annie und Jackie warteten im Mietwagen. Das Haus lag in der 34. Straße, nahe der Massachusetts Avenue. Von dort aus war es zu Fuß nicht weit bis zum Marineobservatorium. Es war geradezu eine Villa, beige gestrichen und mit schwarzen Fensterläden. Das hübsche Anwesen gehörte einem der Teilhaber von Iselins Kanzlei, der vor kurzem in den Ruhestand gegangen war und gerade sechs Monate Urlaub in der Toskana machte. Zwar war die Miete für diesen kurzen Zeitraum sehr hoch, aber Claire fand, daß das Haus das Geld wert war, als sie die Stufen zur Eingangstür hinaufstieg.

»Kriege ich mein eigenes Zimmer?« fragte Annie.

»Aber natürlich«, antwortete Claire.

»Und was ist mit mir?« wollte Jackie wissen.

»Du bekommst sogar einen eigenen Flügel.«

Kaum war die Tür offen, da rannte Annie schon ins Haus. »Mama, das ist ja cool hier!«

Claire betrachtete die geräumige, elegant möblierte Eingangshalle, die wunderschönen, antiken Perserteppiche und Möbel und die schneeweißen Wände mit den kleinen Simsen. »Das kann ja heiter werden«, meinte sie zu Jackie. »Annie wird hier alles verwüsten.« Die Luft war stickig; es roch, als hätte das Haus monatelang leergestanden. Doch der leichte Duft von Möbelpolitur ließ vermuten, daß hier einmal in der Woche geputzt wurde.

Jackie stellte ihre Reisetasche ab und sah sich um. Bewundernd musterte sie die Treppe mit dem weißen Geländer, die sich am linken Ende der Eingangshalle anmutig nach oben wand. »Cool«, meinte auch sie. »Das hast du großartig gemacht.«

Nachdem Claire ihre letzte Seminarstunde hinter sich gebracht hatte, wies sie Connie an, sämtliche neuen Mandanten abzuweisen. Die Prüfungsarbeiten ihrer Studenten wollte sie sich per Kurier nachschicken lassen. Zwei Fälle gab sie an eine Freundin ab, die in einer Bostoner Kanzlei arbeitete. Nun war nur noch eine Berufungsverhandlung vor dem Obersten Gerichtshof übrig, was hieß, daß sie noch einmal nach Boston würde fliegen müssen. Rosa, die selbst Kinder hatte und deshalb nicht mit nach Washington kommen konnte, würde hin und wieder nach dem unbewohnten Haus sehen. Und Jackie, die sich mit »scheißlangweiligen Gebrauchsanweisungen«, wie sie es nannte, ihren Lebensunterhalt verdiente, konnte ihre Arbeit genausogut in Washington erledigen. Sie war Claires Rettung, weil sie sich erboten hatte, Annie zu betreuen.

Claire rief ein paar Freunde in Boston an und teilte ihnen mit, sie müsse für einige Monate nach Washington, weil sie an einem Fall arbeite, über den sie nicht sprechen dürfe. Ein paar Stunden später, als Jackie und sie noch beim Auspacken waren und Annie die unbekannten Zimmer erkundete, klingelte es an der Tür.

Der Army-Kurier, ein junger Schwarzer, auf dessen Namensschild »Lee« stand, hatte einen großen Karton bei sich. »Ich brauche Ihre Unterschrift auf einigen Formularen, Ma'am. Aber zuerst muß ich Ihren Führerschein sehen.«

Beim Unterschreiben spürte Claire eine gewisse Nervosität, die sie sonst nie empfand, wenn sie während eines Prozesses mit Papieren zu tun hatte. In diesen Dokumenten ging es um die Zeit, als sie Tom noch nicht gekannt hatte – jene Jahre in seinem Leben, über die sie fast nichts wußte.

Die Akte enthielt die Beurteilung seiner Leistungen während des Wehrdienstes – Formular DA 2166-6 –, Fotokopien von Papieren, die inzwischen wahrscheinlich in irgendeinem Ordner in North Carolina vergilbten, denn schließlich wurden die Spezialeinheiten in Fort Bragg ausgebildet. Auf allen prangte der Stempel »NUR FÜR DEN AMTSGEBRAUCH«, und sie waren mit »VERWALTUNGSDATEN«, »LEISTUNGSBEWERTUNG«, »QUALIFIKATION« und »AUFSTIEGSPROGNOSE« überschrieben. Claire machte es sich in dem Raum bequem, den sie sich als Arbeitszimmer ausgesucht hatte. Es war die gemütlich eingerichtete Bibliothek im Erdgeschoß, die fernab von den Wohnräumen lag. Dann studierte sie die Kopien von Toms Wehrbüchern. Die meisten Eintragungen waren langweilig und einschläfernd, aber sie zwang sich, alles gründlich zu lesen. Schließlich entdeckte sie sein Foto, das an die Kopie seiner Personalakte geheftet war. Es war vor seinem Einsatz in Vietnam aufgenommen worden und inzwischen fast dreißig Jahre alt. Ein neunzehnjähriger Bursche. Aber sein Gesicht wirkte nicht nur jünger, sondern auch ganz anders als heute. Die Nase war knolliger, die Wangen wirkten eingefallener, und außerdem hatte er ein fliehendes Kinn. Hätte Claire nicht gewußt, daß es sich um Tom handelte, sie hätte ihn auf dem Foto nicht wiedererkannt. Zu ihrem Erstaunen hatte die Gesichtsoperation ihn nicht nur verändert, sondern sich auch vorteilhaft auf sein Aussehen ausgewirkt.

Und dann fiel ihr Blick auf etwas, das ihr das Blut in den Adern gefrieren ließ.

Charles Grimes erwartete sie am Eingang des Militärgefängnisses. Diesmal trug er eine schlechtsitzende Jacke und eine Krawatte. Außer seiner Aktenmappe hatte er noch ein großes Kofferradio dabei.

»Wozu soll das gut sein?« fragte Claire.

»Musik«, entgegnete Grimes, ohne diese Auskunft weiter zu erläutern. »Und ich habe schlechte Nachrichten.«

»Was ist los?« fragte sie fast gleichgültig. Sie glaubte sich gegen sämtliche Überraschungen gefeit. Der Wachposten kontrollierte ihre Aktenkoffer.

»Der Bataillonskommandant hat eine Anhörung nach Artikel 32 angeordnet«, sagte Grimes. »Sie wird heute in einer Woche stattfinden. Normalerweise vergehen dreißig Tage zwischen der Anklageerhebung und einer Anhörung nach Artikel 32, aber sie scheinen es wirklich eilig zu haben.«

»Können Sie mir das übersetzen?«

»Es handelt sich um eine Voruntersuchung, die der Artikel 32 des Militärrechts verlangt. Dabei werden alle Tatsachen und Punkte, die bei der Anklageerhebung zur Sprache kommen, erörtert, und dann wird darüber entschieden, ob eine Verhandlung vor dem Kriegsgericht stattfindet.«

»Also so etwas wie die Untersuchung durch die Große Strafkammer im wirklichen Leben.«

»Nur besser. Wir dürfen dabeisein, Zeugen befragen und alles mögliche ablehnen. Geschworene gibt es auch nicht, und die Veranstaltung wird von einem Offizier, dem Vorsitzenden, geleitet und nicht von einem Richter. Eine gute Gelegenheit, um herauszufinden, welche Beweise die Gegenseite hat und wie sie ihre Anschuldigungen belegen will.«

»Aber es besteht doch keine Hoffnung, daß sie die Anklage fallenlassen? Zu einer Verhandlung vor dem Kriegsgericht wird es auf jeden Fall kommen.«

»Natürlich haben wir das Recht, die Anhörung abzulehnen. Aber sie ist gut für uns. So können wir die andere Seite ausspionieren.«

»Und das Ganze steigt in einer Woche?«

Grimes nickte. Sie gingen, begleitet von einem Wachmann, den Flur entlang. »Das heißt, uns bleibt nicht viel Zeit. Die Gegenseite hatte Jahre, um ihr Material zusammenzutragen. Haben Sie die Dokumente erhalten?«

»Ich habe sie gelesen.«

Darauf berichtete Grimes Claire von seiner gestrigen Unterredung mit ihrem Mann. Auch Tom war damit einverstanden gewesen, Grimes zu engagieren.

Vor einem großen Konferenzraum am Eingang zu Zellenblock B blieben sie stehen. »Unsere Besprechung findet hier statt«, bemerkte Grimes zu dem Wachmann. »Würden Sie bitte den Gefangenen holen?« Dann wandte er sich wieder an Claire und erzählte, er habe Toms Gerichtsakte gründlich durchgearbeitet. »Ihr Mann hat ja ein bewegtes Leben geführt. Muß interessant gewesen sein.«

Claire schwieg. Sie wußte nicht, was sie darauf antworten sollte. Statt dessen kam sie wieder auf die Anhörung zu sprechen. *Kümmere dich nur ums Juristische*, sagte sie sich. *Damit kennst du dich aus.* »Wollen Sie den Prozeß vor dem Kriegsgericht verhindern?« fragte sie.

»Will ich das?« Er stellte das Radio vor der Tür des Konferenzraums ab und schaltete einen Rap-Sender ein. »Wie ich dieses gräßliche Gedudel hasse! Natürlich möchte ich einen Prozeß verhindern. Aber das ist ausgeschlossen, obwohl ich mein Bestes versuchen werde – solange Sie mich dafür bezahlen.«

»Das mit der Musik haben Sie vorhin ernst gemeint.«

Er grinste sie an. Sein Lächeln wirkte ansteckend, und er hatte makellos weiße Zähne. »Nein, das soll verhindern, daß uns jemand belauscht. Ein alter Trick hier in Quantico.« Er ging in das Konferenzzimmer, legte den Aktenkoffer weg und setzte sich ans Kopfende des langen Resopaltisches. Als Claire sich in dem schmalen Raum umblickte, bemerkte sie, daß es hier keine Überwachungskamera gab. »Sehen Sie«, sagte Grimes. »Ich wußte doch, daß Sie den Geheimnisträger-Status bekommen. Allerdings bin ich überrascht, daß Sie die Bedingungen angenommen haben.«

»Warum?«

»Eine bekannte Bürgerrechts-Anwältin wie Sie? Ich hätte gedacht, daß Sie sich weigern. Sie wurden überprüft, mußten sich schriftlich zu Stillschweigen verpflichten, und nun dürfen Sie nicht einmal über die Beweise in diesem Fall sprechen, die als geheim eingestuft wurden. Es ist, als hätten Sie Ihre Seele verkauft.«

Er hatte recht. »Mir blieb nichts anderes übrig«, erwiderte sie. »Nicht, wenn ich Tom verteidigen will.« Sie setzte sich neben Grimes.

»Traurig, aber wahr. Sie nennen ihn noch immer Tom? Bei seinem falschen Namen?«

»So heißt er für mich. Ich kenne keinen Ron.«

»Und Sie halten ihn weiterhin für unschuldig? Trotz der Dinge, die wir beide gelesen haben?«

Claire drehte sich wütend zu ihm um, doch ehe sie antworten konnte, ging die Tür auf. Tom stand, flankiert von zwei Wärtern, auf der Schwelle. Er trug einen blauen Overall und war an Händen und Füßen gefesselt. Claire fiel auf, daß er schwarze Stiefel anhatte.

»In Ordnung. Nehmen Sie ihm die Ketten ab«, forderte Grimes die Wärter auf. »Das ganze Zeug, nicht nur eine Handschelle. Sie können Ihrem Vorgesetzten sagen, daß wir uns andernfalls bei jedem gottverdammten Mitglied des Verteidigungsausschusses im Senat und außerdem bei den Senatoren von Massachusetts und Virginia beschweren werden. Und dann werden wir eine Untersuchung im

Kongreß beantragen, damit Ihr Chef so richtig im Papierkram erstickt.« Tom stand reglos da und sah Grimes verblüfft an.

»Jawohl, Sir«, sagte einer der Wärter schließlich. Die beiden machten kehrt und führten Tom hinaus.

Grimes kicherte spöttisch. »Es macht mir einen Heidenspaß, diesen Typen zu drohen«, meinte er. »Was soll denn das Ganze? Wovor haben die bloß Angst? Anscheinend denken sie, der Gefangene könnte aus einem Konferenzraum dieses beschissenen Stützpunktes fliehen, obwohl hier doch alles mit Gitterstäben verrammelt ist.«

Kurz darauf wurde Tom ohne Fesseln zurückgebracht. Als Claire die Arme um ihn schlang und ihn küßte, konnte er ihre Umarmung zum erstenmal erwidern. Er wirkte abgemagert und erschöpft. »Deinen neuen Anwalt, Charlie Grimes, kennst du ja schon«, sagte Claire.

»Charles«, verbesserte Grimes und schüttelte Tom die Hand.

»Wo ist denn der Kleine?« fragte Tom, nachdem sie sich gesetzt hatten. »Wie hieß er noch mal? Embryo?«

»Heute morgen braucht er nicht dabeizusein«, erklärte Grimes.

»Wie geht es dir?« wollte Claire wissen.

»Meistens langweile ich mich«, antwortete Tom. Seine Stimme klang heiser, als hätte er lange nicht gesprochen. »Wir Neuen sollen auf den richtigen Weg gebracht werden. Hin und wieder kommt ein Büchereiwagen mit ein paar miserablen Taschenbüchern. Dreimal wöchentlich dürfen wir eine Stunde lang fernsehen, aber das Programm interessiert mich nicht. Und eine Stunde am Tag habe ich Hofgang auf diesem scheußlichen betonierten Platz. Natürlich gefesselt und mutterseelenallein.«

»Sind Sie etwa noch nicht durch den Fitneßclub geführt worden?« fragte Grimes. »Sauna, Dampfbad, Salzwassertank, hübsche Masseusen? Wirklich nicht?«

»Muß mir wohl entgangen sein«, entgegnete Tom. »Schon gut, wahrscheinlich brauche ich mich nicht zu beklagen. Aber ich vermisse dich«, fügte er, an Claire gewandt, hinzu.

»Ich dich auch. Wir alle vermissen dich. Weißt du eigentlich, daß du uns anrufen darfst?«

»Das habe ich eben erst rausgekriegt. Sie bringen einem das Telefon auf einem Holzwagen und stöpseln es ein. Nur R-Gespräche. Höchstens eine halbe Stunde.«

»Gut«, sagte Grimes. »Und sie hören die Gespräche ab. Also passen Sie auf, was Sie sagen.«

»Ich vertrete dich auch, Tom«, schaltete sich Claire ein. »Ich habe mich offiziell als deine Verteidigerin eintragen lassen.«

»Gott sei Dank«, entgegnete Tom.

»Danken Sie nicht Gott, sondern ihr«, meinte Grimes. »Wahrscheinlich glaubt sie, dadurch das Familienkonto weniger zu belasten.«

»Du weißt ja, daß dir die Todesstrafe droht«, fuhr Claire fort, ohne auf Grimes zu achten. »Und ich habe seit Jahren keinen richtigen Strafprozeß mehr geführt. Ich bin ein wenig außer Übung. Macht dir das keine Angst?«

»Überhaupt nicht. Danke, Liebling.«

»Darf ich rauchen?« fragte Claire.

Grimes schüttelte energisch den Kopf.

»Auf diesem Gelände ist Rauchen strikt verboten.«

»Hoch lebe der Gesundheitswahn«, sagte Claire höhnisch. »Tom, wir müssen alles erfahren. Keine Heimlichkeiten mehr, verstanden?«

Er nickte.

Grimes ergriff wieder das Wort: »Möglicherweise wird es ziemlich unangenehm für Sie werden. Aber wenn Sie uns nicht reinen Wein einschenken, wird uns die Anklage in der Luft zerreißen. Die werden alle Geschütze auffahren, und falls Sie uns etwas verschweigen – besonders Einzelheiten, die nicht besonders schmeichelhaft für Sie sind –, können wir einpacken. Kapiert?«

»Kapiert.«

»Das wäre also geklärt.«

»Tom«, fing Claire an. »Du hast uns nichts über deinen Einsatz in Vietnam erzählt.«

»Ich habe gesagt, ich war in ...«

»Du weißt ganz genau, was ich meine. Du hast mir nie verraten, daß du den Auftrag hattest, Überläufer zu liquidieren.«

»Wovon redest du?«

»Dreimal dürfen Sie raten,« schimpfte Grimes. »Von Killerkommandos der amerikanischen Regierung. Spezialeinheiten, die aus Scharfschützen der Army und der Marines bestanden und tief ins feindliche Gebiet geschickt wurden, um ihre Opfer zu jagen und zu töten. Ihre Aufgabe war es, amerikanische Staatsbürger umzubringen. Sogenannte Verräter und Deserteure. Es ging um die offiziell genehmigte Liquidierung amerikanischer Soldaten. Sie waren bei einem dieser Erkundungsteams, ein bezahlter Killer im Auftrag der US-Regierung, Tom. Offenbar haben Sie vergessen, diese Kleinigkeit zu erwähnen.«

»Das ist doch Schwachsinn!« brüllte Tom. »Das haben die erfunden!«

»Es steht in deiner Akte«, wandte Claire ein, erfüllt von der verzweifelten Hoffnung, daß er die Wahrheit sagte. »Angeblich hast du dich freiwillig zu dieser Mission gemeldet. Du sollst einer der besten Schützen gewesen sein. Deshalb hat man dich in diese Einheit aufgenommen, obwohl du noch so jung warst.«

»Das ist eine Lüge«, widersprach er. »Ich habe ganz normal meinen Wehrdienst abgeleistet und bin dann zur Ausbildung für die Special Forces nach Fort Bragg gekommen. Ich habe von diesen Kommandos gehört, es kursierten eine Menge Gerüchte darüber, aber ich hatte nichts damit zu tun. Ich habe keinen einzigen amerikanischen Soldaten liquidiert. Wahrscheinlich haben sie die Akten gefälscht, um mich als kaltblütigen Mörder hinzustellen. Du kannst so etwas doch unmöglich glauben, Claire!«

»Ich weiß nicht mehr, was ich noch glauben soll.«

»Wir können dieses Detail ausschließen lassen«, meinte Grimes. »Es muß beim Prozeß nicht zur Sprache kommen.«

»Aber es ist eine niederträchtige Lüge! Über diese Killerkommandos sollte nichts an die Öffentlichkeit dringen. Wenn es dazu Akten gibt, wären die doch streng geheim. Es würde doch nicht in den normalen Unterlagen zu meiner Person stehen!«

Claire seufzte. »Das stimmt. Es wäre eine Verschlußsache.«

Sie blickte zu Grimes, der die Achseln zuckte. »Egal. Jedenfalls lassen wir es ausschließen. Sicher will die Gegenseite auch verhindern, daß dieses unselige Kapitel des Vietnamkrieges im Prozeßprotokoll festgehalten wird.«

»Was haben sie dir über den Zwischenfall in El Salvador erzählt?« fragte Tom.

»Wir haben die Akten noch nicht bekommen«, antwortete Claire. »Aber da wir laut Charles nun Akteneinsicht erhalten, wissen wir bald mehr.«

»Die gute Nachricht ist«, sagte Grimes, »daß der Prozeß in Kürze anfängt. Beim Militär gibt es eine Beschleunigungsklausel. Sie müssen das Verfahren spätestens hundertzwanzig Tage nach Ihrer Inhaftierung eröffnen.«

»Doch das wollen wir nicht«, ergänzte Claire. »Wir brauchen Zeit, um die Beweise durchzugehen, die Zeugen zu vernehmen und berechtigte Zweifel bei der Jury zu wekken. Ich wette, die basteln schon seit Jahren an dieser Geschichte herum.«

»Nicht vergessen, Sie haben es jetzt mit der Army zu tun«, unterbrach Grimes. »Die können uns zwingen, vor Gericht zu erscheinen, wann es ihnen paßt. Aber die gute Nachricht für Sie, Tom oder Ron, ist, daß Sie nur noch knapp vier Monate hier aushalten müssen. Dann sind Sie entweder frei, oder ...«

»… oder in Leavenworth«, sagte Tom bedrückt. »Vielleicht hat man mich auch schon hingerichtet.«

»Durchaus möglich«, entgegnete Grimes in einem vergnügten Ton, der ziemlich unpassend wirkte. »Die Uhr tickt.«

19

Der Militärpolizist stand da, als hätte er einen Stock verschluckt. Seine makellose Uniform wies messerscharfe Bügelfalten auf. Er wirkte wie aus dem Ei gepellt und hatte die Schuhe spiegelblank poliert. Jeder Vorgesetzte hätte seine Freude an ihm gehabt. Auch Grimes mußte zugeben, daß er ein »STRAC« war – wie man einen vorschriftsmäßig gepflegten Soldaten im Army-Jargon nannte.

Der Mann bewachte den fensterlosen Kellerraum in einem Gebäude auf dem Stützpunkt, das Hockmuth Hall hieß. Hier wurden alle geheimen Unterlagen über Ronald Kubik unter Verschluß gehalten. Claire, Embry und Grimes warteten vor der Tür.

»Das hier ist ein sogenannter SCIF«, sagte Captain Embry zu Claire. Er sprach das Wort S-k-i-f-f aus.

»Schon wieder eine neue Vokabel«, stellte Claire trocken fest. »Und was bedeutet sie?«

Embry zögerte.

»Einrichtung zum Austausch geheimer Informationen«, erklärte Grimes.

»Ich habe eine Verschiebung der Anhörung beantragt«, meinte Embry. »Aber der Vorsitzende hat den Antrag abgewiesen.«

»Welche Überraschung«, sagte Grimes. »Wie heißt der Mann übrigens?«

»Lieutenant Colonel Robert Holt. Ein netter Bursche.«

»Es sind alles nette Burschen«, witzelte Grimes. »Vor netten Burschen beim Militär muß man sich in acht nehmen.«

Embry überhörte diese Bemerkung. »Er sagt, da dieser Fall die nationale Sicherheit betrifft, dürften Gespräche darüber nur im SCIF geführt werden.«

»Was immer diese Abkürzung auch genau heißen mag«, seufzte Claire. Grimes warf ihr einen vielsagenden Blick zu. *Kümmern Sie sich nicht um diese Anweisungen.*

»Das nächstemal möchte ich mich mit Ihrem Mann außerhalb des Gefängnisses unterhalten«, fuhr Grimes fort. »Ich traue diesen Kerlen nicht über den Weg. Man kann nie wissen, ob wir nicht vielleicht doch abgehört werden.«

»Es ist nicht gestattet, Unterredungen zwischen Anwalt und Mandant zu belauschen«, entgegnete Embry.

»Ich verstehe«, erwiderte Grimes. »Soll ich es denen sagen, oder möchten Sie das selbst tun?«

Obwohl Embry Grimes eben erst kennengelernt hatte, ging er ihm bereits auf die Nerven. Aber er war zu höflich, um sich von ihm provozieren zu lassen. Außerdem blieb ihm sowieso keine Zeit mehr für eine Antwort, denn in diesem Moment öffnete ein Sicherheitsbeamter die Tür des SCIF.

Der schmucklose Raum hatte einen Linoleumfußboden und war mit grünen Metalltischen und grauen Stühlen aus Regierungsbeständen möbliert. Allerdings befanden sich auch einige gewaltige Safes der Firma Sargent & Greenleaf darin, wie sie die meisten Behörden benutzen. Um sie zu öffnen, mußte man die richtige Kombination wissen. Hinter der Safe-Tür befanden sich wiederum verschlossene Schubladen, die ebenfalls über Nummernschlösser verfügten. Claire, Grimes und Embry erhielten jeder eine solche Schublade zugeteilt, in der sie ihre Notizen einschließen sollten. Die Aufzeichnungen durften den Raum nicht verlassen. Da Grimes Claire erklärt hatte, daß ein Laptop ihr hier nicht weiterhelfen würde, hatte sie nur einen Schreibblock mitgebracht. Doch selbst Handgeschriebenes mußte in den verschließbaren Schubladen hinterlegt werden. Alle Notizen, die sich auf geheime Unterlagen bezogen, wurden in die amtliche Akte aufgenommen und gingen in den Besitz der Regierung über.

Claire empfand das als unangenehm, ja sogar besorgniserregend. Wenn sie ihre Aufzeichnungen nicht mitnehmen durften, konnten sie nur in diesem ungemütlichen, kleinen Zimmer arbeiten. Und dabei hatte sie doch die Bibliothek ihres Hauses in der 34. Straße zum Hauptquartier des Ronald-Kubik-Verteidigungsteams ernannt. Wie sollten sie ohne Notizen eine Strategie entwickeln? Doch auf ihre Frage erhielt sie keine befriedigende Antwort. Weder Embry noch Grimes schienen sich an dieser übertriebenen Vorsichtsmaßnahme zu stören.

Sie wurde in die Prozedur eingewiesen, die sicherstellen sollte, daß niemand sonst ihre Notizen las: Sämtliche Papiere kamen in einen braunen Umschlag, der mit Paketklebeband verschlossen wurde – es handelte sich um die Sorte, die man zuvor mit einem Schwämmchen anfeuchten mußte. Der Sicherheitsbeamte würde diese Aufgabe übernehmen, und danach mußte Claire auf dem Siegel unterschreiben. Dann steckte man den Umschlag wiederum in einen zweiten, der ebenfalls versiegelt und abgezeichnet wurde. Dieses Kuvert wurde mit einem Stempel »Geheimes Material« versehen und in einen dritten Umschlag geschoben, auf dem »Persönlich für …« stand.

Dieses Ritual verfolgte den Zweck, den Verfasser der Aufzeichnungen zu beruhigen. Und wirklich erschien es fast unmöglich, daß jemand unbemerkt Einsicht in die Notizen nehmen konnte. Allerdings traute Claire diesen Leuten alles zu. Wer sich derart ausgeklügelte und fast gespenstisch anmutende Sicherheitsvorkehrungen ausdachte, wußte sicherlich auch, wie man diese unterlief.

»Ach, du meine Güte!« rief Grimes aus, der am Nebentisch saß. »Entweder ist Ihr Mann ein perverses Arschloch, oder die beim JAG haben eine blühende Phantasie.«

»Was ist los?« fragte Claire.

Grimes wedelte mit einem Stoß Papiere herum. »Laut einer Aussage vor dem CID vom August 1984 war Sergeant Kubik während seiner Ausbildung in Fort Bragg stationiert. Er wohnte jedoch nicht auf dem Stützpunkt, sondern in Fayetteville. Ein Nachbar, seines Zeichens Zivilist, hat ihn angezeigt.«

Claire versuchte, Grimes über die Schulter zu blicken.

»Anscheinend hat der Hund des Nachbarn ständig Kubiks Rosensträucher angepinkelt. Kubik hat sich öfter über ihn beschwert, und eines Tages hat er sich den Hund gepackt, ihm die Kehle aufgeschlitzt und ihn an den Hinterläufen am Briefkasten des Nachbarn aufgehängt. Junge, Junge.«

Sprachlos schüttelte Claire den Kopf. »Unmöglich! So etwas … paßt nicht zu Tom.«

»Mannomann!« stöhnte Grimes. Embry blickte beunruhigt auf und widmete sich dann wieder seiner Lektüre. »Die werden es unserem bösen Buben nicht leichtmachen.«

»Es muß eine Fälschung sein«, sagte Claire. »Kann man so etwas nicht einfach erfinden? Schließlich sind es nur ein paar dämliche mit Maschine beschriebene Blätter.«

»Der Name des CID-Mannes, der die Anzeige aufgenommen hat, ist hier vermerkt. Ebenso der Name des Nachbarn. Ein gewisser Roswell soundso.«

Noch einmal schüttelte Claire den Kopf. »Das paßt nicht zu Tom«, wiederholte sie.

»Richtig, Frau Professor«, erklang da eine Stimme von der Tür her. »Aber wir sprechen hier ja von Ronald Kubik. Ich bin Major Waldron.«

Major Lucas Waldron war ein hochgewachsener, schlanker, braunhaariger Mann Ende Dreißig mit einer auffälligen Adlernase. Mit seiner hohen Stirn und dem schmalen Mund wirkte er nicht sehr attraktiv, aber er hatte eine starke Ausstrahlung. Beim Händeschütteln verzog er keine Miene. Claire spürte, daß sich ihr der Magen zusammenkrampfte, wie immer, wenn sie vor einem gefährlichen Gegner stand. »Vielleicht verstehen Sie jetzt langsam, warum so viele Menschen Ihren Mann als Schandfleck der Army betrachten, Frau Professor«, fuhr Waldron fort.

Claire musterte ihn. »Sie sind wohl stolz darauf, in dieser Farce die Anklage zu vertreten.«

Waldron lächelte eisig. »Angesichts dessen, was für ein Mensch Ihr Mann ist, halte ich es fast für Zeitverschwendung, ihn vor Gericht zu stellen.«

»Das ganze Verfahren ist doch ein abgekartetes Spiel«, unterbrach Claire ihn. »Es überrascht mich, daß Sie diesen Fall übernommen haben. Möglicherweise werden Sie zum erstenmal einen Prozeß verlieren.«

»Hören Sie mir gut zu, Frau Professor«, entgegnete Waldron. »Die Army wird diesen Prozeß auf gar keinen Fall verlieren. Wenn Sie sich in die Beweislage eingearbeitet haben, werden Sie wissen, was ich meine. Ich kann nur annehmen, daß Sie nicht ahnen, was für ein Ungeheuer Sie geheiratet haben.«

»Sie müssen ziemlich naiv sein, wenn Sie dieses Zeug für bare Münze nehmen«, erwiderte sie. »Daß da etwas faul ist, kann man doch förmlich riechen.«

»Sehen Sie sich erst die Beweise an.«

»Keine Sorge, das werde ich.«

»Diese Unterlagen werden Sie eines Besseren belehren. Es kann durchaus sein, daß bei meinen Erfolgen vor Gericht ein wenig Glück im Spiel war – aber hauptsächlich lag es sicher daran, daß die Angeklagten tatsächlich schuldig waren.«

»Ich glaube Ihnen gern, daß Sie gute Arbeit leisten«, sagte Claire. »Einen Schuldigen zu verurteilen ist allerdings nicht weiter schwer. Doch wenn man einen Unschuldigen hinter Gitter bringen will, muß man sämtliche Register ziehen.«

»Mein Vater war Kriegsgefangener in Vietnam«, fuhr Waldron fort. »Ich bin Offizier und zufällig stolz darauf.

Und ich gedenke, meine Laufbahn bei der Army fortzusetzen. Aber bei einem Perversen wie Ihrem Mann ist mir jedes Mittel recht, und wenn es mich die Beförderung kostet. War nett, Sie kennenzulernen, Frau Professor.«

Er machte auf dem Absatz kehrt und verließ den Raum.

»Was für ein sympathischer Mensch«, bemerkte Grimes.

»Schauen Sie mal!« rief Embry plötzlich aus. »Der CID hat sieben Angehörige von Kubiks Einheit in El Salvador verhört. Die Aussagen stammen vom 27. Juni 1985, fünf Tage nach dem Vorfall am 22. Juni, und wurden in Fort Bragg aufgenommen. Der Inhalt ist fast gleichlautend, und sie belasten Ihren Mann schwer.« Verlegen sah Embry Claire an und konnte ihrem Blick kaum standhalten. Nervös fuhr er sich mit der Zunge über die Lippen.

Grimes sprang auf. »Die Gegenseite wird bei der Anhörung nur einen Augenzeugen aufrufen, einen gewissen Colonel Jimmy Hernandez, der inzwischen als vorgesetzter Offizier in der Verwaltung des Pentagon sitzt. Geht mir die Phantasie durch, wenn ich vermute, daß er einer der sieben war?«

Embry blätterte einige Papiere durch. »Major James Hernandez, der stellvertretende Befehlshaber. Ja, da steht es schwarz auf weiß.«

Claire wurde flau im Magen. »Darf ich mal sehen?« fragte sie.

Embry reichte ihr zögernd die Akte.

Claires Herz klopfte heftig, als sie die Seiten rasch überflog. Dann las sie sie noch einmal gründlich durch. Ihr Mund fühlte sich ganz trocken an, und ihr wurde übel.

Zuoberst lag ein Deckblatt mit der Aufschrift CID, U.S. Army, 27. Juni 1985 in Fort Bragg. Darunter die Uhrzeit und der Name HERNANDEZ, James Jerome, seine Sozialversicherungsnummer und sein Rang. Es folgten einige lange Spalten Text, jede einzelne war von Hernandez jeweils am Anfang und am Ende abgezeichnet worden. Dahinter kamen einige Seiten mit Fragen und Antworten:

Ich, Sergeant James J. Hernandez, gebe aus freien Stücken folgende Aussage zu Protokoll, und zwar gegenüber John F. Dawkins, mir bekannt als Strafermittler im Auftrag der Streitkräfte der Vereinigten Staaten von Amerika. Ich bestätige, daß ich diese Aussage nicht unter Druck mache. Mir wurden auch keinerlei Vorteile in Aussicht gestellt.

Am 22. Juni 1985 war meine Truppe, Abteilung 27 der Special Forces, ein streng geheimes Kommando, in Ilopango, El Salvador, stationiert. Ich bin der stellvertretende Befehlshaber der Einheit. Unser Auftrag lautete, Operationen gegen die Rebellen in El Salvador durchzuführen. Unser Kommandant, Colonel William Marks, erhielt aus zuverlässiger Quelle die Information, eine Splittergruppe der linksgerichteten Guerillaorganisation FMLN habe sich in einem kleinen Dorf in der Nähe von San Salvador verschanzt. Die Terrorgruppe hatte einige Tage zuvor vier Marines auf Urlaub und zwei amerikanische Geschäftsleute in Zona Rosa, einem Viertel von San Salvador, getötet. Einige der Guerilleros stammten aus diesem Dorf namens La Colina. Es hieß, sie hätten sich dort versteckt.

Spät in der Nacht des 22. Juni 1985 machten wir das Dorf ausfindig. Unsere Einheit teilte sich auf, um sich ihm von zwei Seiten her zu nähern. Wir hatten unsere Waffen mit Schalldämpfern versehen, um länger unbemerkt zu bleiben, falls wir Hunde, Gänse oder andere Tiere erschießen mußten. Beide Abteilungen drangen in das Dorf ein, besetzten es, weckten sämtliche Bewohner und trieben sie vor die Hütten. Dies war eine Vorsichtsmaßnahme für den Fall, daß die Einwohner über Feuerwaffen verfügten.

Die Dorfbewohner, es waren insgesamt siebenundachtzig, wurden auf offenem Gelände versammelt, bei dem es sich offenbar um den Marktplatz handelte. Es waren ausschließlich Zivilisten, alte Männer, Frauen und Kinder. Sie wurden auf spanisch befragt, behaupteten aber, nichts über den Aufenthaltsort der Guerilleros zu wissen. Colonel Marks wurde per Funk informiert, daß sein Informant sich offenbar geirrt habe. In La Colina seien keine Rebellen versteckt. Daraufhin befahl Colonel Marks den Abzug. Es kam zu einem Wortwechsel zwischen Sergeant Kubik und einigen Dorfbewohnern. Plötzlich legte Sergeant Kubik die Waffe auf die Leute an. Ich bemerkte, daß er zwei zusammengeknüpfte Munitionsgürtel über der Schulter trug und somit über zweihundert Schuß verfügte. Sergeant Kubik eröffnete das Feuer auf die Dorfbewohner und erschoß alle innerhalb weniger Minuten.

Die folgenden Fragen wurden mir von J. F. Dawkins gestellt und von mir selbst beantwortet:

F: Wurde der Versuch unternommen, Kubik zurückzuhalten?

A: Ja, aber niemand wagte, sich ihm zu nähern, weil er wild um sich schoß.

F: Wurden die Zivilisten auf Waffen durchsucht?

A: Nein, da Colonel Marks der Ansicht war, uns wäre die Situation entglitten. Er befahl den sofortigen Rückzug.

F: Was hat Sergeant Kubik gesagt, nachdem er die siebenundachtzig Zivilisten getötet hatte?

A: Nicht viel. Nur: »Das wäre also erledigt.«

Claire schwindelte der Kopf, als sie die Seite weglegte. Sie machte sich auf die Suche nach der Damentoilette – dem »Abort« –, taumelte in eine Kabine und erbrach sich. Danach wusch sie sich das Gesicht mit brauner Kommißseife.

20

Während Claire am Eingang des Militärgefängnisses wartete, hing sie ihren Erinnerungen nach.

Es war kurz nach der Trauung, genauer gesagt auf der Hochzeitsreise. Sie standen an der Rezeption des Hotels Hassler in Rom an der Piazza Trinità dei Monti, die oberhalb der Spanischen

Treppe liegt. Eigentlich hätte Claire lieber in der bescheideneren Pension Scalinata di Spagna ganz in der Nähe übernachtet, doch Tom hatte darauf bestanden, daß sie sich einmal einen richtigen Luxus gönnten. Allerdings war ihre Reservierung verschlampt worden – eine Verwechslung –, und die bestellte Suite war bereits vergeben. Man konnte ihnen nur noch eine kleinere Suite anbieten. Tom lief rot an und schlug mit der Faust auf die Theke der Rezeption. »Wir haben reserviert, verdammt noch mal!« brüllte er. Alle Köpfe in der Hotelhalle drehten sich erschrocken und neugierig nach ihnen um. Der so heruntergeputzte Mann an der Rezeption entschuldigte sich stammelnd. Tom funkelte ihn finster an und beruhigte sich dann urplötzlich. »Sehen Sie zu, was sich machen läßt,« meinte er mit einem Nicken.

Claire konnte sich auch an andere Zwischenfälle erinnern.

Zum Beispiel an den Tag, an dem Tom einen wichtigen potentiellen Investor versetzte, weil seine Assistentin bei Chapman & Company für die Verabredung zum Mittagessen einen falschen Termin eingetragen hatte. Tom bekam einen Tobsuchtsanfall, beschimpfte die Frau und feuerte sie. Doch ein paar Stunden später bereute er sein Verhalten und stellte sie wieder ein.

Oder an den Tag, als ein Nachbar versehentlich mit seinem Range Rover auf ihren Rasen fuhr und zwei Spurrillen im Gras hinterließ. Mit zornrotem Gesicht stürmte Tom aus dem Haus, aber als er das Auto des Nachbarn erreichte, hatte er sich schon wieder beruhigt.

Und einmal war er mit Annie auf dem Harvard Square spazierengegangen. Sie hatte einen Hund streicheln wollen, doch das Tier hatte geknurrt und nach ihr geschnappt. Tom packte den Hund am Genick und schüttelte ihn, bis er jaulte. Als der Besitzer ärgerlich protestierte, ließ Tom den Hund wieder los, worauf das Tier sich mit eingekniffenem Schwanz verzog. »Du brauchst keine Angst zu haben«, sagte er zu Annie.

Es gab Dutzende solcher Vorfälle, aber was hatten sie zu bedeuten? Ein Mann, der sich die Flitterwochen nicht verderben lassen wollte. Ein überkorrekter Chef. Ein penibler Hausbesitzer. Ein überbesorgter Vater. Im Laufe einer Ehe – selbst einer verhältnismäßig kurzen wie ihrer – erlebt man beim Partner Wut und Trauer mit. Man lernt ihn von seiner guten und von seiner schlechten Seite kennen. Tom brauste leicht auf, doch sein Zorn richtete sich nie gegen sie und Annie. Und immer war es ihm gelungen, sich rechtzeitig zu beherrschen.

Aber man durfte nicht vergessen, wie er den U.S. Marshal im Einkaufszentrum außer Gefecht gesetzt hatte. Zweifellos hatte er das in der Ausbildung bei der Spezialeinheit gelernt. Hatte er wirklich ohne Not eine grausame Tat begangen? Nun sollte er für ein Verbrechen eingesperrt werden, das er hartnäckig abstritt.

Gewiß hatte er sich in der Hütte am See rücksichtslos gegen die Marshals zur Wehr gesetzt, doch war das nicht reine Selbstverteidigung, reiner Überlebenswille gewesen?

Oder hatte ihn seine Unbeherrschtheit wirklich zum Mörder gemacht?

»Hey, wo steckt denn der Rest meines Teams?« fragte Tom. Inzwischen konnte er hin und wieder sogar fröhlich sein, was Claire aus irgendeinem Grund auf die Nerven fiel. Sie saßen in einem kleinen, verglasten Raum neben seiner Zelle. Diesmal hatte man ihm sämtliche Fesseln abgenommen, vermutlich aus Respekt vor Claire.

»Heute bin nur ich gekommen«, antwortete Claire leise. »Ich will genau wissen, was in La Colina passiert ist.«

Er musterte sie argwöhnisch. »Ich habe dir doch schon gesagt...«

»Eben habe ich sieben Zeugenaussagen gelesen. Im großen und ganzen steht überall dasselbe drin...«

»Wahrscheinlich gleichen sie sich wie ein Ei dem anderen. Das Militär kann sich beim Fälschen manchmal ziemlich dämlich anstellen.«

»Wer ist Jimmy Hernandez?«

»Hernandez? Der stellvertretende Befehlshaber meiner Einheit, Marks' rechte Hand. Er kommt aus Florida. Sohn kubanischer Einwanderer …«

»Kann man ihm trauen? Sagt er die Wahrheit?«

»Claire«, stöhnte Tom auf. »Ehrlichkeit ist bei diesen Leuten relativ. Wenn ihr Kommandant ihnen befiehlt zu furzen, dann furzen sie. Und wenn er behauptet, daß der Furz nach Blumen duftet, plappern sie das nach. Hernandez kriecht Marks in den Hintern. Er würde alles sagen, was von ihm verlangt wird.«

»Wie dem auch sei – jedenfalls wird die Anklage Hernandez als Augenzeugen aufrufen. Er soll die Greueltat beobachtet haben, die dir vorgeworfen wird. Wenn er vor Gericht ebenso glaubhaft wirkt wie beim CID, dann stecken wir in Schwierigkeiten.« Claire bemühte sich um einen sachlichen Ton.

»Und er behauptet allen Ernstes, daß ich es war? Daß ich siebenundachtzig Zivilisten abgeschlachtet habe?«

»Ja.«

»Ich habe dir doch schon erklärt, daß General Marks Befehl gab, das ganze Dorf niederzumetzeln. ›Um ihnen eine Lektion zu erteilen‹, wie er sich ausdrückte. Hernandez war sein Stellvertreter, Marks' rechte Hand. Es würde mich nicht überraschen, wenn er an den Erschießungen beteiligt war. Und weil ich nicht bei der Vertuschung mitmachen wollte, haben sie den Spieß umgedreht und mir die Schuld in die Schuhe geschoben. Das allein ist der Grund. Verdammt, die Sache ist inzwischen dreizehn Jahre her. Warum lassen sie nicht alles einfach auf sich beruhen?«

»Der CID hat die gesamte Einheit vernommen. Bestimmt bist du auch befragt worden.«

»Klar doch. Stundenlang haben sie mich verhört, und ich habe die Wahrheit gesagt. Natürlich wurde meine Aussage nicht zu Protokoll genommen.«

»Und du hast niemandem Meldung gemacht?«

»Wem denn? Du hast ja keine Ahnung vom Militär. Bei der Army ist es das Beste, wenn man das Maul hält, die Ohren auf Durchzug schaltet und den lieben Gott einen guten Mann sein läßt.«

»Aber es muß doch Kameraden aus deiner Einheit geben, die dich am anderen Ende des Dorfes gesehen haben. Jemand muß doch wissen, daß du nicht dabei warst.«

»Du wirst niemanden dazu kriegen, das zuzugeben. Jeder von ihnen war entweder am Massaker oder an der Vertuschungsaktion beteiligt. Wahrscheinlich wurden mit allen Abmachungen getroffen. Straffreiheit und so weiter. Das kannst du doch während der Beweisaufnahme herausfinden, oder?«

»Sie müssen mir darüber Auskunft geben. Hattest du denn keine Freunde in der Einheit? Jungs, die eine Abmachung möglicherweise abgelehnt, aber trotzdem versprochen haben zu schweigen? Vielleicht würden die dir helfen.«

»Ich bin mit drei Jungs ganz gut ausgekommen. Mit zweien war ich sogar locker befreundet. Du weißt ja, daß ich nicht leicht Freundschaften schließe. Doch wer sagt mir, daß sie nicht auch auf die Dorfbewohner geschossen haben?«

»Tom«, begann Claire. »Ron.«

»Wenn du willst, kannst du mich gern Ron nennen«, entgegnete Tom leise. »Falls du dich damit wohler fühlst.«

»Ich kenne dich nur als Tom, obwohl das nicht dein richtiger Name ist.«

»Ich selbst habe mir diesen Namen ausgesucht, nicht meine Eltern. Und weil ich bei dir Tom geworden bin, gefällt er mir inzwischen ganz gut.«

»Warum sollte ich dir glauben, Tom? Überleg mal: Du hast mich sechs Jahre lang angelogen, also seit wir uns kennen.«

»Ich habe dir nur die Wahrheit über meine Vergangenheit verschwiegen, und zwar um dich vor den Verrückten zu schützen, die kurzen Prozeß mit dir gemacht hätten.

Wenn sie auch nur gerüchteweise gehört hätten, daß ich noch lebe und in Boston wohne, hätten sie mich aufgespürt. Und dann hätten sie mich und jeden in meiner Nähe umgelegt. Ich hätte mich nie in dich verlieben dürfen, Claire. Ich hatte nicht das Recht, mit meiner schrecklichen Vergangenheit dein Leben zu zerstören.«

»Du hast mein Leben nicht zerstört, Tom.« Ihre Augen standen voll Tränen.

»Claire, ich habe mir das Hirn darüber zermartert, wer sonst noch wissen könnte, was wirklich passiert ist. Es gibt jemanden.« Tom biß sich auf die Unterlippe. »Einen Mann, der die Hintergründe kennt und Beweise hat. Er ist über die Vertuschungsaktion des Pentagon im Bilde. Sicher kann er dir die nötigen Papiere besorgen.«

»Wer ist es?«

Er nahm ihr den Stift aus der Hand und kritzelte etwas auf ihren Notizblock. »Behalte den Namen für dich«, flüsterte er. »Und vernichte diesen Zettel. Spül ihn im Klo runter.«

Beim Lesen zog Claire die Augenbrauen hoch.

»Tom«, sagte sie dann. »Ich muß dich noch etwas fragen.« Dann kam sie auf den entsetzlichen Vorfall in Fayetteville zu sprechen, bei dem der Nachbarshund sein Leben gelassen hatte.

Tom schloß die Augen und schüttelte langsam den Kopf. »Jetzt mach mal 'nen Punkt. Ja, ich habe nicht auf dem Stützpunkt gewohnt, und die Adresse stimmt auch. Aber ich wette, du würdest rauskriegen, daß es diesen Nachbarn gar nicht gibt, wenn du versuchst, ihn ausfindig zu machen.« In seinen Augen standen Tränen. »Claire, ich glaube, wir müssen einiges klären.«

»Gut«, meinte sie zögernd.

»Hör zu. Im Augenblick bist du der einzige Mensch, auf den ich mich verlassen kann. Als Jay sich verdrückt hat, war ich für dich da, weil mir deine Freundschaft viel bedeutete. Ich habe versucht, dir eine Stütze zu sein, weil ich dich liebe. Und jetzt brauche ich dich. Ich kann dir gar nicht sagen, wie weh es mir tut, daß die Frau, die ich mehr liebe als alles auf der Welt, an mir zweifelt.«

»Tom …«

»Laß mich ausreden. Ich sitze hier mutterseelenallein. Und ohne dich und dein Vertrauen würde ich wahrscheinlich nicht durchhalten.«

»Was meinst du damit?« fragte sie leise.

»Daß ich vermutlich aufgeben würde, wenn ich dächte, daß du nicht mehr an mich glaubst. Ich brauche dich, und ich liebe dich von ganzem Herzen. Das weißt du ganz genau. Wenn das hier vorbei ist, werden wir wieder eine Familie sein. Laß mich nicht im Stich, Liebling.«

Tränen traten ihr in die Augen. Als sie ihn umarmte, spürte sie, daß sein Körper glühte.

»Ich liebe dich auch, Tom«, stieß sie hervor.

21

Die Bibliothek des Hauses, das Claire gemietet hatte, sah genauso aus, wie man sich einen solchen Raum in einer alten Villa vorstellte. Die Regale enthielten nicht nur die obligatorischen ledergebundenen, antiquarischen Bände in Zehner-, Zwanziger- und Fünfzigergruppen, sondern auch Bücher zum Lesen. Es handelte sich um Publikationen aus den letzten Jahren, und zwar vor allem um Sachbücher zu politischen und geschichtlichen Themen. Vermutlich waren dies die Interessengebiete des Hausbesitzers, der sicher gerade einen *caffè macchiato* in einem Café in Siena trank.

Captain Embry, heute in Zivil (nagelneue, dunkelblaue Jeans, kurzärmeliges Hemd, beides ordentlich gebügelt), saß an einem Seitentisch und machte sich mit einem abgekauten Einwegkugelschreiber Notizen. Grimes (wieder in seinem grellbunten Siebziger-Jahre-Pullover) flegelte breitbeinig in einem geblümten Ohrensessel.

Claire saß rauchend an einem gewaltigen Bibliothekstisch aus Eiche. Um sie herum türmten sich juristische Nachschlagewerke: *Militärvorschriften zur Beweisaufnahme; Militärisches Strafrecht: Anwendung und Praxis; Handbuch zur Durchführung von Kriegsgerichtsverfahren in den Vereinigten Staaten von Amerika.* »Also wird die Anklage bei der Anhörung nur die sieben Protokolle des CID und die Aussage von Jimmy Hernandez vorlegen. Soll das alles sein?« Claire klang schon wie ein alter Hase.

»Ganz recht«, antwortete Grimes. »Die haben es nicht nötig, alle Karten auf den Tisch zu legen. Vergessen Sie nicht, es genügt vollkommen, wenn sie glaubhaft darstellen können, daß die Verdachtsmomente für ein Kriegsgerichtsverfahren ausreichen. Es wäre unklug von ihnen, mehr preiszugeben.«

»Und wir müssen versuchen, sie zu widerlegen und einen Prozeß zu verhindern«, ließ sich Embry vernehmen.

»Was aber nicht klappen wird«, erwiderte Grimes. »Da können wir uns auf den Kopf stellen. Deshalb sollten wir die Anhörung als eine Art Versuchsballon der Anklage betrachten. Wir erhalten die Möglichkeit, im Vorfeld herauszufinden, was sie gegen uns in der Hand haben und womit sie herausrücken wollen. Im Kreuzverhör werden wir ihnen dann zeigen, wo die Schwächen ihrer Beweisführung liegen.«

»Was ist mit den übrigen sechs Mitgliedern der Einheit Brennender Baum, die Aussagen gemacht haben?« wollte Claire wissen. »Warum werden die nicht als Zeugen aufgerufen?«

»Erstens, weil sie nicht müssen«, erklärte Grimes. »Jeder Zeuge, der im juristischen Sinne nicht verfügbar ist – das heißt, daß er mehr als hundertfünfzig Kilometer weit weg wohnt –, braucht nicht zu erscheinen. Und zweitens hat die Anklage das gar nicht nötig.«

Claire nickte. »Besteht die Möglichkeit, daß die Anklage bei der Anhörung mit einer unliebsamen Überraschung aufwartet?«

»Für gewöhnlich werden die Beweise offengelegt, sobald sie bekannt sind«, erwiderte Embry.

»Ja«, sagte Grimes und betrachtete den kunstvollen Stuck an der gewölbten Decke. »Vielleicht bekommen wir die Informationen aber erst ein oder zwei Tage, bevor sie sie dem Gericht vorlegen. Aber ich bezweifle, daß sie während der Anhörung etwas Neues aufs Tapet bringen. Sie werden sich nicht vorwerfen lassen wollen, daß sie uns nicht alles rechtzeitig mitgeteilt haben.«

»Egal«, meinte Embry. »Falls sie wirklich versuchen, uns zu überrumpeln, beantragen wir einfach eine Vertagung.«

»Wie bei einem zivilen Gericht«, stellte Claire fest. »Aber was ist mit Artikel 46, der Klausel, die den gleichberechtigten Zugang zu den Beweisstücken regelt?«

Grimes wandte sich langsam zu ihr um und musterte sie verblüfft. »Anscheinend schlafen Sie mit dem Militärgesetzbuch unterm Kopfkissen.«

»Darin steht, daß wir die gleiche Möglichkeit haben, Zeugen aufzurufen, Beweismittel vorzulegen und so weiter und so fort. Richtig?« fuhr Claire fort.

»Richtig«, bestätigte Grimes. »Doch das bedeutet nicht, daß man uns auch genausoviel Zeit zugestehen muß.«

»Mama?« war da Annies schüchternes Stimmchen zu hören. Sie trug eine Latzhose aus blauem Jeansstoff und hatte das Haar zu Zöpfchen gebunden. Nun stand sie in der Tür und betrachtete neugierig die beiden Männer.

»Ja, Schätzchen?«

»Mama, Jackie kocht Abendessen. Es ist gleich fertig.«

»Gut, Liebes. Wir kommen sofort runter. Und jetzt laß uns bitte weiterarbeiten.«

»Okay.« Annie sah sich verlegen im Zimmer um. »Hallo.«

»Hallo«, antworteten Grimes und Embry im Chor.

»Warum rauchst du, Mama?«

»Los, raus mit dir«, befahl Claire. »Wir sehen uns beim Abendessen.«

»Aber ich will hier drinnen spielen«, quengelte Annie.

»Jetzt nicht, Liebes.«

»Warum?«

»Weil Mama arbeiten muß.«

»Immer mußt du arbeiten!« schmollte Annie und stolzierte hinaus.

»Mannomann«, sagte Grimes. »Da haben Sie sich ja eine scheußliche Angewohnheit zugelegt. Ich dachte immer, daß in Cambridge das Rauchen überall in der Stadt gesetzlich verboten ist.«

»Schon gut, ich höre wieder auf, wenn wir diese Sache hinter uns haben«, antwortete Claire. »Eigentlich wollte ich Sie beide ja einladen, zum Essen zu bleiben, aber ...«

»Einverstanden«, unterbrach Grimes. »Ich rieche schon von hier oben, daß Ihre Schwester eine ausgezeichnete Köchin ist. Ich liebe Knoblauch!«

»Und Sie, Terry?« fragte Claire.

»Ich kann nicht«, erwiderte Embry und lief rot an. »Tut mir leid, ich ... ich habe eine Verabredung.«

»Betrügen Sie Ihre Frau jetzt schon?« witzelte Grimes.

Embry lächelte verlegen und schüttelte den Kopf.

»Gut«, meinte Claire. »Ich will so viel wie möglich über diesen Hernandez rausfinden. Terry, Sie legen eine Akte über jeden potentiellen Zeugen an, zuerst über Hernandez und die anderen sechs, die gegen Tom ausgesagt haben. Wir brauchen alles über sie: medizinische Daten, Personalakten und so weiter und so fort. Und dann möchte ich mit Hernandez sprechen.«

»Äh ... das sollten Sie lieber mir oder Embry überlassen«, wandte Grimes ein.

»Warum?«

»Weil wir beide Erfahrung mit der Army haben. Wir wissen, wie der Hase läuft.«

»Schön, aber ich möchte dabeisein. Ich will sein Gesicht sehen.«

»Selbstverständlich«, antwortete Grimes.

»Außerdem interessiert mich, ob ihm als Gegenleistung für seine Aussage irgendwelche Zusagen gemacht wurden. Straffreiheit zum Beispiel. Das gleiche gilt für alle Zeugen, die die Gegenseite aufrufen könnte.«

»Das erfahren wir in der Beweisaufnahme«, erklärte Embry. »Bei der allgemeinen Anfrage.«

»Nicht unbedingt«, wandte Grimes ein. »Dazu ist ein besonderer Antrag nötig. Wir müssen die Anklage auffordern, uns sämtliche Zeugen zu nennen, denen Straffreiheit garantiert wurde. Dazu die jeweiligen Gründe, und zwar schriftlich in Kopie. Darüber hinaus alle Zusagen auf Strafminderung. Wir brauchen Kopien von allen Absprachen mit Informanten und auch die Unterlagen, aus denen die Höhe von Entschädigungen in Geld und Sachwerten hervorgeht.«

»In Ordnung«, sagte Claire und zündete sich wieder eine Zigarette an. »Ich will die Namen aller Angehörigen dieser Einheit. Dann werde ich Ray Devereaux beauftragen, die Leute ausfindig zu machen.«

»Er wird sie nicht alle finden«, entgegnete Grimes. »Diese Typen verschwinden manchmal spurlos.«

»Ray ist Profi«, widersprach Claire.

»Aber die sind besser.«

»Denken Sie, daß wir der Gegenseite bei der Beweisaufnahme trauen können?« fragte Claire. »Was ist, wenn sie etwas zurückhalten?«

Embry zögerte.

»Trauen Sie etwa dem Staatsanwalt während der Beweisaufnahme?« wollte Grimes wissen. »Vor einem Zivilgericht, meine ich.«

»Nicht immer«, gab Claire zu. »Dieser Zweifel steht immer im Raum.«

»Sehen Sie«, sagte Grimes.

»Aber die *Brady*-Regel verpflichtet sie dazu, uns alle entlastenden Beweise zugänglich zu machen, die auf Toms Unschuld hindeuten könnten«, beharrte sie.

Grimes kicherte.

»Sie trauen ihnen auch nicht«, stellte Claire fest.

»Deswegen bin ich auch noch nicht arbeitslos, junge Frau«, meinte Grimes. »Damit verdiene ich meine Brötchen.«

»Wenn die Anklage uns etwas verheimlicht, haben wir es mit einem Verfahrensfehler zu tun«, merkte Claire an.

»Falls wir es beweisen können.«

»Terry«, fuhr Claire fort, »Sie müssen die Anhörungen zur Iran-Contra-Affäre und die Berichte der Vereinten Nationen zum Thema Übergriffe in Mittelamerika in den achtziger Jahren gründlich durchgehen. Sehen Sie nach, ob das Massaker in La Colina irgendwo erwähnt wird.«

Embry machte sich eine Notiz.

»Okay«, sagte Claire. »Wir werden verlangen, daß das Verfahren in allen Punkten eingestellt wird. Unsere Begründung lautet, daß der Fall nicht in den Zuständigkeitsbereich der Regierung fällt, da es sich um Vorfälle in einem Gebiet handelt, wo amerikanische Soldaten sowieso nichts zu suchen hatten. Die Regierung selbst hat sich die Hände schmutzig gemacht.«

»Aber was ist mit der Fahnenflucht?« fragte Embry. »Daran können Sie doch nicht rütteln. Schließlich hat er seine Uniform und seinen Wehrpaß vernichtet. Er hatte offensichlich nicht vor zurückzukommen.«

»Das ist unser geringstes Problem«, erwiderte Claire, »wir argumentieren einfach, daß er sich in einer Zwangslage befand.«

»Zwangslage?«

»Fahnenflucht ist eine Straftat, die eine bestimmte Absicht verfolgt. Er mußte um sein Leben fürchten. Auch wenn er vielleicht nicht umgekommen wäre, können wir unsere Verteidigung darauf aufbauen – indem wir belegen, daß der Angeklagte aus gutem Grund mit seinem Tod rechnete. Möglicherweise kommen wir mit ›unerlaubtem Entfernen von der Truppe‹ durch.«

»Es heißt nicht ›Angeklagter‹, sondern ›Beschuldigter‹«, meinte Grimes. »Und wir sprechen nicht vom ›Staatsanwalt‹, sondern vom ›Ankläger‹. Irgendwann kommen Sie mit der Terminologie schon klar.«

Claire warf Grimes einen ärgerlichen Blick zu. »Vielen Dank. Im Grunde müssen wir beweisen, daß die Regierung der Vereinigten Staaten Tom als Sündenbock für ein grausames Massaker benutzt, das im Auftrag der Regierung verübt wurde.«

»Junge Frau, da können Sie sich den Mund fusselig reden«, sagte Grimes und betrachtete wieder die Decke.

»Sie haben mir doch erklärt, eine Anhörung nach Artikel 32 diene dazu festzustellen, was die Gegenseite in der Hand hat«, widersprach Claire. »Und wir werden diese Chance nützen, indem wir demonstrieren, daß wir uns nicht ins Bockshorn jagen lassen. Das heißt, wenn sie mit dieser Farce weitermachen, riskieren sie, daß wir Dinge ans Tageslicht bringen, die sie lieber geheimhalten wollen. Wir werden sie bloßstellen. Eine Art sanfte Erpressung sozusagen.«

»Sowohl die Anhörung als auch der eventuelle Prozeß finden unter Ausschluß der Öffentlichkeit statt«, wandte Embry ein. »Nichts wird nach außen dringen.«

»Ausschluß der Öffentlichkeit?« höhnte Claire. »Dann streuen wir eben ein paar Gerüchte aus. Eine absolut nichtöffentliche Verhandlung gibt es nicht.«

Grimes kicherte spöttisch.

»Gerüchte?« fragte Embry entsetzt. »Aber wir haben uns schriftlich zu Stillschweigen verpflichtet. Wenn wir etwas ausplaudern, wird es zu einer Untersuchung kommen, und wir werden angeklagt ...«

»Hey, Sie wollten den Fall doch unbedingt übernehmen.«

»Nicht direkt, Ma'am. Ich habe doch schon gesagt ...«

»Claire.«

»Ma'am?«

»Nennen Sie mich bitte Claire. Und machen Sie sich nicht gleich in die Hose. Es ist fast unmöglich, die undichte Stelle zu finden, solange man aufpaßt, von wo aus man anruft. Und ohne Beweise können sie uns gar nichts anhaben. Oder wir protestieren gleich gegen diesen Mist und erheben Einspruch gegen eine Verhandlung unter Auschluß der Öffentlichkeit. Nach dem sechsten Verfassungsgrundsatz hat Tom das Recht auf einen öffentlichen Prozeß.«

»Dann werden die dagegenhalten, die nationale Sicherheit stünde auf dem Spiel«, erwiderte Grimes, der inzwischen wieder aufrecht dasaß und ganz bei der Sache war.

»Also beantragen wir eine Sondergenehmigung für eine öffentliche Verhandlung. Wir wenden uns ans Bezirksgericht.«

»Und das wird uns antworten, daß es sich nicht in militärische Belange einmischt.«

»Dann beantragen wir eben eine Sondergenehmigung für eine öffentliche Verhandlung beim Appellationsgericht der Army. Und beim Appellationsgericht der Gesamtstreitkräfte. Und beim Obersten Gerichtshof der Vereinigten Staaten. Sollen Sie uns nur mit der nationalen Sicherheit kommen! Schließlich wurde die Operation schon vor Jahren eingestellt. Es geht doch nur darum, den guten Ruf des Pentagon zu schützen. Wo ist da die nationale Sicherheit gefährdet? Die wollen beides – die nationale Sicherheit wahren und meinen Mandanten vor Gericht stellen.«

Grimes nickte langsam. Auf seinem Gesicht erschien ein Lächeln. Embry starrte Claire entsetzt an.

»Dann werden wir ja sehen, ob der Anklage wirklich soviel an diesem Kriegsgerichtsverfahren liegt. Ich wette, die Begeisterung wird sich rasch legen.«

»Claire«, sagte Grimes. »Wollen Sie wirklich eine öffentliche Verhandlung?«

Sie überlegte eine Weile. »Etwas anderes bleibt mir gar nicht übrig, oder? In gewisser Hinsicht stecken wir in einer Zwickmühle. Ich möchte nicht, daß Toms Name in den Schmutz gezogen wird. Wenn die Anklagepunkte erst mal bekannt sind, wäre genau das der Fall. Jeder würde sie für wahr halten.« Sie nickte nachdenklich. »Vielleicht haben Sie recht, Grimes. Aber ich habe noch eine Idee: Wir rufen General Marks in den Zeugenstand.«

Grimes brach in ein brüllendes Gelächter aus. »Sind Sie sicher, daß in Ihren Zigaretten nur Tabak drin ist?«

»Camel Lights«, entgegnete sie. »Ich meine es todernst. Wenn er sich weigert, lasse ich ihn vorladen.«

»Jetzt wird sie größenwahnsinnig«, sagte Grimes.

»Claire, Ma'am«, wandte Embry verzweifelt ein. »General William Marks ist der Stabschef der Army. Er hat vier Sterne. Sie können ihn nicht zu einer Aussage zwingen.«

»Wer behauptet das? Wo steht das geschrieben? Im Militärgesetzbuch jedenfalls nicht.«

»Mir gefällt der Vorschlag«, meinte Grimes. »Sie haben wirklich Mumm.«

»Danke«, antwortete Claire und fügte dann hinzu: »Ich nehme an, das war ein Kompliment.«

22

Ein Reporter von der *Washington Post* hat für dich angerufen«, sagte Jackie nach dem Essen zu Claire. »Von der Gesellschaftsspalte, glaube ich. Es hat sich rumgesprochen, daß du hier ein Haus gemietet hast, und er wollte wissen, warum. Und dabei geht ihn das einen feuchten Kehricht an!«

»Was hast du geantwortet?«

»Daß ich keine Ahnung habe. Er hat gefragt, ob du einen wichtigen Mandanten vertrittst oder an der Uni unterrichtest.«

»Kein Kommentar.«

»Das habe ich mir gedacht.«

»Was halten Sie davon, wenn wir einen trinken gehen«, schlug Grimes vor.

»Wir haben genug im Haus.«

»Ich kenne da ein Lokal im Südosten der Stadt, das ich Ihnen zeigen wollte.«

»Aber Sie müssen warten, bis ich meine Tochter ins Bett gebracht habe.«

»Ich setze mich solange in die Bibliothek. Vielleicht kann ich ja schon mal einen Antrag ausarbeiten.«

Später brachen sie in Grimes' zerbeultem, silberfarbenem Mercedes auf. Doch nachdem sie dreimal um den Block gefahren waren, mußten sie feststellen, daß keine Parklücke frei war. Endlich entdeckte Grimes einen Platz direkt vor der Bar, aber ein Volkswagen Jetta war schneller als er. Grimes hielt neben dem Wagen an, hupte und ließ das Fenster herunter. »Entschuldigen Sie!« rief er. »Entschuldigen Sie.«

»Vergessen Sie's, Grimes«, meinte Claire. »Sie war zuerst da.«

»Entschuldigen Sie«, brüllte Grimes noch einmal.

Die Frau öffnete ebenfalls das Fenster. »Was wollen Sie von mir?« fragte sie ängstlich.

»Es geht mich zwar nichts an, aber Sie sollten da nicht stehenbleiben. Das ist ein reservierter Parkplatz. Glauben Sie mir, die lassen Sie gnadenlos abschleppen.«

»Wirklich?« wunderte sich die Frau. »Ich habe gar kein Schild gesehen.«

»Richtig, doch davon werden die sich nicht stören lassen. Nach spätestens zehn Minuten wird Ihr Auto ans andere Ende der Stadt geschleppt, in ein Viertel, wo Sie noch nie zuvor gewesen sind und bestimmt auch nie wieder hinwollen.«

»Ach, du meine Güte«, entgegnete die Frau. Sie kurbelte das Fenster hoch und fädelte sich wieder in den Verkehr ein.

»Grimes, Grimes«, sagte Claire, »das war aber ein fieser Trick.«

Lachend fuhr Grimes rückwärts in die Parklücke. »Das klappt immer«, stellte er fest.

Claire schüttelte entrüstet den Kopf, konnte sich allerdings ein Lächeln nicht verkneifen. »Reservierter Parkplatz«, meinte sie. »Das gefällt mir.«

Die Bar war eine düstere, schäbige Spelunke, in der es nach verschüttetem Bier stank. Der Boden fühlte sich klebrig an. Aus der Musikbox dudelte ein alter Song von Parliament/Funkedelic. »Das soll es sein?« fragte Claire.

»Das ist noch eine richtige Kneipe.«

»Wirklich urwüchsig«, entgegnete sie wenig begeistert.

Nachdem ein Plastikkrug mit schäumendem Faßbier, zwei große Plastikbecher und eine Schale Salzbrezen vor ihnen standen, sagte Grimes: »Eines muß ich Ihnen noch sagen, wenn ich absolut offen und ehrlich mit Ihnen sein will.«

»Ich höre.«

»Ich bin einverstanden, beim Prozeß die zweite Geige zu spielen. Aber möchten Sie wirklich untätig danebensitzen und sich das Beste entgehen lassen, während ich die Zeugen ins Kreuzverhör nehme? Das glaube ich nämlich nicht.«

Sie lachte auf. »Meine Fähigkeiten im Kreuzverhör sind ein bißchen eingerostet. Übrigens würde mich interessieren, was Sie über mich wissen.«

Er trank einen Schluck Bier. »Nach Ihrem Examen in Yale waren Sie in einigen Kanzleien als Referendarin tätig. Dann zwei Jahre bei Arthur Iselin am Washingtoner Appellationsgericht. Sie haben einen Fall von geistiger Unzurechnungsfähigkeit, einige Klagen wegen des Schulbussystems und ein paar Fälle bearbeitet, bei denen es um unzureichende Vertretung durch den Rechtsbeistand ging. Danach waren Sie ein Jahr lang bei Richter Marshall am Obersten Gerichtshof, wo sie sich mit Anträgen auf Verfahrensüberprüfung befaßten.«

»Ich bin beeindruckt. Haben Sie einen Ausschnittdienst angeheuert?«

Er nahm noch einen Schluck. »Um ehrlich zu sein, habe ich jeden Artikel über Sie und jedes Interview gelesen. Auch schon bevor wir uns kennenlernten. Ich finde, daß Sie ziemlich gut sind.« Er grinste verlegen und fügte hastig hinzu: »Wie ist Richter Marshall denn so? Netter Kerl?«

»Sehr nett«, antwortete sie. »Und sehr witzig. Eindeutig der sympathischste Mann am ganzen Gericht. Er hat sich als einziger auch mit den Referendaren abgegeben. Und jetzt muß ich Sie mal was fragen: Warum sind Sie aus der Army ausgeschieden?«

Grimes starrte auf sein Bier und trank einen Schluck. »Das habe ich Ihnen doch schon gesagt. Ich habe meinen Abschied genommen.«

»Freiwillig?«

»Aber klar doch«, knurrte er.

»Nehmen Sie es nicht persönlich; ich dachte immer, die hätten Sie rausgeschmissen.«

»Was hat Iselin Ihnen erzählt?«

»Nur, daß es eine Art Skandal gegeben hat.«

»Skandal? So hat er es also ausgedrückt!«

»Oder so ähnlich.«

Kopfschüttelnd trank er einen Schluck. Eine Pause entstand.

»Also, was war los, Grimes?«

»Zwanzig Jahre als Anwalt bei der Army sind mehr als genug. Die Sache wird zur Routine.«

»Sie wurden nicht gefeuert?«

»Sie lassen wohl nie locker.« In Grimes' Blick mischten sich Feindseligkeit und Verzweiflung.

»Tut mir leid«, entschuldigte sie sich. »Doch ich muß etwas über Ihre Vergangenheit wissen.«

Er stellte den Becher weg und flocht die Finger ineinander. »Ich bin als normaler Gefreiter zur Army gegangen und habe Vietnam überlebt. Zufrieden? Als ich wieder zurückkam, habe ich jahrelang die Abendschule besucht, Examen gemacht und meine Zulassung gekriegt. Mit einunddreißig war ich Rechtsanwalt. Die Army erzählt einem ständig, sie wäre der einzige Arbeitgeber, bei dem es keine Rassendiskriminierung gibt. Schwarze und Weiße werden gleich behandelt, und am Anfang habe ich ihnen das auch abgenommen. Weiter als bis zum Major habe ich es zwar nicht geschafft, doch das lag daran, daß ich erst so spät angefangen hatte. Schön und gut.« Grimes beugte sich vor. »Okay, damals gab es unten in Fort Jackson, South Carolina, einen schwarzen Gefreiten. Er wurde beschuldigt, einen weißen Kameraden auf dem Stützpunkt mit der Waffe überfallen und beraubt zu haben. Den Fall habe ich wahrscheinlich nur deshalb bekommen, weil ich schwarz bin. Also habe ich den nächsten Flieger genommen und mich mit dem Jungen unterhalten. Der Bursche hatte noch nie im Leben was angestellt. Musterschüler in der High-School, guter Sportler, niemals mit dem Gesetz in Konflikt geraten. Er hat sich freiwillig gemeldet, damit die Army ihm das Studium bezahlt, denn seine Familie konnte sich das nicht leisten. Und was hatte die Anklage in der Hand? Nichts weiter als eine vage Personenbeschreibung. Das Opfer konnte einen Schwarzen nicht vom anderen unterscheiden. Inzwischen hatte ich mich gründlich informiert. Zufällig war der Junge nämlich zur Tatzeit auf Wochenendurlaub zu Hause bei seinen Eltern, und die wohnten dreihundert Kilometer weit weg. Und nicht nur das. Ich habe es geschafft, das ganze Wochenende bis auf die letzte gottverdammte Sekunde nachzuvollziehen. Sieben Alibizeugen, keiner davon vorbestraft. Außerdem verschiedene Nachbarn, die seinen guten Leumund bestätigten. In seinem Fall hat die Bezeichnung ›Chorknabe‹ wirklich gestimmt. Aber die Anklage hat den Jungen in Ketten in den Gerichtssaal führen lassen, was erstens nicht zulässig ist und zweitens überflüssig war. Denn die Jury – natürlich alles Weiße – brauchte nur fünf Minuten für die Beratung. Sie haben sich nicht mal die Zeit zu einer geheimen Abstimmung genommen. Er hat zehn Jahre in Leavenworth gekriegt.« Endlich blickte Grimes wieder auf. Seine Augen blitzten zornig und waren feucht. »Sie haben diesem kleinen Chorknaben, der nur zu Army gegangen ist, um studieren zu können, zehn Jahre Leavenworth wegen bewaffneten Raubüberfalls aufgebrummt! Ich wußte, daß dieses Urteil keinerlei Grundlage hat, und schließlich bin ich Anwalt. Ich hatte vor, den Fall bis an den Obersten Gerichtshof zu bringen. Außerdem glaubte seine ganze Einheit, daß er es nicht getan hatte. Nach dem Urteil bekam er fünfzehn Tage Hafturlaub, um nach Hause zu fahren und sich von seiner Familie zu verabschieden.« Grimes schlug mit der geballten Faust auf den Tisch. »Verdammt, ich wünschte, sie hätten ihn sofort in den Bau gesteckt.« Er schüttelte den Kopf.

Auch Claire war den Tränen nah. »Warum?«

»Im Bau nehmen sie dir die Knarre weg und passen auf, daß du dir nichts antust. Dort hätte er es nie geschafft, sich umzubringen. Genau das hat er nämlich getan. Sich mit der Pistole das Hirn weggepustet. Am nächsten Tag habe ich meinen Abschied genommen.«

»Mein Gott, Grimes!«

»Sehen Sie, junge Frau, mir brauchen Sie also nicht zu erzählen, wozu eine Militärjury fähig ist«, sagte er leise. Eine Weile herrschte gespanntes Schweigen. Dann sprach Grimes laut und gereizt weiter. »Darf ich Ihnen eine persönliche Frage stellen? Halten Sie Ihren Mann wirklich für unschuldig? Natürlich spielt das in unserem Fall keine Rolle.«

»Selbstverständlich halte ich ihn für unschuldig. Ansonsten würde ich ihn nicht vor Gericht vertreten.«

»Immerhin sind Sie mit ihm verheiratet.«

»Grimes, wenn ich ihn für schuldig hielte, würde ich einen anderen Anwalt beauftragen. Ich würde ihn nie selbst verteidigen, wenn ich glauben müßte, daß er tatsächlich das Ungeheuer ist, als das die Army ihn darstellt.«

Er sah sie eindringlich an. Seine Augen waren blutunterlaufen. »Sie haben doch auch Gary Lambert verteidigt.«

»Diesmal ist es anders, Grimes«, entgegnete sie ungehalten. »Er ist mein Mann.«

»Und Sie gehen davon aus, daß ihm etwas in die Schuhe geschoben werden soll?«

»Genau. Colonel Bill Marks kehrt nach dem von ihm angeordneten Massaker in die Vereinigten Staaten zurück. Als ihm klar wird, daß er sich vor Konsequenzen schützen muß, beschuldigt er den einzigen Angehörigen der Einheit, der sich weigert zu lügen und sich an der Vertuschungsaktion zu beteiligen. Den Mann, dessen Aussage ihn die Karriere kosten könnte. Und jetzt, dreizehn Jahre später, ist er Stabschef der Army, sieht seiner Beförderung zum Chef des Generalstabs entgegen und glaubt, daß er damit durchkommt. Aber da hat der Wichser die Rechnung ohne den Wirt gemacht. – Moment mal!« rief sie plötzlich aus. »Warum unterziehen wir Tom nicht einem Lügendetektortest und legen die Ergebnisse bei der Anhörung vor? Dann wird es bestimmt nicht zu einer Verhandlung vor dem Kriegsgericht kommen.«

»Keine Chance. Das vergessen Sie am besten gleich wieder. Außerdem sind Lügendetektortests nicht zugelassen.«

»O doch! Sie sind wohl nicht auf dem laufenden?«

»Die Vorschrift 707 des Militärgesetzes zur Ermittlung von Beweisen schließt diese Tatsache aus. Dasselbe steht in den Kommentaren. Die Regelung basiert auf einer Entscheidung des Appellationsgerichts der Army aus dem Jahr 1989: ein eindeutiges Nein.«

»Grimes, das mag früher so gewesen sein, aber inzwischen hat es sich geändert. Es bleibt dem Richter überlassen. *Der Fall Vereinigte Staaten von Amerika gegen Scheffer* wurde vom Appellationsgericht der Army entschieden. Das war 1996. Wenn der Lügendetektortest eine Entlastung für den Angeklagten bedeutet und die Verteidigung dieses schlüssig darlegen kann, ist er zulässig.«

»Und wenn Sie sich irren? Wenn er schuldig ist?«

»Er ist nicht schuldig.«

»Wollen Sie dieses Risiko wirklich eingehen? Außerdem könnte er unschuldig sein und die Sache vor lauter Nervosität trotzdem vermasseln. Dann sitzen wir nämlich ganz schön in der Tinte, weil es sich herumsprechen wird. So etwas kann man nicht geheimhalten. Und die Geschworenen kriegen die Gerüchte dann auf dem Flur zu hören. Jeder wird wissen, daß er den Test nicht geschafft hat. Und die Typen, die diese Tests durchführen, sind entsetzliche Plaudertaschen.«

»Nicht, wenn der Prüfer für uns arbeitet. In diesem Fall wäre er Berater der Verteidigung und demzufolge ebenso an die Schweigepflicht gebunden wie wir. Ich werde Tom fragen, was er davon hält. Kennen Sie einen guten Prüfer?«

Grimes seufzte schicksalsergeben. »Ja. Er ist häufig im Auftrag des Militärs tätig. Sollen wir noch einen Krug Bier bestellen?«

»Nein, einen dritten schaffe ich nicht mehr. Und Sie hören besser auch auf. Schließlich müssen Sie noch fahren.«

Grimes wirkte etwas unsicher, als er sich zwischen dem Tresen und den Tischen durchschlängelte. Claire beschloß, ihn nach Hause zu bringen. Sie konnte ihn ja am Morgen wieder abholen – aber hinters Steuer durfte er auf keinen Fall mehr. Sie waren schon fast an der Tür, als sie lautes Gelächter hörten. Claire wandte sich automatisch um und sah Embry und einige andere Männer, alle mit vorschriftsmäßigem Kurzhaarschnitt. Einige waren in Zivil, ein paar trugen Uniform.

»Grimes«, sagte Claire.

Ein bierseliges Grinsen auf den Lippen, drehte Grimes sich um und erkannte den Mann neben Embry. »Da brat mir einer 'nen Storch! Unser lieber Captain Terry Embry in trauter Zweisamkeit mit Ankläger Major Lucas Waldron. Das ist ja hochinteressant …«

Dritter Teil

23

Es war noch nicht einmal vier Uhr morgens, aber am Horizont des nächtlichen Himmels zeigte sich bereits ein rosiger Streifen. Tau lag auf dem Gras und den roten Blüten des einsamen Baums vor dem Gebäude, das dem Leiter des juristischen Corps als Stützpunkt in Quantico diente. Allerdings ähnelte das niedrige, weiße, provisorisch wirkende Häuschen eher einer aufgemöbelten Baracke.

Grimes war als erster da. Er trug Jeans, ein Sweatshirt und eine schwarze Lederjacke, in der er aussah wie aus einem Fernsehkrimi. Auch Claire hatte Jeans an, dazu einen grünen Shetlandpullover und eine Wildlederjacke. Sie warteten schweigend. Zwei Männer in grauen Turnhosen und Army-T-Shirts joggten im Takt keuchend an ihnen vorbei. Plötzlich hielt ein dunkelgrauer Honda Civic neben ihnen: Captain Terry Embry. Grimes und Claire wechselten einen Blick. Sie hatten Embry seit der Begegnung in der Bar weder gesehen noch gesprochen.

Embry stieg aus und eilte auf sie zu. »Tut mir leid«, stieß er hervor.

»Kein Problem«, sagte Claire. »Wir sind sowieso die ersten.«

»Morgen«, meinte Embry mit einem Nicken zu Grimes. Seine Uniform war wie immer ordentlich gebügelt, seine glatte Haut leicht gerötet. Als er sprach, konnte Claire sein Mundwasser riechen. »Claire, Ma'am, ich habe schlechte Nachrichten, was den General angeht. Sein Büro hat sich auf unsere Bitte hin endlich mit mir in Verbindung gesetzt und mir mitgeteilt, der General sei nicht in der Lage, als Zeuge zu erscheinen oder eine Aussage zu machen. Sein Terminplan hat sich geändert. Er muß nach Camp Smith in

Hawaii fliegen und ist deshalb ab heute, das heißt auch während der Anhörung, nicht zu erreichen.«

»Dann beantragen Sie eine Verschiebung, bis er wieder zurück ist«, sagte Grimes.

»Kann ich machen«, antwortete Embry, »doch ich werde sie nicht kriegen. So ein Arschloch«, fügte er leise hinzu. »Die gute Nachricht ist, daß ich Hernandez endlich an die Strippe bekommen habe«, fuhr er fort. »Er ist bereit, mit uns zu reden.«

»Danke, Terry« meinte Claire.

»Aber ...«, stotterte Embry. »Sie wissen sicher noch, daß er im Pentagon arbeitet?«

»Na und?«

»Er ist General Marks' Stellvertreter.«

»Was?« fragte Claire.

»Leider wahr. Hernandez ist zufällig die rechte Hand des Generals, sein Stellvertreter, der sich auch um Marks' persönliche Geschäfte, seine Terminplanung und alles weitere kümmert. Wenn Marks einen neuen Posten angetreten hat, ist er ihm immer gefolgt. Und zwar seit 1985.«

»Dann können wir uns wenigstens darauf verlassen, daß er die Wahrheit sagt«, höhnte Grimes. »Er wird ganz bestimmt nicht lügen, um den General zu decken. So etwas wäre Hernandez nie zuzutrauen.«

Sie folgten Embry zu einem Konferenzraum, wo dieser Licht machte. »Soll ich dabeibleiben?« wollte er wissen.

»Lieber nicht«, erwiderte Claire.

»Okay, dann fahre ich zurück in mein Büro in Fort Belvoir, wenn Sie nichts dagegen haben.«

»In Ordnung«, entgegnete Claire. »Und noch mal vielen Dank.«

Der Mann, der den Lügendetektortest durchführen sollte, traf eine Viertelstunde später ein. Richard Givens war ein dicklicher, gedrungener, bärtiger Endfünfziger, der eine Fliegerbrille mit Horngestell trug. Während er seine Gerätschaften aufbaute, plauderte er mit Claire und Grimes. Er hatte eine tiefe, beruhigende Stimme mit weichem Südstaaten-Akzent und sprach langsam und bedächtig, als rede er mit einem Kind. Während seiner Dienstzeit bei der Ermittlungsabteilung der Marine hatte er einen Lehrgang in Polygraphie besucht und danach als Prüfer in Newport, Rhode Island und San Diego gearbeitet.

»Wissen Sie, ob es hier irgendwo bequemere Stühle gibt?« fragte er. »Die könnte ich nämlich sehr gut gebrauchen.«

Grimes ging hinaus auf den Flur und kehrte kurz darauf mit dem Gewünschten zurück. »Sind die besser?«

»Ausgezeichnet«, erwiderte Givens und widmete sich eine Weile seiner Ausrüstung. »Ich benutze ein Gerät mit fünf Kanälen«, erklärte er. »Das heißt, daß vier Stifte über diese Papierrolle laufen. Das Ergebnis basiert auf drei Parametern: Pulsfrequenz, Atmung und Hautreaktion.«

»Dürfen wir im Raum bleiben?« fragte Grimes.

»Wenn Sie wollen. Aber Sie müssen sich hinter den Gefangenen stellen, damit er Sie nicht sehen kann.«

»Einverstanden«, sagte Grimes.

»Der Test, den ich mit ihm machen werde«, fuhr Givens fort, »ist klar strukturiert, eindeutig und verläuft nach festen Regeln. Zuerst unterhalte ich mich mit dem Gefangenen, damit wir einander ein wenig kennenlernen. Vor dem Test gehe ich mit ihm die Fragen ein paarmal durch, um ihn vorzubereiten. Es gibt keine Überraschungen. Wenn ich den Eindruck habe, daß der Test beendet ist, schicke ich Sie und den Gefangenen vor die Tür und werte die Diagramme aus. Sie beide rufe ich zuerst wieder herein.«

Claire nickte und ließ sich auf einem der bequemeren Stühle nieder.

»Falls ich der Auffassung bin, daß er uns täuscht und vermutlich lügt, werde ich Sie darüber in Kenntnis setzen. Bitte haben Sie Verständnis dafür, daß die Ergebnisse meiner Arbeit vertraulich sind. Danach hole ich den Gefangenen und erstatte ihm ebenfalls Bericht. Wenn er den Test nicht bestanden hat, werde ich ihm sagen, daß das Ergebnis ihn belastet. Mit Ihrem Einverständnis werde ich ihn dann verhören, um ihn zu einem Geständnis zu bewegen.«

»Ob wir das wollen, werden wir Ihnen zu gegebener Zeit mitteilen«, antwortete Claire.

Givens sah auf die Uhr. »Der Häftling kommt erst um fünf, also in einer halben Stunde, richtig?«

»Richtig.«

»Gut. Außerdem brauche ich von Ihnen noch Informationen über die genauen Vorfälle, die Sie interessieren.«

Claire und Grimes sahen Tom (für Claire war er immer noch Tom, ganz gleich, wie die Behörden ihn nennen mochten) in einem weißen Transporter ankommen. In einer khakifarbenen Uniform und natürlich in klirrenden Ketten wurde er von einigen bewaffneten Wächtern hinausgeführt und über den Flur geleitet. Ein Wachmann bezog vor dem Fenster des Konferenzraums Posten, ein anderer vor der Tür. Der dritte nahm Tom die Fesseln ab und gesellte sich dann zu seinem Kameraden auf dem Korridor.

»Tom, das ist Richard Givens«, stellte Claire die beiden einander vor, als befänden sie sich auf einer Cocktailparty. »Richard, das ist ... Ronald Kubik.« Da es in dieser Prüfung um die Wahrheit ging, würde sie seinen wirklichen Namen benutzen. Allerdings hatte das die Wirkung, daß er ihr plötzlich wie ein Fremder erschien.

»Wie geht es Ihnen, Ronald«, begrüßte Givens den Gefangenen und schüttelte ihm die Hand. Er ließ sich auf einem der Stühle nieder und forderte Tom auf, ebenfalls Platz zu nehmen. Das Gespräch dauerte eine Weile. Givens hatte sich plötzlich in einen freundlichen, leutseligen Mann verwandelt und seinen dozierenden Ton abgelegt. Die Veränderung war erstaunlich und hatte zur Folge, daß Tom rasch auftaute.

»Ronald, haben Sie sich je einem Lügendetektortest unterzogen?« wollte Givens wissen.

»Ja.«

»Wann war das?«

»Einige Male vor und während meiner Dienstzeit bei Einheit 27.«

»Dann handelte es sich um das Testverfahren, das die Army benutzt. Man nennt es den Vergleichszonentest. Er ist sehr einfach und zuverlässig. Und genau diesen Test werde ich heute morgen mit Ihnen machen. Ich weiß nicht, wie die anderen Prüfer gearbeitet haben, aber bei mir gibt es keine Überraschungen und keine unvorhergesehenen Fragen. Sie und ich werden jetzt einen Fragenkatalog aufstellen, den wir dann der Reihe nach durchgehen. Einverstanden?«

»Einverstanden!«

»Keine Überraschungen. Keine Tricks. Ganz freundschaftlich. In Ordnung?«

»In Ordnung. Hört sich gut an.«

»Professor Heller, Mr. Grimes, würden Sie bitte hier rüberkommen. Ronald darf Sie nicht sehen, da ihn das ablenken könnte.«

Beide folgten der Aufforderung. Claire schlug das Herz bis zum Halse. »Ist Ihr Name Ronald Kubik?« fragte Givens. Seine Stimme klang nun wieder bedächtig und eintönig.

»Ja«, antwortete Tom laut und deutlich.

Eine lange Pause entstand. Claire zählte mindestens fünfzehn Sekunden. Hatte Givens seinen Text vergessen?

»Werden Sie meine Fragen über Ihre Rolle bei dem Vorfall in La Colina am 22. Juni 1985 wahrheitsgemäß beantworten?«

»Ja.«

Wieder eine Pause. Grimes und Claire wechselten einen Blick.

»Glauben Sie mir, daß ich Ihnen während dieses Tests keine überraschenden Fragen stellen werde?«

»Ja.«

Wieder zählte Claire fünfzehn Sekunden. Die Pausen waren also Absicht.

»Haben Sie vor Ihrem Eintritt in die Army jemals einem anderen Menschen absichtlich Gewalt angetan?«

»Nein.«

»Haben Sie bei den Erschießungen am 22. Juni 1985 den Tod eines anderen Menschen verursacht?« Claire hielt den Atem an. Ihr Herzschlag schien einen Moment auszusetzen.

»Nein«, erwiderte Tom laut und im Brustton der Überzeugung. Claire beobachtete die Schlangenlinien auf der sich drehenden Papierrolle, konnte sie aber nicht deuten.

»Haben Sie nach Ihrer Fahnenflucht im Jahr 1985 jemals gegenüber einem anderen Menschen Gewalt gebraucht?«

»Nein.«

Achtzehn Sekunden.

»Waren Sie an der Schießerei beteiligt, die am 22. Juni 1985 im Dorf La Colina in El Salvador stattfand?«

Diesmal kam Toms Antwort schneller: »Nein.«

Sechzehn Sekunden. Claire ertappte sich dabei, daß sie auf die ruckartigen Bewegungen des Sekundenzeigers ihrer Uhr starrte.

»Gibt es eine Frage, von der Sie befürchten, daß ich sie stellen könnte, obwohl ich Ihnen das Gegenteil zugesichert habe?«

»Nein.«

»Haben Sie jemals einem Menschen, der Ihnen nahestand, Gewalt angedroht?«

»Nein.«

Siebzehn Sekunden.

»Haben Sie am 22. Juni 1985 im Dorf La Colina Zivilisten sterben sehen?«

»Nein.«

Fünfzehn Sekunden. Zwanzig. Bis jetzt die längste Pause. »Vielen Dank, Ronald«, sagte Givens schließlich. »Wir sind fertig.«

Als Grimes an die Tür klopfte, kamen die beiden Wärter herein, legten Tom wieder in Ketten und führten ihn auf den Flur hinaus. Claire und Grimes folgten ihnen. Fünf Minuten lang warteten sie schweigend. Eine Zeit, die allen wie eine Ewigkeit erschien.

Endlich öffnete Givens die Tür. »Professor Heller, Mr. Grimes, kann ich mit Ihnen sprechen?«

Sie traten ein. Claires Herz pochte, und sie spürte klebrigen Schweiß unter ihren Achseln.

Givens schwieg, bis beide Platz genommen hatten.

»Nun?« witzelte Grimes. »Ist er ein verlogener Schweinehund?«

Claire hätte ihn am liebsten erwürgt.

Givens verzog keine Miene.

»Meiner Ansicht nach sagt er die Wahrheit. Das wird auch in meinem Bericht stehen.«

»Aha«, meinte Claire. Nach außen hin wirkte sie ganz ruhig und sachlich, obwohl sie am liebsten einen Luftsprung gemacht hätte. Seit Annies Geburt hatte sie dieses Gefühl übermächtiger Freude nicht mehr empfunden, das nun ihren ganzen Körper durchdrang. Gleichzeitig spürte sie, wie ihre innere Anspannung nachließ. »Ich danke Ihnen«, sagte sie. »Wann können wir mit Ihrem Bericht rechnen?«

24

Der Gerichtssaal, in dem die Anhörung stattfinden sollte, war ein fensterloser Kellerraum im Untergeschoß eines Neubaus in der Nähe der FBI-Akademie. Er diente ausschließlich geheimen Beratungen, Kriegsgerichtsverfahren und ähnlichen Anlässen und wurde von allen vier Abteilungen der Streitkräfte genutzt. Vor der stählernen Treppe, die zu einer ebenfalls stählernen Doppeltür führte, standen zwei Militärpolizisten. Die Tür konnte nur mit einem elektronischen Kombinationsschloß geöffnet werden. Höchste Sicherheitsstufe also.

Kurz vor neun Uhr morgens – 0900, wie es beim Militär hieß – trafen sich Claire und Grimes vor dem roten Backsteingebäude. Sie trug ein konservatives, marineblaues Kostüm, unauffällig und nicht übertrieben modisch. Erfreut sah sie, daß Grimes einen doppelreihigen Nadelstreifenanzug anhatte, in dem er ziemlich elegant aussah.

»Ich will, daß Embry den Mund hält«, meinte sie.

»Richtig.«

»Und Sie fangen mit dem ersten Zeugen an. Ich schaue zu.«

»In Ordnung.«

»Sie sind ja heute richtig schick.«

»Das überrascht Sie wohl?«

»Ja. Gehen wir.« Sie betraten das Gebäude, stiegen ins Kellergeschoß hinab und warteten, bis die Tür geöffnet wurde, die in den zweiten Keller führte. Der nüchterne, modern möblierte Raum war niedrig und gut sechzig Quadratmeter groß. Den Betonboden bedeckte graues Linoleum. Auch die Wände bestanden aus Gußbeton. Ansonsten sah es hier aus wie in jedem anderen Gerichtssaal auf der Welt: eine erhöhte Richterbank, ein Zeugenstand, Bänke für die Geschworenen (zehn Plätze anstelle von zwölf, auf denen aber niemand saß, weil die Anhörung ohne Jury stattfinden würde), zwei lange Tische für Anklage und Verteidigung und Sitze für die Zuschauer. Die Möblierung war neu und geschmackvoll – helles Holz und graue Polster. An einer Stange neben der Richterbank, wo das Emblem der Streitkräfte in Messing prangte, hing die amerikanische Flagge. An der Wand hinter den Geschworenenbänken befand sich eine Uhr. Sämtliche Geräusche klangen seltsam gedämpft, denn natürlich war der Raum schallisoliert.

Zu Claires Erstaunen waren bereits fünf Zuschauer anwesend, uniformierte Männer mit ernsten Gesichtern, die Sicherheitsplaketten trugen. Claire kannte keinen von ihnen und fragte sich, was sie hier zu suchen hatten und warum sie zu einer derart geheimen Anhörung zugelassen waren.

»Ich dachte, die Anhörung ist nicht öffentlich«, flüsterte sie Grimes zu.

»Zuschauer sind zugelassen, wenn sie Geheimnisträgerstatus haben.«

»Wer sind diese Männer?«

Grimes zuckte die Achseln. »Viele Leute im Pentagon interessieren sich brennend für diesen Fall.«

Obwohl Claire Hunderte von Prozessen hinter sich gebracht und noch einige mehr als Beobachterin erlebt hatte, wurde sie immer nervöser. Da ihre Kehle völlig ausgetrocknet war, blickte sie sich nach einem Glas Wasser um. Natürlich stand bereits ein Krug auf dem Tisch der Verteidigung. Sie schenkte für sich und Grimes zwei Gläser ein und klappte dann ihren Aktenkoffer auf, um ihre sorgfältig beschrifteten Ordner herauszunehmen. Dazwischen steckte ein honigfarbener Winnie Puh aus Plüsch, offenbar ein kleines Geschenk von Annie. Claire mußte lächeln.

Kurz darauf betrat Major Lucas Waldron den Raum. Er hielt sich kerzengerade und machte ein ernstes Gesicht. Begleitet wurde er von seinem Assistenten, der, wie Claire erfahren hatte, Captain Philip Hogan hieß. Die beiden Männer trugen Uniform und hatten die gleichen, dickleibigen Aktentaschen bei sich. Auf dem Weg zum Tisch der Anklage nickte Waldron Claire und Grimes zu.

»Jetzt ist die Bande fast versammelt«, meinte Grimes. »Wo steckt denn unser Schützling?« In diesem Moment öffneten sich die Stahltüren, und da war Tom auch schon. Er wurde von zwei Wachposten flankiert und trug eine schneidige grüne Ausgehuniform. Claire fielen fast die Augen aus dem Kopf, denn sie paßte ihm ausgezeichnet, und er schien sich darin wohl zu fühlen. Seine Fußfesseln, die Handschellen und die Kette um die Taille wirkten wie sonderbare Schmuckstücke. Das Hemd war zwar ordentlich gebügelt, aber am Hals um einiges zu weit. Tom hatte abgenommen und war ziemlich blaß.

Ängstlich sah er sich um, doch als er Claire entdeckt hatte, lächelte er. Sie winkte ihm zu. Er wurde zu dem Platz zwischen ihr und Grimes geführt.

Um drei vor neun eilte Embry, ebenfalls in Ausgehuniform, in den Gerichtssaal. »Tut mir leid«, sagte er, als er sich neben Grimes niederließ.

»Ist gestern wohl spät geworden?« erkundigte sich Grimes.

Embry schüttelte den Kopf und lächelte freundlich. »Probleme mit dem Auto.«

»Verstehen Sie sich gut mit dem Anklagevertreter?« fragte Grimes plötzlich. Claire zuckte zusammen. Sie hatte ihn gebeten, Embry noch nicht zur Rede zu stellen.

»Nicht besonders. Warum?«

»Wenn Sie irgendwas ausgeplaudert haben, ganz gleich, wie belanglos und albern es Ihnen erscheinen mag, werde ich dafür sorgen, daß Sie Ihre Lizenz verlieren. Und Ihre Eier stelle ich mir in einem Gurkenglas ins Büro neben meine Bowling-Pokale.«

»Was soll das heißen?« entrüstete sich Embry.

Grimes blickte auf und sah, daß der Vorsitzende gerade hereinkam. »Wir sprechen uns noch. Die Vorstellung fängt an.«

»Ruhe bitte. Ich erkläre diese Anhörung nach Artikel 32 für eröffnet. Ich bin Lieutenant Colonel Robert T. Holt. Wie Sie alle wissen, bin ich nach Artikel 32 des Militärgesetzes zum Vorsitzenden bestimmt worden.« Lieutenant Colonel Holt war ein Karriereoffizier Mitte Fünfzig. Er gehörte dem juristischen Korps an und hatte Geheimnisträgerstatus. Selbst aus der Entfernung wirkte er ziemlich hochgewachsen. Er war mager und hatte schütteres schwarzes Haar, eine hohe Stirn und ein langes, verkniffenes Gesicht. Auf seiner Nase thronte eine Nickelbrille mit viereckigen Gläsern. Seine

Stimme klang heiser und hoch, sein Ton war sachlich. Vor ihm saß an einem niederen Tisch die Gerichtsstenographin, eine dickliche Frau mittleren Alters, die in eine Stenomaske aus schwarzem Gummi flüsterte.

»Sinn und Zweck dieser Untersuchung ist es, den Wahrheitsgehalt der Vorwürfe gegen Sergeant Ronald M. Kubik zu ermitteln und die Form der Anklage festzusetzen. Kopien der Anklageschrift und der Anordnung dieses Verfahrens wurden dem Beschuldigten, dessen Rechtsbeistand, der Anklage und der Gerichtsstenographin zu gestellt. Sergeant Kubik, haben Sie die Anklageschrift erhalten?«

»Jawohl, Sir«, antwortete Tom, dem man inzwischen die Fesseln abgenommen hatte.

»Sie wissen, daß Sie des siebenundachtzigfachen Mordes angeklagt werden und daß es sich hierbei um ein Kapitalverbrechen handelt?«

»Ja.«

»Ich setze Sie hiermit davon in Kenntnis, daß Sie das Recht haben, jeden Zeugen, der in dieser Anhörung gegen Sie aussagen wird, ins Kreuzverhör zu nehmen. Gut, dann also zum ersten Punkt. Sind die Schweigeverpflichtungen von Anklage und Verteidigung unterschrieben worden?«

»Ja«, antwortete Waldron.

»Ja«, sagte Grimes.

»Sie alle sind sich dessen bewußt, daß Sie mit niemandem außerhalb dieses Raumes über die Dinge sprechen dürfen, die Sie hier hören oder sehen.«

»Ja«, erwiderte Waldron.

Grimes erhob sich. »Ja, Sir. Doch wir wollen klarstellen, daß wir durch die Unterzeichnung dieser Verpflichtung nicht auf unser Recht auf eine öffentliche Verhandlung verzichten, wie sie der sechste Verfassungszusatz garantiert. Die Anklage ist uns bis jetzt noch die Erklärung schuldig, warum diese Anhörung der Geheimhaltungspflicht unterliegt.«

Lieutnant Colonel Holt musterte ihn eine Weile und räusperte sich. »Ihre Erklärung wird ins Protokoll aufgenommen.«

Nun stand Major Waldron auf. »Herr Vorsitzender, eine öffentliche Verhandlung ist nicht nötig, um dem Beschuldigten eine faire Anhörung zu garantieren. Solange die Verteidigung Einblick in sämtliche Beweise erhält, muß die Öffentlichkeit nichts davon erfahren.«

»Danke, Major«, entgegnete Holt.

Waldron blieb stehen. »Sir, darüber hinaus unterliegt dieser Fall der Geheimhaltungspflicht, da es um Belange der nationalen Sicherheit und um vertrauliche Informationen geht.«

»Darüber hinaus«, äffte Grimes ihn leise nach.

»Zudem hat die Anklage Grund zu der Vermutung, daß die Verteidigung versucht, uns unter Druck zu setzen«, fuhr Waldron fort, »indem sie droht, geheime Informationen durchsickern zu lassen, um sich vor diesem Gericht einen unrechtmäßigen Vorteil zu verschaffen. Vielleicht plant sie sogar, bestimmte Dinge weiterzugeben, um die öffentliche Meinung in ihrem Sinne zu beeinflussen. Und das stünde in krassem Widerspruch zu der unterzeichneten Schweigeverpflichtung. Ich bitte darum, daß Sie im Interesse einer fairen Verhandlung die Verteidigung anweisen, keine Informationen an die Presse weiterzuleiten.«

Claire und Grimes starrten einander entsetzt an. Wieviel wußte Waldron über ihre Absichten – und hatte Embry es ihm verraten? Wer aber sollte es sonst gewesen sein?

»Äh, ja«, meinte Colonel Holt. »Ich möchte die Verteidigung daran erinnern, daß diese Verhandlung der Geheimhaltungspflicht unterliegt. Es ist Ihnen untersagt, mit der Presse darüber zu sprechen.«

Claire erhob sich. »Sir, ich habe Ihre Ermahnung zur Kenntnis genommen, doch wie Sie sicher wissen, unterstehen Mr. Grimes und ich als Zivilisten nicht Ihren Befehlen. Ich bin sicher, daß sich mein Co-Anwalt, Captain Embry, als Angehöriger des Militärs an Ihre Anweisungen halten wird. Allerdings haben wir alle eine Schweigeverpflichtung unterschrieben, und wir beabsichtigen nicht, gegen diese Vereinbarung zu verstoßen. Falls Sie uns in dieser Angelegenheit noch weitere Instruktionen geben wollen, werden wir sie lediglich zur Kenntnis nehmen.«

Holt starrte sie finster an. »Verstanden«, murmelte er nach einer bedeutungsschwangeren Pause. »Hat die Anklage eine Liste der Zeugen, die sie aufzurufen beabsichtigt?«

Captain Phil Hogan antwortete: »Herr Vorsitzender, die Anklage plant, Colonel James Hernandez und Chief Warrant Officer Stanley Oshman aufzurufen.«

»Wer ist denn der zweite?« flüsterte Claire Grimes zu.

Grimes zuckte die Achseln. »Keine Ahnung«, sagte er.

»Gut, Captain Hogan, Major Waldron, wollen Sie mit der Beweisaufnahme beginnen?«

Waldron stand auf. »Sir, die Anklage legt die Beweisstücke Nummer 2 bis 21 vor, die der Verteidigung in Kopie zu Durchsicht und möglicher Ablehnung zugestellt wurden. Wir bitten den Herrn Vorsitzenden, diese zur Kenntnis zu nehmen.«

»Verteidigung?« wandte sich Holt an Claire und Grimes.

»Ja, Sir«, antwortete Grimes. »Wir erheben Einspruch gegen die Zulassung von Beweisstück Nummer 3, dem Protokoll einer Aussage vor dem CID. Es behandelt das angebliche Fehlverhalten meines Mandanten gegenüber einem Nachbarn in North Carolina im Jahr 1984.«

»Wie lautet Ihre Begründung?«

»Daß es sich um ein Fehlverhalten handelt, über das hier nicht verhandelt wird und das mit diesem Fall nicht in Zusammenhang steht. Überdies schadet es dem Leumund meines Mandanten. Er ist nie wegen dieses angeblichen Zwischenfalls angezeigt worden, von dem wir bezweifeln, daß er überhaupt stattgefunden hat. Außerdem wäre er ohnehin verjährt. Deshalb erheben wir Einspruch nach dem Militärgesetz über die Beweisermittlung, Paragraphen 404(b) und 403. Dieser strafrechtlich belanglose Zwischenfall sagt nichts darüber aus, ob mein Mandant in El Salvador siebenundachtzig Zivilisten ermordet hat. Die Anklage versucht schlicht und einfach, mit Hilfe gefälschter Beweise den Ruf meines Mandanten in dieser Anhörung zu schädigen.«

»Herr Ankläger, warum ist dieses Beweisstück von Belang?« fragte Holt.

»Sir«, entgegnete Waldron, »es handelt sich dabei um ein weiteres Beispiel für ein Tötungsdelikt, und zwar um die Tötung eines Hundes. Wir wollen damit nicht sagen, daß der Beschuldigte ...«

»Augenblick mal«, unterbrach Holt. »Die Tötung eines Hundes?«

»Angeblich«, flüsterte Tom. Und wirklich hatte Devereaux nichts über den Vorfall oder den mutmaßlichen Nachbarn in Erfahrung bringen können.

»Jawohl, Sir«, fuhr Waldron fort. »Das soll nicht belegen, daß der Beschuldigte ein Mörder ist, sondern lediglich seine Fähigkeit zeigen, eine Tötung mit Vorsatz auszuführen.«

Was immer das heißt, dachte Claire.

Eine lange Pause entstand.

»Ich teile die Ansicht der Verteidigung«, verkündete Holt schließlich. »Dieses Fehlverhalten steht in keinem Zusammenhang zu den Anklagepunkten und ist deshalb nicht relevant. Deshalb werde ich diesen Beweis nicht berücksichtigen. Herr Ankläger, es ist Ihnen nicht gestattet, diesen Beweis vorzulegen.«

»Ja, Sir«, entgegnete Waldron ruhig, ohne sich seine Enttäuschung anmerken zu lassen.

Grimes lächelte. »Wir erheben ebenfalls Einspruch gegen die Beweisstücke Nummer 6 bis 11«, fuhr er fort. »Es handelt sich um beeidigte Aussagen von sechs weiteren Mitgliedern der Spezialeinheit 27, der mein Mandant angehörte. Papier kann man nicht ins Kreuzverhör nehmen. Wo sind diese sechs Männer?«

»Herr Ankläger?« wandte sich Holt an Waldron.

»Sir, einige dieser Männer sind verstorben. Was die anderen betrifft, sind wir nur verpflichtet, Zeugen aufzurufen, die sich in vernünftiger Reichweite befinden, also nicht weiter als hundertfünfzig Kilometer entfernt vom Ort der Anhörung wohnen. Einige können gemäß der Vorschrift zur Durchführung von Kriegsgerichtsverfahren Nummer 405GoA nicht vorgeladen werden.«

Holt zögerte. »Gut, ich bin bereit, diese unter Eid abgelegten Aussagen auch ohne die Anwesenheit der Zeugen zu berücksichtigen. Wenn keine weiteren Einwände bestehen, soll die Anklage ihren ersten Zeugen aufrufen.«

»Die Anklage ruft Colonel James Hernandez in den Zeugenstand«, verkündete Waldron. Er jubilierte förmlich.

25

Colonel James Hernandez, die rechte Hand des Generals, war zwar nicht sehr groß, aber ziemlich muskulös. Er hatte kurzes, lockiges Haar, einen schmalen Schnurrbart und dunkle Haut. Unter seinem rechten Auge befand sich eine Narbe. Hernandez sprach mit einem leichten kubanischen Akzent. Während seiner Aussage umklammerte er das Geländer des Zeugenstandes.

»Sie haben um Gnade gefleht«, erklärte er. »Sie beteuerten, sie seien keine Rebellen.«

»Und was hat Sergeant Kubik getan, als er sie mit seinem Maschinengewehr niedermähte?«

»Er hat gelächelt.«

»Gelächelt? So, als ob es ihm Spaß machte?«

»Einspruch!« rief Claire. Sie spürte Grimes' Hand auf ihrem Arm. »Der Zeuge kann unmöglich wissen, ob Sergeant Kubik Spaß daran hatte ...«

»Äh, Ms. Chapman«, sagte Colonel Holt. »Es handelt sich hier nicht um ein gewöhnliches Kriegsgerichtsverfahren, sondern um eine Anhörung nach Artikel 32. Das bedeutet, daß die üblichen Regeln der Beweisaufnahme hier nicht gelten. Wir halten uns nur an die militärischen Vorschriften für vorläufige Anhörungen nach Artikel 32.«

»Euer Ehren ...«

»Und ich bin nicht Euer Ehren, so gerne ich es auch wäre. Sie können mich ›Sir‹ oder ›Herr Vorsitzender‹ nennen. Werden Sie den Zeugen ins Kreuzverhör nehmen, wenn Sie an der Reihe sind?«

»Das erledige ich, Sir«, entgegnete Grimes.

»Nun, Frau Verteidigerin, dann sehe ich sowieso keinen Grund, weshalb Sie hier Einspruch einlegen. Das wäre eigentlich die Aufgabe von Mr. Grimes. Es gibt hier nämlich eine Regel: ein Anwalt pro Zeuge. Keine Teamarbeit. Haben Sie das verstanden?«

»Verstanden«, erwiderte Claire mit einem gezwungenen Lächeln. »Tut mir leid«, flüsterte sie Grimes zu.

»Ich habe keine weiteren Fragen«, sagte Waldron.

Grimes erhob sich von seinem Platz, blieb vor dem Tisch der Verteidigung stehen und begann: »Colonel Hernandez, wurden Ihnen, als man sich wegen dieser Anhörung mit Ihnen in Verbindung setzte, für den Fall der Aussageverweigerung strafrechtliche Folgen angedroht?«

»Nein.«

»Sie wurden in keiner Weise unter Druck gesetzt?«

»Nein.« Hernandez sah Grimes herausfordernd an.

»Ich verstehe«, antwortete Grimes in zweifelndem Ton. »Und sind Sie vom CID in irgendeiner Weise unter Druck gesetzt worden, als man Sie 1985 über den Vorfall in La Colina befragte?«

»1985?«

»Genau.«

»Nein.«

»Niemand hat Ihnen strafrechtliche Konsequenzen angedroht, falls Sie die Aussage verweigern? Eine Anklage wegen Mittäterschaft, Beteiligung an den mutmaßlichen Verbrechen, Verschwörung zum Mord oder sogar wegen Mordes?«

»Nein.«

»Es sind also keinerlei Drohungen geäußert worden?«

»Nein.« Trotzig reckte Hernandez das Kinn.

»Sie haben diese Aussage aus freien Stücken gemacht?«

»Korrekt.«

»Ist es richtig, daß Sie inzwischen für General William Marks, den Stabschef der Army, arbeiten?«

»Ja. Ich bin sein Stellvertreter.«

»Hat er Sie aufgefordert auszusagen?«

»Nein. Ich habe mich selbst dazu entschieden.«

»Er hat Sie nicht unter Druck gesetzt?«

»Nein, Sir.«

»Sie befürchten nicht, Ihrer Karriere zu schaden, wenn Sie den General kritisieren würden?«

Hernandez zögerte einen Moment. »Wenn es einen Grund gäbe, ihn zu kritisieren, wäre ich verpflichtet, dies zu tun. Immerhin stehe ich unter Eid. Aber er hat sich nichts zuschulden kommen lassen.«

»Soso. Und nun verraten Sie mir eines, Colonel: Als Sie Zeuge wurden, wie Sergeant Kubik die Zivilisten erschoß, haben Sie da versucht, ihn zurückzuhalten?«

Hernandez musterte ihn argwöhnisch. War das ein juristischer Trick? »Nein«, entgegnete er schließlich.

»Sie haben also nichts getan?«

»Nein.«

»Hat ein anderer Ihrer Kameraden versucht, ihm in den Arm zu fallen?«

Wieder zögerte Hernandez, beugte sich vor und suchte Waldrons Blick. »Ich weiß es nicht. Jedenfalls habe ich nichts dergleichen beobachtet.«

»Hmmm.« Grimes machte ein paar Schritte auf ihn zu. »Also haben Sie nicht mit eigenen Augen gesehen, daß jemand ihn aufzuhalten versuchte?« fragte er im Plauderton.

»Nein, Sir.«

»Und da General Marks – damals noch Colonel Marks – sich zu diesem Zeitpunkt auf dem Stützpunkt befand, waren Sie Leiter dieses Einsatzes?«

»Ja.«

»Colonel Hernandez, wie lange arbeiten Sie schon für General Marks?«

»Seit 1985.«

»Das ist eine ziemlich lange Zeit. Offenbar genießen Sie sein Vertrauen.«

»Ich hoffe, Sir.«

»Würden Sie sich selbst opfern, um den General zu schützen?«

»Wenn sich die Notwendigkeit ergibt, würde ich das tun, Sir.«

»Würden Sie auch für ihn lügen?«

»Einspruch!« rief Waldron.

»Ich ziehe die Frage zurück«, entgegnete Grimes. »Gut, Colonel Hernandez, ich werde den Vorfall nun Schritt für Schritt mit Ihnen durchgehen und jedes Detail gründlich erörtern, damit ich auch nichts vergesse. Einverstanden?«

Hernandez zuckte die Achseln.

Grimes benötigte die ermüdende Anzahl von über zweihundert Fragen, um jeden Aspekt, der ihm einfiel, mit dem Zeugen durchzugehen. Es war, als würde man sich die Einstellungen eines Films einzeln ansehen. Wo hatte der Zeuge gestanden? Was hatte Sergeant Major Soundso gesagt?

Dann, plötzlich schien Grimes seine Strategie zu ändern. »Colonel Hernandez, hatten Sie ein freundschaftliches Verhältnis zu Ronald Kubik?«

Wieder suchte Hernandez Waldrons Blick. Mürrisch öffnete er den Mund, schloß ihn aber sofort wieder.

»Sie können uns ruhig die Wahrheit sagen«, forderte Grimes ihn auf und ging zurück zum Tisch der Verteidigung.

»Nein.«

»Sie mochten ihn wohl nicht besonders.«

»Ich hielt ihn für einen kaputten Typen.«

Grimes wirbelte herum. »Kaputt?«

»Richtig.«

»Sie meinen verrückt?«

»Ja, verrückt.«

»Oh?« Grimes betrachtete ihn fragend. »Und wie äußerte sich diese Verrücktheit?«

»Er war ein Sadist. Ihm machte das Töten Spaß.«

»Im Kampf?«

Hernandez wirkte verwirrt. »Wann denn sonst?«

»Außerhalb von Kampfhandlungen haben Sie doch nie jemanden umgebracht, oder?«

»Nein. Auch nicht außerhalb einer angeordneten Mission, was nicht unbedingt Kampfhandlungen sein mußten.«

»Ich verstehe. Also machte es ihm Spaß, im Rahmen von angeordneten Missionen zu töten.«

»Richtig.«

»Was allerdings seine Aufgabe war – und auch Ihre.«

»Nur hin und wieder ...«

»Hin und wieder war es Ihre Aufgabe, andere Menschen zu töten?«

»Richtig.«

»Und er verstand sich auf seinen Job. Es machte ihm sogar Spaß.«

»Korrekt.«

»Würden Sie Ronald Kubik einen guten Soldaten nennen?«

»Was er getan hat, war ungesetzlich ...«

»Ich frage Sie nicht nach dem Vorfall am 22. Juni 1985, sondern nach seinem Verhalten im Dienst bis zu jener Nacht. Würden Sie Ron Kubik als Gewinn für die Special Forces bezeichnen?«

Anscheinend fühlte sich Hernandez in die Ecke gedrängt, denn er starrte Grimes finster an. »Ja.«

»Er war ein guter Soldat?«

»Ja«, räumte Hernandez widerwillig ein. »Er war so mutig, daß es mir schon fast unheimlich vorkam, und einer unserer besten Leute.«

»Ich habe keine weiteren Fragen mehr an diesen Zeugen«, sagte Grimes.

»Da es nun Mittagszeit ist«, verkündete Colonel Holt, »werden wir die Anhörung für anderthalb Stunden unterbrechen.« Die wenigen Zuschauer erhoben sich von ihren Plätzen. Waldron ging zur Tür, während Hogan sich noch am Tisch der Anklage zu schaffen machte. Die Stahltüren öffneten sich.

»Es sieht doch ganz gut aus, findest du nicht?« meinte Tom zu Claire und umarmte sie.

»So einigermaßen«, erwiderte Claire. »Aber ich weiß nicht, was ich davon halten soll.«

In diesem Augenblick kam Hogan am Tisch der Verteidigung vorbei und beugte sich zu Tom hinüber. »Irgendwie kriegen wir dich, du mieser Perverser. Im Gerichtssaal oder später«, zischte er ihm zu.

Tom riß erschrocken die Augen auf, doch er schwieg. Auch Claire spürte, wie ihr die Zornesröte in die Wangen stieg. Allerdings verkniff sie sich eine Erwiderung.

Dann hielt Tom dem Wachposten die Hände hin, damit dieser ihm die Handschellen anlegen konnte. Er wurde zurück in seine Zelle geführt, um dort seine Mahlzeit einzunehmen.

Als Embry Grimes anerkennend die Hand schütteln wollte, reagierte dieser nicht. Statt dessen beugte er sich vor und flüsterte Embry drohend zu: »Was zum Teufel haben Sie denen über unseren Plan erzählt, die Presse zu informieren?«

Embry ließ die Hand sinken und lief dunkelrot an.

»Wir haben Sie mit Waldron und seinen Kumpanen in der Kneipe gesehen, Embry.«

»Ach, wirklich? Wir haben doch nur ein paar Bierchen gezischt. Schließlich sind es meine Kollegen, mit denen ich auch noch weiter zusammenarbeiten muß, wenn Sie schon längst wieder weg sind.«

»Und deshalb finden Sie auch nichts dabei, vertrauliche Informationen auszuplaudern?« schaltete sich Claire ein.

»Offenbar hat Waldrons Bemerkung bei Ihnen diesen Eindruck erweckt. Aber ich habe kein Sterbenswörtchen verraten, Claire. Wirklich nicht. Erstens wäre das unprofessionell, und zweitens würde ich mir damit nur Ärger einhandeln. Außerdem stünde ich als Vollidiot da. Wieso sollte ich jemandem unter die Nase reiben, daß ich mit Ihnen zusammen geplant habe, gegen die Schweigepflicht zu verstoßen? Die würden mir doch die Hölle heiß machen.«

Gekränkt drehte er sich um und ging davon.

»Glauben Sie ihm?« fragte Grimes.

»Ich weiß nicht mehr, wem ich noch glauben soll«, erwiderte Claire. »Gehen wir mittagessen. Mein Auto steht vor dem Haus, und ganz in der Nähe habe ich ein McDonald's entdeckt.«

»McDonald's klingt gut.«

Nachdem Claire sich auf dem Weg zum Auto vergewissert hatte, daß niemand in Hörweite war, sagte sie: »Ich begreife nicht, warum Sie ihn nicht mehr in die Zange genommen haben, Grimes. In seiner Aussage hieß es, daß alle versucht hätten, Tom aufzuhalten. Aber im Zeugenstand hat er einen Rückzieher gemacht. Wenn das kein Widerspruch ist! Warum haben Sie das nicht zur Sprache gebracht?«

»Weil es in dieser Anhörung nicht darauf ankommt. Es ist nicht unser Ziel, den Zeugen als unglaubwürdig darzustellen, sondern ihn auf seine Geschichte festzulegen, damit seine Aussage schwarz auf weiß dokumentiert wird.«

»Das müssen Sie mir erklären.«

»Verausgaben Sie sich nicht schon bei der Anhörung. Wir beide wissen, daß es zu einer Gerichtsverhandlung kommen wird. Also sparen Sie sich Ihre Trümpfe auf und zerlegen Sie Hernandez beim Prozeß. Bei dieser Anhörung geht es nur um die Beweisaufnahme. Das ist nicht der richtige Zeitpunkt, um dem Zeugen seine Widersprüche vorzuhalten. Vielleicht tun wir das während des Schlußworts, obwohl ich das am liebsten auch vermeiden würde. Wir sollten erst in der Verhandlung scharfe Geschütze auffahren.«

Wieder mußte Claire über die seltsamen Wege der Militärjustiz den Kopf schütteln.

»Hören Sie«, fuhr Grimes fort. »Es ist in etwa vergleichbar damit, daß es verschiedene Sorten von Mausefallen gibt. Die mit Klebstoff, an denen die Maus hängenbleibt und so lange zappelt, bis Sie sie aus dem Verkehr ziehen. Und die altmodische Klappfalle, die dem kleinen Mistvieh sofort das Genick bricht. Eine Anhörung nach Artikel 32 ist so was wie eine Leimfalle. Sie kriegen den Zeugen dazu, seine Pfötchen in den Leim zu stecken, damit er klebenbleibt und zappelt. Das Genick brechen wir ihm dann später.«

»Dazu hätte ich jetzt schon gute Lust.«

»Weil Sie Ihren Ehemann verteidigen. Aber das System funktioniert nicht so. Es wäre ein Fehler.«

Claire errötete. Sie wußte, daß Grimes recht hatte, wenn er ihr Befangenheit vorwarf. Wie sollte sie nur verhindern, daß ihre Gefühle für Tom ihr immer wieder in die Quere kamen?

Claire öffnete die Türen des Mietautos, und sie stiegen ein. Als sie den Zündschlüssel umdrehte, gellte ihnen ein ohrenbetäubender Lärm entgegen – das Autoradio war auf volle Lautstärke eingestellt.

»Wollen Sie mich umbringen?« brüllte Grimes. »Jetzt ist mir bestimmt das Trommelfell geplatzt. Ich wußte gar nicht, daß Sie so auf Musik stehen.«

Claire schaltete das Radio ab. »Mein Gott, was war denn das?«

»Marilyn Manson, glaube ich, bin aber nicht sicher. Ich höre mir solchen Mist nämlich nicht an.«

»Ich auch nicht. Ich benutze das Radio praktisch nie.«

»Vielleicht sind Sie aus Versehen an den Knopf gekommen.«

»Das hätte ich doch mitgekriegt. Glauben Sie mir, ich habe das Radio nicht angemacht. Es muß jemand anders gewesen sein.«

»Eine Warnung«, sagte Grimes. »Sie wollen Ihnen zu verstehen geben, daß sie jederzeit in Ihr Auto, Ihr Haus und sonst überall eindringen können. Seien Sie auf der Hut.«

»Ist ja reizend«, meinte sie.

26

Ihr letzter Zeuge, Herr Ankläger?« fragte Holt.

»Herr Vorsitzender«, entgegnete Waldron. »Ich habe einen Zeugen, dessen Aussage zwar jetzt noch nicht relevant ist, den ich aber geladen habe, um einem zu erwartenden Manöver der Verteidigung vorzugreifen.« Grimes sah Claire erstaunt an. »Deshalb würde ich Chief Warrant Officer Stanley Oshman lieber sofort aufrufen, anstatt ihn noch einen Tag hier warten zu lassen.«

»Hat die Verteidigung irgendwelche Einwände?« erkundigte sich Holt.

»Haben Sie rausgekriegt, wer dieser Typ ist?« flüsterte Claire Grimes zu.

»Pech gehabt. Aber das macht nichts. Wir werden ihn ins Kreuzverhör nehmen. Das kann uns nur weiterhelfen. Keine Einwände«, sagte er dann laut.

»Als nächsten Zeugen rufe ich Chief Warrant Officer Oshman auf«, verkündete Waldron. »Er ist als Spezialist für Lügendetektortests in Fort Bragg stationiert.«

Im Gerichtssaal brach Unruhe aus.

»Was zum Teufel soll das?« wunderte sich Grimes. Er warf erst Claire und dann Embry einen Blick zu. »Was hat das zu bedeuten?«

Chief Warrant Officer Stanley Oshman war ein schmächtiger Mann Anfang Vierzig mit schütterem blondem Haar und einer dicken Brille, die ihm etwas Eulenhaftes verlieh. Er hatte die Anhörung die ganze Zeit über von der Zuschauerbank aus verfolgt. Nun erhob er sich, trat in den Zeugenstand und wurde vereidigt. Rasch ging Waldron mit ihm die Formalitäten durch, während Grimes und Claire entgeistert zusahen.

»Chief Warrant Officer Oshman«, begann Waldron. »Was sind zusätzlich zu Ihren alltäglichen Pflichten Ihre Aufgaben bei den Special Forces, mit denen Sie in Fort Bragg zusammenarbeiten?«

»Ich bringe ihnen bei, den Kasten auszutricksen.«

»Den Kasten auszutricksen? Was bedeutet das?«

»Ich zeige ihnen die Techniken, mit denen sie im Fall einer Gefangennahme und Befragung durch den Feind den Lügendetektor täuschen können.«

»Moment mal«, murmelte Grimes laut hörbar vor sich hin.

»Also können Sie uns bestätigen, daß Offiziere der Special Forces wie Ronald Kubik in der Lage sind, einen Lügendetektor zu täuschen?«

»Korrekt. Das kann er mit Sicherheit.«

»Wenn man ihn also einem Lügendetektortest unterzieht, kann er antworten, was er will, selbst wenn es nicht der Wahrheit entspricht. Und trotzdem würden die meisten Prüfer zu dem Schluß kommen, daß keine Täuschung vorliegt.«

»Richtig.«

»Verdammt noch mal. Jetzt können wir unseren Zeugen eigentlich heimschicken!« fluchte Grimes ein wenig zu laut.

»Werfen Sie mir etwa schon wieder vor, ich hätte geplaudert?« fragte Embry nach der Anhörung. »Wollen Sie das andeuten?«

»Ich deute nichts an, ich stelle es fest«, schimpfte Grimes. »Oder haben Sie eine Erklärung dafür, woher Waldron wußte, daß wir den Lügendetektor-Spezialisten aufrufen und das Ergebnis des Tests vorlegen wollen? Was haben Sie dazu zu sagen, mein Junge?«

»Gar nichts.« Inzwischen waren sogar Embrys Ohren gerötet. »Ich war ebenso überrascht wie Sie ...«

»Ach, wirklich?« höhnte Grimes.

»Lassen Sie ihn doch zu Wort kommen«, mischte sich Claire ein.

»Weshalb denn?« knurrte Grimes. »Damit er uns weiter Ammenmärchen auftischen kann? Die Anklage hat uns gerade einen wichtigen Trumpf aus der Hand genommen. Glauben Sie etwa, daß sich jemand für einen entlastenden Lügendetektortest interessiert, wenn der befragten Person beigebracht wurde, wie man derartige Tests unterläuft?«

Ganz automatisch wollte Claire sich zu Tom umdrehen, doch dann fiel ihr ein, daß er gerade in seine Zelle zurückgebracht worden war.

»Ist ja großartig«, fuhr Embry fort. »Ich sehe, worauf Sie hinauswollen. Es ist Ihnen doch völlig egal, was ich sage. Aber ich will Ihnen keine Schwierigkeiten machen. Ich ziehe mich von dem Fall zurück.«

Er machte auf dem Absatz kehrt.

»Sie sind immer noch an das Anwaltsgeheimnis gebunden, Sie Arschloch!« rief Grimes ihm nach und fügte dann leise hinzu: »Nicht, daß das für Sie bis jetzt ein Hinderungsgrund gewesen wäre.«

Embry verließ mit den Zuschauern und Anwälten den Gerichtssaal. Als Waldron sich dem Tisch der Verteidigung näherte, fragte sich Claire, wieviel von dem Gespräch er wohl mitgehört hatte. Wahrscheinlich eine ganze Menge, denn die Auseinandersetzung war ziemlich lautstark abgelaufen.

»Captain Embry hat mir nichts verraten«, wandte sich Waldron an Claire. »Sie müssen sich bei ihm entschuldigen. Schließlich leben wir in einer kleinen Welt, in der sich Gerüchte rasch herumsprechen.«

Claire wollte ihm nicht die Freude machen, weiter auf dieses Thema einzugehen. »Vielleicht können Sie mir eines erklären«, meinte sie statt dessen zuckersüß. »Was ist der Sinn und Zweck einer Verhandlung, wenn sie hinter verschlossenen Türen stattfindet? Ich habe meinen Studenten stets beigebracht, daß ein Prozeß das Ziel verfolgt, der Öffentlichkeit die Arbeitsweise unseres Rechtssystems zu demonstrieren. Sollen diese fünf namenlosen Männer mit Geheimnisträgerstatus hier etwa die Öffentlichkeit vertreten?«

»Sprechen Sie mit dem Staatssekretär der Army darüber«, entgegnete Waldron.

»Möglicherweise tue ich das wirklich«, erwiderte Claire. »In meinen Augen ist der einzige Grund für diese Heimlichtuerei, gewissen Leuten peinliche Fragen zu ersparen. Da wir hier über Ereignisse sprechen, die dreizehn Jahre zurückliegen, besteht doch keinerlei Gefahr für die nationale Sicherheit.«

»Die nationale Sicherheit ...«, setzte Waldron an.

»Wir sind hier unter uns«, unterbrach Claire, »und müssen uns nicht vor dem Herrn Vorsitzenden darstellen. Warum können wir nicht offen sein? Ich verstehe beim besten Willen nicht, warum mein Mann vor ein Kriegsgericht gestellt werden soll. Weshalb haben Sie nicht längst dafür gesorgt, daß er in eine psychiatrische Anstalt eingewiesen wird?«

»Da gehört er eigentlich hin«, zischte Waldron. »Ihr Mann ist eine Gefahr für die Allgemeinheit, ein geisteskranker, perverser Dreckskerl. Das hat er als Killer in Vietnam bewiesen. In Geheimdienstkreisen galt er als Legende – eine psychopathische Legende. Zugegeben, er ist hochintelligent. Er spricht eine ganze Reihe von Sprachen und Dialekten fließend, und er hatte nicht die geringsten Skrupel, andere Menschen ins Jenseits zu befördern. Das Militär brauchte Leute wie ihn. Schließlich hat die amerikanische Regierung gegen Ende des Zweiten Weltkriegs auch ein paar Nazis für sich arbeiten lassen. Das Pentagon glaubte, Kubik bändigen zu können, aber er ist durchgedreht.«

»Überlegen Sie doch mal, worauf Ihre Vorgesetzten wirklich hinauswollen«, sagte Claire. »Auch wenn Sie noch so viele Lügen über meinen Mann verbreiten, es kommt den Herren Generälen letztendlich nur darauf an, die Affäre zu vertuschen. Sie wollen sichergehen, daß kein Sterbenswort über die Ermordung von Zivilisten durch amerikanische Soldaten in El Salvador an die Öffentlichkeit dringt. Und wir sind bereit, dieses Spiel mitzumachen. Wenn Sie die Anklage fallenlassen, werden wir uns zu absolutem Stillschweigen verpflichten. Wenn Sie wollen, sogar schriftlich. Nichts wird herauskommen. Bestehen Sie jedoch auf einem Kriegsgerichtsverfahren, könnte das den Stabschef der Army den Kopf kosten. Und ich werde mich an die Medien wenden, damit die ganze Welt davon erfährt. Wollen Sie das wirklich? Falls der General seinen Hut nehmen muß, sind Sie auch dran.«

Waldron lächelte, aber sein Lächeln wirkte unangenehm, gekünstelt und gezwungen. »Mir ist es scheißegal, wer seinen Arsch retten will oder seinen Posten verliert. Meine Aufgabe ist es, einen Massenmörder unter Anklage zu stellen und dafür zu sorgen, daß er den Rest seines verpfuschten Lebens in Leavenworth verbringt. Oder daß er hingerichtet wird, was vorzuziehen wäre. Das ist mein Job, und ich tue ihn gern. Wir sehen uns beim Prozeß.«

27

Claire und Jackie unterhielten sich, während sie gemeinsam den Abwasch bewältigten. Annie machte sich gerade zum Schlafengehen fertig und putzte die Zähne. Claire war erschöpft und nachdenklich. Sie hielt die Teller unter den Wasserhahn, Jackie räumte die Spülmaschine ein.

»Kann mir jemand erklären, was das soll?« fragte Jackie. »Man sollte dem Armen Prozac verabreichen.«

Claire nickte lächelnd.

»Und die Sache mit dem Namen – ich kann zu Tom einfach nicht Ron sagen«, meinte Jackie. »Das ist doch voll daneben.«

»Ich bringe es auch nicht fertig. Inzwischen weiß ich gar nicht mehr, wie ich ihn nennen soll. Der Name hat irgendwas Symbolisches, so als ob er plötzlich ein anderer Mensch wäre, den ich nicht mehr kenne. Ich sehe ihn fünf Minuten vor Beginn der Anhörungen, und dann reden wir nur noch über juristische Probleme. Er lobt mich oder hat eine verfahrenstechnische Frage. Und wenn ich ihn im Gefängnis besuche, geht es wieder bloß um den Prozeß. Alles ganz sachlich.«

»Ist das nicht okay so? Du bist seine Anwältin und verteidigst ihn. Sein Leben steht auf dem Spiel.«

»Da hast du recht. Aber ich habe das Gefühl, daß er gar nicht richtig bei der Sache ist.«

»In einer solchen Situation würde es wohl jeder mit der Angst zu tun kriegen. Ich hab mal eine Frage: Hast du durchgesetzt, daß das Ergebnis des Lügendetektortests anerkannt wurde?«

»Klar, doch es war nicht mehr viel wert. Als Vorsitzender würde ich auch vermuten, daß Tom den Test unterlaufen hat. Schließlich wurde er dafür ausgebildet.«

»Und was glaubst du persönlich? Verdammt, dieser blöde Geschirrspüler!«

»Was meinst du?«

»Ob er den Test unterlaufen und den Prüfer getäuscht hat.«

»Was soll ich dazu sagen? Natürlich ist es möglich, denn er weiß, wie das funktioniert. Trotzdem bin ich der Ansicht, daß er es gar nicht nötig hatte. Er ist unschuldig.«

»Schön«, meinte Jackie zögernd.

»Es treibt mich noch in den Wahnsinn. Ich habe schon so viele Mandanten verteidigt, die vom Staat als Nestbeschmutzer verfolgt oder als Sündenbock mißbraucht wurden, und daher weiß ich, wozu Behörden fähig sind. Sie können ziemlich korrupt sein. Einmal habe ich einen Mann vertreten, der vom Umweltministerium gefeuert worden war, weil er die Öffentlichkeit vor einer Giftmüllkippe gewarnt hatte. Wie sich herausstellte, hatte sein Vorgesetzter Personalakten und Beurteilungen gefälscht und nachdatiert, so daß es aussah, als ob der Mann Alkoholiker wäre. Und dabei war er ein mustergültiger Arbeitnehmer. Ich weiß also, wie der Hase läuft.«

Jackie betrachtete einen der handbemalten Keramikteller. »Die sind toll«, sagte sie. »Es wundert mich, daß wir sie benutzen dürfen. Kommen die auch in den Geschirrspüler?«

»Ich glaube schon.«

»Darf ich offen sein?«

»Schieß los.«

»Hör mal, vor nur zwei Monaten hielten wir beide Tom Chapman noch für einen Märchenprinzen – männlich, gut aussehend, ein Erfolgstyp, kein Schlappi. Ernährer der Familie, wunderbarer Vater und liebevoller Ehemann. Richtig?«

»Richtig. Und?«

»Inzwischen wissen wir, daß er uns etwas vorgemacht hat. Er heißt in Wirklichkeit anders, hat eine zwielichtige Vergangenheit ...«

»Jackie!«

»Moment! Ganz egal, wer diese Morde begangen hat, jedenfalls gehörte Tom einer streng geheimen Einheit an, die mit dem Fallschirm über fremden Ländern abspringt, wo sie eigentlich nichts zu suchen hat. Mit falschen Ausweisen ausgestattet, bringen sie Leute um und verdrücken sich dann wieder. Genauso ist er auch in dein Leben getreten, einfach aus dem Nichts, und einen falschen Ausweis hatte er außerdem ...«

»Sehr schlau.« Hingebungsvoll schrubbte Claire die angetrockneten Überreste von Annies Frühstücksflocken aus einer Schale.

»Und wir wissen noch immer nicht, wer er wirklich ist.«

»Auch wenn sie ihm noch so viele Verbrechen vorwerfen, er ist noch immer der Mann, den ich liebe.«

Jackie hielt in ihrer Arbeit inne und drehte sich zu Claire um. »Aber du kannst trotzdem nur Vermutungen anstellen. Und du mußt zugeben, daß er dir Theater vorgespielt hat. Du hast dich in Tom Chapman verliebt, nicht in Ron Kubik.«

»Was willst du damit sagen? Warum kommst du nicht gleich auf den Punkt? Daß ich ihn liebe, heißt nicht, daß ich naiv bin. Ich habe ihn als Tom Chapman kennengelernt, und er ist nach wie vor mein Ehemann. Jeder Mensch hat dunkle Punkte in seiner Vergangenheit. Keiner ist absolut ehrlich, auch wenn gar keine böse Absicht dahintersteckt. Entweder hat es mit Sex zu tun oder …«

»Du versuchst schon wieder, dich zu rechtfertigen.« Jackie hatte die Stimme erhoben. »Dennoch steht fest, daß du ihn eigentlich gar nicht kennst und keine Ahnung hast, ob er die Verbrechen begangen hat, die man ihm vorwirft.«

»Ich weiß genau, daß er unschuldig ist!«

»Du weißt überhaupt nichts, Claire! Obwohl er dir über seine Familie, seine Eltern, seine Kindheit, sein Studium und praktisch sein ganzes Leben Märchen erzählt hat, traust du ihm nicht zu, daß er auch jetzt lügen könnte?«

Annie stand auf der Schwelle. Sie trug einen Pyjama, auf den Winnie Puh aufgedruckt war, und lutschte zum erstenmal seit Jahren wieder am Daumen.

»Annie!« rief Claire aus.

Mit einem Schnalzen zog Annie den Daumen aus dem Mund und sah ihre Mutter argwöhnisch an. »Warum streitest du mit Tante Jackie?«

»Wir streiten doch gar nicht, Kleines. Wir reden nur über ein Problem.«

»Es klingt, als würdet ihr streiten«, widersprach Annie vorwurfsvoll.

»Stimmt aber nicht«, antwortete Jackie. »Und ich gehe jetzt eine rauchen.«

»Bitte draußen«, meinte Claire. »Ich komme nach, wenn ich Annie ins Bett gebracht habe.«

»Ich bin schuld, daß du wieder qualmst«, sagte Jackie.

»Nein, ich will nicht von dir ins Bett gebracht werden«, protestierte Annie, »sondern von Jackie.«

»Warum denn nicht? Ich sehe dich ja kaum noch. Ich vermisse dich so.«

»Nein!« rief Annie ein wenig lauter. »Ich will nicht. Tante Jackie soll mich ins Bett bringen.«

»Jetzt mach doch nicht so ein Theater«, mischte sich Jackie ein.

»Liebling, deine Mama …«, begann Claire.

»Nein! Du arbeitest sowieso immer bloß! Ich will Jackie! Laß mich!« Annie stürmte aus der Küche und rannte die Treppe hinauf.

Als Claire Jackie ansah, zuckte diese die Achseln.

»Geh nur«, sagte sie. »Du kannst der Kleinen keinen Vorwurf machen.«

Annie war in einem Gästezimmer einquartiert, und nur die auf dem Fußboden herumliegenden Spielsachen verrieten, daß dieser Raum von einem Kind bewohnt wurde.

Das kleine Mädchen lag schon im Bett, blätterte in einem Kinderbuch und lutschte heftig am Daumen. »Hau ab«, zischte sie, als Claire hereinkam.

»Liebes«, antwortete Claire leise und kniete sich neben das Bett.

Annie zog den Daumen aus dem Mund. »Geh weg! Geh doch arbeiten!«

»Möchtest du nicht, daß ich dir etwas vorlese?«

»Nein, möchte ich nicht.«

Sie schob den Daumen wieder in den Mund und starrte bedrückt in ihr Buch.

»Kann ich mit dir reden?«

Annie achtete nicht auf sie.

»Bitte, Liebes, ich würde gern mit dir reden.«

Annie wandte den Blick nicht vom Buch ab.

»Ich weiß, daß du sauer auf mich bist. Ich war in letzter Zeit keine sehr gute Mama. Es tut mir leid.«

Einen Moment lang sah es so aus, als ließe sich Annie erweichen. Dann aber runzelte sie die Stirn und schwieg weiter. Claire hatte ihr zwar erklärt, daß ihr Papa vor Gericht mußte, doch sie wußte nicht, ob das Kind das begriffen hatte.

»Ich hatte so viel zu tun, um Papa zu helfen. Ich muß früh weg und komme spät heim. Dann bin ich müde, und wir haben schon lange keine Zeit mehr gehabt, um miteinander zu spielen. Doch ich liebe dich so sehr. Mehr als alles andere auf der Welt. Und wenn der Prozeß vorbei ist, spielen wir wieder ganz viel zusammen, gehen in den Zoo, kaufen Eis – so wie früher.«

Annie zog sich die Decke bis zum Kinn hinauf. »Wann kommt Papa nach Hause?« fragte sie mürrisch, ja, fast fordernd, ohne den Blick vom Buch abzuwenden.

»Hoffentlich bald.«

»Jackie sagt, er ist im Gefängnis«, fuhr Annie nach einer kurzen Pause störrisch fort.

Claire zögerte. Sie wollte ihre Tochter nicht mehr belügen. Außerdem hatte sie den Eindruck, daß es besser war, wenn Annie, der man wie den meisten Kindern nichts vormachen konnte, endlich die Wahrheit erfuhr.

»Stimmt, aber es ist ein Irrtum.«

Wieder runzelte Annie die Stirn. »Wie ist es im Gefängnis?« Anscheinend wollte sie Einzelheiten hören, um Claires Glaubwürdigkeit auf die Probe zu stellen.

»Er hat ein Zimmer, bekommt etwas zu essen und kann Bücher lesen.«

»Gibt es da auch Gitterstäbe und Schlösser?« erkundigte sich Annie ängstlich.

»Ja.«

»Ist Papa traurig?«

»Ja, weil er nicht bei dir sein kann.«

»Darf ich ihn besuchen?«

»Nein, Kleines, tut mir leid.«

»Warum denn nicht?«

Da hatte sie eigentlich recht. »Weil Kinder dort keinen Zutritt haben«, log Claire.

Aber Annie schien ihr zu glauben. »Hat er Angst?«

»Am Anfang schon, doch inzwischen nicht mehr. Er weiß, daß er bald freigelassen wird, und dann sind wir wieder eine Familie. Soll ich dir jetzt etwas vorlesen?«

»Nein, ich mag nicht«, antwortete Annie. Claire wußte nicht, ob es ihr gelungen war, sie zu besänftigen. »Ich bin müde.« Sie drehte sich um. »Gute Nacht, Mama«, meinte sie.

Claire schlief auf dem Wohnzimmersofa inmitten von Fachbüchern und Aktenstapeln ein.

Kurz vor neun wurde sie unsanft von der Türglocke geweckt und lief los, um aufzumachen, bevor Annie aufwachte.

Grimes' Gesicht war ernst.

»Die Entscheidung ist also gefallen.«

Der Anwalt nickte.

»Wann beginnt der Prozeß?«

»Darf ich reinkommen? Oder sollen wir uns auf der Veranda unterhalten?«

»Entschuldigung.«

»Der Beschuldigte wird in sechs Tagen dem Richter vorgeführt«, sagte er, während er seinen dunkelgrünen Mantel auszog und ihn an den Garderobenhaken hängte. »Das bedeutet, daß wir bis dahin alle Anträge eingereicht haben sollten oder es wenigstens versuchen müssen. Verhandlungsbeginn ist in etwa einem Monat.«

»Warum habe ich mir bloß jemals Hoffnungen gemacht?«

»Weil Sie trotz Ihrer Abgebrühtheit in Ihrem Innersten eine unverbesserliche Optimistin sind.«

»Kann sein«, räumte Claire ein. »Darf ich Ihnen einen Kaffee anbieten?«

»Doch nicht mitten in der Nacht.«

»Also gut«, sagte Claire, als sie in ihrem Arbeitszimmer saßen. »Wenn wir jetzt verlieren, können wir einpacken.«

»Das darf doch nicht wahr sein! Sie sind doch die Königin der Berufungsverfahren. Das Ganze läuft in mehreren Schritten wie beim Baseball: erstens die Anträge, zweitens der Prozeß, drittens das Appellationsgericht der Army, viertens das Appellationsgericht der Streitkräfte. Die anderen haben nur eine Chance; das Spiel ist noch nicht vorbei.«

»Und wer von uns beiden ist jetzt der unverbesserliche Optimist?«

»Ich erkläre Ihnen lediglich, wie das Spiel funktioniert. Es hat eine Menge Etappen.«

»Diese ganze Farce ist doch ein Witz. Aufgrund der Entscheidung des Vorsitzenden weiß jeder Offizier, der zum Geschworenen bestimmt wird, genau, daß sein Vorgesetzter Tom für schuldig hält. So wird er nie freigesprochen. Und was ist das?« Sie wies auf das Blatt Papier in Grimes' Hand.

»Die Einberufung des Gerichts. Schauen Sie mal, wer das Kriegsgerichtsverfahren angeordnet hat.« Grimes betrachtete eine zierliche Porzellanvase auf der weißlackierten Holzsäule neben dem Schreibtisch.

STAATSSEKRETÄR DER ARMY lautete der Briefkopf, und das Schreiben war von diesem selbst unterzeichnet.

»Ich blicke da nicht mehr durch«, sagte Claire. »Warum läßt der Staatssekretär das Gericht zusammentreten? Ich dachte, so etwas wäre Aufgabe eines seiner Untergebenen, des Kommandanten von Quantico zum Beispiel.«

»Normalerweise schon. Und das ist das Interessante daran. Es macht fast den Eindruck, als wäre dieser Befehl von ganz oben als Signal gedacht: Wir scherzen nicht. Wir meinen es todernst.«

»Nein«, widersprach Claire.

»Wie bitte?«

»Das ist nicht der Grund. Es steckt sicher ein juristischer Grund dahinter, und zwar einer, der es in sich hat.«

»Das müssen Sie mir näher erklären.«

»Immerhin ist General Marks, der Stabschef der Army, in die Sache verwickelt. Rechtlich gesehen macht ihn das zum Nebenkläger gegen Tom. Und nach Artikel 1 Militärgesetzbuch und den Vorschriften zur Durchführung von Kriegsgerichtsverfahren, Paragraph 504c, Absatz 2, darf ein solches Verfahren nicht von einem Offizier einberufen werden, der rangniedriger ist als der Nebenkläger. Und der einzige Vorgesetzte des Generals ist ...«

»... der Staatssekretär. Richtig.« Grimes fuhr mit dem Finger das Muster auf der Vase nach und nickte. »Stimmt genau.«

»Und was ist das für eine Liste?« Claire betrachtete immer noch das Blatt Papier. »Sind das die Namen der Geschworenen?«

»Ja, nur daß sie bei einem Militärgericht Mitglieder der Jury heißen.«

»Ich will, daß diese Typen alle unter die Lupe genommen werden. Vielleicht hat ja einer Dreck am Stecken oder ist befangen, und das könnten wir bei der Geschworenenauswahl nützen. Warum stehen da ausschließlich hochrangige Offiziere drauf? Tom war nur Unteroffizier. Sollten nicht ein paar Gleichgestellte dabeisein?«

»Wir könnten das beantragen, aber ich glaube, dieser Schuß würde nach hinten losgehen. Meiner Erfahrung nach neigen Offiziere eher dazu, sich auf die Beweise zu konzentrieren.«

»Und vermutlich ist der hochrangigste von ihnen auch der Sprecher der Jury.«

»Langsam kommen Sie dahinter. Alles wird nach dem Rang entschieden.«

»Woher wissen wir, daß diese Typen nicht deshalb ausgesucht wurden, weil sie Tom mit Sicherheit schuldig sprechen werden?«

»Darauf müssen wir es ankommen lassen. Offiziell ist es dem Vorgesetzten nicht erlaubt, diese Kriterien anzuwenden. Aber ich wünsche Ihnen viel Spaß dabei, das zu beweisen. Es ist nämlich unmöglich.«

Es klingelte an der Tür. »Mist«, schimpfte Claire. »Jetzt wacht Annie bestimmt auf. Sie war gerade eingeschlafen.«

»Erwarten Sie jemanden?«

»Ray Devereaux, meinen Privatdetektiv. Einen Moment bitte.«

Und wirklich stand Ray vor der Tür. Er sah aus wie eine gewaltige Statue mit einem viel zu kleinen Kopf. Zur Feier des Tages trug er seinen guten Anzug.

»Guten Abend«, sagte er übertrieben höflich.

»Hallo, Ray«, begrüßte ihn Claire. Sie wollte ihn umarmen, schaffte es aber nur, seinen Bauch zu drücken. Ray kam herein und blickte sich um.

»Hier gefällt's mir«, stellte er fest. »Du wohnst hier in einem wahren Palast, und ich muß in einer miserablen Absteige hausen.«

Er wurde Grimes vorgestellt, wollte sich aber nicht setzen. »Ich kapiere nicht, warum du nicht der *Post* oder der *Washington Times* einen Tip gibst«, meinte er. »Man kann diesen Zug nur auf eine Methode zum Entgleisen bringen, nämlich indem man die Fenster aufreißt und das Tageslicht reinläßt.«

»Nein«, unterbrach Claire ihn und schüttelte energisch den Kopf. »Dann steht Tom in der Öffentlichkeit wie Jack the Ripper da, auch wenn wir ihn freikriegen. Den Ruf als Massenmörder wird er sein ganzes Leben nicht mehr los – und meine Tochter wird dafür büßen müssen.«

»Falls Sie Ihre Meinung ändern sollten«, mischte sich Grimes ein, »benützen Sie bloß nicht Ihr Telefon. Sie dürfen nicht mal über dieses Thema reden.«

»Glauben Sie, die haben mein Telefon angezapft? Das ist doch illegal!«

Devereaux lachte höhnisch.

»Junge Frau«, meinte Grimes. »Denen würde ich alles zutrauen.«

»Okay, dann also zu meinem Bericht«, verkündete Devereaux. »Ich habe versucht, die Männer von Einheit 27 ausfindig zu machen. Da wäre zuerst einmal Hernandez, der General Marks in den Hintern kriecht. Zwei der Jungs haben sich ins Privatleben zurückgezogen. Zwei sind verschwunden. Das war's.«

»Mit Tom sind das sechs«, meinte Grimes. »Was ist denn mit den anderen sechs?«

»Tot.«

»Das hat Tom bereits gesagt«, schaltete Claire sich ein.

»Meiner Ansicht nach hat diese Einheit eine hohe Sterberate. Finden Sie nicht auch? Sechs Männer seit 1985.«

»Wie sind sie ums Leben gekommen?« fragte Claire.

»Zwei sind im Krieg gefallen, über die genauen Umstände ist jedoch nichts bekannt. Drei hatten einen Autounfall. Und einer, der in New York wohnte und weder ein Auto noch einen Führerschein besaß, erlitt einen Herzinfarkt.«

»Wahrscheinlich, weil ein Autounfall bei ihm nicht sehr glaubhaft gewesen wäre«, fügte Grimes nachdenklich hinzu. »Allerdings kann man mit Hilfe der richtigen Medikamente einen Herzinfarkt auch vortäuschen.«

»Tom hatte also recht«, sagte Claire. »Er glaubte, daß sie es auch auf ihn abgesehen hätten.«

»Und sie haben nicht damit gerechnet, daß er ihnen vorher durch die Lappen geht«, ergänzte Devereaux.

Als Claire ein leises Geräusch hörte, sah sie sich um und entdeckte Annie auf der Türschwelle. Sie hatte den Daumen im Mund und zog eine Decke hinter sich her. Wieder ein Rückfall in das Kleinkindalter. »Warum bist du nicht im Bett?«

»Das Klingeln hat mich geweckt«, antwortete Annie mit Piepsstimmchen. Blinzelnd blickte sie sich in der Bibliothek um.

»Hallo Annie!« rief Devereaux und kam mit ausgestreckten Armen auf sie zu. »Willst du Aufzug fahren?«

»Ja!« jubelte Annie und hielt ihm die Hand hin.

Devereaux hob sie hoch bis fast an die Decke. »Zehnter Stock! Abwärts!« Während er sie langsam herunterließ, sagte er die Stockwerke an: »Achter Stock! Sechster Stock! Dritter Stock! Erdgeschoß!« Annie quietschte vergnügt. Dann hob Deveraux sie wieder hoch. »Hoppla, jetzt geht's rauf in den Zehnten! Und nun runter. Ohne Zwischenstopp in den Keller!«

»Ray!« schimpfte Claire. »Die Kleine soll doch schlafen!«

Annie kicherte. »Noch mal«, verlangte sie.

»Nichts da«, antwortete Devereaux. »Deine Mama hat gesagt, du mußt ins Bett.«

»Darf ich ein bißchen hier spielen?«

»Es ist Schlafenszeit«, meinte Claire.

»Ich hab doch morgen keine Schule.«

»Gut, aber nur ganz kurz. Macht es Ihnen etwas aus? Sie kriegt mich kaum noch zu Gesicht.«

»Ist sie an das Anwaltsgeheimnis gebunden?« fragte Grimes.

»Du mußt ganz ruhig sein, einverstanden?« ermahnte Claire.

»Ja.«

Annie lief im Zimmer herum, sah sich alles genau an und begann dann, mit einem Briefbeschwerer zu spielen.

»Wir brauchen einen Ersatz für Embry«, sagte Grimes. »Falls sie nicht von allein dafür sorgen. Denn wir benötigen jemanden, der im System drinsteckt.«

»Glauben Sie wirklich, daß er die Sache mit dem Lügendetektor ausgeplaudert hat?« fragte Claire.

»Wer denn sonst?«

»Keine Ahnung. Ich traue einem Menschen wie ihm so etwas einfach nicht zu.«

Annie umklammerte mit beiden Händen die Porzellanvase.

»Paß auf«, warnte Claire. »Das Haus gehört uns nicht.« Doch Annie rührte sich nicht und sah ihre Mutter trotzig an.

»Hältst du dich für eine so gute Menschenkennerin?« hakte Devereaux nach.

»Das Militär ist eine andere Welt«, ergänzte Grimes. »Mit anderen Regeln, anderen Werten und anderen Moralvorstellungen. Embry mag im Grunde seines Herzens ein ehrlicher Mensch sein, aber er ist dem System verpflichtet, nicht uns.«

»Denken Sie das wirklich?« sagte Claire. »Warum lassen wir ihn dann nicht aus der Anwaltskammer ausschließen? Annie, mein Schatz, jetzt ist es aber wirklich Zeit fürs Bett.«

»Na ja, ich kann es natürlich nicht beweisen«, meinte Grimes.

Plötzlich ertönte ein lautes Klirren. Die Vase war umgekippt und heruntergefallen.

»Annie!« rief Claire aus.

Annie bedachte Claire mit einem triumphierenden Blick. Dann betrachtete sie ihr Werk: Die Vase war völlig zerschmettert. Die winzigen Scherben lagen überall auf dem Parkett.

»Du meine Güte.« Claire sprang auf. »Du gehst jetzt sofort ins Bett, Annie!«

»Ich will aber nicht!«

»O doch, kleines Fräulein.« Claire hob sie hoch.

Annie sträubte sich und strampelte mit den Füßen. »Ich will aber nicht ins Bett!«

»Schaut euch das mal an!« sagte Devereaux plötzlich. Im selben Moment gelang es Annie, sich zu befreien. Sie rannte aus dem Zimmer. »Annie, komm zurück!« rief Claire ihr nach.

»Das ist ja interessant.« Devereaux zeigte auf die Porzellanscherben.

Grimes und Claire beugten sich darüber. »Was ist?« fragte Grimes.

»Schauen Sie genau hin.«

»O Mann!« stöhnte Grimes.

»Was soll das sein?« Claire deutete auf einen winzigen, schwarzen Gegenstand, den sie noch nie zuvor gesehen hatte.

Devereaux griff danach. Das Kästchen war etwa zwei Zentimeter lang, einen Zentimeter breit und mit einem dünnen Draht versehen.

»Eine Wanze«, flüsterte Grimes.

»Mein Gott!« stieß Claire hervor.

»O Mann!« wiederholte Grimes.

Claire packte einen chinesischen Keramikhund, der auf dem vollgestapelten Tisch neben Grimes' Stuhl stand, und warf ihn ebenfalls zu Boden. Zwischen den Scherben kam ein zweites kleines Abhörgerät zum Vorschein. »Das darf doch nicht wahr sein!«

»Claire!« mahnte Grimes.

Aber Claire nahm die kuppelförmige Lampe vom Schreibtisch und zerschmetterte sie ebenfalls. Als sie auseinanderbrach, entdeckte sie ein weiteres schwarzes Abhörgerät.

»Beruhigen Sie sich, Claire«, sagte Grimes. »Sie müssen den ganzen Mist schließlich ersetzen.«

»Hör auf, Claire«, mischte sich Devereaux ein. »Das ist vollkommen überflüssig. Ich finde die restlichen Dinger schon.«

»Das ganze Haus ist verwanzt!« keuchte Claire.

»Ich habe Ihnen doch eben gesagt, daß denen alles zuzutrauen ist«, meinte Grimes und hielt sie am Arm fest. »Jetzt sehen Sie, daß ich recht habe.«

28

Im Haus wimmelte es von FBI-Agenten, Ermittlungsbeamten und Spurensicherungsexperten. Nachdem Ray Devereaux, der schließlich früher einer der ihren gewesen war, sie am folgenden Morgen alarmiert hatte, waren sie erstaunlich schnell dagewesen. Vorher hatte Ray das Haus jedoch selbst rasch unter die Lupe genommen und dabei in der Bibliothek, in Claires Schlafzimmer und in der Küche ein weiteres Dutzend winziger Abhörgeräte entdeckt. Und sicher befanden sich noch mehr im Haus. In der Decke eines leeren Wandschranks im Gästezimmer über der Bibliothek hatte Devereaux einen großen, schwarzen Kasten gefunden. Wie er erklärte, diente dieser dazu, die Signale zu bündeln, zu verstärken und sie in einem Radius von vielen Kilometern an den Empfänger zu senden.

Um ein Uhr nachmittags sollte eine Besprechung mit dem Militärrichter stattfinden, der die Verhandlung gegen Ronald Kubik leiten würde. »Ihre Beschwerde hat die Angelegenheit eindeutig beschleunigt«, sagte Grimes auf der Fahrt nach Quantico. Er meinte damit die Beschwerde, die sie beim Bezirksstaatsanwalt für Ost-Virginia eingereicht hatte. Der Staatsanwalt nahm illegale Abhöraktionen und Verstöße gegen das Anwaltsgeheimnis sehr ernst. »Auf diese Weise haben wir sie dazu gebracht, einen Militärrichter zu benennen. Schließlich muß sich ein Richter mit unserer Beschwerde wegen der Abhörgeräte beschäftigen. Das Problem ist nur, daß wir jetzt ganz schön in der Scheiße sitzen.«

»Warum?« Claire sah Grimes überrascht an. Wollte er sie auf den Arm nehmen?

»Weil Warren Farrel unser Richter ist, und der Typ ist ein Faschist.«

»Wie äußert sich das?«

»Er ist das, was wir einen eisernen Colonel nennen.«

»Wie bitte?«

»Ein Colonel, der nicht mehr weiter befördert werden kann, weil seine Pensionierung vor der Tür steht. Also ist er quasi unangreifbar. Er kann sich aufführen, wie er will, und uns fertigmachen. Verteidiger hat er besonders auf dem Kieker, vor allem, wenn es sich um Zivilisten handelt. Und ob sein Urteil später wieder aufgehoben wird, ist ihm scheißegal.«

»Vermutlich hatten Sie schon mal mit ihm zu tun.«

»Zum Glück hatte ich noch nie das Vergnügen. Aber ich habe viel über ihn gehört. Und schwarze Ex-Soldaten wie mich liebt er ungemein.« Grimes trank einen Schluck Kaffee aus einem Pappbecher. »Außerdem lernen wir ihn jetzt unter besonders günstigen Umständen kennen.«

»Was soll das heißen? Diese Situation kann uns doch nur nützen. Die anderen sind uns eine Erklärung schuldig, und wir sind aus dem Schneider.«

»Sie kennen Richter Farrell noch nicht.«

»Wird er etwa voreingenommen gegen uns sein, weil wir das Pech hatten, daß unser Büro widerrechtlich von der Anklage abgehört wurde?«

»Es muß nicht unbedingt die Anklage gewesen sein.«

»Ach, wer denn sonst?«

»Das Pentagon, der militärische Abschirmdienst oder sonst eine dieser undurchschaubaren militärischen Geheimorganisationen, die in den Kellern des Verteidigungsministeriums hausen. Vielleicht sogar eine Gruppe ehemaliger Angehöriger der Special Forces, die verhindern wollen, daß dieser Mist aufgedeckt wird.«

»Könnten es nicht Freunde des Generals sein?« fragte Claire. »Das FBI wird bestimmt keine Fingerabdrücke oder andere Spuren finden. So schlampig waren die Einbrecher sicherlich nicht.«

»Solche Sachen passieren ständig«, sagte Grimes nachdenklich.

»Beim Militär?«

»Ja. Als ich noch Ankläger beim juristischen Korps war,

war es gang und gäbe, die Kanzleien ziviler Anwälte zu verwanzen. Das Militär mag es eben nicht, wenn sich Zivilisten in seine Belange einmischen. Aber das habe ich Ihnen ja schon mal erklärt.«

»Schwachsinn, Grimes. Sie wollen mir doch nicht weismachen, daß die Anklage Informationen benutzt, die aus illegalen Abhöraktionen stammen.«

»Natürlich werden sie zuerst aufbereitet. Man findet immer eine unabhängige Quelle, aus der man es angeblich erfahren hat. Denken Sie, ich erzähle Ihnen Märchen?«

»Nein. Ich will es nur einfach nicht glauben.«

Die Unterredung mit dem Militärrichter fand im sicherheitsüberwachten Gerichtssaal im Untergeschoß statt. Waldron saß schon auf seinem Platz. Er schien schlechter Laune zu sein und blätterte in seinen Papieren, während Captain Hogan mit ihm sprach. Die Gerichtsstenographin legte Bänder in ihr Lanier-Aufnahmegerät und überprüfte ihre Ausrüstung. Die Geschworenenbank war leer. Tom saß in Uniform am Ende des Verteidigertisches.

Endlich kam der Gerichtsdiener aus dem Richterzimmer. »Bitte erheben Sie sich!« rief er.

Ein hochgewachsener, stämmiger Mann mit weißem Haarschopf trat ein. Unter der schwarzen Robe blitzte eine Ausgehuniform hervor. In einer Hand hielt er eine Ledermappe, in der anderen eine Dose Pepsi. Er sah aus, als hätte er Sodbrennen, und machte ein finsteres Gesicht. Gemächlich ging er zur Richterbank und klopfte mit dem Finger gegen das Mikrophon. Nachdem er sich vergewissert hatte, daß es eingeschaltet war, sagte er mit rauher, mürrischer Stimme: »Die Sitzung nach Artikel 39(a) ist eröffnet. Setzen Sie sich.«

Nachdem die Anwälte beider Seiten Platz genommen hatten, fügte er hinzu: »Ich bin Richter Farrell.« Er setzte eine schwarzgeränderte Lesebrille auf, zog einige Papiere zu Rate und verbrachte einige Minuten mit den Formalitäten.

Claire fühlte sich sehr unbehaglich. Sie hatte solche Stimmen schon öfter gehört – in Charleston und Boston, und zwar in Stadtvierteln, die nur von Weißen bewohnt wurden. Diese Menschen wirkten selbstzufrieden, bigott, arrogant und voller Vorurteile. Vielleicht würde sich der Richter ja als gerechter Mann entpuppen, aber ihr Instinkt sagte ihr, daß es ihm Vergnügen bereitete, andere Leute einzuschüchtern.

Er klang, als langweile ihn der Prozeß bereits, bevor er begonnen hatte. »Wie Sie alle wissen, ist es Sinn und Zweck dieser Vorbesprechung, eine Beschwerde der Verteidigung zu behandeln. Angeblich wurden Wanzen, Abhörgeräte oder ähnliches im Haus und im Büro der Frau Verteidigerin gefunden.« Warren Farrells üppiges weißes Haar stach von seinem geröteten Gesicht ab. Die geplatzten Äderchen auf den Wangen wiesen ihn als starken Trinker aus. Früher war er Profiboxer gewesen, weshalb er eine flach gedrückte Nase hatte. Das Juraexamen hatte er im Abendstudium nachgeholt.

»Möchte die Verteidigung etwas dazu sagen?« knurrte er jetzt.

Claire erhob sich. »Euer Ehren, ich bin Claire Heller Chapman und leite die Verteidigung.« Sie hielt einen versiegelten Plastikbeutel hoch, der deutlich mit den Worten »FBI« und »BEWEISSTÜCK« beschriftet war. Darin befand sich eines der kleinen, schwarzen Abhörgeräte, das wirklich einem Insekt, einer Wanze, ähnelte. Nachdem Ray Devereaux etwas Druck gemacht hatte, hatte das FBI es ihr widerstrebend zur Verfügung gestellt.

»Euer Ehren«, fuhr Claire fort. »Ich habe fachliche Hilfe vom FBI in Anspruch genommen, das noch in diesem Fall ermittelt. Das FBI bestätigt, daß mein Büro von Unbekannten abgehört wurde.« Claire drückte sich sehr vorsichtig aus, um den Richter nicht gegen sich aufzubringen. »Ich habe Anlaß zu der Vermutung, daß die Anklage daran beteiligt ist. Deshalb beantrage ich die Herausgabe der Niederschriften sämtlicher Gespräche, die in meinem Büro abgehört wurden. Mit allem Respekt fordere ich Sie auf, der Anklage die Anweisung zu geben, mir alle Informationen zugänglich zu machen. Das bezieht sich auf Kopien der Abschriften oder Tonbänder der durch Abhörgeräte und Ohrenzeugen belauschten Gespräche.«

»Herr Ankläger?« sagte der Richter gelangweilt.

Waldron schoß von seinem Sitz hoch. »Euer Ehren, wir halten diese Anschuldigungen für empörend. Unseres Erachtens dienen sie eindeutig dazu, Sie, Euer Ehren, gegen uns einzunehmen. Es gibt keinerlei Hinweise darauf, daß wir etwas mit diesem krassen Verstoß gegen das Anwaltsgeheimnis zu tun haben. Wir weisen diese Vorwürfe als beleidigend zurück.«

Waldron klang derart erregt und entrüstet, daß Claire ihm fast glaubte. Vielleicht wußte er ja gar nichts von dieser unerfreulichen Angelegenheit. Wenn Grimes recht hatte, konnte man die illegal beschafften Informationen aufbereiten, indem man sie durch unabhängige Quellen laufen ließ. In diesem Fall hätten die Schuldigen sogar ein Interesse daran gehabt, Waldron nicht darüber aufzuklären.

»Sie sagen also, Sie hätten nichts damit zu tun.« Farrell funkelte Waldron finster an.

»Euer Ehren, wir sind nicht nur gänzlich unschuldig, sondern es empört mich persönlich, daß ...« entgegnete Waldron hitzig.

»Schon gut«, unterbrach Farrell Waldrons Tirade, als hätte er inzwischen auch von ihm genug. »Gut, ich werde mich mit dieser Angelegenheit nicht zu lange aufhalten. Herr Ankläger, ich fordere die Anklage auf, den Nachweis zu erbringen, daß die Vorwürfe der Verteidigung nicht der Wahrheit entsprechen. Falls sich herausstellen sollte, daß die Anklage doch ihre Hände im Spiel hatte, ordne ich die Herausgabe sämtlicher Niederschriften und Tonbandaufnahmen der abgehörten Gespräche an. Außerdem verlange ich von Ihnen den Nachweis, daß Ihr Verhalten sich nicht im Widerspruch zum Gesetz befindet. Und nun möchte ich Ihnen noch etwas ganz Persönliches sagen: Wenn ich den kleinsten Hinweis darauf finde, daß eine der beiden Seiten ein falsches Spiel treibt, können Sie sich auf etwas gefaßt machen.« Er schlug mit dem Hammer auf die Richterbank. »Die Sitzung ist geschlossen.«

Auf dem Weg aus dem Gerichtssaal kam Waldron am Tisch der Verteidigung vorbei. »Sie sollten wissen, daß ich beantragen werde, Ihnen wegen Ihres unerhörten Verhaltens das Mandat entziehen zu lassen«, begann Claire, bevor er Gelegenheit hatte, den Mund zu öffnen. »Sie haben es vermasselt, Major. Die Verletzung des Anwaltsgeheimnisses ist ein schwerwiegender Verstoß gegen die Verfahrensordnung.« Angewidert verzog sie die Lippen. »Das war wirklich ein Trauerspiel. Amateurhafter Pfusch.«

Waldron hielt ihrem Blick stand. »Hoffentlich glauben Sie nicht im Ernst, daß wir es nötig haben, Ihr Büro abzuhören.« Er schüttelte den Kopf und lächelte sie böse an. »Offenbar haben Sie wirklich keine Ahnung.«

29

Der Mann, dessen Vornamen und Telefonnummer Tom für Claire auf einen Zettel geschrieben hatte, erwartete sie in einer Yuppiekneipe in Georgetown. Er hatte den Treffpunkt ausgesucht, beklagte sich aber sofort, daß ihm das Lokal nicht gefiel. Zu viele alte italienische Werbeplakate und zu viele Mittzwanziger mit Zigarre im Mundwinkel. Allerdings unternahmen weder er noch Claire Anstalten, die Kneipe zu wechseln.

Er war klein, muskulös und sportlich und mußte so um die Fünfzig sein. Seine Glatze spiegelte, als hätte er sie mit Wachs eingerieben. Claire hatte gehört, daß manche Männer das wirklich taten. Als sie näher hinsah, stellte sie fest, daß er sich den Haarkranz abrasierte, was wahrscheinlich täglich nötig war. Wäre seine Leichenbittermiene nicht gewesen, hätten schon seine dunklen Augenbrauen bedrohlich gewirkt. Jedenfalls fühlte sich Claire in seiner Gegenwart unbehaglich.

»Ich bin Dennis«, stellte er sich vor, ohne ihr die Hand zu geben. Claire fand, daß der Name Dennis nicht zu einem Mann paßte, dessen Kopf einer Billardkugel ähnelte.

»Claire«, sagte sie. Einige Tage lang hatte sie versucht, Dennis abends zu erreichen, aber er war nie dagewesen. Offenbar handelte es sich um seine Privatnummer, doch er besaß weder Anrufbeantworter noch Mailbox. Gestern abend hatte er endlich abgenommen.

»Wer weiß sonst noch, daß Sie hier sind?« fragte Dennis. Er trug einen ordentlichen grauen Anzug, ein teuer wirkendes weißes Hemd mit riesigen, goldenen Manschettenknöpfen und eine silbrig schimmernde Krawatte.

»Warum? Haben Sie vor, mich zu ermorden?«

Er fand das überhaupt nicht witzig. »Haben Sie es Ihrem Kollegen oder jemandem von der Army gesagt?«

»Nein.« Claire wollte Grimes später von diesem Treffen erzählen, doch das brauchte sie Dennis schließlich nicht unter die Nase zu reiben.

»Ich nehme an, daß Sie keinen Kassettenrecorder bei sich haben?«

»Nein.«

»Ich glaube Ihnen. Da ich ziemliche Schwierigkeiten bekommen könnte, bitte ich Sie, unser Gespräch nicht aufzuzeichnen und mit niemandem darüber zu reden. Sie wissen ja, wie es läuft.«

Sie nickte. »Haben Sie auch einen Nachnamen, Dennis?«

»Belassen wir es dabei.«

»Woher kennen Sie Ronald Kubik?«

»Ich kenne ihn eben.«

»Aus Vietnam?«

»Ich möchte lieber nicht darauf eingehen.«

»Stört es Sie, wenn ich rauche?«

»Mir wäre es lieber, wenn Sie es nicht tun.« Sein Lächeln wirkte freundlich, aber seine Augen blickten weiter kühl.

»Schön«, sagte sie. »Wenigstens das wäre jetzt geklärt. Wo arbeiten Sie?«

»Langley«, entgegnete er mit unbewegter Miene.

»Beim CIA, das hätte ich mir denken können. Wahrscheinlich wollen Sie mir nicht verraten, in welcher Abteilung?«

Lächelnd zuckte er die Achseln. Fast hätte es charmant und jungenhaft gewirkt. »Können wir jetzt zum Geschäftlichen kommen?« Sein Sakko war unter den Achseln zerknittert, als hätte er es schon den ganzen Tag an. Offenbar gestattete sein Beruf ihm nicht, in Hemdsärmeln herumzulaufen. Claire vermutete, daß er beim CIA einen ziemlich hohen Posten bekleidete. »Wahrscheinlich wissen Sie nicht viel darüber, wie die Dinge beim Militär funktionieren.«

»Allmählich komme ich dahinter.«

Wieder lächelte er. »Und gefällt es Ihnen?«

»Freiwillig verpflichten werde ich mich bestimmt nicht.«

»Wenn eine Kampfeinheit von einem Einsatz zurückkehrt, muß der kommandierende Offizier darüber einen Bericht schreiben. Verraten Sie mir eines: Sie haben doch sicher bereits die Beweisanträge gestellt. Haben Sie eine Kopie des Berichts erhalten, den Colonel Marks nach dem schrecklichen Vorfall in La Colina verfaßt hat?«

»Nein. Wir haben kistenweise Papiere bekommen, aber ein Bericht war nicht dabei.«

»Und den werden Sie auch nicht zu sehen kriegen, weil er nämlich gar nicht existiert. Ich war nur neugierig, ob sie vielleicht einen gefälscht haben. Als Einheit 27 vom Einsatz zurückkam, hat Colonel Marks – heute General Marks – eine Aktennotiz angefertigt, um seine Version der Geschichte zu erzählen. Es handelt sich um drei oder vier handschriftliche Zeilen. Marks gehört zu den Leuten, die alles schwarz auf weiß festhalten. Er würde sich sogar aufschreiben, daß er heute noch aufs Klo gehen muß. In der

Army gibt es ein Motto: Eine Aktennotiz ist so gut wie eine Lebensversicherung.«

»Bei uns Juristen ist das ganz ähnlich.«

»Wollen Sie an diese Aktennotiz rankommen?«

»Wie?«

»Führen Sie sie in Ihrem Beweismittelantrag auf.«

»Und dann rücken die sie einfach so heraus?«

»Schwer zu sagen. Das Pentagon ist Weltmeister, wenn es darum geht, Dinge zu verlegen. Als der Kongreß Einblick in die Pentagon-Akten zum Thema Guatemala verlangte, hat es fünf Jahre gedauert. Sie haben einfach behauptet, die Papiere wären nicht auffindbar.«

»Genau. Und deshalb werden wir diese Aktennotiz auch nicht kriegen. Was sollte sie uns auch nützen? Es steht doch sowieso nur wieder derselbe alte Mist über Tom – äh ... Ron – drin. Nämlich, daß er unschuldige Menschen abgeknallt hat.«

»Vielleicht.«

Obwohl Claires Scotch mit Soda eben erst gebracht wurde, zog Dennis schon wieder seinen olivgrünen Trenchcoat an.

»Oder haben Sie irgendwo eine Kopie davon?« fragte Claire.

Er bedachte sie mit einem Zahnpastalächeln. »Das könnte durchaus sein. Aber Sie würden nicht glauben, was für ein Chaos in unserer Ablage herrscht. Ich könnte eines meiner Mädchen bitten, mal nachzusehen. Wenn sie was findet, melde ich mich bei Ihnen.«

»Und was kann ich damit beweisen?«

»Möglicherweise, daß Marks ein Lügner ist. Sie müssen sich im klaren darüber sein, daß kein Mensch gegen General Marks aussagen wird. Aber das wäre dann vielleicht nicht mehr nötig.«

Als Claire zurückkam, war Jackie noch auf. Die beiden Schwestern gingen in das Zimmer neben dem Wäscheraum, um sich einen Scotch und ein paar Zigaretten zu genehmigen. Den Beschluß, im Haus nicht zu rauchen, hatten sie schon längst über den Haufen geworfen.

»Huch, ein Spion«, meinte Jackie. »Cool. Der Typ muß ja ein richtiger James Bond sein.«

»Wahrscheinlich wären alle kahlköpfigen Giftzwerge gerne James Bond.«

»Warum will er dir helfen?«

»Das ist die große Frage. Vielleicht, weil er ein Freund von Tom ist.«

»Woher kennt er ihn?«

»Das verrät er mir nicht.«

»Glaubst du, er sagt die Wahrheit?«

»Das werden wir feststellen, wenn er wirklich was findet.«

»Aber dich bestätigt es in deiner Gewißheit, daß Tom dich nicht anlügt.«

»Nein, das liegt eher an Tom selbst, an seiner Ausstrahlung. Er ist verzweifelt, und ich bin überzeugt, daß er ehrlich zu mir ist. Und er hat die Hoffnung nicht aufgegeben. Als ich ihn das letztemal besuchte, hat er mir erzählt, er wäre gern zur Messe gegangen. Doch sie haben ihm nicht erlaubt, seine Zelle zu verlassen. Also ist der Kaplan zu ihm gekommen.«

»Religiöser Heimservice sozusagen. Ich krieg mich nicht mehr ein. Wirst du ihn übrigens als Zeugen aufrufen?«

»Ich weiß nicht so recht«, meinte Claire mit höhnischem Unterton. »Gesichtsoperation, falscher Name, falsche Identität – er würde sicher einen prima Zeugen abgeben.«

»Stimmt.«

»Und das ist noch nicht alles. Meiner Ansicht nach würde er im Zeugenstand eine gute Figur machen. Aber wenn wir ihn aufrufen, sind Fragen über seine Vergangenheit und seine Biographie zugelassen. Lauter Zeug, das die Gegenseite ausgebrütet hat, obwohl wir das leider nicht beweisen können. *Was haben Sie in Vietnam getan? Haben Sie als Killer im Auftrag der Regierung amerikanische Deserteure getötet? Haben Sie perverse Spielchen mit Hunden getrieben?*«

»Mit Hunden?«

Claire zündete sich noch eine Zigarette an. »Ist es nicht komisch, daß wir uns mehr über die Tötung eines Hundes aufregen als über die Ermordung von Menschen?«

»Wahrscheinlich deshalb, weil die amerikanischen Soldaten in Vietnam alle Dreck am Stecken hatten. Hunde sind unschuldige Tiere.« Jackie blies eine Rauchwolke durch die Nase. »Deine Sekretärin aus Cambridge hat angerufen. Connie. Die Mandanten rennen dir die Bude ein.«

»Hoffentlich hat sie allen abgesagt.«

Jackie nickte. »Und die *Post* hat sich wieder gemeldet. Inzwischen sind sie richtig sauer, weil du nicht mit ihnen reden willst.«

»Ich bin nicht verpflichtet, mit Reportern zu reden.«

»Aber sie glauben, sie hätten ein moralisches, gottgegebenes Recht, mit *dir* zu reden.«

Beide schwiegen eine ganze Weile.

»Claire«, sagte Jackie schließlich.

»Ja?«

»Falls sich auch nur der geringste Anhaltspunkt findet, daß er schuldig ist, daß er wirklich die Greueltaten begangen hat, die die Anklage ihm vorwirft – willst du dann, daß er weiter Umgang mit Annie hat?«

»Wenn er schuldig wäre, natürlich nicht.«

»Freut mich, das zu hören«, entgegnete Jackie grimmig. »Denn in den letzten Wochen habe ich den Eindruck gewonnen, daß du in erster Linie Ehefrau und erst an zweiter Stelle Mutter bist. Schau dir an, wie Annie sich benimmt. Du hast sie sträflich vernachlässigt.«

Claire bemerkte, daß Jackie wirklich wütend war. Noch nie hatte sie ihre Schwester so aufgebracht erlebt. Doch Jackie vergötterte ihre kleine Nichte. »Ich tue mein Bestes«, antwortete sie leise. »Ich arbeite Tag und Nacht …«

»Jetzt mach mal 'nen Punkt«, unterbrach Jackie sie barsch. »Vor dieser Geschichte war sie dein ein und alles. Und jetzt sprichst du kaum noch mit ihr. Mein Gott, Claire, außer dir hat sie niemanden mehr. Sie braucht dich mehr als dein Mann. Der kann sich einen anderen Anwalt nehmen, aber Annie keine andere Mutter.«

Claire starrte Jackie sprachlos an.

Stundenlang lag Claire schlaflos im Bett. Ihre Gedanken kreisten ziellos um die Ereignisse der letzten Tage. Wenn sie daran dachte, wie wenig sie sich in letzter Zeit um ihre Tochter gekümmert hatte, kamen ihr die Tränen. Erst nach zwei schlief sie endlich ein.

Irgendwann in der Nacht klingelte das Telefon.

Claire fuhr hoch und tastete mit klopfendem Herzen nach dem Apparat. »Ja bitte?« Sie sah auf die Digitalanzeige ihres Weckers. Es war halb vier. Am anderen Ende der Leitung herrschte Schweigen. Sie wollte schon auflegen, als sich endlich eine Stimme meldete.

Sie klang seltsam hallend und blechern wie aus einem Computer. »Sie sollten mal überlegen, wer ihn wirklich beseitigen will.«

»Wer spricht da?« fragte Claire.

»Waldron ist nur der Strohmann«, sagte die Stimme. Dann folgte wieder Schweigen.

»Wer spricht da?« wiederholte Claire.

Der Anrufer hatte eingehängt.

Es dauerte über eine Stunde, bis Claire wieder einschlief.

30

In seinem hellblauen Gefängnisoverall und den Fesseln wirkte Tom entsetzlich hilflos. Seine Bewacher, zwei kräftige Männer, beobachteten argwöhnisch, wie Tom das Maschinengewehr untersuchte. Sie befanden sich in einem großen, leeren Raum neben der Waffenkammer von Quantico.

Das Gewehr, ein M-60, war über einen Meter lang, in einer Plastikhülle versiegelt und als Beweisstück ausgezeichnet. Angeblich handelte es sich um Toms Waffe, die er während seines Dienstes in der Einheit 27 benutzt hatte – das Gewehr, mit dem er siebenundachtzig Zivilisten niedergemäht haben sollte. Für Claire war es nur ein Maschinengewehr. Sie hatte noch nie eines aus der Nähe gesehen.

»Wissen Sie, daß Quantico auch Waldesruh genannt wird?« sagte Grimes, der neben ihr stand.

»Warum?« fragte Claire gleichgültig.

»Weil es hier so ruhig und bewaldet ist.«

»Und so friedlich«, fügte Claire sarkastisch hinzu. »Ich will Embry zurück.«

»Wie bitte?«

»Ich will, daß Embry wieder zu unserem Team gehört.«

»Und warum sollte er zurückkommen?«

»Weil sie ihn inzwischen wahrscheinlich an Drogengeschichten und Verkehrsdelikte gesetzt haben. Er würde sich bestimmt darüber freuen.«

»Vergessen Sie nicht, daß er freiwillig gegangen ist. Wir haben ihn nicht rausgeschmissen.«

»Wir haben ihn so gedemütigt, daß er keine andere Wahl hatte. Außerdem haben wir ihm Unrecht getan. Wir haben ihm Verrat vorgeworfen, doch inzwischen wissen wir, daß unser Büro abgehört wurde. Sie haben selbst gesagt, daß wir einen Insider brauchen. Jemanden, der die Zeugen befragt und vorbereitet und die Arbeiten erledigt, für die wir beide keine Zeit haben.«

»Mich brauchen Sie nicht zu überzeugen. Reden Sie lieber mit ihm. Ich mache es jedenfalls nicht. Kommt Ihnen das Ding bekannt vor?« rief er dann Tom zu.

»Schwer zu sagen«, antwortete Tom. »Woher soll ich wissen, ob es meins ist? Es handelt sich um ein M-60, und dieses Modell haben wir benutzt.«

»Natürlich werden wir die Waffe von einem unabhängigen Sachverständigen begutachten lassen. Auch die Kugeln und die Geschoßhülsen«, sagte Claire. »Ich traue denen nicht.«

»Warum denn nur?« spöttelte Grimes. »Die Waffe hat eine aufgedruckte Seriennummer. Kennen Sie die vielleicht?«

»Grimes«, meinte Tom, »Sie glauben doch nicht im Ernst, daß ich mich nach all den Jahren an die Seriennummer einer Waffe erinnere.«

»War nur so eine Idee. Ich dachte, ihr von den Special Forces entfernt die Seriennummer, damit man die Waffe nicht mehr identifizieren kann.«

»Das ist ein Ammenmärchen. Wir gehörten zur Army und brauchten wie alle anderen Abteilungen Seriennummern, um den Überblick zu behalten. Bei uns lief es nur ein bißchen komplizierter. Wir haben nagelneue Waffen benutzt, die von den Regierungen in Panama oder Honduras angeschafft wurden. Nichts sollte auf die Army hindeuten.«

»Sollte es dann nicht ziemlich einfach sein herauszufinden, ob die Dorfbewohner mit diesem Gewehr erschossen wurden?« fragte Claire.

»Klar«, entgegnete Grimes. »Man macht eine ballistische Untersuchung, vergleicht die Geschoßhülsen und die Kugeln mit dem Lauf des Maschinengewehrs und prüft nach, ob sie zusammenpassen.«

»Und wenn sie zusammenpassen?« hakte Claire nach. »Wie können sie beweisen, daß Tom der Schütze war?«

»Wenn sie zusammenpassen«, meinte Tom, »war es nicht meine Waffe.« Plötzlich klang er sehr niedergeschlagen.

»Gibt es Aufzeichnungen darüber, wem welche Waffe ausgehändigt wurde?«

Achselzuckend blickte Tom zu Boden. »Ja«, sagte er zögernd. »Jeder von uns bekam ein Maschinengewehr, eine Flinte und eine Pistole. Wir haben immer dieselbe Waffe benutzt. Man mußte die Übergabe quittieren.«

»Also gibt es Aufzeichnungen«, stellte Claire fest.

»Aus der Waffenkammer«, fügte Grimes hinzu.

»Und die haben wir nicht.«

»Man hat sie uns nicht gegeben. Vielleicht sind sie ja inzwischen verlorengegangen.«

»Wenn sie Tom entlasten, haben die sie bestimmt ›verlegt‹«, meinte Claire. »Aber ohne die Aufzeichnungen haben sie keinen Beweis.«

»Möglicherweise ist es ja meine Waffe«, sagte Tom. Seine Stimme klang jetzt noch leiser, und er bedeckte die Augen mit der Hand. »Doch dann war es nicht die … aus der die Schüsse abgefeuert wurden …« Er stieß ein ersticktes Geräusch aus. »Claire?«

Sie sah ihn fragend an: Er hatte versucht, ein Schluchzen zu unterdrücken. Jetzt weinte er. Dieser plötzliche Gefühlsausbruch machte ihr angst.

Als er sich Claire in die Arme werfen wollte, stürzten sich seine Bewacher auf ihn und schleuderten ihn zu Boden. Sein Kopf schlug mit dumpfem Knall auf dem Beton auf. Tom schrie vor Schmerzen auf, was den Wachen eine gewisse Befriedigung zu bereiten schien.

»Mein Gott«, sagte Grimes.

»Was soll das?« rief Claire.

»Verdammt, sie ist meine Frau«, stöhnte Tom. »Habe ich etwa nicht das Recht, sie anzufassen?« Die Wachen schwiegen.

»Claire, ich muß mit dir reden. Allein.«

»Das ist nicht gestattet, Ma'am«, antwortete einer der Wachen.

»Als seine Verteidigerin habe ich das Recht, unter vier Augen mit ihm zu sprechen«, erwiderte Claire energisch.

Tom wurde in das Büro des Leiters von JAG gebracht. Die Wachen warteten mit Grimes vor der Tür, während Claire und Tom sich unterhielten.

Tom hatte sich offenbar wieder in der Gewalt. »Es tut mir leid. Allmählich wird mir klar, wie die Lage aussieht.«

»Was meinst du damit?«

»Das Volk der Vereinigten Staaten von Amerika gegen Ronald Kubik. Vielleicht habe ich mir bis jetzt nicht eingestehen wollen, was das bedeutet. Und ich begreife langsam, daß die mich nie wieder freilassen werden.«

»Ich kann verstehen, was in dir vorgeht«, sagte Claire leise. Es schnürte ihr die Kehle zu, und am liebsten hätte sie sich an seiner Schulter ausgeweint. Doch sie wußte, daß das nicht möglich war. Sie mußte ihm Kraft und Zuversicht geben, auch wenn sie sie selbst nicht empfand. »Es ist für uns alle wie ein Alptraum, aber du darfst nicht aufgeben. Grimes und ich tun alles, was wir können. Wir werden nicht zulassen, daß sie dir etwas anhängen. Das verspreche ich dir.«

»Embry«, sagte sie, als er den Hörer abnahm. »Terry.«

»Ms.... äh... Claire. Hallo.« Er schien sich über ihren Anruf zu freuen. »Wie läuft es?«

»Wie immer«, antwortete sie. »Wir brauchen Sie.«

Eine lange Pause entstand. »Sind Sie endlich dahintergekommen, daß ich nicht geplaudert habe?«

»Ich habe das nie geglaubt.«

»Will Grimes auch, daß ich wieder mitmache?«

»Ganz sicher.«

»Können Sie mir überhaupt noch vertrauen? Soll ich einen Lügendetektortest machen?«

»Woher sollen wir wissen, ob Sie nicht dazu ausgebildet wurden, solche Tests zu unterlaufen?« entgegnete sie lachend.

31

Waldron wartete mit Claire, Grimes und Embry vor dem Gerichtssaal. Als Claire um Viertel vor neun eingetroffen war, hatte er sich sofort auf sie gestürzt.

»Ms. Chapman!«

»Major«, entgegnete sie kühl.

»Sind Sie bereit, eine Absprache mit uns zu treffen?«

Claire hatte Mühe, ihre Verblüffung zu verbergen. »Darüber habe ich noch gar nicht nachgedacht.«

»Und das soll ich Ihnen glauben? Jedenfalls habe ich Anweisung, Ihnen eine Abmachung vorzuschlagen. Ich für meinen Teil lehne Schuldhandel grundsätzlich ab, doch das wissen Sie ja bereits. Eigentlich wollte ich die Todesstrafe beantragen, und bei dem gegenwärtigen politischen Klima wäre ich sicherlich damit durchgekommen. Aber meine Befehle lauten eben anders.«

»Wir hören.«

Embry und Grimes kamen näher.

»Wir sind bereit, die Anklage auf vorsätzlichen Totschlag nach Artikel 119 zu mindern.«

»In wie vielen Fällen?« fragte Grimes.

»Einem«, antwortete Waldron. Grimes zog die Augenbrauen hoch. »Nicht siebenundachtzig. Derselbe Tathintergrund.«

»Vorsätzlicher Totschlag bedeutet fünfzehn Jahre«, wandte Embry ein.

»Allerdings stellen wir eine Bedingung«, fuhr Waldron fort. »Wir bestehen darauf, daß Sie sich zu absolutem Stillschweigen verpflichten, natürlich schriftlich. Wenn die Regierung von El Salvador Wind davon bekommt, steht uns ein ausgewachsener außenpolitischer Skandal ins Haus. Sergeant Kubik darf mit niemandem über die Umstände sprechen, auch nicht über Einzelheiten unserer Vereinbarung oder Dinge, die in Zusammenhang damit stehen. Das heißt, keine Bücher, keine Zeitschriftenartikel und keine Leserbriefe. Die Öffentlichkeit soll nichts erfahren. Und auch im privaten Kreis dürfen Sie kein Wort verlauten lassen.«

Embry und Grimes nickten. Aber Claire sah Waldron nur unverwandt an.

»Auch die Anwälte und eventuelle Assistenten und Ermittler müßten diese Stillschweigeverpflichtung unterschreiben«, fuhr Waldron fort. »Außerdem verzichten Sie auf das Recht zur Revision. Kubik wird unehrenhaft entlassen und verliert sämtliche Gehalts- und Pensionsansprüche.«

»Und die Freiheitsstrafe?« wollte Grimes wissen.

»Er muß fünf Jahre absitzen«, sagte Waldron. »Alles, was über diesen Zeitraum hinausgeht, wird für fünfzehn Jahre ab Verhandlungsdatum zur Bewährung ausgesetzt. Seine gute Führung wird danach beurteilt, ob er sich an die Schweigeverpflichtung hält. Im Falle eines Verstoßes kündigen wir die Abmachung, und er sitzt wieder in Leavenworth.«

Grimes sah Claire an.

»Nicht schlecht, was?« meinte Waldron grimmig. »Fünf Jahre dafür, daß er siebenundachtzig Menschen umgebracht hat. So ein Geschäft wird Ihnen so schnell niemand mehr vorschlagen.«

»Warum sind Sie plötzlich so interessiert daran?« fragte Claire.

»Weil dieser Prozeß viel Zeit, Mühe und Geld kosten wird. Deshalb sind wir der Meinung, es ist am günstigsten für alle Beteiligten, schon im Vorfeld zu einer Einigung zu kommen.«

»Wann brauchen Sie eine Antwort?«

»Sofort.«

»Sind Sie übergeschnappt? Ich muß zuerst mit meinem Mann reden.«

»Er kommt gleich. Aber Vorsicht, das Angebot gilt nur, bis das Gericht zusammentritt.«

»Bis Prozeßbeginn sind es noch drei Wochen«, sagte Claire. »Wozu die Eile?«

»Teilen Sie mir Ihre Entscheidung mit, bevor das Gericht zusammentritt. Das heißt, in etwa fünf Minuten.«

Claire berichtete Tom von dem Vorschlag, als ihm im Gerichtssaal die Fesseln abgenommen wurden. Er schüttelte den Kopf.

»Warum nicht?« wollte Claire wissen. »Das mit der Schweigeverpflichtung ist doch nicht so schlimm. Schließlich hast du dreizehn Jahre lang den Mund gehalten. Und fünf Jahre in Leavenworth klingt angesichts der Alternative recht gut – obwohl es natürlich kein Spaß ist, überhaupt im Gefängnis zu sitzen.«

»Ich bin unschuldig, Claire«, widersprach Tom. »Ich weigere mich, fünf Jahre für ein Verbrechen zu büßen, das ich nicht begangen habe. Außerdem würde ich Leavenworth nicht lebend verlassen. Sie würden mich umbringen. Das Angebot zeigt doch, daß sie langsam kalte Füße kriegen. Sie befürchten, daß wir während der Verhandlung unangenehme Fakten aufdecken und die Sache an die Öffentlichkeit bringen könnten. Riechst du nicht auch, daß da etwas faul ist?«

»Offenbar hast du vergessen, daß dir die Todesstrafe droht. Du gehst ein ziemliches Risiko ein, Tom.«

»Das war schon immer meine Art.«

Grimes starrte Tom ungläubig an. »Habe ich richtig gehört? Sie wollen Waldrons Angebot ablehnen?« flüsterte er.

»Ich will nicht für ein Verbrechen ins Gefängnis wandern, das ich nicht begangen habe«, zischte Tom.

»Und Sie haben ihn nicht überzeugen können?« wandte Grimes sich an Claire.

»Ich kann ihn doch nicht dazu zwingen, sich auf einen Schuldhandel einzulassen«, entgegnete sie.

»Passen Sie bloß auf, daß er Sie später nicht wegen Inkompetenz vor den Kadi zerrt«, höhnte Grimes.

Claire ging zum Tisch der Anklage und tippte Waldron auf die Schulter. »Wir nehmen Ihr Angebot nicht an«, sagte sie.

»Kubik hat keinen Luftsprung gemacht, als Sie ihm die Bedingungen nannten?« wunderte sich Waldron. »Wollen Sie mich auf den Arm nehmen?«

»Wenn Sie die fünf Jahre fallenlassen, sind wir einverstanden.«

»Das kommt nicht in Frage.«

»Dann wird eben prozessiert.«

Waldron lächelte ihr kampflustig zu. »Sie werden diese Entscheidung noch bereuen.«

»Vielleicht.«

»Glauben Sie mir. Sie ahnen ja nicht, was Ihnen bevorsteht.«

»Sie auch nicht«, entgegnete Claire.

Vierter Teil

32

Bitte erheben Sie sich!« rief der Gerichtsdiener.
Richter Farrell, eine schwarze Robe über der Ausgehuniform, trat in den Saal und nahm am Richtertisch Platz. Nachdem er es sich in seinem Ledersessel bequem gemacht hatte, sprach er mit heiserer Stimme ins Mikrophon: »Setzen Sie sich. Die Anhörung nach Artikel 39(a) ist eröffnet.«

Waldron blieb stehen. »Dieses Militärgerichtsverfahren wurde vom Staatssekretär der Army per Zusammentrittsverordnung nach Paragraph 10 bis 98 einberufen«, sagte er. In Kriegsgerichtsverfahren übernahm der Ankläger auch die Rolle des Gerichtsschreibers. »Das Volk der Vereinigten Staaten von Amerika gegen Sergeant Ronald M. Kubik. Dem Beschuldigten werden Verstoß gegen Artikel 85, Fahnenflucht, und gegen Artikel 118, vorsätzlicher Mord in siebenundachtzig Fällen, vorgeworfen.« Danach verlas Waldron eine lange Liste von Formalitäten.

Vor dem Richtertisch saß die Gerichtsstenographin, dieselbe blonde Frau mittleren Alters wie beim letztenmal. Sie trug Kopfhörer. Die Lämpchen an ihrem Kassettenrekorder blinkten.

»Ich bin Colonel Warren Farrell, U. S. Army«, begann der Richter. »Der Bezirksrichter des Militärgerichts hat mir die Leitung dieses Kriegsgerichtsverfahrens übertragen, zu dessen Durchführung ich nach Artikel 26(a) Militärgesetzbuch berechtigt bin. Möchte einer der Rechtsvertreter Einspruch dagegen erheben?« Damit meinte er die selten genutzte Möglichkeit, die Berechtigung des Richters zur Durchführung der Verhandlung in Frage zu stellen.

Waldron erhob sich. »Nein, Euer Ehren.«

Claire war als nächste dran. »Ja, Euer Ehren, das möchten wir.«

Grimes schlug sich mit der flachen Hand gegen die Stirn. Das Geräusch war bis zum Tisch der Anklage zu hören. Captain Hogan bedachte Grimes mit einem selbstzufriedenen Grinsen. Grimes hatte am vergangenen Abend versucht, Claire dieses Vorhaben auszureden, aber sie hatte sich nicht umstimmen lassen.

»Nun, Ms. Chapman«, sagte Richter Farrell. Offenbar versuchte er, gute Miene zum bösen Spiel zu machen.

»Euer Ehren«, fuhr Claire fort. »Wissen Sie, warum Ihnen dieser Fall zugeteilt wurde?«

Farrell reckte das Kinn und betrachtete sie durch halb geschlossene Lider. Er trank einen Schluck Kaffee. »Vermutlich aufgrund meiner Erfahrungen mit Prozessen, in denen es um die Belange der nationalen Sicherheit geht.«

Claire überlegte eine Weile und fuhr dann fort. »Könnten Sie bitte fürs Protokoll angeben, welche Gespräche Sie mit Mitarbeitern des Leiters des juristischen Korps über diesen Fall geführt haben?«

Farrell blinzelte fast unmerklich. »Soweit ich mich entsinnen kann, Frau Verteidigerin, fanden ein oder zwei Gespräche statt, die ausschließlich verwaltungstechnische Probleme behandelten.«

»Ich verstehe. Und könnten Sie bitte fürs Protokoll sämtliche Gespräche angeben, die Sie möglicherweise mit Mitarbeitern des Staatssekretärs der Army oder des Stabschefs der Army hatten.« Das war die Frage, auf die es Claire ankam, wie ehrlich der Richter darauf antworten würde. Oder würde er das Risiko eingehen, sie zu belügen?

Doch dazu war der Richter zu schlau. Er nahm noch einen Schluck Kaffee und blickte zur Decke, als versuche er sich zu erinnern. »Nun, Frau Verteidigerin, ich entsinne mich nur noch eines derartigen Gespräches mit einem Mitarbeiter des Stabschefs. Es fand vor einigen Tagen statt.«

»Könnten Sie fürs Protokoll berichten, worum es in diesem Gespräch ging?«

Seinem Blick war nichts zu entnehmen. »Ach, wir haben uns nur ganz allgemein über Terminangelegenheiten und ähnliches unterhalten.«

Aber warum rief ein Mitarbeiter von General Marks eigens den Richter an, um über Termine zu plaudern? Das ergab einfach keinen Sinn.

»Mit wem haben Sie gesprochen, Sir?«

»Mit Colonel Hernandez.«

»Was?« rief Grimes aus.

Es kostete Claire Mühe, ihr Erstaunen zu verbergen. »Ist Colonel Hernandez Ihnen weisungsbefugt, Euer Ehren?« fragte sie.

»Nein.« Die Geduld des Richters ging allmählich zu Ende.

»Hat Hernandez sich schon früher wegen der Teminplanung für ein Verfahren mit Ihnen in Verbindung gesetzt?«

»Ich glaube nicht«, erwiderte der Richter ausweichend.

»Er hat Sie also noch nie wegen eines Termins für ein Kriegsgerichtsverfahren angerufen?«

»Wie ich schon sagte, kann ich mich nicht erinnern.«

»Könnten Sie uns etwas genauer berichten, worüber Sie mit Colonel Hernandez gesprochen haben, Euer Ehren?«

Richter Farrell hatte genug. »Frau Verteidigerin, ich bin ein vielbeschäftigter Mann«, entgegnete er ärgerlich. »Ich plane jeden Tag auf die Minute durch und rede mit Dutzenden von Leuten über unzählige Dinge. Leider merke ich mir nicht sämtliche Einzelheiten dieser Gespräche. Erheben Sie oder der Herr Ankläger irgendwelche Einwände dagegen, daß ich dieses Verfahren leite?«

Waldron erhob sich. »Keineswegs, Euer Ehren.«

»Euer Ehren, wir beantragen eine Pause für eine kurze Besprechung«, sagte Claire.

»Das Gericht unterbricht die Anhörung für zehn Minuten«, verkündete Richter Farrell und schlug mit dem Hammer auf den Tisch.

Grimes packte Claire an der Schulter. »Eine Frage, Frau Kollegin: Haben Sie den Verstand verloren? Oder kiffen Sie seit neuestem? Sie werden ihn doch nicht allen Ernstes als befangen ablehnen! Das können wir nämlich nicht beweisen.«

»Nein«, antwortete Claire. »Leider mauert er, und wir haben nichts gegen ihn in der Hand.«

»Schön, dann hat er sich eben mit Hernandez unterhalten. Was für eine Überraschung! Aber Sie erreichen mit Ihren Fragen nur, daß dieser Mistkerl eine Wut auf uns kriegt.«

»Grimes, er soll wissen, daß wir ein Auge auf ihn haben und daß er besser keinen Fehler macht.«

Als das Gericht wieder zusammentrat, meinte Claire: »Wir sehen keinen Grund für einen Einspruch, Sir.«

Richter Farrell unterdrückte ein Lächeln. »Gut. Dann möge der Beschuldigte sich bitte erheben.«

Langsam stand Tom auf. Er war genau instruiert worden, was er sagen sollte.

»Sergeant Kubik, wer soll über Sie zu Gericht sitzen?«

»Ein Kriegsgericht, dessen Jury aus Offizieren besteht, Sir.« Die Mitglieder der Jury wurden von der zuständigen Stelle bestimmt, die das Gericht einberufen hatte. Obwohl es ungesetzlich war, die Jury nach subjektiven Maßstäben auszuwählen, kam es dennoch immer wieder vor. Offiziell war sie nur ihrem Gewissen verpflichtet und sollte frei von Beeinflussung oder Anweisung durch Vorgesetzte entscheiden. Für gewöhnlich gehörten die Mitglieder einem höheren Rang an als der Beschuldigte. Falls es sich bei dem Beschuldigten um einen Gefreiten handelte, hatte er das Recht auf eine Jury, die mindestens zu einem Drittel aus gleichrangigen Kameraden bestand. Allerdings hatte Grimes Tom dringend angeraten, eine Jury aus Offizieren zu fordern, da er diese für zuverlässiger, vertrauenswürdiger und besonnener hielt.

»Wer soll Sie vor Gericht vertreten?« fragte der Richter.

»Ms. Chapman, Mr. Grimes und Captain Embry, Sir.«

»Diesem Wunsch wird stattgegeben. Das Verfahren gegen den Beschuldigten wird hiermit eröffnet. Wünscht die Verteidigung, daß dem Beschuldigten die Anklagepunkte vorgelesen werden?«

»Wir verzichten auf eine Verlesung, Euer Ehren«, antwortete Claire.

»Sergeant Kubik, ich frage Sie nun, ob Sie sich schuldig oder nicht schuldig bekennen. Doch zuerst weise ich Sie darauf hin, daß alle Anträge auf Einstellung des Verfahrens oder ähnliches jetzt eingebracht werden müssen.«

»Euer Ehren, die Verteidigung hat eine Reihe von Anträgen«, meldete sich Claire zu Wort.

Die Augen des Richters blitzten. Er war nicht überrascht, denn schließlich hatte er verlangt, die Anträge drei Tage vor der Verfahrenseröffnung einzureichen und sie in einer Anhörung ohne Geschworene vorzutragen. Diese Prozedur war eine reine Formalität, ein streng nach Vorschrift verlaufendes Ritual, das einen an das chinesische Theater erinnerte. »Sergeant Kubik«, sagte der Richter. »Sie dürfen sich setzen.«

In zackig-militärischer Haltung kehrte Tom an seinen Platz zurück. Die wenigen Sätze von eben waren die einzigen Worte, die er im Gerichtssaal sprechen würde.

Und dann begann das Schauspiel. Claire brachte nacheinander ihre Anträge vor und begründete sie. Waldron stand auf und erhob Einspruch, so gut er konnte. Und es waren eine ganze Menge Anträge: Einstellung des Verfahrens aufgrund unzureichender Beweislage. Nichtzulässigkeit von Toms Wehrdienstakten aus Vietnam – die Tom selbst als manipuliert bezeichnete –, da sie nicht in Zusammenhang mit den Anklagepunkten standen.

Und so ging es weiter. Richter Farrell schrieb hektisch mit, während Claire redete und die entsprechenden Dokumente vorlegte.

Endlich war Claire fertig, und Richter Farrell ergriff das Wort. »Frau Verteidigerin, ich habe Ihren Antrag auf Einstellung des Verfahrens erwogen. Nach eingehender Betrachtung der in diesem Zusammenhang dargestellten Aussagen und Beweise und der Gegenrede der Anklage weise ich ihn ab. Meine Begründung auf Basis der Fakten und der Gesetzeslage füge ich dem Protokoll bei, bevor es rechtskräftig wird.«

Claire war nicht überrascht, wollte aber auf jeden Fall erreichen, daß die Entscheidung sofort ins Protokoll aufgenommen wurde. »Einspruch, Euer Ehren.«

»Ihr Einspruch ist abgelehnt. Außerdem habe ich Ihren Antrag auf Zulassung eines Sachverständigen erwogen, der einen entlastenden Lügendetektortest vorlegen soll. Nach Betrachtung der Gegenrede der Anklage weise ich diesen Antrag ebenfalls ab. Meine Begründung auf Basis der Fakten und der Gesetzeslage füge ich dem Protokoll bei, bevor es rechtskräftig wird.«

Das war eine gewaltige Niederlage. Claire sprang auf. »Einspruch, Euer Ehren.«

»Einspruch abgelehnt.«

Und so wurde ein Antrag nach dem anderen abgeschmettert.

Keine der Eingaben, die Claire so sorgfältig ausgearbeitet und so engagiert vorgetragen hatte, bekam auch nur die geringste Chance. Jedesmal sprang Claire auf wie ein Schachtelteufel, aber sie erhielt immer dieselbe Antwort: Abgelehnt. Abgewiesen. »Weitere Anträge, Frau Verteidigerin?« fragte der Richter schließlich mit einem triumphierenden Glitzern in den Augen.

Grimes schüttelte bedrückt den Kopf. Tom starrte wie betäubt geradeaus. Embry wirkte sehr besorgt.

»Ja, Euer Ehren.« Erschöpft erhob sich Claire. »Die Verteidigung lehnt eine nichtöffentliche Verhandlung auch weiterhin ab. Wir verweisen darauf, daß der sechste Verfassungszusatz dem Beschuldigten ein Recht auf einen öffentlichen Prozeß garantiert, und mit allem Respekt...«

»Nein«, fauchte Richter Farrell.

»Euer Ehren?«

»Das haben wir schon einmal durchgekaut. Vergessen Sie's!«

»Euer Ehren, die Verteidigung besteht mit allem Respekt darauf, daß ...«

»Setzen Sie sich. Wie oft soll ich noch sagen, daß es keinen Sinn hat? Ich will nichts mehr davon hören.« Der Richter war puterrot angelaufen. »Die Anklage hat bereits nachvollziehbar begründet, daß die Rechte des Beschuldigten durch ein nichtöffentliches Verfahren nicht beeinträchtigt werden. Die nationale Sicherheit hat Vorrang. All dies steht in den Militärvorschriften zur Beweisaufnahme, Artikel 505. Ich habe meine Entscheidung getroffen. Oder haben Sie vorhin nicht richtig zugehört?«

»Euer Ehren ...«, wandte Claire ein.

»Gut, dann sage ich es Ihnen eben noch einmal, Ms. Chapman. Laut und deutlich: Ich will nichts mehr davon hören. Und wenn Sie noch einmal damit anfangen, werden Sie wegen Mißachtung des Gerichts belangt. Haben wir uns verstanden?«

»Ja, Sir«, entgegnete Claire und flüsterte Grimes zu: »So ein Gericht kann man ja nur mißachten.«

»Haben Sie etwas gesagt?« fauchte Richter Farrell.

»Nein, Sir.«

»Gut, denn ich meine es ernst. Wenn Sie dieses Thema vor der Jury – für Sie die Geschworenen, da Sie mit dem Ablauf eines Kriegsgerichtsverfahrens nicht sehr vertraut zu sein scheinen – zur Sprache bringen, wandern Sie selbst für eine Weile in den Bunker von Quantico. Ich weiß nicht, wie es bei Ihnen in Cambridge läuft, Frau Professor, aber hier bei uns bin ich nicht verpflichtet, Sie davor noch einmal zu warnen. Und ein Recht auf Revision haben Sie auch nicht. Verstanden?«

Claire sprang auf. »Sie überschreiten Ihre Kompetenzen. Ich bin Zivilistin, und das bedeutet, daß Sie nicht über mich zu Gericht sitzen können. Und in ein Militärgefängnis stecken können Sie mich schon gleich gar nicht.«

»Das werden wir sehen.«

Claire und der Richter starrten einander wortlos an.

Grimes schlug die Hand vor die Augen und sank auf seinem Sitz zusammen.

»Nun«, fuhr Richter Farrell fort, »teilen Sie uns bitte mit, ob Ihr Mandant auf schuldig oder auf nicht schuldig plädiert.«

»Ja, Sir.« Als Claire aufstand, war ihr die Verachtung deutlich anzumerken.

»Beschuldigter, bitte erheben Sie sich.« Tom folgte der Aufforderung.

»Euer Ehren, ich spreche für meinen Mandanten Sergeant Ronald M. Kubik. Mr. Kubik plädiert auf nicht schuldig in allen Punkten der Anklage.«

»Gut, ich habe verstanden. Sie dürfen wieder Platz nehmen.«

Claire drückte Tom die Hand. Dieser erwiderte ihre Geste. »Das hätten wir wenigstens hinter uns«, flüsterte sie.

»War ziemlich hart«, antwortete er.

»Schlimmer, als ich gedacht hatte. Diesem Richter ist dein Schicksal scheißegal.«

»Frau Verteidigerin!« rief Richter Farrell, »sind Sie bereit zur Auswahl der Jury?«

»Was?« rief Claire entsetzt.

Der Richter wiederholte seine Frage.

Claire wandte sich zu Grimes um, der ebenso erschrocken war wie sie.

»Aber der Prozeß beginnt doch erst in drei Wochen!« platzte Tom heraus.

»Ja, Sir«, sagte Waldron. »Wir sind bereit.«

Claire sprang auf. »Nein, Euer Ehren, wir sind ganz und gar nicht bereit. Uns wurde mitgeteilt, daß der Prozeß erst in drei Wochen stattfindet. Es geht hier um Mord, um schwerwiegende Anschuldigungen also. Die Verteidigung sieht sich noch nicht in der Lage, Zeugen ins Kreuzverhör zu nehmen. Wir befinden uns mitten in den Ermittlungen.«

»Was, behaupten Sie, hat man Ihnen mitgeteilt?« entgegnete Farrell mit finsterer Miene.

Grimes stand auf. »Das Büro des Leiters des juristischen Korps hat uns inoffiziell davon in Kenntnis gesetzt, Euer Ehren.« Noch nie hatte Claire ihn so ängstlich und zaghaft erlebt.

»Mag sein, daß diese Vereinbarung existierte«, erwiderte Richter Farrell. »Aber als Militärrichter habe ich das Recht, die Termine zu ändern.«

»Euer Ehren«, wandte Claire ein. »Wir haben gerade eine Antragssitzung hinter uns. Wie sollten wir unsere Verteidigung vorbereiten, ohne zu wissen, wie Sie über unsere Anträge entscheiden werden? Ob Sie unsere Beweise anerkennen oder ablehnen, beeinflußt unsere Beweisführung. Einige Zeugen konnten wir noch gar nicht befragen. Andere müssen eingehend überprüft werden, damit wir wissen, ob ihre Aussagen der Wahrheit entsprechen.«

»Frau Verteidigerin«, entgegnete der Richter eisig. »Sie hatten genug Zeit für Ihre Vorbereitungen.«

Claire mußte an sich halten, um dem Richter nicht an die Gurgel zu springen. »Euer Ehren, die Verteidigung war nicht untätig. Allerdings haben wir unsere Vorgehensweise auf der Grundlage des Termins geplant, der uns inoffiziell bestätigt wurde. Außerdem möchte ich hinzufügen, daß ich wiederholt versucht habe, den Hauptbelastungszeugen gegen meinen Mandanten, den Stabschef der Army, zu befragen. Doch er hat sich geweigert, mit uns zu sprechen. Deshalb sehen wir uns absolut nicht imstande, unseren Fall heute vorzutragen. Wir brauchen einen Monat Zeit für die Vorbereitung.«

»Ihr Antrag ist abgelehnt«, erwiderte Richter Farrell barsch.

Waldron erhob sich und sagte: »Euer Ehren, der Leiter des juristischen Korps hat uns davon in Kenntnis gesetzt, daß General William Marks zu einem Gespräch mit der Verteidigung bereit ist.«

Claire sah Grimes an. Das war ein Schock. Sie stand auf. »In diesem Fall, Euer Ehren, beantragen wir mit allem Respekt zwei Wochen, um die Vernehmung vor dem Prozeß vorzubereiten und durchzuführen.«

»Abgelehnt.«

»Euer Ehren«, wandte Grimes ein. »Die Verteidigung wäre mit einer Verzögerung im Schnellverfahren einverstanden. Da der Beschuldigte bereits unter Anklage gestellt wurde, ist eine zügige Abwicklung nicht mehr unser Anliegen. Inzwischen geht es darum, ob der Beschuldigte auch einen fairen Prozeß bekommt. Und das wird nicht möglich sein, wenn die Verteidigung nicht hinreichend vorbereitet ist.«

»Nun, Herr Anwalt, dann hätte sich die Verteidigung eben vorbereiten sollen«, meinte Richter Farrell. »Der Fehler liegt nicht beim Gericht. Der Prozeß beginnt heute.«

Entsetzt sank Grimes auf seinen Stuhl. Mit weit aufgerissenen Augen drehte Tom sich zu ihm um. »Meint er das ernst?«

»Es ist ein Militärgericht«, murmelte Grimes. »Ein Militärgericht darf das.«

»Elender Mistkerl!« zischte Embry ungläubig.

»Euer Ehren«, sagte Claire. »Wir erheben noch einmal Einspruch gegen die Eröffnung des Verfahrens am heutigen Tage.«

»Abgelehnt. Sind Sie bereit zur Auswahl der Jury?«

»Wir sind bereit, Euer Ehren!« rief Waldron.

»Euer Ehren«, fuhr Claire fort. »Wir haben bereits klargestellt, daß wir nicht ausreichend vorbereitet sind. Schließlich hat man uns versichert, daß der Prozeß erst in drei Wochen beginnt.«

Farrell zeigte mit seinem dicken Zeigefinger auf sie. »Ich habe Sie gefragt, ob Sie bereit zur Auswahl der Jury sind.«

»Wenn Sie uns dazu zwingen, werden wir unser Bestes tun«, erwiderte Claire in eisigem Ton.

»Gut«, sagte Farrell. »Ich gebe Ihnen zwei Stunden, um sich Ihre Fragen an die Mitglieder der Jury zu überlegen. Da es schon fast Mittagszeit ist, machen wir jetzt eine Pause.«

Er schlug mit dem Hammer auf den Tisch.

33

Ist die Anklage bereit zum Eröffnungsplädoyer?« erkundigte sich Richter Farrell.

Waldron stand auf. »Ja, Sir.«

Zuvor waren die Mitglieder der Jury stundenlang befragt worden. Nachdem beide Seiten Einwände geäußert und zwei Mitglieder abgelehnt hatten, waren zwei Frauen und vier Männer übriggeblieben, die über Toms Schicksal entscheiden sollten. Der ranghöchste von ihnen, ein Lieutenant Colonel, war zum Sprecher bestimmt worden. Er war ein hellhäutiger Schwarzer mit stahlgeränderter Fliegerbrille und saß vorne auf der Geschworenenbank, ganz in der Mitte. Die anderen hatten sich je nach Rang um ihn gruppiert. Es war nichts Auffälliges an ihnen, und sie verfolgten den Prozeß mit großer Aufmerksamkeit. Jeder von ihnen hatte Geheimnisträgerstatus, und man konnte sich darauf verlassen, daß sie nichts ausplaudern würden.

Waldron sprach ganz leise, so daß er kaum zu hören war. Claire hatte damit gerechnet, daß er mit Stentorstimme reden würde, um Eindruck auf die Jury zu machen, aber dazu war er zu klug.

»Am 22. Juni 1985 wurden in dem kleinen Dorf La Colina, unweit von San Salvador, siebenundachtzig Menschen aus dem Schlaf gerissen und abgeschlachtet wie Tiere.«

Die Mitglieder der Jury lauschten ihm gebannt. Sie machten sich keine Notizen, denn der Richter hatte sie darauf hingewiesen, daß es sich bei den Eröffnungsplädoyers nicht um beweiskräftige Aussagen handelte, so daß sie sich nichts aufzuschreiben brauchten. Also sahen sie zu, wie Waldron sich der Geschworenenbank näherte und vor ihnen stehenblieb.

»Diese siebenundachtzig Menschen waren keine Soldaten und nicht an den Kampfhandlungen beteiligt. Sie waren keine Rebellen. Sie hatten nichts mit dem Krieg zu tun, der im Land tobte. Es handelte sich um Männer, Frauen und Kinder – unschuldige Zivilisten.

Und diese unschuldigen Zivilisten wurden niedergemetzelt. Nicht etwa von einer der Kriegsparteien, von der Regierung, von den Rebellen oder von einem Terrorkommando.

Sie wurden von einem amerikanischen Soldaten ermordet.

Ja, Sie haben ganz richtig verstanden: von einem amerikanischen Soldaten.

Einem einzigen Mann.

Und das nicht etwa in der Hitze des Gefechts. Nicht durch ein Versehen – sondern aus reinem Vergnügen.«

Claire sah Grimes an, der den Kopf schüttelte. *Erheben Sie keinen Einspruch gegen die Darstellung des Motivs,* sollte das heißen. *Noch nicht. Lenken Sie nicht die Aufmerksamkeit darauf.*

»Wie konnte es bloß dazu kommen?« Wie gedankenverloren senkte Waldron den Kopf und nagte an seiner Oberlippe. »Ein paar Stunden zuvor hatte eine streng geheime Spezialeinheit der Army, die Einheit 27, den Befehl erhalten, das Dorf zu besetzen und nachzuprüfen, ob die eingegangenen Berichte der Wahrheit entsprachen. Diese besagten, daß sich regierungsfeindliche Rebellen in diesem Dorf verschanzt hatten.

Doch da waren keine Rebellen. Die Information erwies sich – wie so oft im Krieg – als falsch.«

Waldron zuckte die Achseln.

»Nachdem Einheit 27 unter dem Kommando von Colonel William Marks – einem fähigen Offizier, der heute Stabschef der Army ist – diese Entdeckung gemacht hatte, schickten sich die Männer an, zu ihrem Stützpunkt in Ilopango zurückzukehren.

Und dann, ganz plötzlich und ohne Vorwarnung, eröffnete jemand das Feuer aus einem Maschinengewehr, einem M-60. Er schoß auf die unschuldigen Dorfbewohner.«

Als Claire sich zu Tom umwandte, sah sie, daß ihm die Tränen übers Gesicht liefen. Sie drückte seine Hand.

»Zwei Angehörige dieser Einheit, Colonel James Hernandez, der stellvertretende Befehlshaber, und Sergeant Henry Abbott haben es mit eigenen Augen gesehen und werden Ihnen berichten, wie dieser Mann«, Waldron machte langsam kehrt, ging zum Tisch der Verteidigung und zeigte direkt auf Tom, »wie Sergeant Ronald M. Kubik mit dem Maschinengewehr auf die siebenundachtzig Dorfbewohner zielte. Er mähte die Leute, die in vier Reihen dastanden, einfach nieder.

Colonel Hernandez und Sergeant Abbott haben gesehen, wie die unbewaffneten Dorfbewohner um Gnade bettelten und vor Angst schrien.

Und sie haben gesehen, daß Sergeant Kubik ein Lächeln auf den Lippen hatte, während er siebenundachtzig Zivilisten ermordete.«

Mit verständnisloser Miene drehte sich Waldron zur Jury um. »Er hat gelächelt.«

Tom schüttelte den Kopf. Er schluchzte noch immer lautlos vor sich hin. »Wie schafft er es nur, so zu lügen?« flüsterte er Claire zu.

»Trotz aller Bemühungen war der kommandierende Offizier, General Marks, nicht in der Lage, diese Greueltat zu verhindern.«

Die Mitglieder der Jury saßen wie erstarrt da. Entsetzt blickten sie Major Waldron an. Eine Frau hatte den Zeigefinger an die Lippe gelegt. Die Gerichtsstenographin, eine erschöpft wirkende Schwarze mittleren Alters, tippte leise auf ihrer Maschine weiter.

»Zwei Angehörige der Einheit werden uns jene Nacht des Grauens schildern. Ebenso der kommandierende Offizier.

Doch mit Augenzeugenberichten ist es für uns noch nicht getan. Wir verfügen darüber hinaus über Indizien. Wir werden ballistische Beweise vorlegen: Einige der Kugeln, die den Tod der Zivilisten verursachten, und einige Geschoßhülsen, die während des Massakers ausgeworfen wurden. Außerdem werden wir zweifelsfrei belegen, daß diese Kugeln aus Sergeant Kubiks Gewehr stammen. Durch unsere Zeugen und unsere Indizien werden wir sämtliche Zweifel, Zweideutigkeiten und Ungewißheiten ausräumen.

Und es geht noch weiter.

Nach dem schrecklichen Zwischenfall wurden die Angehörigen von Einheit 27 nach Fort Bragg, dem Stützpunkt der Sondereinheit, zurückbeordert, um über das Geschehen zu berichten. Sieben Soldaten haben unter Eid ausgesagt. Und was tat Sergeant Kubik? Er wurde zwar ebenfalls ausführlich vernommen, weigerte sich aber, einen Eid abzulegen.

Später gelang es ihm, aus der Haft zu fliehen.

Er machte sich aus dem Staub und beging damit Fahnenflucht.

Er setzte sich ans andere Ende des Landes ab, wo er sich mit Hilfe geschickt gefälschter Papiere eine neue Identität verschaffte. Schließlich unterzog er sich einer umfassenden Gesichtsoperation, um sein Aussehen drastisch zu verändern.

Unter dem Namen Thomas Chapman zog Sergeant Kubik dann nach Boston, wo er als flüchtiger Verbrecher lebte. Dreizehn Jahre lang entzog er sich seiner gerechten Strafe.

Erst vor wenigen Wochen brachte uns ein zufälliger Hinweis auf seine Spur, und er wurde von U.S. Marshals festgenommen.

Dies, meine Damen und Herren, ist nicht das Verhalten eines Unschuldigen, sondern das eines gerissenen und berechnenden Mannes, der wußte, daß man ihn wegen kaltblütigen Mordes vor Gericht stellen würde.

Aber wir haben Vorschriften, meine Damen und Herren. Wir haben Gesetze. Selbst im Krieg – insbesondere im Krieg, wie manche sagen würden – unterliegt unser Verhalten Regeln und einem strengen Ehrenkodex. Wir schlachten nicht aus purem Vergnügen unschuldige Zivilisten ab. Wir sind keine wahnsinnigen Mörder.

Im Laufe dieses Prozesses werden Sie Dinge zu hören bekommen, die Sie abstoßen und entsetzen mögen. Ich möchte Betroffenheit in Ihnen auslösen und Ihnen verdeutlichen, daß wir Bürger der Vereinigten Staaten niemals solche Grausamkeiten begehen dürfen. Und ich wünsche mir, daß Sie Sergeant Ronald Kubik des vorsätzlichen Mordes für schuldig befinden.

Das verlangt die Gerechtigkeit.«

Ruhig kehrte Waldron an seinen Platz zurück.

Ein langes, beklommenes Schweigen folgte.

Richter Farrell räusperte sich. »Frau Verteidigerin, möchten Sie Ihr Eröffnungsplädoyer gleich anschließen oder verschieben?«

»Verschieben, Euer Ehren.«

»Gut, ich vertage die Verhandlung auf Montag, neun Uhr dreißig. Dann werden wir mit der Darstellung der Anklage beginnen.«

Erschöpft sank Claire auf ihren Sitz.

34

Auf dem Schreibtisch standen zwei fettige Pizzakartons und leere Coladosen. Es war Freitag nacht, und sie hatten einen langen Tag hinter sich. Auf Waldrons Eröffnungsplädoyer am Morgen war das Gespräch mit General Marks am Nachmittag gefolgt. Seit der Anhörung nach Artikel 32 war kaum eine Woche vergangen, doch Claire erschien es wie ein Monat.

Grimes und Embry hatten es sich in ihren Sesseln bequem gemacht. Ray Devereaux durchkämmte das Zimmer mit einem Suchgerät, das aussah wie ein Radio mit einer langen Antenne, nach Wanzen. Claire wanderte nervös auf und ab.

»Was wäre gewesen, wenn wir den General nie zur Rede gestellt hätten?« fragte sie. »Was, wenn er sich nicht damit gebrüstet hätte, daß er Immunität besitzt? Wann hätte die Anklage uns das verraten?«

Grimes und Embry schwiegen.

»Sind sie denn nicht verpflichtet, es der Verteidigung mitzuteilen, wenn einem der Zeugen Immunität gewährt wurde? Müssen Sie uns nicht vor der Anklageerhebung eine Kopie des entsprechenden Schriftstückes aushändigen?«

»Genau heißt es: ›Innerhalb eines angemessenen Zeitraums vor der Aussage des Zeugen‹ – oder so ähnlich«, antwortete Grimes bedrückt.

»Und das bedeutet, wann sie gerade mal Lust dazu haben.«

»Richtig.«

»Alles sauber«, verkündete Devereaux. »Ihr könnt offen reden.«

»Daran hat sie sich auch von Wanzen nicht hindern lassen«, sagte Grimes.

»Ich frage mich, ob wir den Richter darauf ansprechen sollten«, meinte Claire.

Embry schüttelte langsam den Kopf, schwieg aber.

»Claire«, begann Grimes, »ich muß Ihnen etwas erklären. Mit Ihrem Entschluß, die Kompetenz des Richters anzuzweifeln und ihm zu widersprechen, haben Sie ihn so richtig gegen uns aufgebracht. Sie haben seine Integrität in Frage gestellt. Deshalb sollten Sie sich jetzt bedeckt halten und ihn in Ruhe lassen. Hören Sie auf, ihn zu provozieren.«

»Ganz im Gegenteil«, protestierte Claire. »Wir haben keine Zeugen, die Toms Version der Dinge bestätigen. Und wenn wir eine Verschiebung beantragen, wird Farrell uns ins Gesicht lachen. Die unter Eid abgelegten Aussagen der übrigen Mitglieder von Toms Einheit ähneln sich verdächtig…«

»Glauben Sie, die Männer wurden zuvor instruiert?« fragte Embry.

»Etwas anderes kann ich mir nicht vorstellen.«

»Und wie beweisen wir das?«

»Unsere einzige Möglichkeit ist eine Befragung der Zeugen selbst. Wir müssen die noch lebenden Angehörigen der Einheit dazu bringen, ihre Aussagen zu widerrufen, die sie vor dreizehn Jahren dem CID zu Protokoll gegeben haben. Wen haben wir?«

»Mit den beiden, die Waldron erwähnte und die Tom angeblich beim Abfeuern des Maschinengewehrs gesehen haben – also Hernandez und dieser Henry Abbott –, haben Sie ja schon geredet.«

»Hernandez tut, was der General ihm befiehlt«, meinte Grimes. »Den kriegen wir nie weich. Ich kann höchstens versuchen, ihn so in die Enge zu treiben, daß er sich in Widersprüche verwickelt. Wer ist denn dieser Abbott?«

»Sergeant Henry Abbott schied 1985 aus der Army aus und ging in die Privatwirtschaft. Rüstungsindustrie.«

»Hätte ich mir gleich denken können«, sagte Grimes.

»Er arbeitet in der Abteilung für Regierungskontakte in einem riesigen Rüstungskonzern, was heißt, daß das Pentagon sein Kunde ist. Ich glaube nicht, daß er in unserem Sinne aussagen wird. Schließlich ist er vom Verteidigungsministerium abhängig.«

»Er steht auf der Zeugenliste der Anklage«, ergänzte Embry. »Aber wir wissen nicht, wann er aufgerufen wird.«

»Er ist in Washington«, erklärte Devereaux, wie immer der Großmeister der Terminpläne. »Im Madison Hotel.«

»Dann besuchen wir ihn doch«, schlug Claire vor.

»Ich habe für dich eine Verabredung zum Frühstück getroffen«, sagte Devereaux. »Morgen um sieben.«

»Was?« rief Claire aus. »Danke, daß wir auch davon erfahren.«

»Sieben!« stöhnte Grimes.

»Ich habe den Termin eben erst vereinbart«, entgegnete Devereaux. »Der Mann ist Frühaufsteher.«

»Oder er will uns fertigmachen«, meinte Grimes. »Wen haben wir sonst noch?«

»Zwei«, antwortete Devereaux. »Robert Lentini und Mark Fahey. Letzteren habe ich endlich aufgestöbert. Er ist Immobilienmakler in Pepper Pike, Ohio – wo zum Teufel das auch immer sein mag. Ich habe mich mit ihm unterhalten. Vielleicht könnte ein Gespräch mit ihm interessant sein, denn er ist von der Army ziemlich enttäuscht. Nicht gerade ein Freund der Militärs.«

»Das ist unser Mann«, sagte Claire.

»Und dann haben wir noch Lentini«, fuhr Devereaux fort. »Den großen Unbekannten. Von ihm konnte ich nichts weiter auftreiben als das Foto aus seiner Wehrakte. Ich habe es angefordert, und es müßte in ein paar Tagen da sein. Doch es wird uns nichts nützen. Keine Akten, keine Informationen, was aus ihm geworden ist. Ich habe mich beim Army-Reservistenarchiv in St. Louis erkundigt, wo die Unterlagen aller ehemaligen Army-Angehörigen verwahrt werden. Und auch beim Archiv des Oberkommandos in Virginia, das die Daten aller aktiven Soldaten speichert. Nichts. Und es weist auch nichts darauf hin, daß er verstorben ist.«

»Das ist doch unmöglich«, meinte Claire. »Wenn er noch lebt, ist er entweder in der Army oder ausgeschieden. Eines von beiden muß zutreffen. Vielleicht ist es ja ein Irrtum, ein Schreibfehler oder der falsche zweite Vorname.«

Deveraux funkelte sie böse an. »Sehe ich aus wie ein Idiot?«

»Sparen Sie sich die Antwort«, meinte Grimes.

»Schon gut«, sprach Claire weiter. »Ray, ich brauche alles, was du über Abbott rauskriegen kannst, und zwar sofort. Sie können ja aufbleiben, meine Herren, aber ich gehe jetzt ins Bett. Es ist fast zwei, und wenn ich morgen bei Abbott keinen Unsinn reden will, brauche ich etwas Schlaf.«

35

Als es draußen leise hupte, öffnete Claire die Tür. Grimes' rostiger Mercedes stand in ihrer Auffahrt. Am Samstagmorgen um halb sieben wirkte die 34. Straße wie ausgestorben. Die Sonne schien, und ein Vogel zwitscherte. Claire hatte pochende Kopfschmerzen, und das Sonnenlicht tat ihr in den Augen weh.

»Morgenstund hat Gold im Mund«, spöttelte Grimes.

»Ich habe bis vier Uhr Abbotts Unterlagen gelesen. Ich brauche einen Kaffee.«

»Wir besorgen uns welchen unterwegs.«

Ray Deveraux erwartete sie in der Halle des Madison Hotel. Er reichte Claire ein kleines Mobiltelefon, wechselte ein paar Worte mit ihr und ging dann wieder hinaus.

Henry Abbott saß im Hotelrestaurant. Er war sonnengebräunt, gut aussehend und wirkte wohlhabend, sein Gesicht machte allerdings einen verschlagenen Eindruck. Das silbergraue Haar hatte er aus der breiten Stirn gekämmt. Er trug eine Brille mit Goldrand, einen grauen Anzug, ein weißes Hemd und ein elegantes blaues Halstuch.

Als Claire und Grimes an seinen Tisch traten, schaute er gerade auf die Uhr – eine zierliche, goldene Patek Philippe. »Sie haben zwanzig Minuten«, sagte er.

Grimes verdrehte die Augen, verkniff sich aber die Antwort.

»Ich wünsche Ihnen ebenfalls einen guten Morgen«, entgegnete Claire und legte das Mobiltelefon vor sich auf den Tisch. Nachdem sie sich eine Dosis Koffein genehmigt und sich die Lippen frisch geschminkt hatte, fühlte sie sich wieder halbwegs wie ein Mensch. Sie stellte sich und Grimes vor.

»Ich habe Ihnen nichts mitzuteilen«, begann Abbott. »Kein Gesetz zwingt mich, mit Ihnen zu sprechen.«

»Warum waren Sie dann mit einem Treffen einverstanden?« fragte Claire.

»Aus reiner Neugier. Ich wollte wissen, wie Sie aussehen. Ich habe schon viel über Sie gelesen.«

»Schön, nun wissen Sie es.«

»Normalerweise ist sie viel hübscher«, ergänzte Grimes. »Aber sie hat nur zwei Stunden geschlafen.«

»Wir haben eine Reihe von Fragen an Sie«, fuhr Claire fort.

»Warum zum Teufel sollte ich die beantworten? Schließlich habe ich einen guten Ruf zu verlieren.«

Das kann ich mir denken, schoß es Claire durch den Kopf. »Ihre Aussage vor dem CID geht ziemlich ins Detail«, sagte sie. »Man hat Ihnen doch sicher eine Kopie zur Verfügung gestellt, damit Sie Ihre Erinnerung auffrischen können.«

»Ich habe sowieso nicht mitgekriegt, was Kubik angeblich getan haben soll.«

»In Ihrer unter Eid abgelegten Aussage steht aber etwas anderes«, hakte Grimes nach.

»Nun ja.« Abbott nahm einen Schluck Kaffee. Der Kellner kam und schenkte nach. Dankbar trank Claire auch einen Schluck. Das Koffein wirkte sofort. Ihr Herz schlug schneller, und auf ihren Schläfen bildeten sich kleine Schweißperlen.

»Wir kennen die wahre Geschichte«, meinte sie. »Ihre Aussage und die Ihrer Kameraden aus Einheit 27 sind quasi identisch. Und das erscheint mir doch reichlich unglaubwürdig. Im Laufe dieses Prozesses könnte es Ihnen passieren, daß man Sie auf Ihre Aussage festlegt, und zwar auf die, die Sie vor dreizehn Jahren unter Druck gemacht haben.«

»Nehmen Sie unser Gespräch auf Band auf?« fragte Abbott.

»Nein«, antwortete Claire.

Er tupfte sich mit einer weißen Leinenserviette den Mund ab. »Wenn ich – nur rein theoretisch natürlich – meine Geschichte ändern würde, hätte ich ein Verfahren am Hals, weil ich beim CID unter Eid gelogen habe.«

Das war also der Grund. »Das ist nicht möglich«, erklärte Claire. »Nach Ihrem Abschied kann das Militär Sie nicht mehr zur Verantwortung ziehen.«

»Wer behauptet das?«

»Der Oberste Gerichtshof der Vereinigten Staaten«, erwiderte Grimes. »Schon vor einigen Jahrzehnten. Wollen Sie nicht der erste sein, der sich den Fehler von damals eingesteht? Oder möchten Sie sich als letzter an eine Lüge klammern?«

»Und wenn ich mich weigere?« Abbott spielte nun die verschiedenen Möglichkeiten durch und versuchte sich Spielraum zu verschaffen.

»Ganz einfach«, sagte Claire. »Falls Sie wieder einen Meineid schwören, können Sie deshalb von einem Bezirksgericht verurteilt werden. Nach dem amerikanischen Strafgesetzbuch stehen darauf fünf Jahre Gefängnis. Und wenn Sie wieder rauskommen, ist es aus mit Ihren lukrativen Regierungsgeschäften. Keiner würde mehr einen Vertrag mit Ihnen abschließen.«

»Hören Sie«, sagte Abbott entsetzt. »Wenn Sie einen Zeugen suchen, bin ich nicht der richtige Mann. Ich habe ihn nicht schießen sehen; ich war am anderen Ende dieses bescheuerten Drecksnests und habe den Funk bedient.«

»Und trotzdem haben Sie ausgesagt, Sie hätten die Schießerei beobachtet.«

»Sind Sie wirklich so naiv oder tun Sie nur so?« zischte er.

»Was soll das denn jetzt heißen?«

»Bleibt alles unter uns?«

»Wenn Sie darauf bestehen.«

»Ich bestehe darauf, denn es ist rein vertraulich. Wollen Sie mir weismachen, Sie wüßten nicht, wie das System funktioniert? Es dient nur dem Vorteil von Typen wie Colonel Marks. Verzeihung, General Marks. Das System braucht einen Sündenbock. Gleich als wir wieder in Fort Bragg waren, rief Marks jeden von uns einzeln zu sich. Das war vor der Vernehmung durch den CID. *Ich bereite meine Aussage vor, und will sichergehen, daß ich alle Fakten richtig habe,* sagt er. *An was erinnern Sie sich denn noch?* Und ich sage: *Ich weiß nicht mehr genau, Sir.* Schließlich war ich ein guter Soldat und wußte, welche Antwort von mir erwartet wurde. Aber das hat ihm nicht gereicht. *Haben Sie nicht gesehen, wie Kubik plötzlich die Waffe gehoben und zu schießen angefangen hat?* fragt er. Ich sage: *Nein, Sir, ich habe nichts gesehen.* Immerhin war es Nacht, und ich befand mich etwa zweihundert Meter entfernt. Ich habe mitgekriegt, daß jemand schoß, aber woher sollte ich wissen, wer es war? *Sind Sie sicher, daß Sie nicht gesehen haben, wie Kubik plötzlich ausgeflippt ist und rumgeballert hat?* sagt Marks. *Überlegen Sie es sich gut, Sergeant. Ihre Karriere hängt davon ab. Kubik neigt doch zur Gewalt. Wenn Sie gründlich nachdenken, fällt Ihnen bestimmt wieder ein, daß Kubik plötzlich zur Waffe gegriffen hat.* Nun, ich bin ja nicht von gestern. *Natürlich, Sir, so muß es gewesen sein*, sage ich. *Er war es, Sie haben vollkommen recht, Sir.* Und damit war die Sache erledigt.«

Claire nickte, als hätte er ihr nur etwas bestätigt, das sie bereits wußte.

»Aber eines versichere ich Ihnen: Im Zeugenstand werde ich alles abstreiten. Ich habe jeden Tag geschäftlich mit dem Pentagon zu tun. Es kauft Geräte im Wert von vielen Milliarden Dollar von meiner Firma. Und Verräter und Überläufer sind bei der Army nicht sehr beliebt. Jetzt muß ich zu einer Besprechung.« Er stand auf. »Stimmt es übrigens, was die *Post* schreibt?«

»Ich bin heute noch nicht zum Zeitunglesen gekommen«, sagte Grimes. »Wovon reden Sie?«

»Von Ihnen«, wandte Abbott sich an Claire. »Haben Sie wirklich so was getan? Aber wahrscheinlich sprechen Sie nicht gern darüber.«

»So ein Mist«, schimpfte Claire. »Wahrscheinlich hat die *Post* rausgekriegt, warum ich in Washington bin.«

Abbott sah sie fragend an. »Sie haben es wohl wirklich nicht gelesen.« Er klappte seinen Aktenkoffer aus Metall auf, zog ein ordentlich gefaltetes Exemplar der *Washington Post* heraus und ließ es vor ihr auf den Tisch fallen.

Zuerst sah Claire ein kleines Foto von sich selbst – und dann die Schlagzeile: DIE SCHMUTZIGE VERGANGENHEIT EINER HARVARD-PROFESSORIN. Sie spürte, wie sie knallrot wurde.

36

Claire rauchte eine Zigarette.

»Was? Was? Was?« leierte Annie im Singsangton und tanzte dabei um den Tisch herum.

»Laß uns doch mal ein bißchen in Ruhe«, bat Jackie.

Claire drückte die Zigarette aus, nahm sich eine neue und hielt Jackie das Päckchen hin. Zu ihrer Überraschung schüttelte Jackie den Kopf.

Annie zerrte an Claires Rock. »Erzähl mir, was du da liest!«

Aber Claire war so niedergeschmettert, daß sie kein Wort herausbrachte.

Annie versuchte mit aller Kraft, Mamas Aufmerksamkeit zu erregen, aber Mama war in diesem Moment ganz weit weg.

Es war fast zwei Jahrzehnte her. Claire war einundzwanzig und wahrscheinlich eine der begabtesten Studentinnen ihres Jahrgangs, allerdings ohne es zu wissen. Denn die meiste Zeit über fühlte sie sich entsetzlich niedergeschlagen und saß oft weinend in ihrem Zimmer. Den Großteil des Frühjahrssemesters hatte sie damit verbracht, zwischen Pittsburgh und La Guardia hin- und herzupendeln. Denn ihre Mutter war unheilbar an Leberkrebs erkrankt, und Claire konnte ihr nicht helfen.

Es gab eine Menge Entschuldigungen für das, was dann passierte: In diesem Semester, dem zweiten Teil ihres ersten Studienjahrs, war Claire kaum in New Haven gewesen und in Gedanken ohnehin nicht bei ihrem Studium. Eigentlich hätte sie sich besser beurlauben lassen sollen, aber sie wagte es nicht. Selbst an eine engagierte Studentin stellte das Jursastudium hohe Ansprüche, und Claire hatte die Bibliothek bis jetzt kaum von innen gesehen.

Von dem Artikel in der Fachzeitschrift hatte sie sich nur inspirieren lassen wollen, da sie sich nicht besonders für Zivilrecht interessierte. Sie hatte wirklich geplant, den Entwurf ihrer Seminararbeit noch einmal gründlich umzuschreiben, aber dann hätte sie das Flugzeug verpaßt. Denn ausgerechnet an diesem Tag kam der Anruf vom Krankenhaus, ihre Mutter sei gerade gestorben. Wieder ein guter Grund, sich beurlauben zu lassen, doch Claire war es unangenehm gewesen, ihr Unglück herauszuposaunen.

Es war wirklich Pech gewesen, ein Zufall, wie er nur selten geschah.

Leider kannte der Professor den Artikel aus der Fachzeitschrift sehr gut, den Claire als Seminararbeit abgegeben hatte. Ein ehemaliger Student hatte ihn verfaßt und ihm stolz eine Kopie zugeschickt.

Der Professor hatte Claire zu sich zitiert und sie zur Rede gestellt. Sie hatte alles zugegeben und sich nicht in Ausreden geflüchtet. Leider war der Professor ein verbitterter, hartherziger Mann und nicht gewillt, Gnade vor Recht ergehen zu lassen.

Sie hatte sich mit fremden Federn geschmückt, so einfach war das. Der Dekan zeigte mehr Verständnis. Schließlich habe sie unter großem Druck gestanden. Ihre Mutter habe im Sterben gelegen. Sie hätte Urlaub beantragen oder wenigstens um Aufschub bitten sollen. In seinen Augen hatte sie sich gedankenlos verhalten, war aber keine Verbrecherin.

Der Vorwurf verschwand in der Versenkung, und Claire bekam noch eine Chance, eine neue Seminararbeit zu verfassen. Nur der freundliche Dekan und der erboste Professor (dessen Berufung in den Obersten Gerichtshof später heftige Kontroversen auslösen sollte) wußten davon.

Das Telefon läutete ununterbrochen, aber weder Claire noch Jackie gingen an den Apparat. Claire las den Artikel nun wohl zum hundertstenmal. Inhaltlich war er korrekt. Hier und da stimmte vielleicht eine Einzelheit nicht, doch er war gründlich recherchiert. Der Reporter konnte sogar wahrheitsgemäß schreiben, daß Ms. Chapman telefonisch nicht erreichbar gewesen sei.

Doch die Schlagzeile hatte sich in ihre Gedanken eingebrannt wie ein glühendes Eisen.

DIE SCHMUTZIGE VERGANGENHEIT
EINER HARVARD-PROFESSORIN
Berühmte Anwältin als Studentin
beim Abschreiben erwischt.

Annie klammerte sich an Claires Rock, als befürchte sie, ihre Mutter würde sie verlassen.

»Wie geht es jetzt weiter?« fragte Jackie.

»Keine Ahnung«, sagte Claire mit belegter Stimme. »Wahrscheinlich verliere ich meinen Job. Nein, nicht nur wahrscheinlich; da bin ich mir sogar ziemlich sicher.«

»Aber du hast doch eine feste Stelle.«

»Damit ist es vorbei, wenn man sich so etwas zuschulden kommen läßt.«

»Es gab mildernde Umstände.«

»Ich könnte es begründen, und die Univerwaltung würde mir sogar zuhören. Allerdings werden sie mir ganz im Vertrauen nahelegen zu kündigen. So machen sie es immer in solchen Fällen.«

»Der General hat dich gewarnt«, meinte Jackie bedrückt. »Er sagte, du müßtest aufpassen, daß du dir nicht die Karriere verbaust.«

»Richtig«, stimmte Claire zu. »Aber ich lasse mich nun mal von Drohungen nicht einschüchtern.«

Claire und Jackie beschlossen, abwechselnd ans Telefon zu gehen. Mindestens zwei Dutzend Reporter, Nachrichtenagenturen, Zeitungen, Radiostationen und Fernsehsender wollten mehr über die Hintergründe des Artikels in der *Post* erfahren. Claire verweigerte eine Stellungnahme oder kam einfach nicht an den Apparat. Auch ein paar Freunde aus Cambridge meldeten sich und versicherten Claire, daß sie weiterhin zu ihr halten würden. Auch Abe Margolis, ihr Kollege von der Universität, rief an, und obwohl er normalerweise nicht zu Gefühlsausbrüchen neigte, machte er seinem Ärger Luft. Er war empört, daß die *Post* sich in Claires Privatleben einmischte, und entwarf eine Strategie. Zuerst wollte er mit dem Dekan der juristischen Fakultät sprechen. Er war zuversichtlich, daß die Angelegenheit aus der Welt geschafft werden konnte.

Claire war da weniger optimistisch.

Doch die Arbeit mußte weitergehen.

Grimes und Embry vernahmen Zeugen, schrieben Protokolle und brüteten über Abschriften. Am späten Nachmittag versammelten sie sich zu einer Telefonkonferenz mit Mark Fahey aus Pepper Pike, Ohio, in der Bibliothek. Der frühere Angehörige der Special Forces handelte heute mit Immobilien. Es war eben eine merkwürdige Welt.

»Ich habe gehört, daß Kubik alle niedergemetzelt hat«, klang Faheys sonore Stimme über den Raumlautsprecher.

»Aber gesehen haben Sie es nicht?« hakte Claire nach.

»Nein. Doch alle haben später darüber geredet. Sie waren ziemlich entsetzt.«

»Sie haben beim CID eine Aussage gemacht«, meinte Grimes. »Da stand aber etwas ganz anderes drin.«

»Stimmt, das war alles nur Blabla«, antwortete Fahey. »Von vorne bis hinten gelogen.«

Grimes nickte grinsend.

»Können Sie das genauer erklären?« fragte Claire.

Faheys Stimme klang jetzt laut und schrill. »Die Dreckskerle haben eine Aussage für mich aufgesetzt und mir gesagt, ich soll es unterzeichnen.«

»Der CID?«

»Genau.«

»Hat Colonel Marks Sie auf die Vernehmung vorbereitet?«

»Das hat er mit allen gemacht. Vor dem Verhör hat er uns zu sich gerufen und gemeint, er wolle ein paar Fakten klarstellen.«

»Warum lag ihm so viel daran, daß alle Kubik die Schuld in die Schuhe schieben?«

»Er wollte seinen Arsch retten.«

»Soll das heißen, daß Kubik es nicht war?« wollte Claire wissen. Atemlos wartete sie auf Faheys Antwort.

»Ich sagte doch schon, daß ich das Massaker nicht mit angesehen habe. Aber es hieß, daß der Chef den Befehl gegeben hat.«

»Der Chef?«

»Der Colonel. Er hat Kubik befohlen, es zu tun. Und Kubik, durchgeknallt, wie er war, hat die Leute niedergemäht.«

»Marks selbst war nicht dabei«, wandte Grimes ein.

»Er hat den Befehl per Funk gegeben. *Habt ihr sie zusammengetrieben?* fragte er. Und Hernandez, sein Stellvertreter, hat das bejaht. *Dann macht sie alle,* sagte Marks darauf. Und Hernandez hat gestammelt: *Aber Sir ... Macht sie alle,* hat Marks wiederholt. Und Kubik, dieser Spinner, hat das so locker vom Hocker erledigt. Obwohl er wußte, daß die Leute unschuldig sind.«

»Das haben Sie gehört«, berichtigte Claire. »Gesehen haben Sie es nicht.«

»Stimmt. Aber die Jungs hatten doch keinen Grund, mich anzulügen.«

»Ist es nicht möglich«, beharrte Claire, »daß das schon der Anfang der Vertuschungsaktion war? Vielleicht hatten einige der Männer die Morde begangen und wollten Kubik zum Sündenbock machen.«

»Alles ist möglich«, erwiderte Fahey nach einer langen Pause.

»Wenn Sie als Zeuge aufgerufen werden«, fuhr Claire fort, »können Sie erzählen, was Sie über Kubik und über Marks gehört haben. Doch das alles beruht nur auf Hörensagen und ist daher nicht zulässig. Aber Sie können aussagen, daß Marks Sie zu sich rief, um Sie für die Vernehmung beim CID zu impfen. Und auch, daß der CID Ihre Aussage vorformuliert hat.«

Fahey lachte auf. »Wie kommen Sie auf die Idee, daß ich aussagen werde?«

»Hat jemand schon mit Ihnen über dieses Thema gesprochen?« erkundigte sich Grimes.

»Ja, ein paar Typen vom CID waren da und wollten, daß ich als Zeuge auftrete. Ich habe denen dasselbe geantwortet wie Ihnen. Nämlich, daß ich nicht lügen werde, um Marks' Hals zu retten. Und wenn er der gottverdammte

Präsident der Vereinigten Staaten wäre. Darauf meinten sie, dann würden sie eben meine Aussage von 1985 benutzen, die ich unter Eid abgegeben habe. Ich sollte besser erscheinen und wieder dasselbe aussagen.«

»Oder …?« fragte Claire.

»Sie haben was von meiner Veteranenpension genuschelt. Und noch mehr solches Zeug. Ich wußte, daß sie mir nur angst machen wollen. Die dürfen sie mir nämlich nicht wegnehmen. Also habe ich gesagt, sie sollen sich zum Teufel scheren. Sie können mir nichts mehr anhaben. Ich habe eine Falschaussage gemacht – na und? Glauben Sie, ich riskiere auch noch einen Meineid?«

»Sehr gut«, meinte Claire. »Sie haben recht: Die können Ihnen nichts mehr anhaben.«

»War's das?«

»Würden Sie für uns aussagen?« wollte Grimes wissen.

»Daß ich den CID angeschwindelt habe? Sie ticken wohl nicht mehr richtig!«

»Damit alles wieder in Ordnung kommt und um Ihr Gewissen zu erleichtern«, meinte Grimes.

»Ich habe keine Lust, mich noch mal diesem Alptraum auszusetzen.«

»Wir bezahlen Ihnen einen Flug erster Klasse«, meinte Grimes mit einem Achselzucken in Richtung Claire.

»Ist ja spitze, ein Flug erster Klasse nach Quantico!« höhnte Fahey. »Und was ist der zweite Preis? Ein Urlaub mit allen Schikanen in Leavenworth?«

»Wenn Sie uns Schwierigkeiten machen, lassen wir Sie vorladen«, schaltete sich Claire ein.

»Militärgerichte können niemanden vorladen. Erzählen Sie mir also keinen Quatsch.«

»Ich rede nicht von einem Militärgericht, sondern von einer Vorladung durch den Staatsanwalt.«

Eine lange Pause entstand. »Und wer garantiert Ihnen, daß ich kooperiere, wenn ich vor Gericht stehe?«

»Das Gesetz«, entgegnete Claire. »Sie haben keine andere Wahl.«

Ein Klicken war zu hören. Dann war die Leitung tot.

37

Mitten in der Nacht läutete das Telefon.

Claire fuhr hoch. Ihre Schläfen pochten, und das Herz klopfte ihr bis zum Halse.

Sie ließ das Telefon weiterklingeln. Schließlich hatte sie einen Anrufbeantworter.

Nach fünfmal Läuten sprang der Anrufbeantworter an, spulte die Ansage ab und piepste. Schweigen. Dann klickte es. Claire griff nach dem Telefon und schaffte es endlich, die Klingel abzustellen.

Ihr Herzschlag wurde wieder ruhiger, und nach einer Weile schlief sie ein.

Das Telefon blieb die nächsten drei Stunden lang still.

Um vier Minuten vor sechs am Montagmorgen wachte Claire auf und warf einen Blick auf ihren Wecker. Sie mußte aufstehen und sich fürs Gericht bereitmachen. Im gleichen Moment fiel ihr auf, daß irgendwo im Haus ein Telefon klingelte. Natürlich, sie hatte letzte Nacht ja bei dem Apparat auf dem Nachttisch die Glocke abgestellt. Wieder begann ihr Herz zu klopfen, während sie wartete, daß der Anrufbeantworter ansprang.

Diesmal hörte sie eine Männerstimme. Sie klang ziemlich jung, sachlich und befehlsgewohnt. »Claire Heller«, sagte der Mann.

Sie wartete.

»Nehmen Sie ab. Es ist wichtig.«

Claire griff nach dem Hörer. »Ja?«

»Ich habe eine Information für Sie«, fuhr der Mann fort.

»Was für eine Information?«

»Eine, die Ihnen beim Prozeß nützen wird.«
»Wer spricht da?«
»Eine Information über Marks.«
»Wer spricht da?«
Schweigen. Hatte der Anrufer aufgelegt?
»Lentini. Kommt Ihnen der Name bekannt vor?«
»Ja.«
»Es muß absolut vertraulich bleiben. Und ich möchte gleich klarstellen, daß ich nicht aussagen werde. Nicht gegen Marks.«
»Können wir uns treffen?«
»Nicht bei Ihnen zu Hause.«
»Wo dann?«
»Und nur unter vier Augen. Keiner der anderen Anwälte darf dabeisein und auch nicht Ihr Privatdetektiv. Wenn ich außer Ihnen jemanden sehe, verschwinde ich.«
»Woher wissen Sie, daß ich mit anderen Anwälten zusammenarbeite?«
»Ich habe so meine Verbindungen.«
»Kennen Sie daher meine Nummer?«
»Ich kann mich nur abends mit Ihnen treffen. Tagsüber geht es wegen meinem Job nicht.«
»Sagen Sie, wann es Ihnen paßt.«
»Nicht in der Nähe meines Wohnorts. Zu riskant. Haben Sie einen Stift zur Hand?« Er gab ihr eine genaue Wegbeschreibung.
»Aber nur Sie allein«, wiederholte er.

Annie saß schon am Frühstückstisch. Sie trug einen Pyjama mit eingearbeiteten Füßlingen und aß Frühstücksflocken. Claire, die inzwischen in ein hübsches olivgrünes Kostüm geschlüpft war, küßte sie und umarmte sie rasch. »Wie geht es meiner Kleinen?«
»Gut«, nuschelte Annie mit vollem Mund.
»Malst du nachher wieder ein Bild mit Jackie?«

Annie nickte begeistert. Ihre Augen blitzten, und sie kaute heftig. Claire stellte die Kaffeemaschine an.

»Kriegst du Papa heute frei?« fragte Annie, nachdem sie endlich heruntergeschluckt hatte.

»Ich gebe mir Mühe. Aber möglicherweise schaffe ich es heute noch nicht.«

»Spielst du später mit mir?«

Claire zögerte. »Ich werde versuchen, es einzurichten.« Dann fügte sie hinzu: »Ja, Schätzchen, wir spielen zusammen, wenn ich von der Arbeit komme. Du, ich und Jackie – oder nur wir beide, wenn dir das lieber ist.«

»Wer hat hier eben meinen Namen erwähnt?« krächzte Jackie. Sie kam benommen in die Küche geschlurft und rieb sich die Augen. »Morgen, Kinder.«

Claire warf einen Blick auf Jackies langes, schwarzes Greatful-Dead-T-Shirt und die schwarze Jogginghose und schnippte rhythmisch mit den Fingern. »Scharfe Klamotten hast du da an.«

»Nicht schon so früh am Morgen, Claire«, stöhnte Jackie. Sie sah zu, wie der Kaffee gurgelnd in die Glaskanne lief. »Zuerst brauche ich meine Morgendosis Koffein.«

Das Telefon klingelte.

»Nicht schon wieder!« jammerte Claire. »Gehst du bitte ran?«

»Nein«, sagte Jackie. »Ich krieg noch keinen Ton raus.«

Wieder klingelte es. Claire griff nach dem Hörer.

»Claire, hier spricht Winthrop.«

Winthrop Englander war der Dekan der juristischen Fakultät in Harvard. *Dreimal darfst du raten, was der von dir will,* dachte Claire.

»Guten Morgen, Win«, sagte sie.

»Claire, dieser Anruf ist mir sehr unangenehm …«

»Win …«

»Stimmt es, was in der Zeitung steht?«

»Im großen und ganzen.«

»Das bringt mich in eine schwierige Situation.«

»Ich kann zu meiner Entschuldigung nur sagen, daß es vor vielen Jahren passiert ist. Damals lag meine Mutter im Sterben, und ich habe eine falsche Entscheidung getroffen.«

»Ich verstehe.«

»Damit kann ich es zwar nicht ungeschehen machen, Win, aber ...«

»Es wird trotzdem nicht leicht werden, Claire. Sie waren immer ein unersetzliches Mitglied des Lehrkörpers, eine ausgezeichnete Dozentin, ein wirklicher Gewinn für die juristische Fakultät.« Claire fiel vor allem auf, daß er das Verb in der Vergangenheitsform benutzte. So hörte sich also seine Version der Abschiedsrede an, nach der man normalerweise eine goldene Uhr überreicht bekam.

Würden Sie sich auch an Ihre hehren Grundsätze halten, wenn nur Sie und ich von diesem Vorfall wüßten? hätte sie ihn am liebsten gefragt. Oder müssen Sie sich vor der *Washington Post*, der *New York Times* und – da es sich inzwischen wahrscheinlich herumgesprochen hat – sämtlichen anderen Medien des Landes als Moralapostel gebärden?

»Schon gut«, sagte sie jedoch nur.

»Es werden verschiedene Besprechungen und Beratungen stattfinden. Ich melde mich wieder bei Ihnen.«

Als Claire in Quantico ankam, sah sie den weißen Gefängnistransporter vor dem Gebäude halten, in dem sich der Gerichtssaal befand. Tom wurde in Ketten herausgeführt. Er wirkte so hilflos. Claire überlegte, ob sie ihm zuwinken oder ihn umarmen sollte. Der private Umgang mit ihm vor und nach den Gerichtsterminen fiel ihr immer schwerer. Es war einfacher, ihn wie einen gewöhnlichen Mandanten zu behandeln.

Aber er entdeckte sie. »Claire!« rief er mit heiserer Stimme.

Claire lächelte, obwohl ihr überhaupt nicht danach zumute war. Doch sie wollte ihn nicht mit ihren Sorgen belasten.

»Claire«, wiederholte er und streckte ihr die gefesselten Hände entgegen, als wolle er sie zur Schau stellen. Eine seltsame Geste.

Claire kam näher. Sie hatte Tränen in den Augen. Als sie ihn umarmte und er die Zärtlichkeit nicht erwidern konnte, versetzte es ihr einen Stich ins Herz. »Die Vorstellung beginnt«, sagte sie mit geheuchelter Fröhlichkeit.

»Diese Schweine«, murmelte er.

Sie betrachtete sein Gesicht. Er weinte.

»Tom?«

»Verdammte Mistkerle. CNN hat es heute morgen gebracht. Sie haben mich zur Feier des Tages sogar fernsehen lassen.«

»Oh!«

»Wenn sie mich fertigmachen wollen, nur zu. Doch jetzt gehen sie auf dich los.« Die Wachen waren stehengeblieben und beobachteten die beiden feindselig, hüteten sich aber mittlerweile davor, dazwischenzutreten.

»Es ist wahr, Tom. Ich habe es wirklich getan.«

»Das ist mir egal. Es ist lange her und deine Privatangelegenheit...« Als er die Fäuste ballte, rasselten seine Ketten. »Zum Teufel mit ihnen. Komm, Claire, bitte nimm mich in die Arme. Diese verdammten Handschellen.«

Als sie ihn umarmte, spürte sie seinen warmen Körper.

»Ich möchte dir etwas sagen«, fuhr er leise fort. »Ich weiß, was du meinetwegen durchmachst und was sie dir antun wollen. Und ich werde immer zu dir halten, so wie du zu mir. Ich bin zwar angekettet und sitze den ganzen Tag in einer Zelle, aber ich bin für dich da. Okay? Ich denke ständig nur an dich. Du leidest genauso wie ich, vielleicht sogar noch mehr. Du hast keine Zeit mehr für Annie und bist von deinen Freunden getrennt. Außerdem kannst du mit niemandem außer mit Jackie über deine Probleme sprechen. Und jetzt auch noch das. Doch wir werden das alles gemeinsam durchstehen. Das verspreche ich dir.«

38

Die Anklage ruft Frank La Pierre in den Zeugenstand«, verkündete Waldron.

Der erste Zeuge der Anklage war der CID-Agent, der die Untersuchung gegen Ronald Kubik geleitet hatte. Frank La Pierre wurde vom Gerichtsdiener hereingeführt. Er hatte einen leicht schlurfenden Gang, der wohl von einer alten Verletzung herrührte. Das Sakko seines billig wirkenden dunklen Anzugs stand offen, als ob er es nicht geschafft hätte, es über seinem Wanst zu schließen. Auf seiner schmalen Nase saß eine Hornbrille. Das schüttere Haar hatte er hinten hochgekämmt.

Waldron verschränkte die Hände hinter dem Rücken. »Mr. La Pierre, ist es richtig, daß Sie als Special Agent für den CID arbeiten?«

»Richtig«, entgegnete La Pierre in einem sonoren Bariton.

»Sie sind also der CID-Agent, der mit dieser Untersuchung beauftragt wurde.« Als ob es einen anderen Grund für seine Anwesenheit gegeben hätte!

»Richtig.«

»Mr. La Pierre, wie lange sind Sie schon beim CID?«

»Acht Jahre.«

»Und bei welcher Dienststelle?«

»Bei der CID-Zentrale in Fort Belvoir.«

»Haben Sie ein besonderes Fachgebiet?«

»Ja.«

»Und welches wäre das?«

»Gewaltverbrechen, insbesondere Tötungsdelikte.«

»Mit wie vielen Morden hatten Sie bisher in etwa zu tun?«

»Ich bin nicht ganz sicher. So etwa mit vierzig.«

»Vierzig? Das ist aber eine ganze Menge.« Waldron ging mit La Pierre die Qualifikationen des Special Agent und seine Tätigkeit im Fall Kubik durch. Die Befragung verlief völlig sachlich, emotionslos und sehr gründlich.

Nach der Mittagspause erhob sich Claire, um den Zeugen ins Kreuzverhör zu nehmen. Einen Augenblick lang wirkte sie verwirrt. »Mr. La Pierre, Sie sagen, daß am 22. Juni 1985 siebenundachtzig Zivilisten in La Colina, El Salvador, getötet wurden. Ist das richtig?«

»Korrekt.« La Pierres Selbstsicherheit grenzte an Dreistigkeit.

»Könnten Sie bitte die getöteten Personen genauer spezifizieren?«

La Pierre stutzte. »Wie meinen Sie das?«

»Zum Beispiel, wie viele davon Männer waren.« Claire zuckte die Achseln, als wäre ihr das eben erst eingefallen.

La Pierre zögerte wieder, warf einen kurzen Blick auf Waldron und senkte den Kopf. »Keine Ahnung.«

»Wie viele davon waren Frauen?«

»Woher soll ich das wissen?«, entgegnete La Pierre gereizt.

»Und wie alt waren die siebenundachtzig Opfer?«

»Hören Sie, das ist dreizehn Jahre her.«

»Beantworten Sie bitte die Frage. Wie alt waren die Opfer?«

»Das weiß ich nicht.«

»Und wo sind sie begraben?«

»Das kann ich Ihnen bestimmt aus den Akten raussuchen...«

»Wer hat sie begraben?«

»Euer Ehren«, unterbrach Waldron ärgerlich. »Die Fragen der Verteidigung verfolgen nur das Ziel, den Zeugen zu verwirren. Sie sind unangebracht, unzulässig...«

»Stattgegeben«, erwiderte Richter Farrell, ohne eine Miene zu verziehen. »Nächste Frage, Frau Verteidigerin.«

»Danke. Mr. La Pierre, verfügen Sie über Fotos von den Leichen?«

»Nein«, entgegnete er gereizt.

»Nein? Dann vielleicht über Sterbeurkunden. Die müssen Sie doch haben.«

»Nein.«

»Nein? Aber sicher existieren Autopsieberichte.«

»Nein, aber ...«

»Mr. La Pierre, können Sie mir den Namen eines der Menschen nennen, die mein Mandant angeblich ermordet hat?«

La Pierre blickte Claire erbost an. »Nein, das kann ich nicht.«

»Nicht einmal einen einzigen Namen?«

»Nein.«

»Sie wissen also nicht, wie auch nur eines der Opfer hieß. Und trotzdem beschuldigen Sie Sergeant Kubik des Mordes an siebenundachtzig Menschen. Das haben Sie doch eben ausgesagt, Sir.«

Inzwischen fühlte sich Frank La Pierre endgültig in die Ecke gedrängt. »Ronald Kubik hat siebenundachtzig unschuldige Zivilisten ermordet ...«, verwahrte er sich entrüstet.

»Und trotzdem können Sie nicht bezeugen, daß Sie auch nur einen einzigen dieser Toten, die mein Mandant auf dem Gewissen haben soll, gesehen haben?«

»Aber ...«

»Und Sie haben keinen einzigen der Autopsieberichte dieser Toten zu Gesicht bekommen?«

»Nein.« Es klang fast, als sei er stolz darauf.

»Und auch keine der Sterbeurkunden?«

»Nein.«

»Tatsache ist also, Sir, daß Sie über kein einziges Dokument verfügen« – sie hielt inne und zog die Augenbrauen hoch –, »außer über die unter Eid abgelegten Aussagen, mit denen die Anklage beweisen will, daß am 22. Juni 1985 in La Colina siebenundachtzig Menschen umgebracht wurden. Richtig?«

»Ja.«

»Und Sie wissen auch nichts über die Identität dieser siebenundachtzig Menschen.«

»Nein.«

»Wir haben demzufolge keinen anderen Beweis als Ihr Wort?«

»Basierend auf sieben gleichlautenden, unter Eid abgelegten Aussagen ...«, unterbrach La Pierre.

»Oh, ich verstehe. Diese sieben *unter Eid abgelegten«* – bei den letzten Worten beschrieb Claire mit den Fingern zwei Ausrufezeichen in der Luft – »Aussagen. Die, wie Sie richtig sagten, absolut gleichlautend sind. Dennoch können Sie keinen Autopsiebericht vorlegen. Sie verfügen nicht über die Sterbeurkunden. Alles in allem haben Sie keinen einzigen stichhaltigen Beweis.«

Eine lange Pause entstand. »Nur die Aussagen«, meinte er schließlich.

»Mr. La Pierre, wir hatten Gelegenheit, Einblick in die Wehrdienstakten sämtlicher Angehöriger von Einheit 27 zu nehmen, die eine Aussage gemacht haben. Und wissen Sie, was das Komische ist? Nirgendwo steht etwas über einen Einsatz in El Salvador. Haben wir da etwas übersehen?«

Nun war La Pierre wieder in seinem Element. »Nein. Streng geheime Missionen werden oft nicht in den Wehrdienstakten vermerkt.«

»Also haben wir nichts übersehen.«

»Ich glaube nicht.«

»Gut. Denn in keiner dieser Akten wurde der Aufenthalt in El Salvador im Juni 1985 erwähnt.«

»Ich denke, das ist korrekt.«

»Mr. La Pierre, haben Sie meinen Beweisantrag gesehen?«

»Nein, die Anklage hat ihn mir nicht gezeigt.«

»Nun, Mr. La Pierre, die Verteidigung hat die Vorlage des Befehls beantragt, mit dem diese Soldaten nach El Salvador geschickt wurden. Aber seltsamerweise haben wir diese Akteneinsicht nie erhalten. Nun, Sie wissen ja, die Bürokratie; da geht schon mal was verloren ... Kennen Sie zufällig den Befehl, der die Mitglieder von Einheit 27 im Juni 1985 nach El Salvador beorderte?«

»Nein.«

»Keine Aufzeichnungen darüber?«

»Nein.«

»Sie haben nichts zu Gesicht gekommen?«

»Äh ... das stimmt«, stammelte La Pierre.

»Da bin ich aber erleichtert, ich nämlich auch nicht.« Im Gerichtssaal wurde gekichert. »Es freut mich zu hören, daß ich nicht die einzige bin, die sich mit der Bürokratie des Pentagon herumschlagen muß. Wie ich annehme, haben Sie sich an die Leitstelle besagter Spezialeinheit gewandt.«

»Soweit ich mich erinnere, ja.«

»Und dennoch erhielten Sie keine Aufzeichnungen dahingehend, daß die Einheit auf Befehl nach El Salvador beordert wurde?«

»Richtig.«

Claire blickte den Zeugen an, als sei ihr plötzlich etwas eingefallen. »Haben Sie versucht, sich Kopien des Befehls zu beschaffen, ohne den für gewöhnlich keine militärische Einheit in den Einsatz geschickt wird?«

»Äh ... nein.«

»Nicht? Was ist mit dem Marschbefehl? Haben Sie nicht versucht, sich den Marschbefehl zu besorgen, der Einheit 27 zu ihrer angeblichen Einreise nach El Salvador ermächtigte?«

»Äh ... nein ... aber ...«

»Wie Sie wissen, Mr. La Pierre, bin ich keine Militärangehörige.«

»Wäre ich nie drauf gekommen.«

Die Zuschauer brachen in lautes Gelächter aus. Claire lachte mit, obwohl der Witz auf ihre Kosten ging. »Und deshalb kenne ich mich in Ihrer Welt auch nicht sehr gut aus. Doch soweit ich informiert bin – und verbessern Sie mich, wenn ich falsch liege –, benötigt jeder amerikanische Soldat einen Marschbefehl, bevor er eine Reise in dienstlichem Auftrag unternimmt. Ist das korrekt?«

»Ich glaube.« La Pierre schien gelangweilt.

»Das glauben Sie also. Hmmm. Und dennoch konnten Sie keinen Marschbefehl für diese angebliche Operation in El Salvador im Juni 1985 finden.«

»Nein ... aber ...«

»Also gibt es keinerlei Bestätigung dafür, daß besagte Soldaten überhaupt in El Salvador gewesen sind.«

La Pierre blieb der Mund offenstehen. »Ich ...«, stieß er schließlich hervor.

»Vermutlich haben Sie sich bemüht«, unterbrach Claire, »Bestätigungen dafür zu finden, ob diese Operation jemals stattgefunden hat.«

»Sie wollen doch nicht etwa die Existenz dieser Operation leugnen«, fauchte La Pierre.

»Überlassen Sie mir das Fragen, Mr. La Pierre. Sie haben sicher versucht festzustellen, ob die Operation tatsächlich stattgefunden hat?«

»Das ist doch offensichtlich ...«

»Wirklich? Für wen denn? Für Sie und Major Waldron? Oder für mich, Mr. Grimes und Ronald Kubik? Für wen ist es denn offensichtlich?«

»Die Operation hat stattgefunden!« zischte La Pierre.

»Aber Sie verfügen nicht über eine Abschrift des Befehls, die das beweisen könnte.« Claire wartete seine Antwort gar nicht ab. »Mr. La Pierre, sofern ich richtig im Bilde bin – verbessern Sie mich ruhig, wenn ich mich irre –, bedarf jede verdeckte Operation des amerikanischen Militärs oder einer anderen Behörde zuvor einer Genehmigung durch den Präsidenten der USA. Ist das richtig?«

»Ich glaube.«

»Eine solche Genehmigung nennt man NSDD – National Security Decision Directive. Stimmt das?«

»Äh ... ja.«

»Und sie kann auch Verschlußsache sein?«

»In manchen Fällen.«

»In manchen Fällen gibt es aber eine geheime und eine nicht geheime Version, richtig?«

»Ich glaube.«

»Und es handelte sich bei dieser Operation um eine verdeckte Aktion?«

»Ja.«

»Also muß auch eine NSDD existieren, vermutlich eine geheime, die Einheit 27 zu der Mission in El Salvador im Juni 1985 ermächtigte. Richtig?«

La Pierre wäre beinahe die Kinnlade hinuntergefallen. »Davon weiß ich nichts.«

»Aber Sie sagten doch eben, daß jede verdeckte Operation einer Genehmigung per NSDD bedarf. Und Sie sagten auch, daß es sich um eine verdeckte Operation handelte. Deshalb muß zwangsläufig eine NSDD existieren, richtig?«

»Wahrscheinlich ja.«

»Und dennoch haben Sie sich nicht die Genehmigung für die verdeckte Operation im Juni 1985 besorgt, die vom Präsidenten der Vereinigten Staaten persönlich unterzeichnet ist?«

»Nein.«

»Ich muß mich sehr wundern, Mr. La Pierre. Interessiert es Sie als Chefermittler in diesem Fall nicht, ob diese Operation vom Präsidenten genehmigt wurde?«

»Ich bin nicht für die Außenpolitik zuständig«, stieß er hervor. »Ich befasse mich mit Gewaltverbrechen und Tötungsdelikten.«

»Sie sind für die Außenpolitik nicht zuständig«, wiederholte Claire.

»Nein.«

»Mr. La Pierre, ein Colonel der Special Forces, inzwischen Stabschef der Army, hat im Juni 1985 eine illegale Operation in El Salvador geleitet, die nicht vom Präsidenten genehmigt war. Finden Sie nicht, daß Sie ihn über seine Rechte hätten aufklären müssen?«

La Pierre warf einen Blick auf den Richter. »Ich weiß nicht, was ich dazu sagen soll.«

»Beantworten Sie einfach die Frage«, wies ihn Farrell ärgerlich an. »Haben Sie General Marks seine Rechte vorgelesen?«

»Selbstverständlich nicht.«

»Warum nicht?« erkundigte sich Claire.

»Ich hatte keinen Anlaß zu der Vermutung, daß es sich um eine illegale Operation handelte.«

»Da Sie für Außenpolitik nicht zuständig sind? Nun, Sir, ich denke, als Ermittler in einem Fall von Massenmord, der sich während einer verdeckten Operation im Ausland ereignete, sollten Sie sich über die Außenpolitik und die einschlägigen Vorschriften kundig machen.«

»Ich sehe keinen Grund dazu.«

»Wirklich?!« wunderte sich Claire. »Also halten Sie es für unwichtig zu wissen, ob eine Operation der Army gegen das Gesetz der Vereinigten Staaten verstößt?«

»Das ist nicht meine Aufgabe.«

»Lassen Sie mich noch einmal zusammenfassen: Sie wissen nichts über die Identität der Toten. Sie wissen weder, wer getötet wurde, noch ob überhaupt jemand ums Leben kam. Soviel zu dem Anklagepunkt, daß ›eine bestimmte, namentlich genannte oder beschriebene Person den Tod fand‹. Das können wir nämlich gar nicht sagen.

Ebensowenig wissen wir, ob diese Operation überhaupt stattfand. Und falls ja, bleibt weiterhin unklar, ob sie genehmigt war. Deshalb läßt sich auch nicht sagen, ob diese angeblichen Morde – die erst noch bewiesen werden müssen –, gegen das Gesetz verstießen. Wir haben keine Ahnung, ob der Präsident der Vereinigten Staaten diese Operation – sofern sie überhaupt stattfand – genehmigt hat und ob die Erschießungen in diesem Zusammenhang gesetzwidrig waren.« Bedauernd schüttelte sie den Kopf. »Euer Ehren, ich habe keine weiteren Fragen.«

39

Diesmal kam der Anruf kurz vor vier Uhr morgens. »Machen Sie nur weiter so, wir finden Sie schon«, zischte Claire und legte auf.

Devereaux meldete sich, ehe sie am Vormittag das Haus verließ. »Das FBI ist nah dran.«

»Woran?«

»Es hat den mysteriösen Anrufer bald erwischt. Es muß sich um einen öffentlichen Münzfernsprecher im Pentagon handeln.«

»Im Pentagon?«

»Genau. Der Typ, der Ihnen angst machen will, traut sich offenbar nicht, von seinem eigenen Büro aus zu telefonieren. Und mitten in der Nacht kommt man nur ins Pentagon rein, wenn man entweder dort arbeitet oder einen Berechtigungsausweis hat.«

»Das grenzt den Kreis auf etwa fünfundzwanzigtausend Personen ein«, meinte Claire höhnisch.

Das Kreuzverhör am ersten Tag war ganz nach Wunsch der Verteidigung gelaufen. Claire hatte dem CID-Agenten ordentlich eingeheizt. Waldrons anschließender Versuch, ihn als glaubwürdigen Zeugen darzustellen, war vergebliche Liebesmüh gewesen.

Am Ende des zweiten Vormittags wendete sich jedoch das Blatt.

Colonel James Hernandez trat als Zeuge der Anklage auf und wiederholte seine Aussagen von damals. Waldron hatte ihn aufgerufen, um zu bezeugen, daß tatsächlich ein Verbrechen stattgefunden hatte – in diesem Fall die Leichen der Ermordeten. Da weder Fotos der Toten noch Autopsieberichte existierten, mußte per Augenzeugenbericht sichergestellt werden, daß es diese Leichen tatsächlich gab. Hernandez machte seine Sache gut, ohne auch nur einmal ins Stocken zu geraten.

Bis kurz vor der Mittagspause ging Waldron mit Hernandez den fraglichen Tag bis zu dem Augenblick durch, als die Einheit nachts in das Dorf eingedrungen war. Hernandez sagte aus, er sei neben Ronald Kubik marschiert.

»Und was taten Sie dann?« fragte Waldron scheinbar beiläufig.

»Wir gingen von Hütte zu Hütte, weckten die Leute, holten sie aus den Betten und suchten nach Waffen und nach Spuren von versteckten Guerilleros.«

»Haben Sie Waffen oder Guerilleros gefunden?«

»Nein, Sir.«

»Haben Sie die Leute mit Waffengewalt aus den Hütten getrieben?«

»Wir haben Ihnen nur gedroht. Mit Bajonetten, Flinten, Karabinern oder Maschinengewehren. Was wir eben gerade dabeihatten.«

»Aber geschossen haben Sie nicht?«

»Das war nicht nötig. Die Leute hatten Angst. Es waren alte Männer, Frauen, Mütter mit Säuglingen und kleinen Kindern. Sie haben unsere Befehle widerstandslos befolgt.«

»Haben Sie gesehen, was Sergeant Kubik tat?«

»Ja.«

»Und was tat er?«

Hernandez richtete sich auf und blickte zur Jury hinüber. Claire hielt den Atem an. Wenn sich ein Zeuge zur Jury umdrehte, bedeutete das meist, daß er mit einer Reaktion rechnete.

»Er ... machte perverse Sachen.«

»Würden Sie diese als sadistisch bezeichnen?«

»Einspruch.« Claire sprang auf. »Der Zeuge ist, soweit ich informiert bin, weder Psychiater noch Sachverständiger für psychische Erkrankungen. Er verfügt nicht über die Qualifikation, eine Diagnose zu stellen.«

»Euer Ehren«, protestierte Waldron, offenbar verärgert, weil Claire ihn aus dem Konzept gebracht hatte. »Dem Zeugen ist es gestattet, bei der Schilderung von Vorgängen Worte zu gebrauchen, mit denen er vertraut ist.«

»Abgewiesen«, sagte Farrell.

»Fahren Sie fort«, forderte Waldron Hernandez auf. »Hat er Dinge getan, die Sie als sadistisch bezeichnen würden?«

»Ja, Sir.«

»Können Sie uns diese näher beschreiben?«

»Ein alter Mann versuchte durch das hintere Fenster seiner Hütte zu fliehen. ›Du willst abhauen?‹ fragte Sergeant Kubik. ›Ich hab dir doch gesagt, du sollst vorne rausgehen.‹ Und dann ist er mit dem Messer auf ihn los.«

»Was genau hat er gemacht?«

»Er hat ihm die Achillessehne durchgeschnitten. *Jetzt haust du mir nicht mehr ab*, sagte er.«

Als Claire sich zu Tom umwandte, schüttelte dieser den Kopf und preßte die Lippen zusammen. »Kennst du diese Geschichte?« fragte sie leise.

»Alles total erfunden«, antwortete er, immer noch kopfschüttelnd.

Waldron fuhr fort: »Und was taten Sie, als Sie Sergeant Kubik dabei beobachteten?«

»Ich sagte ihm, er solle damit aufhören.«

»Und tat er es?«

»Nein, Sir. Er drohte mir, mich zu töten, wenn ich diesen Vorfall je weitererzählen würde.«

»Hat er sonst noch etwas getan?«

»Ja, Sir. Es war entsetzlich.« Hernandez wirkte ehrlich erschüttert. Entweder sagt er die Wahrheit, oder er ist ein genialer Schauspieler, dachte Claire. »Da war ein kleiner Junge, nicht älter als zehn, der ihn mit Steinen bewarf und ihn beschimpfte. Kubik hat ihn zu Boden geschleudert und ihm mit dem Messer den Bauch aufgeschlitzt.«

»Wie genau?«

»Er hat ihm ein Ypsilon eingeritzt, nicht sehr tief. Es ging ganz schnell.«

»Und wozu sollte das gut sein?«

»Es war ein furchtbarer Anblick, Sir.« Hernandez verzog das Gesicht. »Wenn man so was tut ... nun, die Eingeweide des Jungen quollen heraus. Seine ganzen Gedärme ... Das Opfer stirbt einen langsamen, qualvollen Tod. Ich habe Kubik angebrüllt, aber dem schien das offenbar Spaß zu machen.«

»Hat der Typ diesen Vorfall schon mal bei einer Aussage erwähnt?« flüsterte Claire Grimes zu.

Grimes schüttelte den Kopf. »Soweit ich weiß, nicht.«

»Auch nicht in seiner ursprünglichen Aussage beim CID?«

»Auf keinen Fall. Glauben Sie, ich würde so was vergessen?«

»Wir müssen Einspruch erheben.«

»Beantragen Sie eine Sitzung nach Artikel 39(a) in Abwesenheit der Jury.«

Claire erhob sich. »Euer Ehren, wir hören diese Aussage heute zum erstenmal. Wir sind darauf nicht vorbereitet und beantragen eine Sitzung nach Artikel 39(a).«

»Ist das wirklich nötig?« fragte Farrell.

»Sir, es ist ein Skandal. Der Zeuge sagt Dinge aus, die er bis jetzt noch nie erwähnt hat, weder bei der Vernehmung durch den CID noch bei den Gesprächen mit der Anklagevertretung oder mit uns ...«

»Einverstanden«, unterbrach sie Richter Farrell. »Die Mitglieder der Jury mögen den Raum verlassen.«

Alle im Gerichtssaal standen auf, als die Angesprochenen vom Gerichtsdiener hinausgeführt wurden.

»Euer Ehren«, fuhr Claire fort, nachdem sie draußen waren und man auch Hernandez aus dem Saal geschickt hatte. »Dieser Zeuge wurde über die fraglichen Vorfälle unzählige Male vernommen. Von Ermittlungsbeamten der Army, vom Ankläger und von uns. Mit keinem einzigen Wort hat er diese angeblichen sadistischen Handlungen meines Mandanten erwähnt. Falls die Anklage uns nun weismachen will, daß der Zeuge sich nach einer Hypnosesitzung an diese Ereignisse erinnert, möchte ich es jetzt gleich erfahren. Denn mittlerweile sind hypnoseinduzierte Erinnerungen auch bei den Gerichten …«

»Euer Ehren«, unterbrach Waldron. »Die Vorfälle fanden vor dreizehn Jahren statt. Angesichts der von Sergeant Kubik begangenen Greueltaten ist es nur natürlich, daß der Zeuge sie verdrängt hat.«

Claire blickte Waldron erstaunt an. »Will die Anklage damit sagen, daß der Zeuge sich unmittelbar nach den angeblichen Vorfällen beim Verhör durch den CID 1985 nicht mehr daran erinnern konnte? Euer Ehren, im Licht der geänderten Aussage verlangen wir ein erneutes Gespräch mit dem Zeugen. Außerdem brauchen wir Zeit für eine Unterredung mit unserem Mandanten und eine Besprechung.«

»Ihrem Antrag wird stattgegeben«, entgegnete Farrell. »Wir treten nach der Mittagspause wieder zusammen, das heißt um vierzehn Uhr.«

Als Waldron sich an Claire vorbeidrängte, sagte er beiläufig: »Ich habe Ihren Namen in der Zeitung gelesen.«

Bevor Claire eine passende Antwort einfiel, war er auch schon verschwunden.

Jimmy Hernandez' Vernehmung fand in einem kleinen Konferenzraum im Sicherheitsbereich statt.

Hernandez wirkte verlegen und blickte unruhig hin und her.

»So, so«, begann Grimes. »Bei Ihnen ist also plötzlich die Erinnerung zurückgekehrt.«

Hernandez runzelte die Stirn und rutschte auf seinem Stuhl herum.

»Hat man Sie hypnotisiert?« fragte Grimes.

Hernandez' Miene wurde noch finsterer. Er verdrehte die Augen.

»Hat es Ihnen die Sprache verschlagen? Haben Sie uns etwas zu sagen, das Sie bei unseren früheren Gesprächen vergessen hatten?«

Hernandez schwieg. Er strich sich mit dem Zeigefinger über die Narbe unter seinem rechten Auge.

»Ich muß Sie mal was fragen«, fuhr Grimes fort. »Wie lange kennen Marks und Sie sich schon?«

Ein Achselzucken.

»Hören Sie, Colonel«, schaltete sich Claire ein. »Wir verfügen über Kopien der Empfehlungen, auf deren Grundlage Sie nach dem Vietnamkrieg Ihre erste Tapferkeitsmedaille in Bronze erhielten. Einer der Augenzeugen, die Ihre Auszeichnung befürworteten, war William O. Marks. Also kennen Sie beide einander vermutlich seit einer Weile. Mich interessiert, wie oft Sie unter ihm gedient haben.«

»Oft«, entgegnete Hernandez schließlich. »Bei vielen Einsätzen.«

»Oft«, wiederholte Claire. »Können Sie das etwas genauer ausführen?«

Wieder nur ein Achselzucken.

Die Vernehmung dauerte fast eine Stunde.

Als Claire, Embry und Grimes in den Konferenzraum traten, wo Tom sie erwartete, blieben die Wachen vor der Tür stehen. Tom sprang auf. »Jedesmal, wenn ich glaube, daß es nicht mehr schlimmer kommen kann, denken die sich was Neues aus«, sagte er.

»Ich nehme an, Sie weisen die Vorwürfe zurück«, sagte Grimes und reichte ihm einen doppelten Cheeseburger in einer Pappschachtel und eine große Portion Pommes frites.

»Hoffentlich soll das ein Witz sein«, entgegnete Tom. Hungrig packte er den Cheeseburger aus und biß hinein.

»Leider nein. Es handelt sich um schwerwiegende Anschuldigungen, ganz gleich aus welcher Ecke sie kommen.«

Tom schluckte den Bissen rasch hinunter und schüttelte den Kopf. Seine Anwort klang trotzdem gedämpft. »Natürlich weise ich die Vorwürfe zurück. Wie können Sie mir so eine Frage stellen?«

»Das ist nun mal mein Job.«

»Claire, du glaubst diesen Mist doch nicht etwa?« Tom legte den Cheeseburger weg.

»Nein. Die Art und Weise, wie die Anschuldigungen vorgebracht wurden, macht mich mißtrauisch. Ich kann mir nicht vorstellen, daß Hernandez auf einmal die Wahrheit sagt.«

»Darauf wollte ich nicht hinaus, Claire«, hakte Tom nach. »Ich rede von mir selbst. Vergiß diesen juristischen Mumpitz. Du denkst doch nicht allen Ernstes, daß ich so was getan habe!«

Sie spürte, wie sich ihr der Magen zusammenkrampfte. »Nein, Tom«, antwortete sie. »Natürlich glaube ich das nicht. Terry, könnten Sie Hernandez' Krankenakte besorgen?«

»Klar«, entgegnete Embry. »Das hoffe ich wenigstens.«

»Aber ganz unauffällig, okay? Ich will nicht, daß Waldron es mitkriegt. Er könnte uns zwingen nachzuweisen, daß es für das Verfahren relevant ist.«

»Kein Problem. Wonach suchen wir eigentlich?«

»Korrigieren Sie mich, wenn ich falsch liege, aber sind psychiatrische Gutachten beim Militär nicht vom Arztgeheimnis befreit?«

»Beim Militär gibt es kein Arztgeheimnis«, warf Grimes ein. »Sie vermuten doch nicht etwa, daß dieser Mistkerl je beim Seelenklempner war?«

»Freiwillig bestimmt nicht. Aber vielleicht hat er den Befehl dazu gekriegt. Jedenfalls ist es eine Überprüfung wert. Vielleicht finden wir ja was Interessantes über ihn raus.«

»Was denkst du?« fragte Tom.

»Irgendwas stimmt mit ihm nicht.«

Tom sah sie fragend an. »Inwiefern?«

»Versucht er nur, seinen Chef zu decken, oder steckt da noch mehr dahinter?«

Tom schüttelte den Kopf. »Er will bloß verhindern, daß Marks Ärger bekommt.«

»Hoffentlich hast du recht. Es wäre fatal, wenn wir etwas übersehen hätten.«

Als das Gericht nach der Mittagspause wieder zusammentrat, wurden die Jury und Hernandez hereingeführt. Bevor Claire mit dem Kreuzverhör begann, ging sie ein paarmal vor dem Zeugen auf und ab und versuchte, den richtigen Einstieg zu finden.

»Mr. Hernandez, als Sie 1985 vom CID vernommen wurden ...«

»Einspruch«, unterbrach Waldron. »Der Zeuge ist Colonel und hat Anspruch auf den Respekt, der ihm gemäß seines Ranges zusteht. Euer Ehren, fordern Sie die Verteidigung bitte auf, ihn mit *Colonel* Hernandez anzusprechen.«

»Gut, Euer Ehren«, fuhr Claire fort. »Colonel Hernandez, wurden Sie bei der Vernehmung durch den CID 1985 aufgefordert, eine vollständige Schilderung der Vorfälle in La Colina abzugeben?«

»Ja ...«

»Danke. Haben Sie das getan?«

»Nein.«

»Aha«, meinte Claire und sprach rasch weiter. »Waren Sie sich darüber im klaren, daß Sie die Aussage unter Eid ablegten, und wußten Sie, daß Sie das verpflichtet, die ganze Wahrheit und nichts als die Wahrheit zu sagen, so wahr Ihnen Gott helfe?«

»Ja«, erwiderte Hernandez.

»Waren Sie sich auch während Ihrer Aussage bei der Anhörung nach Artikel 32 dessen bewußt, daß Sie die Wahrheit und nichts als die Wahrheit sagen mußten?«

»Ja.«

»Da bin ich aber erstaunt, Colonel. Haben Sie sich also absichtlich entschlossen, bei der Anhörung die eben ausgesagten Einzelheiten über die angeblichen Vorfälle zu verschweigen?«

Die Frage verwirrte ihn, und er mußte eine Weile überlegen. »Äh ... ja ... aber wie ich Ihnen schon erklärt habe ...«

»Beantworten Sie bitte nur die Frage. Colonel, wenn Sie dem CID unter Eid nicht die ganze Wahrheit gesagt und bei der Anhörung, ebenfalls unter Eid, auch einen Teil der Wahrheit verschwiegen haben – warum sollten wir Ihnen heute glauben?«

»Ich sage die Wahrheit!«

»Die ganze Wahrheit?«

»Genau!«

»Weil Sie unter Eid stehen?«

Er zögerte. »Weil ich die Wahrheit sage.«

»Nun gut. Danke, daß Sie der Jury diesen feinen Unterschied klargemacht haben. Sie sagen also die ganze Wahrheit, weil Sie die Wahrheit sagen. Vielen Dank.«

»Einspruch, Euer Ehren!« rief Waldron. »Die Verteidigung bedrängt den Zeugen.«

»Fahren Sie fort, Ms. Chapman«, mahnte Richter Farrell.

»Colonel Hernandez, haben Sie der Anklage vor dem Prozeß von diesem Zwischenfall erzählt?«

Wieder wirkte Hernandez verlegen. Claire konnte ihm seine Gemütszustände inzwischen vom Gesicht ablesen. »Nein«, erwiderte er schließlich.

»Darf ich Sie daran erinnern, daß Sie unter Eid stehen?«

»Euer Ehren!« protestierte Waldron.

»Nein«, wiederholte Hernandez.

»Colonel Hernandez, hat außer Ihnen noch jemand die geschilderten Ereignisse beobachtet? Zum Beispiel, daß dem kleinen Jungen der Bauch aufgeschlitzt wurde?«

»Nur ich und Kubik.«

»Niemand sonst kann Ihre Aussage bestätigen?«

»Wahrscheinlich nicht. Aber ich habe es gesehen.«

»Also können wir uns nur auf Ihre Erinnerung an ein dreizehn Jahre zurückliegendes Ereignis verlassen? Und das, obwohl Sie uns gerade demonstriert haben, wie unzuverlässig Ihr Gedächtnis ist?«

»Mein Gedächtnis ist nicht unzuverlässig!« brüllte Hernandez. »Ich habe gesagt, daß …«

»Danke, Colonel«, unterbrach Claire.

Hernandez warf Waldron einen flehenden Blick zu. »Muß ich diese Frage beantworten?«

»Es reicht!« rief Farrell mit dröhnender Stimme.

»Colonel«, fuhr Claire fort. »Ich habe noch eine Frage an Sie. Was haben Sie eigentlich getan, während Sergeant Kubik diese schrecklichen Greueltaten beging?«

»Ich holte die Leute aus ihren Hütten.«

»Das nahm doch wohl Ihre ganze Aufmerksamkeit in Anspruch. Schließlich konnten Sie ja nicht wissen, ob sich Guerilleros in diesen Hütten versteckten. Richtig?«

Wieder machte Hernandez ein verwirrtes Gesicht. Er sah Claire argwöhnisch an. »Ich konnte sehen, was Kubik tat.«

»Wirklich? Fassen wir noch einmal zusammen: Sie sahen, wie er einem alten Mann und dessen Familie Befehle gab. Sie sahen, wie er den alten Mann verfolgte, als dieser aus dem Fenster kletterte. Sie sahen, wie er dem alten Mann die Achillessehne durchtrennte. Sie sahen – und hörten –, daß er ihn verhöhnte. Dann sahen Sie, wie ein kleiner Junge Kubik mit Steinen bewarf und wie Kubik den Jungen zu Boden schleuderte und ihm den Bauch aufschlitzte. Sie haben aber eine ganze Menge gesehen.«

»Ich mußte einfach hinschauen. Die Leute haben geschrien.«

»*Nachdem* er ihnen all das angetan hat?«

»Und davor, weil sie Angst vor ihm hatten.«

»Wie lange haben diese Vorfälle insgesamt gedauert?«

»Vielleicht fünf oder zehn Minuten.«

»Zehn Minuten! Und Sie konnten das alles zehn Minuten lang seelenruhig beobachten, während Sie selbst eine gefährliche Aufgabe zu erledigen hatten, bei der Sie sich konzentrieren mußten – die es Ihnen eigentlich unmöglich machte, auch nur kurz den Blick abzuwenden, weil Sie sonst Ihr Leben riskiert hätten?«

Verstockt und feindselig starrte Hernandez sie an. Offenbar gab er sich geschlagen. Er schwieg.

»Unfaßbar«, sagte Claire kopfschüttelnd und setzte sich wieder an ihren Tisch.

»Einspruch, Euer Ehren!« rief Waldron.

»Stattgegeben.«

»Ich ziehe die letzte Bemerkung zurück«, meinte Claire. Tom klopfte ihr auf die Schulter.

»Herr Ankläger, wollen Sie den Zeugen noch einmal befragen?«

»Ja, Sir.« Waldron erhob sich und baute sich vor seinem Zeugen auf. »Colonel Hernandez, Sie mußten sich doch nach Ihrer Rückkehr von dieser Mission in El Salvador einem ausführlichen und ermüdenden Verhör durch den CID unterziehen.«

»Richtig«, antwortete Hernandez. Er klang wie ein Verdurstender, der endlich Wasser gefunden hat.

»Erzählen Sie mir von dieser Vernehmung.«

»Mann, die haben mich so richtig in die Mangel genommen. Das waren ganz harte Burschen.«

»Die Ermittlungsbeamten vom CID?«

»Ja. Die haben das Spiel guter Bulle/böser Bulle mit mir veranstaltet. Außerdem wollten sie mit mir einen Lügendetektortest machen. Und es sah aus, als würden sie mich zusammen mit Kubik verknacken. Ich dachte, wenn ich ihnen erzähle, bei welchen Perversionen ich Kubik beobachtet habe, würden sie denken, daß ich mitgemacht habe. Oder sich fragen, warum ich nicht eingeschritten bin.«

»Und warum sind Sie nicht eingeschritten?« erkundigte sich Waldron ruhig.

»Von einem durchgeknallten Typen wie dem hält man sich besser fern. Im Selbstverteidigungslehrgang hat man uns beigebracht, daß man immer aus der Schußlinie gehen soll. Ich wußte ja, daß er dabei war auszuflippen.«

»Sie befürchteten also, man würde Sie wegen des Verbrechens anklagen?«

»Der Überlebende ist immer verdächtig.«

»Aber Sie dachten doch nicht nur daran, sich selbst zu retten.«

»Ich habe mir überlegt, daß es dem Ruf der Army schaden würde, wenn die Sache herauskommt. Und diese Genugtuung wollte ich dem CID nicht gönnen. Ich habe gehofft, daß irgendwann Gras über die Sache wächst, Sie wissen schon, was ich meine.«

»Und was war mit Kubik?« wechselte Waldron geschickt das Thema. »Ich habe geglaubt, Sie mochten ihn nicht besonders.«

»Das hat nichts damit zu tun. Wir waren zwar nicht unbedingt Freunde, aber wir hatten zusammen die Ausbildung gemacht, und ein paar Monate zuvor hatte er mir das Leben gerettet. Er hat mich zurückgehalten, als ich in Nicaragua beinahe auf eine Mine getreten wäre. Ich hatte den Stolperdraht übersehen.«

»Also glaubten Sie, ihm etwas schuldig zu sein, und haben seine Verbrechen deshalb heruntergespielt.«

»Genau. Später, bei der Anhörung, befürchtete ich, vielleicht Ärger zu kriegen, weil ich einen falschen Eid abgelegt habe, oder wie man das nennt. Ich habe wirklich lange darüber nachgegrübelt. Und dann habe ich mich entschlossen, hier vor Gericht endlich die Wahrheit zu sagen.«

»Danke«, meinte Waldron zufrieden.

»Möchte die Verteidigung das Kreuzverhör noch einmal aufnehmen?« fragte Richter Farrell.

Das Kinn in die Hand gestützt, dachte Claire kurz nach. »Ja, Euer Ehren.« Sie erhob sich. »Colonel Hernandez, Sie lieben doch die Army.«

»Ja«, erwiderte er wie aus der Pistole geschossen.

»Wie oft haben Sie unter General Marks gedient?«

»Einige Male.«

»Bei fünf Einsätzen, ist das richtig?«

»Ja.«

»Stimmt es, daß General Marks jedesmal Ihr direkter Vorgesetzter war und daß Sie nach Feierabend auch privaten Umgang mit ihm hatten?«

Hernandez zögerte einen Moment. »Ja«, antwortete er in zackigem Ton.

»Sie würden General Marks überallhin folgen, richtig?«

Wieder zögerte er und starrte sie dann an. »Ich bin General Marks schon oft gefolgt und würde es auch wieder tun. Der General umgibt sich gern mit vertrauenswürdigen Menschen, und ich weiß, daß er mir vertraut. Und ich vertraue ...«

»Danke, Colonel«, sagte Claire.

»Euer Ehren«, unterbrach Waldron. »Worauf will die Frau Verteidigerin hinaus?«

»Ja«, meinte der Richter. »Erklären Sie mir das bitte, Frau Verteidigerin.«

»Voreingenommenheit, Euer Ehren.«

»Gut, fahren Sie fort.«

»Haben Sie eine Antwort darauf, Colonel, warum wir über den Vorfall am 22. Juni 1985 in La Colina keinen einzigen Bericht gefunden haben, nicht einmal einen geheimen?«

Hernandez sah sie mit einem hochmütigen, undurchdringlichen Blick an. »Vielleicht haben Sie nicht gründlich genug gesucht.«

»O doch, wir haben überall gesucht, Colonel. Major Waldron hat mir sogar sein Ehrenwort als Offizier gegeben, daß ein solcher Bericht nicht existiert. Wollen Sie behaupten, daß Sie damals keinen geschrieben haben?«

»Das ist korrekt. Ich habe keinen geschrieben.«

»Wissen Sie, wer sonst den Bericht über den Zwischenfall vom 22. Juni 1985 verfaßt haben könnte?«

»Nein.«

»Wurden die Umstände des angeblichen Massakers vom 22. Juni 1985 vielleicht in anderer Form festgehalten?«

Er überlegte. »Ich glaube, der Chef hat etwas notiert, aber ich habe es nicht gesehen.«

»Mit Chef meinen Sie General Marks, damals Colonel Marks?«

»Ja.«

»Danke«, sagte sie mit einem Funkeln in den Augen. »Ich habe keine weiteren Fragen.«

40

Die drei Anwälte saßen in einem Café in Manassas.

»Es ist zum Kotzen!« schimpfte Grimes und widmete sich seinem überdimensionalen Stück Käsekuchen. Offensichtlich war er bei den Besitzern des Cafés sehr beliebt. »Die Jury wird Hernandez die Motive für seine Heimlichtuerei abnehmen, nämlich daß er einem Kameraden helfen, den Korpsgeist hochhalten und den guten Ruf der Army schützen wollte. So ein Mist! Es fehlte nur noch, daß er den lieben Gott erwähnte.«

Claire trank einen Schluck schwarzen Kaffee und betrachtete wehmütig das Rauchen-Verboten-Schild über ihrem Tisch. »Aber es ist doch erstunken und erlogen«, sagte sie. Embry nickte zustimmend.

»Glauben Sie, der hat sich das alles nur ausgedacht, um seine Geschichte auszuschmücken? Als Sahnehäubchen sozusagen? Oder hat Waldron von ihm verlangt, daß er sich plötzlich an alles erinnert?«

»Sicher hat Waldron seine Hände im Spiel«, warf Embry ein. »Hernandez hat lauter plausible Gründe für seinen Patzer genannt. Jeder normale Mensch hätte einfach behauptet, er hätte es vergessen.«

»Kann sein«, meinte Grimes. »Aber die Jury ist sicher anderer Ansicht.«

»Also hat die Gegenseite einen Punkt Vorsprung«, stellte Claire fest. »Hätte ich ihn noch mal in die Zange nehmen sollen?«

Embry schüttelte erstaunt den Kopf. Grimes überlegte. »Vielleicht«, sagte er schließlich. »Ich weiß nicht, was ich an Ihrer Stelle getan hätte.«

Sie nickte. »Gut. Es war eine ziemlich schwere Entscheidung. Ein Strafprozeß ist ein Psychodrama – mit einer Portion Glück.«

Die Besitzerin erschien mit einer Kaffeekanne. Sie war eine vollbusige Schwarze mittleren Alters, die nach Schweiß und dem Parfüm »Opium« roch. »Noch ein Täßchen, Schatz«, meinte sie und tätschelte Grimes die Schulter.

Er hielt ihr die Tasse hin. »Danke, Baby.«

»Die anderen auch?« fragte sie. Embry und Claire schüttelten den Kopf. »Schmeckt dir mein Kaffee, Schatz?« wollte die Wirtin von Grimes wissen.

»Wie bei meiner Mama, bevor sie in den Knast gewandert ist.«

Die Frau war einen Moment verdutzt. Grimes lachte. »Aber er ist nicht so süß wie du.«

»Du weißt ja nicht, wovon du redest«, wies sie ihn scherzhaft zurecht und ging weiter.

»Wenigstens haben wir noch Mark Fahey in petto«, fuhr Embry fort.

»Einen einzigen Zeugen, und die anderen haben zehn«, erwiderte Claire bedrückt. »Hat er schon eine Vorladung gekriegt?«

Embry nickte. »Die Anklage ist auch informiert. Fahey ist in drei Tagen hier und sagt aus.«

»In was für einer Bruchbude wird die Regierung ihn wohl unterbringen«, meinte Grimes und schob sich eine gewaltige Portion Kuchen in den Mund.

»Was ist mit den Abschriften?« erkundigte sich Claire.

»Ich habe fünf Schreibkräfte eingestellt«, erklärte Embry. »Das wird ganz schön teuer.«

»Ich muß das Gespräch mit Abbott noch mal durchlesen. Ist es schon fertig?«

»Fast. Vielleicht heute abend. Die Frauen arbeiten rund um die Uhr. Deshalb kostet es ja so viel.«

Grimes blickte auf. Er hatte Krümel am Mund. »Kriegen Sie immer noch komische Anrufe?«

Claire nickte. »Ja, aber wenn ich den Anrufbeantworter laufen lasse, legt er auf. Anscheinend hat er Angst, uns eine Stimmprobe zu hinterlassen. Ray sagt, die Fangschaltung des FBI hätte bis jetzt nichts gebracht. Der Typ wechselt ständig die Telefongesellschaften, und die Anrufe dauern immer nur ein paar Sekunden.«

»Irgendwann wird es ihm zu blöd werden«, meinte Grimes. »Schließlich hat er erreicht, was er wollte – Ihnen einen Schrecken einzujagen. Nur, daß er damit nichts bewirkt hat.«

»Macht es Ihnen was aus, wenn ich jetzt gehe?« fragte Embry. »Ich muß noch tonnenweise ballistische Gutachten durchackern. Und außerdem brüte ich gerade an einer Idee.«

»Schießen Sie los«, forderte Claire ihn auf.

»Erst, wenn ich mir sicher bin.« Embry erhob sich.

Nachdem er weg war, erzählte Claire Grimes von Lentinis Anruf.

»Verdammt!« rief Grimes aus. »Endlich meldet er sich. Traut sich wohl nicht aus seinem Loch.«

»Wahrscheinlich aus gutem Grund.«

»Ich will dabeisein. Wir wissen ja nichts über ihn, und ich bin kein Freund von Geheimniskrämerei.«

»Ich komme schon allein zurecht.«

Grimes überlegte eine Weile. »Darf ich Sie was fragen?«

Sie sah ihn an.

»War der Bericht in der *Post* nur erstunken und erlogen?«

»Nein.«

Er nickte nachdenklich. »Was soll's, Claire. Jeder macht mal einen Fehler.«

»Fehler?« Claire lachte bitter.

»Wir haben alle was zu verbergen. Dinge, die wir heute bereuen.«

Claire schwieg. Es war ihr peinlich, mit Grimes über dieses Thema zu sprechen. Der aber ließ nicht locker. »General Marks hat doch gesagt, Sie könnten sich die Karriere verbauen, wenn Sie den Fall weiterverfolgen. Offenbar hat er das ernst gemeint.«

»Scheint so.«

»Glauben Sie, daß er oder einer seiner Mitarbeiter jemanden beauftragt hat, diese alte Geschichte auszugraben?«

»Vermutlich ist es bei der Sicherheitsüberprüfung durch das FBI rausgekommen. Durch einen meiner Professoren in Yale.« Sie nannte Grimes den Namen, den dieser kannte. »Man braucht nur einen Freund des Generals im CID sitzen zu haben.«

»Also irgendeinen Typen, der Karriere machen will und dem Chef in den Hintern kriecht. Wollen Sie das dem Richter melden und eine Untersuchung verlangen?«

»Wozu? Damit er es ablehnt oder wirklich eine Untersuchung anordnet, bei der garantiert nichts herauskommen wird? Schließlich kann man auf Informationen keine Fingerabdrücke nachweisen.«

Als Treffpunkt hatte sich Robert Lentini ein Restaurant oben auf einem Hügel, etwa hundert Kilometer entfernt von Washingon, ausgesucht. Es lag in den Catoctin-Bergen in Maryland, nordwestlich der Hauptstadt. An einer Ausfahrt der Route 70 erblickte sie das Hinweisschild, auf dem in gotischen Lettern BERGCHALET stand. Claire konnte das hellerleuchtete Lokal von der Straße aus erkennen, das aus der Ferne einem Skihotel in den Alpen ähnelte. Die Straße war schmal und steil und bot kaum Platz für den Gegenverkehr. Der Motor des Mietwagens hatte ziemlich mit der

Steigung zu kämpfen, und Claire mußte immer wieder in einen niedrigeren Gang schalten.

Sie stellte das Auto auf dem kleinen Parkplatz ab. Sonst standen dort nur noch drei andere Wagen, obwohl es keine weiteren Parkmöglichkeiten zu geben schien. Inzwischen ahnte Claire, warum Lentini sich für dieses Restaurant entschieden hatte: ganz sicher nicht, um ihr eine Freude zu machen, oder wegen des geschmacklosen pseudo-schweizerischen Stils, sondern weil man die Umgebung von hier aus kilometerweit überblicken konnte.

Sie blieb im Auto sitzen und überprüfte das Uher-Aufnahmegerät, das sie versteckt am Körper trug. Ray hatte es mit Klebeband an ihrem Rücken befestigt. Ein Draht lief, verborgen unter ihrem Büstenhalter, nach vorne. Rasch schaltete sie das Gerät an. Der kleine Hebel dazu befand sich neben ihrer linken Brust. Ein zufälliger Beobachter hätte angenommen, daß sie sich bloß kratzte. Dann blätterte sie die Papiere in ihrer Ledermappe durch und setzte unauffällig das zweite Aufnahmegerät in Gang, das als Marlboroschachtel getarnt war – zwar nicht ihre Marke, aber sie wollte ja nicht kleinlich sein. Natürlich war es möglich, daß er sie auf Mikrophone untersuchte, doch dieses Risiko mußte sie eingehen.

Denn Claire rechnete nicht damit, daß Lentini sich zu einer Aussage vor Gericht bereit erklären würde.

Sie stieg aus und begab sich, die Mappe in der Hand, zum Haupteingang. Beim Anblick der Inneneinrichtung mußte sie kurz schlucken: kopfsteingepflasterte Böden, eine niedrige Decke mit Holzbalken, die schon aus der Entfernung falsch wirkten, künstlich verwitterte Holztische, kitschige Buntglasfenster und ein riesiger offener Kamin, in dem trotz der sommerlichen Hitze Gasflammen um Attrappen von Holzscheitern züngelten. Sie setzte sich an einen Tisch am Fenster, das eine Aussicht auf das Tal bot, und wartete.

Inzwischen war es schon nach neun, und noch immer war kein Lentini erschienen. Claire bestellte eine Cola.

Um zwanzig nach neun beschlichen sie erste Zweifel, ob er überhaupt noch kommen würde. Sie machte einen Rundgang durch das fast leere Restaurant, entdeckte aber nur Paare. Keiner der Anwesenden sah aus, als wäre er Lentini. Dann wandte sie sich an den maître d'hôtel, der jedoch von nichts wußte. Schließlich rief sie zu Hause an, aber Jackie teilte ihr mit, daß sich niemand gemeldet habe.

Um Viertel vor zehn beschloß Claire zu gehen. Daß sie sich im Treffpunkt geirrt haben könnte, war ziemlich unwahrscheinlich, denn es gab in diesem abgelegenen Städtchen sicher kein zweites Bergchalet im nachgemachten Alpenstil. Bestimmt hatte Lentini es sich anders überlegt oder kalte Füße bekommen.

Sie legte zwei Dollar für die Cola auf den Tisch und ging hinaus auf den Parkplatz. Inzwischen standen zwei weitere Autos dort. Doch kein Mensch war zu sehen, auf den Lentinis Beschreibung zugetroffen hätte.

Verärgert stieg Claire ins Auto und startete den Motor. Als sie den Parkplatz verließ, erwartete sie fast, daß er vielleicht doch noch um die Ecke biegen würde. Aber nein. Er hatte sie versetzt.

Vorsichtig fuhr sie die schmale Bergstraße entlang. Da es bereits dunkel war, befürchtete sie, ein anderer Wagen könnte unvermittelt um die Kurve schießen und mit ihr zusammenstoßen. Deshalb schaltete sie bei der nächsten Haarnadelkurve die Nebelleuchte ein und bremste. Doch die Bremse ließ sich einfach durchtreten.

»O mein Gott!« rief sie aus. Auch beim zweiten Versuch reagierte die Bremse nicht, und die Kurve näherte sich bedrohlich. Claire lenkte scharf nach links, um nicht in den Abgrund zu stürzen.

Allerdings wurde der Wagen wegen des Gefälles immer schneller und schneller. Heftig kurbelte Claire am Lenkrad und geriet ins Schlingern. Bald würde sie die Kurve erreicht haben. Ein letztesmal testete sie die Bremse. Defekt.

Das Auto raste auf den Abgrund zu. Claire riß an der Handbremse, aber auch sie ließ sich ohne Widerstand hochziehen. Der Hebel klapperte lose im Lager.

»O mein Gott!« schrie sie wieder. Wie erstarrt blickte sie auf die Straße. Das Auto schlingerte, die Bäume am Straßenrand verschwammen. Schneller und schneller. Was war, wenn ihr jetzt ein Auto entgegenkam? Claire krampfte sich der Magen zusammen.

»Nein!« rief sie. »Bitte nicht!«

Tränen traten ihr in die Augen, doch sie wandte den Blick nicht von der Straße ab. Ihre Hände umklammerten das Lenkrad. Und das Auto sauste immer weiter, erst mit hundert, schließlich mit hundertzwanzig Sachen. Kurz fühlte sich Claire wie eine unbeteiligte Zeugin, die die Szene seelenruhig aus der Vogelperspektive beobachtete. Dann aber wurde sie wieder von Todesangst ergriffen, sie schrie aus Leibeskräften und saß wie gelähmt in ihrem Sitz, während das Auto weiterraste. Sie schaltete in den Leerlauf – ohne Erfolg.

Soll ich den Motor abstellen? Nein, lieber nicht. Dann läßt sich der Wagen nicht mehr lenken!

Sie drehte das Steuer abwechselnd nach links und nach rechts.

Und im nächsten Moment sah sie vor sich mitten auf der Straße einen grünen Militärjeep mit zwei großen Benzinfässern auf der Ladefläche.

Ein Zusammenstoß war unvermeidlich!

Einer plötzlichen Eingebung folgend, riß sie das Steuer nach links und fuhr die steile, mit Gestrüpp bewachsene Böschung hinauf. Während das Auto krachend über die niedrigen Büsche und über Felsen holperte, wurde es beträchtlich langsamer, und genau darauf hatte Claire gehofft. Sie zwang sich, die linke Hand vom Lenkrad zu nehmen, und tastete eine Weile vergeblich nach dem Türgriff, da sie nicht wagte, den Blick vom Weg abzuwenden. Endlich stießen ihre Finger auf Metall. Sie zog am Griff, und die Tür flog auf.

In panischer Angst duckte sich Claire und ließ sich hinausfallen. Sie prallte mit dem Kopf gegen etwas Hartes. Ein heftiger Schmerz schoß ihr durch die Wirbelsäule, und sie spürte den Geschmack von Blut im Mund. Die Augen fest zusammengekniffen, hörte sie, wie das Auto weiterschleuderte, auf die Straße zurückschoß. Dann ein Aufprall mit einem furchterregenden metallischen Knirschen.

Sie kauerte sich am Straßenrand auf den mit Tannennadeln bedeckten Boden. Ihr Schädel pochte. Endlich faßte sie sich ein Herz und öffnete die Augen. Als sie auf die Straße blickte, sah sie, daß ihr Auto mit dem Jeep kollidiert war. Im nächsten Moment gab es eine ohrenbetäubende Explosion, und als Claire wieder die Augen schloß, sah sie noch durch die Lider blitzende Lichtfunken. Das Benzin hatte Feuer gefangen. Laut um Hilfe rufend, rannte Claire die Straße entlang.

Einige Minuten später – es kam ihr vor, als wäre sie eine Ewigkeit durch die Finsternis gestolpert – fiel ihr ein, daß sie ja ihr Mobiltelefon bei sich hatte.

Fünfter Teil

41

Ich ziehe bei dir ein«, sagte Devereaux. »Du hast mehr Zimmer als das Hilton, und die Absteige, in der ich wohne, geht mir allmählich auf die Nerven. Außerdem brauchst du Schutz.«

Claire lag auf dem Sofa in einem der Wohnzimmer. Jackie und Grimes saßen mit besorgten Gesichtern daneben. Es war kurz vor ein Uhr nachts. Claire hatte einige Verletzungen davongetragen, besonders an der Seite und der linken Hüfte, mit der sie auf den Felsen aufgeprallt war. Dazu kamen noch ein paar Abschürfungen, insbesondere ein langer, scheußlicher Kratzer, der über ihre Wange bis hinunter zum Hals verlief, und rasende Kopfschmerzen. Die Polizei von Maryland hatte sie über eine Stunde lang befragt, aber sie wußte, daß bei ihrer Untersuchung nichts herauskommen würde.

»Ich brauche keinen Schutz, Ray«, protestierte sie mit schwacher Stimme.

»Natürlich«, höhnte er. »Du doch nicht. Jemand spielt an deinen Bremsen herum und stellt dir rein zufällig einen Jeep mit zwei Benzinfässern in den Weg, um dich ein bißchen in die Luft zu sprengen – aber du brauchst keinen Schutz!«

»Bitte denk auch nur ein bißchen an mich«, mischte sich Jackie ein, »oder wenigstens an Annie.«

Claire schwieg. Sie hatte nicht die Kraft zu widersprechen.

»Und du hast nicht das Bewußtsein verloren?« fragte Devereaux.

»Nein.«

»Kein Erbrechen, keine Sehstörungen?«

»Nein.«

»Soweit ich feststellen kann, sehen deine Pupillen normal aus. Aber du solltest dich trotzdem im Krankenhaus röntgen lassen.«

»Seit wann bist du Arzt?« spöttelte Claire.

»Und Wahrnehmungsstörungen hast du auch nicht?«

»Nicht mehr als sonst.«

»Okay, Jackie«, sagte Devereaux. »Ich möchte, daß Sie sie in ein paar Stunden aufwecken und sich vergewissern, daß sie auch wach wird.«

»Nicht nötig«, meinte Claire. »Das besorgt schon mein nächtlicher Anrufer.«

»Glauben Sie, daß Lentini dahintersteckt, oder hat sich jemand für ihn ausgegeben, um Sie in die Falle zu locken?« fragte Grimes.

»Wen kümmert das?«

»Moment mal«, wandte Devereaux ein. »Der Anruf, mit dem du nach Maryland bestellt worden bist, kam nach Aussage meines Informanten bei der Telefongesellschaft von einem Münzfernsprecher im Pentagon. Ich bezweifle, daß es wirklich Lentini war. Wenn er sich wirklich versteckt hätte, würde er sich nie in die Höhle des Löwen wagen.«

»Wir müssen den Zwischenfall bei der Militärpolizei melden«, sagte Grimes.

»Warum?« wollte Claire wissen. »Solange wir nicht wissen, wer das ausgeheckt hat, und das auch beweisen können, bringt es nichts.«

»Soll ich dir mal was sagen?« meinte Devereaux und beugte sich drohend über sie. »Ich bin ganz schön sauer auf dich. Was fällt dir ein, ohne mich zu so einem Treffen zu fahren?«

»Er hat darauf bestanden, daß ich allein komme«, erwiderte Claire.

»Das verlangen diese Typen immer«, stellte Deveraux fest. »Du darfst nie wieder so leichtsinnig sein. Und ich habe noch eine Neuigkeit für dich.« Er blickte in die Runde. »Das wird euch alle interessieren. Erinnert ihr euch noch an den Immobilienmakler aus Pepper Pike?«

»Unser Zeuge. Fahey heißt er«, antwortete Grimes. »Jetzt sagen Sie nicht...«

»Leider doch. Er ist heute morgen bei einem Autounfall ums Leben gekommen.«

Als Claire hochfuhr, durchzuckte ein höllischer Schmerz ihren Kopf. »Das darf doch nicht wahr sein!«

»Vermutlich waren es dieselben Leute, die auch dich aus dem Weg räumen wollten«, fuhr Devereaux fort. »Ähnliche Vorgehensweise.«

»Da könnten Sie recht haben«, meinte Grimes.

»Offenbar ist das die Methode, wie die Gegenseite diesen Prozeß führt.«

Um kurz vor halb vier Uhr morgens läutete das Telefon.

Schlaftrunken wälzte sich Claire herum und erinnerte sich wieder an ihre Verletzungen. Dann griff sie nach dem Hörer, um dem Anrufbeantworter zuvorzukommen.

Diesmal wartete sie nicht ab, bis der Mann etwas sagte oder in die Muschel keuchte.

»Hat nicht geklappt, du Arschloch«, zischte sie nur und knallte den Hörer hin.

Um zehn vor neun wachte sie auf. Sie hatte verschlafen, und das Gericht tagte schon. Als sie aufsprang, durchzuckte sie wieder ein Schmerz. Ihr wurde schlagartig klar, daß sie zu spät kommen würde.

Doch dann erinnerte sie sich, daß heute morgen zuerst der Verwalter der Waffenkammer in Fort Bragg an der Reihe war. Er sagte als Zeuge der Anklage aus und würde berichten, daß die Computerlisten über die Ausgabe von Waffen stets korrekt geführt wurden. Grimes würde ihn ins Kreuzverhör nehmen. Zwar verpaßte Claire nur ungern eine Aussage, aber in diesem Fall war es kein Beinbruch. Und sie hatte den Schlaf dringend gebraucht.

Devereaux und Jackie saßen am Frühstückstisch und unterhielten sich. Annie hockte auf Devereaux' Schoß. Sie malte mit einem Filzstift auf einen Zeichenblock. Der Geruch frischen Kaffees stieg Claire in die Nase.

»Morgen, altes Haus«, begrüßte Devereaux sie.

Als Annie das zerschrammte Gesicht ihrer Mutter sah, brach sie in Tränen aus.

42

Es gelang Claire, ihre Blutergüsse einigermaßen mit Make-up zu überdecken. Allerdings hatte sich um ihr linkes Auge eine lilafarbene Schwellung gebildet, zu deren Tarnung man wahrscheinlich Spachtelmasse gebraucht hätte.

Als Tom zum Tisch der Verteidigung geführt wurde, fiel es ihm sofort auf. »Was ist denn mit dir passiert?« fragte er erschrocken.

»Ich bin gestürzt«, log sie. »So was kommt eben vor, wenn man in einem fremden Haus wohnt.«

Er schien ihr nicht zu glauben.

Leider sah es so aus, als würden sie den Prozeß verlieren. Obwohl Claire Hernandez und La Pierre ordentlich in die Zange genommen hatte, waren ihre Aussagen im Sinne der Anklage gewertet worden. Die Jury war immer noch überzeugt, daß Tom nicht nur siebenundachtzig Männer, Frauen und Kinder mit dem Maschinengewehr niedergemäht, sondern die Opfer davor noch sadistischen, perversen Foltern unterworfen hatte.

Am Nachmittag des dritten Tages der Zeugenvernehmung trat Henry Abbott, der nächste Augenzeuge, zum Kreuzverhör in den Zeugenstand. Als Claire sich umsah, entdeckte sie Ray Devereaux auf der Zuschauerbank. Er hatte die Hände über dem Wanst gefaltet und lächelte ihr zu. Für den Fall, daß er als Zeuge aufgerufen werden würde, trug er heute seinen sogenannten Gerichtsanzug, in dem er sich anscheinend nicht sehr wohl fühlte.

Langsam stand Claire auf und näherte sich dem Zeugenstand. Henry Abott, in einem marineblauen Anzug mit gestärktem weißem Hemd und silbern gestreifter Krawatte, wirkte entspannt und selbstbewußt. Er musterte sie mit einem undurchdringlichem Blick, der weder Haß noch Ablehnung verriet. Er sah einfach durch sie hindurch, als wäre sie eine Obdachlose auf der Straße.

»Mr. Abbott«, begann Claire. »Ich bin Claire Chapman und leite das Verteidigungsteam.«

Er nickte fast unmerklich.

»Mr. Abbott, haben Sie gesehen, wie der Beschuldigte siebenundachtzig Menschen erschoß?«

»Ja.«

Claire drehte leicht den Kopf, um der Jury nicht die Sicht zum Zeugenstand zu versperren. Dann lächelte sie Abbott kurz zu. »Sie haben also gesehen, wie die Opfer im Kugelhagel zusammenbrachen?«

»Ja.«

»Können Sie uns das genauer schildern?«

»Einige haben geschrien und geweint, andere warfen sich zu Boden und versuchten, den Kopf mit den Armen zu schützen. Die Mütter haben sich vor ihre Kinder geworfen.«

Der Mann war ausgezeichnet vorbereitet. »Und Sie sahen tatsächlich, wie die Kugeln sie trafen?«

»Ja.«

»Und wie äußerte sich das?«

»Ein paar der Leute wurden zurückgeschleudert. Sie zuckten, brachen zusammen und blieben verrenkt am Boden liegen.«

»Und Ihrer Ansicht nach ist der Beschuldigte der einzige, der als Schütze in Frage kommt?«

»Nur er hat geschossen.«

»Und Sie können mit Gewißheit sagen, daß die Kugeln,

welche die Opfer töteten, aus der Waffe des Beschuldigten stammten?«

»Wie ich schon erklärt habe, hat außer ihm niemand geschossen.«

»Haben Sie gesehen, wie die Kugeln aus dem Lauf seiner Waffe kamen?«

»Kugeln im Flug kann ich nicht sehen. Schließlich bin ich nicht Superman.«

Auf der Geschworenenbank wurde gekichert. Abbott in Widersprüche zu verwickeln war unmöglich. Er war gründlich geimpft worden.

»Mr. Abbott, wie viele Patronen befinden sich im Munitionsgürtel eines M-60?«

»Einhundert.«

»Genügen einhundert Schuß, um siebenundachtzig Menschen niederzumähen?«

»Nein.«

»Also müssen Sie gesehen haben, wie der Beschuldigte nachlud.«

Aber Abbott wußte auf alles eine Antwort. »Er hat zwei Gürtel zusammengeknüpft«, sagte er ruhig. »Er brauchte nicht nachzuladen.« Seine Augen funkelten triumphierend.

»Mr. Abbott, verfügte Ihre Einheit über sogenannte Verzerrer, die auf den Lauf des M-60 aufgesetzt werden können?«

»Ja.«

»Warum?«

»Wozu wir sie benutzten?«

»Genau.«

Abbott zog verächtlich die Augenbrauen hoch. »Damit das Mündungsfeuer des Schützen nicht geortet werden konnte. Manchmal war es eben sehr wichtig, nicht entdeckt zu werden.«

»Wissen Sie, ob Sergeant Kubik einen Verzerrer oder einen Schalldämpfer an seiner Waffe hatte?«

Abbott zögerte. Zu dieser Einzelheit war er nicht instruiert worden.

»Ich glaube nicht.«

»Sie glauben nicht?« wiederholte Claire. »Verursacht ein M-60 nicht ein äußerst lautes Geräusch?«

»Ja«, gab er widerwillig zu.

»Deshalb ist es doch eine eindeutige Sache. Es wäre unmöglich, nicht zu bemerken, ob ein M-60 mit einem Schalldämpfer ausgestattet ist, richtig?«

Er zuckte die Achseln. Offenbar fürchtete er eine Falle. »Vielleicht.«

»Sie sagen also hier aus, daß Sergeant Kubik weder einen Schalldämpfer noch einen Verzerrer benutzte, als er die siebenundachtzig Zivilisten erschoß.«

»Korrekt.«

Hatte er geraten? Wenn ja, hatte er Glück gehabt. Abbott war entweder zu schlau oder zu gut vorbereitet, um sich von seiner Lügengeschichte abbringen zu lassen. Claire beschloß, aufs Ganze zu gehen.

»Mr. Abbott, Ihre Firma macht häufig Geschäfte mit dem Verteidigungsministerium. Um welche Summen geht es dabei?«

»Das weiß ich nicht genau.«

»Aber Sie können es sicher schätzen.«

»Bestimmt um ein paar Milliarden.«

»Ein paar Milliarden«, wiederholte Claire in gespieltem Erstaunen. »Also sind gute Beziehungen zum Pentagon, besonders zur Army, sicher besonders wichtig für Sie und Ihre Firma.«

Er zuckte die Achseln. »Der Kunde ist König, das war schon immer mein Motto.«

»Das kann ich mir denken. Stehen Sie zur Zeit in Vertragsverhandlungen mit dem Pentagon?«

»Ja.«

»Worum geht es?«

»Das ist geheim.«

»Alles, was in diesem Gerichtssaal geäußert wird, unterliegt ohnehin der Geheimhaltungspflicht, Mr. Abbott. Sämtliche Anwesenden, einschließlich der Jury und der Zuschauer, haben Geheimnisträgerstatus. Sie können offen reden.«

»Wir verhandeln mit der Army wegen des Kaufs eines neuen Kampfhubschraubers.«

»Das bedeutet eine Menge Umsatz für Ihre Firma.«

»Ja.«

»Und Sie sind eine der Schlüsselfiguren in diesen Verhandlungen.«

»Ja.«

»Sicher tun Sie da Ihr Möglichstes, um die Army zufriedenzustellen.«

»War das eine Frage?«

»Der Kunde ist König. So lautet doch Ihr Motto.«

Er zuckte die Achseln.

»Mr. Abbott, erinnern Sie sich noch an unser Gespräch im Madison Hotel vor vier Tagen?«

»Ja.«

»Wir waren zum Frühstück verabredet.«

»Ja.«

»War mein Mitverteidiger Mr. Grimes anwesend?«

»Ja.«

»Wie lange dauerte das Gespräch?«

»Ich weiß nicht mehr genau.«

»Können es etwa sechsundzwanzig Minuten gewesen sein?«

»Vielleicht. Ich bin mir nicht sicher.«

»Mr. Abbott, bei unserem Gespräch im Madison Hotel haben Sie uns erzählt, Colonel Marks habe Ihnen genau vorgegeben, was Sie bei der Vernehmung durch den CID sagen sollten.«

Wieder blickte er sie an – mit den ausdruckslosen Augen einer Schlange. »Nein.«

»Sie erinnern sich also nicht daran, uns das erzählt zu haben?«

Er beugte sich vor. »Ich habe nichts dergleichen gesagt.«

»Sie haben nie gesagt, Sie hätten vor der Vernehmung durch den CID Instruktionen erhalten?«

»Nein. Und es stimmt auch nicht.«

»Sind Sie sicher?«

»Einspruch, Euer Ehren!« rief Waldron. »Die Frage wurde gestellt und beantwortet.«

»Abgelehnt.« Farrell trank einen Schluck Pepsi. Er wirkte, als schaue er sich einen ungewöhnlich spannenden Sportwettkampf im Fernsehen an.

»Ich weise Sie darauf hin, daß Sie unter Eid stehen, Mr. Abbott. Sie haben mir also nie erzählt, daß Ihr Vorgesetzter Ihnen befohlen hat, beim CID eine bestimmte Aussage zu machen?«

»Das habe ich nie gesagt, und es ist auch nie geschehen.«

»Sind Sie sich dessen bewußt, Mr. Abbott, daß ich in den Zeugenstand treten und unser Gespräch schildern kann?«

»Dann stünde Ihr Wort gegen meines«, entgegnete er gleichmütig.

Claire stellte fest, daß einige Mitglieder der Jury das Verhör aufmerksam verfolgten. Ihr Sprecher, der Schwarze mit der Brille, machte sich emsig Notizen. »Wäre es eine Lüge, wenn ich aussagte, daß unser Gespräch meiner Erinnerung nach genau so verlaufen ist?«

»Ja.«

»Und wenn mein Mitverteidiger den Inhalt unserer Unterredung ebenso in Erinnerung hat? Würde er auch lügen?«

»Eindeutig.«

»Und wenn ich Ihnen jetzt sage, daß wir das Gespräch auf Band aufgezeichnet haben? Wäre das eine Lüge?« fragte sie beiläufig und wandte sich zum Tisch der Verteidigung um. Sie sah Toms Augen aufleuchten. Er mußte ein Lächeln unterdrücken.

Grimes reichte ihr einen kleinen Stoß Papiere. Claire bemerkte, daß Abbott zusammenzuckte und die Fäuste ballte. Er bedachte sie mit einem haßerfüllten Blick.

»Euer Ehren«, meinte Claire. »Darf ich mich dem Zeugen nähern?«

»Sie dürfen.«

Claire schlenderte zum Tisch der Anklage, legte einen zusammengehefteten Papierstapel darauf und brachte einen zweiten zur Richterbank. Die letzte Kopie überreichte sie Abbott.

»Mr. Abbott«, fuhr sie fort. »Das ist eine wörtliche Niederschrift unseres Gesprächs, bestätigt von meinem Kollegen Mr. Grimes und meinem privaten Ermittler Mr. Devereaux. Es wurde nach einer Bandaufzeichnung verfaßt, die Mr. Devereaux angefertigt hat.« Die Erklärung, daß Devereaux ihr einen Sender, getarnt als Mobiltelefon, zur Verfügung gestellt und das Gespräch vom Auto aus aufgezeichnet hatte, sparte sie sich. »Bitte schlagen Sie Seite vierunddreißig auf, Mr. Abbott, und lesen Sie die markierte Stelle ab Zeile acht vor. Die Passage beginnt mit *Er sagt: ›Haben Sie nicht gesehen, wie Kubik plötzlich zu schießen anfing?‹ Und ich sage: ›Nein, Sir.‹* Und sie endet mit den Worten: *Verräter und Überläufer sind bei der Army nicht sehr beliebt.*«

Abbotts Gesicht war rot vor Wut. »Fotze!« zischte er.

»Wie bitte? Ich habe mich wohl verhört!«

Aber Abbott starrte sie nur wütend an. An seiner Schläfe pulsierte eine Ader.

»Haben Sie mich eben vulgär beschimpft, Mr. Abbott?«

Plötzlich schleuderte Abbott die Niederschrift zu Boden. »Zur Hölle mit Ihnen! Es sollte doch vertraulich bleiben!«

»Damals war es das auch«, entgegnete Claire ruhig. »Aber da Sie sich eben des Meineids schuldig gemacht haben, konnten wir das nicht auf sich beruhen lassen.«

»Euer Ehren!« Waldron sprang auf.

»Genug!« rief Richter Farrell und schlug mit dem Hammer auf den Tisch. »Die Mitglieder der Jury mögen den Raum verlassen.«

43

Hatten Sie ihm wirklich zugesichert, daß das Gespräch vertraulich ist?« fragte Farrell mit heiserer Stimme.

»Ja, Euer Ehren«, erwiderte Claire. »Ich habe ihn reingelegt. Mein privater Ermittler hat die Unterredung auf Band aufgenommen, um sicherzustellen, daß Abbott vor Gericht auch die Wahrheit sagt.«

»Nehmen Sie alle Gespräche mit Zeugen heimlich auf Band auf?«

»Darauf möchte ich lieber nicht antworten. Aber es ist legal, Sir.«

»Warum haben Sie diese Unterredung aufgenommen?«

»Ohne Ihnen oder diesem Gericht zu nahe treten zu wollen, hatte ich Zweifel an seiner Aufrichtigkeit. Es sollte einem Zeugen nicht gestattet sein, Ihnen, mir und der Jury ins Gesicht zu lügen.«

Waldron, der während dieses Wortwechsels im Raum auf und ab gelaufen war, blieb unvermittelt stehen und sagte: »Euer Ehren, es handelt sich hier um eine eindeutige Verletzung des Offenlegungsgrundsatzes in der Beweisaufnahme. Die Verteidigung hat die Aussagen sämtlicher Zeugen der Anklage angefordert. Weshalb haben wir diese Niederschrift dann nie erhalten?« Er war aalglatt.

»Weil wir sie nicht offenlegen konnten«, entgegnete Claire. »Wir haben es nämlich hier nicht mit einer Zeugenaussage zu tun. Der Zeuge hat die Niederschrift weder gelesen noch unterzeichnet. Außerdem hat er keinen Eid abgelegt.«

»Aber Euer Ehren …«

»Nun, ich muß der Verteidigung in diesem Punkt zustimmen«, meinte Farrell, leerte seine Pepsidose und stellte sie mit einem dumpfen Knall auf die Richterbank. »Es handelt sich nicht um einen Verstoß gegen den Offenlegungsgrundsatz.«

»Danke, Euer Ehren«, sagte Claire.

»Allerdings werde ich der Anklage eine Vertagung von einer Stunde zugestehen. Ich liebe keine Überraschungen. Außerdem soll der Zeuge Gelegenheit bekommen, sich die Niederschrift durchzulesen, denn ich habe keine Lust, Ihnen zuliebe, Ms. Chapman, einen Fall von Meineid zu riskieren. Auch nicht, um Ihnen eine Freude zu machen, Mr. Waldron. Also, Mr. Waldron, Sie setzen sich jetzt mit der traurigen Gestalt, die Sie einen Zeugen nennen, in ein Zimmer, und ich schicke die Jury in die Pause.«

»Euer Ehren«, protestierte Claire. »Wir befinden uns mitten in meinem Kreuzverhör. Können Sie der Anklage nicht verbieten, mit dem Zeugen zu sprechen?«

»Nein.«

»Sir ...«, stammelte Claire.

»Damit betrachte ich die Sache als erledigt«, sagte der Richter.

»Haben Sie die Niederschrift gelesen?« fragte Claire, als Henry Abbott wieder im Zeugenstand saß. Sein Haar war ordentlich gekämmt, und offenbar hatte er auch das Hemd gewechselt.

»Ja.«

»Und ist es Ihrer Ansicht nach eine wahrheitsgetreue und korrekte Wiedergabe unseres Gesprächs im Madison Hotel?«

»Soweit ich das ohne meine Notizen beurteilen kann, ja.«

Bestimmt gehört er zu der Sorte von Leuten, die sich über eine gut zwanzigminütige Unterhaltung beim Frühstück Notizen machten, dachte Claire. »Können Sie dann dem Gericht erklären, warum Sie unter Eid gelogen haben?« fragte sie.

»Ich habe nicht gelogen«, antwortete Abbott.

»Nein? Soll die Gerichtsstenographin die Passage noch einmal vorlesen, die wir vor der Unterbrechung behandelt haben?«

»Nicht nötig«, erwiderte er. »Ich habe nicht unter Eid gelogen.«

»Wie bitte? Möchten Sie, daß ich Ihnen das Tonband vorspiele?«

»Ich habe nicht unter Eid gelogen. Ich habe Ihnen lediglich nicht die Wahrheit gesagt.«

Claire traute ihren Ohren nicht. Offenbar hatte er von Waldron neue Anweisungen erhalten. »Ich habe Ihnen gesagt, was Sie hören wollten«, fuhr er fort. »Anscheinend haben Sie eine Verschwörungstheorie, und das hat mich ziemlich geärgert. Offenbar finden Sie, daß beim Militär sowieso alle lügen wie gedruckt, und das hat mich offen gestanden wütend gemacht. Deshalb habe ich beschlossen – immerhin war das Gespräch vertraulich, und ich habe Sie beim Wort genommen –, Ihnen eine Lektion zu erteilen und Ihnen eine Menge Mist zu erzählen. Schließlich fieberten Sie ja geradezu danach.« Bei diesen Worten spielte ein leises Lächeln um seine Lippen.

Am selben Abend traf sich Claire mit Dennis, Toms Verbindungsmann beim CIA, und zwar wieder in der Yuppiekneipe, die er so verabscheute.

Heute trug er einen blauen Blazer mit auffälligen Goldknöpfen, ein weißes Hemd und eine rotblau gestreifte Krawatte. »Zuerst muß ich Ihnen mitteilen«, begann Dennis, »daß ich mich wahrscheinlich nicht mehr bei Ihnen melden werde. Die Sache wird mir allmählich zu heiß.«

»Ich habe ja Ihre Nummer. Ich rufe nur an, wenn es wichtig ist.«

»Dieser Anschluß ist stillgelegt.«

»Sind Sie umgezogen?«

»Ich habe bloß die Telefonnummer gewechselt. Das tue ich in regelmäßigen Abständen.«

»Warum, kriegen Sie auch anonyme Anrufe? Dieses Problem habe ich nämlich zur Zeit.«

Er warf ihr einen erstaunten Blick zu und fuhr dann fort: »Bei uns arbeitet eine alte Dame, die ein Gedächtnis hat wie ein Elefant. Sie erinnerte sich an die Aktennotiz, von der ich Ihnen erzählt habe, und hat sie in den Unterlagen gefunden.«

»Wirklich?« jubelte Claire. Doch dann kamen ihr Zweifel.

»Weshalb befindet sich ein internes Dokument der Army beim CIA?«

Dennis zuckte die Achseln. »Wir haben unser Netzwerk. Einer unserer Verbindungsleute beim Südlichen Kommando, ein Freund, hat in Panama einen Safe voller Geheimdokumente entdeckt und sich gedacht, daß die uns interessieren könnten.«

»*Freund* heißt wohl, daß er für Sie arbeitet.«

Dennis zog seine buschigen, mephistophelisch wirkenden Augenbrauen hoch. »Das haben *Sie* gesagt.« Dann schob er ihr eine fotokopierte Seite zu.

Die Kopie war nicht sehr gut und wies die Schmierer, Kratzer und verschwommenen Stellen eines Dokuments auf, das schon oft vervielfältigt worden war. Doch man konnte die Worte noch gut lesen. Zum Glück hatte der General eine ordentliche, wenn auch ein wenig klein geratene Handschrift. Der Text bestand nur aus drei Zeilen. Nachdem Claire sie überflogen hatte, blickte sie auf.

»Er sagt, die Bauern seien bewaffnet gewesen. Deshalb habe er über Funk Hernandez den Befehl gegeben, das Feuer eröffnen zu lassen.« Sie machte ein verblüfftes Gesicht.

Dennis trank einen Schluck Bourbon.

»Das steht weder in seiner Aussage beim CID noch im Protokoll seiner Vernehmung durch die Anklage. Es ist nirgendwo verzeichnet«, meinte Claire nachdenklich. »Niemand hat irgendwelche Waffen erwähnt. Und auch nicht, daß Marks Hernandez den Befehl gegeben hat!«

Dennis lächelte. »Deshalb schreibe ich nie etwas auf«, antwortete er.

Als Dennis zehn Minuten später ging, bemerkte er nicht, daß Ray Devereaux von einem Tisch an der Tür aufstand und ihm folgte.

44

Claire und Tom saßen in dem kleinen Konferenzraum im Sicherheitsbereich. Nachdem Tom die Fotokopie von General Marks' Aktennotiz gelesen hatte, blickte er auf. »Nett«, meinte er mit einem Lächeln.

»Nett!« rief Claire entsetzt aus. »Mehr hast du nicht dazu zu sagen? Vielleicht bringt uns dieses kleine Stück Papier den Sieg!«

»Glaubst du wirklich?« fragte Tom zweifelnd.

»Gut, es ist schwer abzuschätzen, was bei dieser Gerichtsfarce noch alles passieren kann. Aber jetzt haben wir den Beweis, daß Marks Hernandez den Befehl erteilte, die Leute zu erschießen. Das ist wichtig.« Sie musterte ihn. »Hältst du es für möglich, daß Hernandez selbst geschossen hat?«

Tom zuckte die Achseln. »Ich habe dir schon gesagt, daß ich nichts mitgekriegt habe. Ich hörte Schüsse, und als ich ankam, sah ich nur die Leichen.«

»Hast du nicht vielleicht Hernandez mit schußbereiter Waffe oder etwas anderes gesehen? Du verheimlichst mir doch nichts, Tom?«

»Claire«, rief Tom. »Hörst du mir denn nicht zu? Ich habe gesagt, ich habe nichts gesehen? Okay? Soll ich es noch mal wiederholen? *Ich habe nichts gesehen!*«

Bestürzt über seinen plötzlichen Wutausbruch, starrte sie ihn an. Warum regte er sich nur so auf?

»Ich bin nicht taub«, entgegnete sie scharf und verließ den Raum, um in den Gerichtssaal zu gehen.

»Die Anklage ruft Frederick W. Coultas auf.« Coultas war der Ballistikexperte der Anklage, ein anerkannter Fachmann auf dem Gebiet der Identifizierung von Feuerwaffen.

Ein großer, schlaksiger Mann in einem billigen Anzug aus braunem Cord kam den Mittelgang entlang und nahm im Zeugenstand Platz. Er hatte einen gewaltigen, länglichen Schädel. Über seiner hohen Stirn thronte ein schlechtsitzendes, braunes Toupet. Hinter seiner Nickelbrille funkelten braune Knopfaugen.

Die Mitglieder der Jury musterten ihn neugierig. Meistens war ihnen nicht anzumerken, was in ihnen vorging, aber Claire hatte sie noch nie gelangweilt oder unaufmerksam erlebt.

Waldron befragte Coultas zu seinen Qualifikationen, damit diese ins Protokoll aufgenommen werden konnten: Er war in der Abteilung Feuerwaffen und Kennzeichnungen des FBI tätig und unterwies an der FBI-Akademie Kurse in der Identifikation von Gewehren und Pistolen. Außerdem hatte er Wartungslehrgänge der Army in Aberdeen, Maryland, absolviert und war an der Smith & Wesson-Akademie zum Büchsenmacher und Schießlehrer ausgebildet worden. Seit zwölf Jahren stand er nun in Diensten des FBI und war Experte auf dem Gebiet von Seriennummern. Die Qualifikationen dieses Mannes waren also über alle Zweifel erhaben.

Dann wandte sich Waldron dem Fall Kubik zu und stellte seine üblichen präzisen Fragen.

»Erzählen Sie mir etwas über die sichergestellte Munition«, forderte er Coultas schließlich auf.

»Es handelte sich um neununddreißig Projektile und einhundertsiebenunddreißig Geschoßhülsen.«

»Waren sie in gutem Zustand?«

»Ja.«

»Bestätigt die Anzahl der aufgefundenen Kugeln Ihrer Ansicht nach die These, daß zweihundert Schuß abgefeuert wurden?«

»Ja. Selbst wenn man den Tatort mit einem Metalldetektor absucht, ist es unmöglich, alle Kugeln zu finden. Da kann man leider nichts machen.«

»Wurde sonst noch etwas sichergestellt?«

»Ja, einhundertundsieben Verbindungsscharniere, die kleinen gelochten, eingekerbten Metallstücke, mit denen die Geschosse hintereinander am Munitionsgürtel hängen.«

»Haben diese Scharniere Ihnen dabei geholfen, die Waffe, die benutzt wurde, zu identifizieren?«

Coultas schob seine Brille hoch. »Nein. Die Verbindungsstücke kann man kaum einer bestimmten Waffe zuordnen, obwohl es theoretisch wahrscheinlich möglich wäre.«

»Mr. Coultas, steht im Bericht der Regierung von El Salvador, ob Kugeln aus den Leichen sichergestellt wurden?«

»Nein, doch das hat nichts zu bedeuten. Maschinengewehrkugeln aus einer Leiche sicherzustellen ist äußerst schwierig, da sie den Körper normalerweise durchschlagen.«

Ohne dem Zeugen eine Verschnaufpause zu gönnen, ging Waldron Schritt für Schritt den Ablauf der Spurensicherung durch. Coultas war zufrieden mit dem Procedere: Die Beweisstücke waren von den Salvadorianern eingesammelt, dem CID übergeben, markiert und in ein Asservatenbuch eingetragen worden. Waldron ließ nichts aus und erkundigte sich sogar nach der Prägung am Boden jedes Geschosses.

»Stammen diese Projektile und die Geschoßhülsen alle aus derselben Waffe?«

»Ja.«

»War es diese Waffe?« Waldron hielt das in Plastik gewickelte Maschinengewehr hoch, und Coultas beugte sich vor, um es in Augenschein zu nehmen. Alles nur Theater.

»Ja.«

»Mr. Coultas, können Sie uns erklären, wie Sie eine Kugel einer bestimmten Waffe zuordnen?«

Coultas lehnte sich zurück und schob sich wieder die Brille hoch. Seine Stimme klang nun schrill, nasal und dozierend. »Im Lauf jeder Feuerwaffe befinden sich spiralförmige Einkerbungen, das sogenannte Gewinde. Es sorgt dafür, daß die Kugel in eine bestimmte Richtung gelenkt wird, sich rasch dreht, schneller fliegt und dadurch mit größerer Genauigkeit ihr Ziel ansteuert. Diese Einkerbungen weisen bei jedem Waffentyp ein anderes Muster auf. Zwischen den Einkerbungen sitzen Erhebungen, die Inseln. Inseln und Einkerbungen hinterlassen einen Abdruck auf der Kugel, die wir unter dem Mikroskop erkennen können.«

Als Lehrer mußte er die Hölle sein, dachte Claire. Kein Wunder, daß es im FBI-Labor soviel Ärger gab.

»Und paßte das Gewinde dieser Waffe zu den von Ihnen untersuchten Kugeln?« fragte Waldron.

»Absolut. Das Gewinde dieses Maschinengewehrs vom Typ M-60 verfügt über ein sogenanntes 4-R-System, also vier Einkerbungen und Erhebungen mit einer Rechtswindung und einer Umdrehung alle dreißig Zentimeter. Im Vergleichstest unter dem Mikroskop habe ich an den Projektilen Spuren dieses Gewindes festgestellt. Außerdem habe ich bemerkt, daß eine der Erhebungen in diesem Lauf schmaler war als die anderen – ein weiteres unverwechselbares Merkmal. Die Abdrücke auf den Kugeln, enstanden auf dem Weg durch den Lauf, deckten sich mit dem Gewinde der fraglichen Waffe. Und das läßt darauf schließen, daß alle Kugeln aus derselben Waffe stammen.«

Farrell öffnete eine Dose Pepsi.

»Was ist mit den Geschoßhülsen?« fragte Waldron.

»Ich habe die ausgeworfenen Geschoßhülsen untersucht und mir das Zündhütchen, den Abdruck des Bolzens, die Kammermarkierung sowie den Abdruck des Verschlußstücks angesehen.«

»Also haben Sie nicht die geringsten Zweifel daran, daß die Geschosse aus der von Ihnen überprüften Waffe abgefeuert wurden?«

»Überhaupt keine.«

»Vielen Dank, Mr. Coultas. Keine weiteren Fragen.«

»Ihr Zeuge, Frau Verteidigerin«, sagte Farrell.

»Ja, Sir.« Claire stand auf und musterte den Zeugen fragend. »Mr. Coultas«, begann sie schließlich. »Wissen Sie, ob das die Waffe ist, die Sergeant Kubik benutzt hat?«

»Nein«, gab er zu.

»Oh? Warum denn nicht?«

»Nun, das zu beurteilen ist nicht meine Aufgabe. Soweit ich informiert bin, hat die Anklage bereits einen Zeugen aus der Waffenkammer von Fort Bragg vernommen, der die computergestützte Verwaltung der Listen erläutert hat. Das fällt nicht in meinen Zuständigkeitsbereich.«

»Also haben Sie keine Ahnung, um wessen Waffe es sich handelt?«

»Korrekt.«

»Und Sie haben ausgesagt, daß Sie ebenfalls nicht wissen, ob irgendeine dieser Kugeln aus der Leiche eines Ermordeten sichergestellt wurde.«

»Richtig.«

»Sie können nicht beurteilen, ob diese Kugeln jemanden getötet haben?«

»Nein.«

»Das können Sie nicht?«

»Genauer gesagt, es fällt nicht in meinen Zuständigkeitsbereich. Wahrscheinlich könnte ein Augenzeuge ...«

»Danke, Mr. Coultas. Sind Sie aufgrund Ihrer Fachkenntnisse in der Lage, dem Gericht mitzuteilen, wann genau diese Schüsse abgefeuert wurden?«

»Nein.«

»Das können Sie also auch nicht. Sie haben wirklich keine Ahnung?«

»Nun, die beigefügten Unterlagen ...«

»Mich interessieren nur Ihre Testresultate. Wurden diese Geschosse am 22. Juni 1985 abgefeuert?«

»Das kann ich nicht beurteilen.«

»Wissen Sie vielleicht, ob sie in besagter Woche abgefeuert wurden?«

»Nein.«

»Im selben Monat?«

»Nein.«

»Oder im selben Jahr?«

»Nein.«

»Wie interessant. Ich hätte da noch eine Frage, Mr. Coultas: Was geschieht, wenn man eine ganze Reihe von Schüssen aus einem Maschinengewehr abgibt?«

»Der Lauf wird heiß.«

Auf der Geschworenenbank und in den Zuschauerreihen wurde leise gekichert.

»Was macht man dann? Schießt man einfach weiter?«

»Nein. Nach etwa fünfhundert Schuß muß man den Lauf wechseln, um Überhitzung zu vermeiden. Man nimmt den alten Lauf ab und ersetzt ihn durch einen neuen.«

»Selbst in einer Gefechtssituation?«

»Aber natürlich. Normalerweise wird mit jedem Maschinengewehr ein Ersatzlauf mitgeliefert. Manche Leute schleppen einen ganzen Sacke Läufe mit sich herum. Sie sind austauschbar. Und sie halten nicht lange. Nach einer Weile muß man sie wegwerfen.«

»Also könnte auch das fragliche Maschinengewehr mit einem Ersatzlauf ausgegeben worden sein?«

»Richtig.«

»Vielleicht sogar mit mehreren?«

»Möglich.«

Als Claire Embry einen Blick zuwarf, glaubte sie Stolz in seinen Augen zu erkennen. »Mr. Coultas, sind die Läufe von Maschinengewehren mit einer Seriennummer versehen wie die Waffen selbst?«

»Hin und wieder.«

»Wie verhält es sich bei diesem hier?«

»Nein.«

»Er trägt also keine Seriennummer?«

»Nein.«

»Wissen Sie, ob dieser Lauf hier mit der uns vorliegenden Waffe ausgegeben wurde?«

Coultas schüttelte erstaunt den Kopf und kratzte sich am Kinn. »Das kann ich nicht feststellen.«

»Aber Sie wissen, daß man den Lauf mühelos austauschen kann?«

»Ja.«

»Mr. Coultas, wenn wir einmal hypothetisch davon ausgehen, daß die von Ihnen so sorgfältig untersuchten Projektile durch diesen Lauf abgefeuert wurden – ist es dann möglich, daß jemand den Lauf danach auf eine andere Waffe montiert hat?«

»Theoretisch schon.«

»Theoretisch?«

»Ja, es ist möglich.«

»Also kann jemand diese Waffe mit dieser Seriennummer genommen und den Lauf daraufgesetzt haben, mit dem die Schüsse abgefeuert wurden?«

»Das kann ich nicht ausschließen.«

»Ist es möglich?«

»Theoretisch ja.«

»Ist so etwas schwierig?«

»Nein, überhaupt nicht.«

»Es ist also ein ganz einfacher Vorgang, Mr. Coultas?«

»Ja, das stimmt. Es wäre überhaupt kein Problem.«

»Danke, Mr. Coultas. Keine weiteren Fragen.«

45

Endlich Wochenende! Claire hatte die freie Zeit dringend nötig. Obwohl sie eigentlich geplant hatte auszuschlafen, wachte sie um sieben auf. Das Telefon hatte in der Nacht nicht geläutet. Wenigstens ein Fortschritt! Vielleicht gönnte sich der Anrufer ja wie sie ein freies Wochenende. Im geräumigen Badezimmer, dessen Boden wie in einem alten Hotel mit schwarzen und weißen Achtecken gefliest war, ließ Claire sich ein heißes Bad ein. Sie verzichtete darauf, Akten mit in die Wanne zu nehmen. Denn sie brauchte eine Pause, damit ihre Gedanken, die ständig um den Prozeß kreisten, endlich zur Ruhe kamen. Deshalb schloß sie die Augen und versuchte ihren zerschundenen Körper zu entspannen. Sie dachte an Tom. Am liebsten hätte sie ihn im Gefängnis besucht, aber heute mußte sie sich unbedingt um Annie kümmern.

Nach dem Bad zog sie Jeans, ein Sweatshirt und Turnschuhe an und ging mit Annie in Georgetown frühstücken. Heute sollte ihre Tochter sie ganz für sich haben. Sie war losgefahren, ohne Devereaux zu informieren, der wahrscheinlich noch schlief.

»Wann fahren wir wieder nach Hause?« fragte Annie, während sie mit der Sirupflasche Muster auf ihre Pfannkuchen malte.

»Nach Boston?«

»Ja. Ich vermisse meine Freundinnen. Ich will mit Katie spielen.«

»Bald, Schätzchen.«

»Was heißt ›bald‹?«

»In ein paar Wochen. Vielleicht schon früher.«

»Kommt Papa auch mit?«

Claire wußte nicht, was sie darauf antworten sollte. *Nein,* hätte sie am liebsten gesagt. *Diese Witzfiguren werden ihn schuldig sprechen und zu lebenslänglicher Haft in Leavenworth verurteilen, wo du ihn ab und zu besuchen kannst. Dein ganzes*

Leben wird sich von Grund auf ändern. Und schlimmstenfalls wird es Mama nicht einmal schaffen, ihn vor der Todesstrafe zu retten. Mama wird den Rest ihrer Zeit damit verbringen, gegen die Mühlen der Justiz zu kämpfen. Sie wird Briefe schreiben und Anträge stellen wie diese halbverrückten Knastbrüder, die hinter Gittern zu Gesetzesexperten werden. Sie wird den Fall vor das Appellationsgericht der Army bringen und sich durch alle Instanzen bis zum Obersten Gerichtshof der Vereinigten Staaten klagen. Bald wird uns das Geld ausgehen, denn Mama wird in den nächsten Tagen bestimmt ihren Job in Harvard verlieren. Irgendwann wird der Fall dann nicht mehr von einem militärischen, sondern von einem zivilen Gericht verhandelt werden, welches das Urteil aufhebt. Schließlich hat die Anklage nichts in der Hand. Allerdings ist Papa dann schon nicht mehr am Leben, weil es zu viele Leute gibt, die seinen Tod wünschen.

»Natürlich kommt Papa auch mit«, sagte sie statt dessen und zauste Annie das wundervoll weiche, glänzende braune Haar. »Wenn du mit deinen Pfannkuchen fertig bist, gehen wir in den Zoo. Einverstanden?«

Annie zuckte gleichgültig die Achseln.

»Hast du keine Lust?« fragte Claire.

Annie schüttelte den Kopf.

»Bist du noch böse auf mich?«

»Nein, Mama, ich bin stinksauer.«

»Ich weiß.«

»Nein, du weißt gar nichts, Mama. Immer sagst du, daß du alles weißt, aber das ist gar nicht wahr.« Ihre Augen blitzten zornig. »Du hast mir versprochen, daß du jetzt öfter zu Hause bist, doch das stimmt nicht.«

»Als du gestern mit mir spielen wolltest, mußte ich mit Mr. Grimes, Mr. Embry und Onkel Ray arbeiten.«

»Warum arbeitest du dauernd?«

»Weil Papa vor Gericht steht. Sie wollen ihn für viele, viele Jahre ins Gefängnis sperren. Und meine Freunde und ich müssen das verhindern.«

»Und warum dauert das so lange?«

Das war eine schwierige Frage. »Weil die Leute, die ihn einsperren wollen, böse sind und manchmal lügen.«

»Warum?«

Claire überlegte. »Keine Ahnung«, antwortete sie schließlich.

»Sie haben also nichts über den General rausgekriegt«, meinte Claire bei der Lagebesprechung am Abend. Embry und Grimes saßen auf ihren Stammplätzen. Devereaux wanderte im Zimmer auf und ab, weil es ihm Spaß machte, auf seine Mitmenschen herunterzuschauen. Claire thronte auf einem ledergepolsterten Chefsessel hinter dem Schreibtisch und stieß eine Wolke Zigarettenrauch aus. »Hat er nie seine Frau verprügelt, Ehebruch begangen oder kleine Kinder mißbraucht?«

»Der Typ hat eine weiße Weste«, entgegnete Devereaux. »Noch nie ist in der Geschichte der Army jemand so schnell wie er zum General befördert worden. Pfadfinderführer. Tierfreund. Nett zu den Nachbarn. Spendet großzügig für wohltätige Zwecke und sitzt im Vorstand der Amerikanischen Krebsgesellschaft. Er leiht sich nicht mal Pornovideos aus.«

»Nicht mal?« merkte Claire an. »Soll das heißen, das wäre etwas Außergewöhnliches?«

»Du würdest so was natürlich nie tun«, meinte Devereaux. »Wenigstens nicht, soweit ich informiert bin.«

»Danke, daß du nicht in meinem Privatleben rumschnüffelst.«

»Was ist mit Robert Lentini?« fragte Grimes. »Haben Sie den Kerl noch immer nicht aufgestöbert?«

»Er ist wie vom Erdboden verschluckt. Jedenfalls wenn wir davon ausgehen, daß er nicht hinter der Falle in den Catoctin-Bergen steckt. Oder es hat ihn nie gegeben.«

»Daß es ihn gibt, steht in seiner Wehrdienstakte«, wandte Embry ein.

»Mag sein«, meinte Devereaux.

»Und wie steht es mit meinem CIA-Kontakt, Dennis?« erkundigte sich Claire.

Devereaux grinste übers ganze Gesicht. »Das wird dir gefallen. Diese Superagenten merken es nicht mal, wenn ein Eins-neunzig-Riese wie ich sie verfolgt. Ich bin unserem Glatzkopf bis nach Hause hinterhergefahren. Er wohnt in einem Vorstadthaus in Chevy Chase und heißt Dennis T. Mackie. Allerdings weiß ich nicht, was dir das bringt. Außer du hast das interne Telefonbuch des CIA zur Hand. Macht es euch was aus, wenn ich mich jetzt aufs Ohr haue? Ich brauche meinen Schönheitsschlaf.«

»Ich muß Ihnen was sagen«, begann Embry zaghaft. »Wie Sie diesen Ballistikexperten in die Mangel genommen haben, war einfach spitze.«

»Danke«, erwiderte Claire. »Aber ohne Ihre Hilfe wäre ich absolut aufgeschmissen gewesen.« Embry zuckte die Achseln. »Nein, ehrlich, ich hätte es nie geschafft«, beharrte Claire. »Auf die Idee mit den auswechselbaren Läufen wäre ich niemals gekommen. Ich habe doch keine Ahnung von Waffen.«

»Haben Sie ihr das alles erzählt?« fragte Grimes.

Embry sah Grimes ängstlich an.

»Sie sind ein kluger Junge«, lobte Grimes.

Embry lächelte erstaunt. »Danke.«

»Nicht einmal Coultas wußte das mit den Läufen«, fuhr Grimes fort.

»Das glaube ich nicht«, widersprach Claire. »Der Mann ist ein landesweit anerkannter Ballistikexperte und würde etwas derart Offensichtliches nie übersehen.«

»So offensichtlich war es nun auch wieder nicht«, protestierte Embry.

»Für einen Fachmann wie Coultas schon. Wahrscheinlich hat er gehofft, daß ihn niemand danach fragt.«

»Nein«, sagte Grimes. »Er ist ein unabhängiger Gutachter und unparteiisch. Vermutlich hat Waldron ihn angewiesen, nicht darauf zu sprechen zu kommen und es bloß nicht zu erwähnen, solange niemand damit anfängt.«

»Gibt's sonst noch was?« wollte Embry wissen. »Ich würde nämlich gerne weiter in Sachen General Marks recherchieren und schauen, ob ich doch noch was rausfinde. Und außerdem brauche ich mal eine Mütze voll Schlaf.«

»Gehen Sie nur, Terry«, meinte Claire. »Und danke, daß Sie gekommen sind.«

»Haben Sie Lust auf einen Drink?« schlug Grimes vor, nachdem Embry weg war.

»Lieber nicht. Trotzdem danke.«

»Sie sehen müde aus.«

»Ich bin in letzter Zeit nur noch müde.«

»Dann fahre ich besser auch nach Hause.« Grimes stand auf, sammelte seine Papiere ein und steckte sie in den Aktenkoffer. »Ich muß Ihnen was gestehen«, sagte er dann.

»Schießen Sie los.«

»Ich ... äh ... Sie sind doch eine berühmte Anwältin, und ich bin schon lange ein Fan von Ihnen. Ich finde es wirklich toll, daß ich mit Ihnen zusammenarbeiten kann.«

Sie nickte lächelnd. »Sie hatten die allerbesten Empfehlungen.«

»Vergessen Sie das. Ich meine was ganz anderes. Ich hatte zwar mächtig Angst vor Ihnen, als Sie zum erstenmal in mein Büro kamen, doch ich hielt es trotzdem für einen Witz, daß Sie diesen Fall selbst übernehmen wollten. Immerhin ist es ein wichtiger Prozeß vor einem Kriegsgericht, und Sie hatten keinen Dunst von Militärrecht. Aber wissen Sie was?«

»Was?«

»Inzwischen habe ich kapiert, wie gut Sie sind. Sie können es mit jedem aufnehmen.«

Tränen traten ihr in die Augen. Es war spät, und sie konnte sich vor Erschöpfung kaum noch auf den Beinen halten. Dennoch zwang sie sich zu einem Lächeln, zuckte die Achseln und stand auf. »Grimes ... Charlie ... Charles ... ach, verdammt!« Dann drückte sie ihn fest an sich.

Um halb drei am Montagmorgen läutete wieder das Telefon.

Claire tastete nach dem Hörer.

»Überlegen Sie mal, wem es was bringt, wenn er hinter Gittern landet«, sagte die elektronisch verzerrte Stimme.

»Danke«, entgegnete Claire. »Bald haben wir Sie gefaßt, Sie Arschloch.«

46

Sagt der General heute aus?« fragte Devereaux. Claire saß in seinem Mietwagen, einem Lincoln Town Car. Er war sogar noch größer und luxuriöser als der, den er in Boston fuhr. Lederausstattung inklusive.

»Wahrscheinlich.« Geistesabwesend trank sie einen Schluck Kaffee aus einem Pappbecher.

»Er wird sich also in voller Uniform, mit vier Sternen und dem ganzen Lametta, hinsetzen und behaupten, daß Sergeant Ronald Kubik die Morde begangen hat. Und weil er ein Vier-Sterne-General ist, wird die Jury ihm glauben? Obwohl er während der Tat nicht mal anwesend war?«

»Das ist wenigstens Waldrons Theorie, und er liegt vermutlich gar nicht so falsch.«

»Und was wirst du dagegen unternehmen?« Devereaux winkte dem Wachmann am Tor von Quantico zu, der sie inzwischen schon kannte.

»Ich werde seine Schwachstellen suchen und mitten hineinstechen.«

Devereaux warf ihr einen kurzen Blick zu und konzentrierte sich dann wieder auf die Straße. Er lächelte gezwungen. »Irgendwie werde ich das Gefühl nicht los, daß du auch reinstechen wirst, wenn du keine Schwachstelle findest. Hast du heute nacht so gegen halb drei einen Anruf gekriegt?«

Sie nickte. »Hat das FBI was rausgefunden?«

»Nein, aber ich. Wußtest du, daß nur zwei Eingänge des Pentagon rund um die Uhr geöffnet sind? Sie heißen Mall-Pforte und River-Pforte. Ich habe eine Münze geworfen und mich an die Mall-Pforte gestellt. Und dreimal darfst du raten, wer um zwanzig nach zwei heute nacht – zehn Minuten bevor du den Anruf bekommen hast – frisch und munter ins Pentagon marschiert ist.«

»Keine Ahnung.«

»Unser guter Freund Colonel James Hernandez. Er ist der anonyme Anrufer. Und wahrscheinlich steckt er auch hinter deinem sogenannten Autounfall in Maryland. Wirklich ein reizendes Früchtchen.«

Waldrons Vernehmung des Generals verlief zügig, sachlich und mit dem gebotenen Respekt. Dennoch dauerte sie fast den ganzen Vormittag. Danach wurde die Verhandlung zur Mittagspause unterbrochen.

Als Claire, Grimes und Embry vom Essen zurückkehrten, stellten sie fest, daß der Tisch der Anklage leer war. Das war ziemlich ungewöhlich, denn Waldron und Hogan neigten zur Pünktlichkeit und nutzten die Zeit vor Richter Farrells Eintreffen meist für eine rasche Besprechung.

Erst kurz vor Beginn der Verhandlung kamen sie aufgeregt tuschelnd herein. Waldron wurde von einem CID-Ermittler begleitet. Claire war dem Mann schon öfter begegnet, hatte aber seinen Namen vergessen.

»Was ist da los?« flüsterte Tom und packte sie an der Schulter.

Sie schüttelte den Kopf.

»Etwas tut sich da«, murmelte Grimes. »Waldron sieht aus wie eine Katze, die einen Kanarienvogel verschluckt hat.«

Claire stellte sich mit übertriebener Höflichkeit dem General vor und hob gegenüber der Jury seinen hohen Rang hervor – eine Tatsache, die sie unter anderen Umständen wohl heruntergespielt hätte.

So mancher Anwalt hätte den General wie einen gewöhnlichen Zeugen behandelt und der Jury wortlos zu verstehen gegeben, daß sie seine Aussage nicht überbewerten sollte. Doch das wäre in diesem Fall die falsche Strategie gewesen.

Ihr fiel auf, daß sich die Mitglieder der Jury in Gegenwart des Generals benahmen wie die Musterschüler. Sie saßen kerzengerade da, kauten nicht auf ihren Bleistiften herum und stützten auch nicht das Kinn in die Hand. Sogar Richter Farrell hatte sich heute die Pepsidose verkniffen. Deshalb überschlug sich Claire fast vor Ehrerbietung – was allerdings nur die Ruhe vor dem Sturm war, denn sie plante sehr wohl, ihn ihre Verachtung spüren zu lassen.

»General Marks«, begann sie, nachdem die endlosen Formalitäten abgehakt waren. »Ist es richtig, daß man Ihnen im Gegenzug für Ihre Aussage Immunität zugesichert hat?«

»Ja«, erwiderte er selbstbewußt. Mit seinem silbergrauen Haar, der Adlernase und seiner Ausgehuniform bot er ein imposantes Bild.

»Es gibt zwei Arten von Immunität, General. Die eine bezieht sich nur auf Ihre Aussage hier in diesem Gerichtssaal, die andere auf die Vorgänge, über die Sie uns berichten werden – insbesondere den Zwischenfall in El Salvador im Juni 1985. Welche Art der Immunität wurde Ihnen gewährt, Sir?«

»Letztere.«

»Und warum, Sir?«

»Der Krieg ist ein schlechter Ratgeber. Man begeht unweigerlich Fehler, und oft wird der Kommandant später dafür zur Verantwortung gezogen.«

»Befanden wir uns 1985 denn im Krieg mit El Salvador, General?«

»Frau Verteidigerin, ich dulde nicht, daß Sie in diesem Ton mit dem General sprechen. Ihre respektlose Art gefällt mir nicht«, unterbrach Richter Farrell.

Claire nickte. Sie wollte es noch nicht auf eine Auseinandersetzung ankommen lassen. »Selbstverständlich, Euer Ehren. General, als Sie das Wort ›Krieg‹ benutzten, wollten Sie damit sagen, daß wir uns 1985 im Kriegszustand befanden? Soweit ich im Bilde bin, hatte der Kongreß El Salvador damals nicht den Krieg erklärt.«

General Marks lächelte spöttisch. »Wann immer eine Abteilung der Army, einschließlich der Special Forces, eine Operation gegen feindliche Kräfte durchführt, agieren wir unter kriegsähnlichen Bedingungen.«

»Aha. Ich verstehe. Das klingt logisch. Und teilen Sie die Auffassung, daß der Kommandant für das Handeln seiner Untergebenen verantwortlich ist?«

»Das ist nicht nur eine Auffassung, Frau Verteidigerin, sondern ein Grundsatz bei der Army.«

»An dem Sie auch keinen Anstoß nehmen?«

Er schnaubte belustigt. »Nein, ich nehme keinen Anstoß – wie Sie es ausgedrückt haben – an den Organisationsprinzipien der Army.«

»Also waren Sie als kommandierender Offizier von Einheit 27 letztendlich verantwortlich für alles, was Ihre Männer taten?«

»So ist es«, erwiderte er mit einem heftigen Nicken. »Selbst für Handlungen, auf die ich keinen Einfluß hatte …«

»Danke, General.«

»… weshalb man mir Immunität zusicherte, damit ich über das tragische Fehlverhalten Ihres Mandanten aussagen kann.«

»Danke, General. Einheit 27 wurde nach El Salvador beordert, um Vergeltung für den Bombenanschlag in Zona Rosa zu üben, richtig?«

Ein bedauerndes Lächeln. »Nein, Frau Verteidigerin, das ist nicht richtig. Unsere Aufgabe war es, die sogenannte Stadtguerilla aufzuspüren, die vier Marines auf dem Gewissen hatte. Es ging nicht um Rache.«

»Danke für diese ausführliche Erklärung, General. Und ist es richtig, daß Sie ein persönliches Interesse an dieser Mission hatten?«

»Absolut nicht.«

»Wirklich? Sie waren also kein enger Freund eines der Marines, die am 19. Juni 1985 bei dem Bombenanschlag ums Leben kamen? Ich spreche von Lieutenant Colonel Arlen Ross.«

»Nun, das muß ich wohl ebenfalls näher erklären. Ich war zwar ein Bekannter von Arlen Ross ...«

»Nein, Sir«, unterbrach Claire. »Kein Bekannter, ein Freund.«

Der General zuckte die Achseln. »Wenn es Ihnen besser gefällt, dann eben ein Freund. Das können Sie sehen, wie Sie wollen. Tragischerweise gehörte Lieutenant Colonel Ross zu den Opfern des Bombenanschlags. Allerdings irren Sie sich, Frau Verteidigerin. Ich befand mich im Auftrag des Präsidenten der Vereinigten Staaten in El Salvador. Und ich habe ganz sicher keine Spezialeinheit der Army dazu mißbraucht, einen persönlichen Rachefeldzug zu führen.«

»Das wollte ich auch nicht andeuten, General«, entgegnete Claire in geheucheltem Erstaunen. »Ich meinte nur, daß Sie ein persönliches Interesse an dieser Mission hatten, was für jeden Menschen, der vor wenigen Tagen einen engen Freund durch regierungsfeindliche Rebellen verloren hat, nur natürlich gewesen wäre.«

Doch der General war zu schlau, um ihr auf den Leim zu gehen. Schließlich hatte er nicht umsonst so rasch Karriere gemacht. »Wie großzügig von Ihnen, Frau Verteidigerin«, erwiderte er barsch. »Aber ich handle auf Befehl meiner Vorgesetzten, nicht aus Rachedurst wie irgendein Mafioso.«

Laß nie zu, daß ein Zeuge dir entgleitet, hielt Claire sich vor Augen, denn genau das drohte zu geschehen. Ganz offensichtlich war es ein Fehler gewesen, das Kreuzverhör auf diese Weise anzugehen.

»General«, sagte sie deshalb, »als wir uns zu einer Vorbesprechung in Ihrem Büro im Pentagon trafen, haben Sie mich da gewarnt, ich würde mir die Karriere verbauen, wenn ich diese Angelegenheit weiterverfolgen würde?«

General Marks bedachte sie mit einem undurchdringlichen Blick. Er war auf diese Frage vorbereitet und wußte von dem heimlich mitgeschnittenen Gespräch mit Henry Abbott. »Ja, das habe ich«, erwiderte er schließlich. »Offen gesagt, war ich besorgt, Sie könnten sich in einen selbstzerstörerischen Kamikaze-Kreuzzug verrennen, da der Mandant Ihr Ehemann ist.«

Endlich war es ausgesprochen worden. Selbstverständlich wußten alle Mitglieder der Jury, daß Tom ihr Mann war. Doch nun war die Tatsache – und damit alle Zweifel und Fragen, die sie vielleicht auslösen mochte – offiziell auf dem Tisch.

»Außerdem befürchtete ich, Sie könnten sich zum Narren machen, wenn Sie den Fall bearbeiten, ohne die Fakten zu kennen. Immerhin sind Sie mit einem Mann verheiratet, der möglicherweise ein Mörder ist. Man kann Sie deshalb nicht gerade als objektiv betrachten.« Er lächelte mitleidig. »Sie sind etwa so alt wie meine Tochter, und ich wollte Ihnen einen väterlichen Rat geben.«

»Das war sehr freundlich von Ihnen, General«, meinte Claire, wobei sie sich jeden ironischen Unterton verkniff. »Ich danke Ihnen für Ihre Anteilnahme und Ihr Verständnis.« Und dann beschloß sie, aufs Ganze zu gehen. »General Marks, wie weit entfernt standen Sie, als mein Mandant angeblich auf die Zivilisten schoß?«

»Ich war nicht vor Ort«, antwortete er. »Die Einheit wurde von meinem Stellvertreter Major James Hernandez befehligt. Ich gab meine Anordnungen über Funk.«

»Derselbe Major James Hernandez, der auch heute noch Ihr Stellvertreter ist?«

»Ja.«

»General, meinem Mandanten wird vorgeworfen, siebenundachtzig Menschen getötet zu haben. Das dauert doch sicher eine ganze Weile.«

»Nein. Leider kann man so etwas in erstaunlich kurzer Zeit tun.«

»Wirklich?«

»Sie wären überrascht«, entgegnete er mit einem traurigen Lächeln. »Sergeant Kubik feuerte zweihundert Schuß ab. Ein Maschinengewehr vom Typ M-60 kann fünfhundertfünfzig Kugeln pro Minute ausstoßen. Deshalb braucht man kaum mehr als zwanzig Sekunden, um zweihundert Schuß abzufeuern, Frau Verteidigerin.«

Unter gewöhnlichen Umständen hätte die Antwort des Generals das Aus bedeutet, aber Claire hatte bereits einen Plan. »Zwanzig Sekunden?« wunderte sie sich.

»Vielleicht ein bißchen länger.«

»Aber ich dachte immer, in einem Gürtel befänden sich nur einhundert Schuß«, meinte sie treuherzig.

»Das ist richtig«, sagte der General. »Offenbar hat Kubik zwei Gürtel zusammengeknüpft. Die Technik hatte er von einem Vorgesetzten in Vietnam gelernt. Auf diese Weise wird die Munition gleichmäßig eingezogen.«

»Was passiert, wenn sich der Munitionsgürtel verdreht?«

»Dann blockiert die Waffe.«

Claire nickte und ging nachdenklich vor dem Zeugenstand auf und ab. »Wenn also einer Ihrer Männer Sergeant Kubiks Munitionsgürtel gepackt und ihn verdreht hätte, hätte die Waffe blockiert und er hätte nicht weiterschießen können.«

»Nur, falls es jemandem gelungen wäre, nahe genug an ihn heranzukommen.«

»Und das hat niemand geschafft?«

»Meinen Sie das im Ernst? An einen Mann, der mit einem Maschinengewehr um sich schoß?«

»Keiner Ihrer Männer konnte sich rasch auf ihn stürzen und ihm die Waffe entreißen? Oder den Munitionsgürtel so verdrehen, daß das Gewehr blockierte?«

»Der Mann hatte eine M-60 in der Hand, Frau Verteidigerin. Man hat mir berichtet, daß er sich ständig in alle Richtungen umsah. Gewiß hätte er bemerkt, daß sich jemand ihm zu nähern versuchte.«

»Ihre Männer waren doch sicher ebenfalls bewaffnet, General.«

»Selbstverständlich.«

»Über welche Waffen verfügten sie?«

»Sie hatten .45er. Und ich würde nie jemandem befehlen, mit einer .45er einen Mann mit einer M-60 außer Gefecht zu setzen. Das wäre nämlich absolut zwecklos.«

»Haben Sie ihm befohlen aufzuhören?«

»Ja. Major Hernandez hat den Befehl weitergegeben.«

»Und dann?«

»Hernandes sagte: ›Er ist durchgedreht. Ich kann ihn nicht stoppen.‹«

Claire schwieg einen Moment. Der General war geschickt und gut instruiert. Sie wußte, daß sie so nicht weiterkommen würde. Er würde einfach darauf beharren, daß er Kubik nicht an seinem Tun hatte hindern können. »General, hätten Sie Ihrer Auffassung nach das Recht gehabt, Sergeant Kubiks Erschießung anzuordnen? Hätten Sie als Offizier Ihren Männern diesen Befehl geben können, wenn er tatsächlich dabei war, siebenundachtzig Zivilisten niederzumetzeln?«

»Genaugenommen, ja«, entgegnete Marks. »Das Militärrecht gestattet den Einsatz von Gewalt mit Todesfolge, wenn das eigene Leben oder das anderer Personen bedroht ist.«

Claire zuckte zusammen. Das war die richtige Anwort gewesen. Er hatte ihr gerade die Möglichkeit genommen, im Kreuzverhör zu beweisen, daß er seine Pflichten als Offizier und Kommandant verletzt hatte – und damit war seine Glaubwürdigkeit unangreifbar. Sie ging noch einmal auf die Frage ein, ob er Kubik hätte töten lassen können. Während sie den General zu Sergeant Kubik befragte, der für sie nicht mehr als ein Phantasiegebilde der Anklage war, hatte sie nicht mehr das Gefühl, über ihren Mann zu sprechen. »General, hätte denn nicht einer Ihrer Männer abwarten können, bis Sergeant Kubik die Zivilisten ins Visier nahm? Dann hätte er ihn doch jederzeit mit dem .45er Colt erschießen können.«

Der General seufzte. »Frau Verteidigerin, ich weiß nicht, ob Sie jemals eine Pistole in der Hand gehabt, geschweige denn abgefeuert haben. Jedenfalls waren Sie nie im Krieg ...«

»Ich beantrage, diese Äußerung aus dem Protokoll zu streichen, da sie sich nicht auf meine Frage bezieht, Euer Ehren«, unterbrach Claire.

»Ich fürchte, Sie haben den Zeugen durch Ihre Theorie dazu verleitet«, sagte Richter Farrell. »Fahren Sie fort, Sir.«

»Danke«, meinte General Marks. »Da Sie die letzten dreizehn Jahre in Ihrem gemütlichen Büro in Harvard verbracht haben, kann ich Ihren Einwand nachvollziehen, Frau Verteidigerin. Doch eine Einheit von zehn Mann unter kriegsähnlichen Bedingungen zu kommandieren ist eine andere Sache. Man muß Risiken eingehen, um vielleicht eine schlimmere Katastrophe zu verhindern. Möglicherweise hätten Sie die Lage besser beurteilen können. Ich jedenfalls habe mein Bestes getan.« Er senkte den Kopf. »Wir haben in El Salvador einige amerikanische Soldaten verloren, weil der Präsident der Vereinigten Staaten, mein Oberbefehlshaber, es in unserem stragegischen Interesse für notwendig hielt. Bei verdeckten Einsätzen geht es zuweilen ziemlich hart zu. Allerdings besteht ein Unterschied zwischen den Gefahren einer verdeckten Operation und dem Handeln dieses fehlgeleiteten Wahnsinnigen. Mir wird übel, wenn ich daran denke, was in diesem Dorf geschehen ist. Es widert mich an, als Soldat und auch als Mensch.«

Noch nie zuvor war Claire derart in einem Kreuzverhör gescheitert, was gewiß nicht an ihrer mangelnden Vorbereitung lag. Sie sah den Mitgliedern der Jury an, wie sehr die Worte des Generals sie bewegt hatten. General Marks schlug sich großartig im Zeugenstand, und er wußte auf jede Frage eine Anwort – eigentlich keine Überraschung.

Aber es war noch nicht vorbei.

»General, vor ein paar Minuten haben Sie erwähnt, daß die Dorfbewohner unbewaffnet waren. Kann Sergeant Kubik nicht vielleicht davon ausgegangen sein, daß es sich um feindliche Rebellen handelte?«

»Nein.«

»Warum nicht?«

»Erstens trugen sie keine Uniformen. Zweitens standen sie ganz friedlich da und taten nichts, was als Bedrohung hätte ausgelegt werden können. Und drittens waren sie unbewaffnet.«

»Kann es nicht sein, daß Sergeant Kubik Waffen zu sehen glaubte?«

Sie wußte, daß diese Frage den General aus dem Konzept bringen würde, denn sie stellte damit eine neue These auf: Tom hatte geschossen, weil er die Dorfbewohner für bewaffnet hielt. Bis jetzt hatte sie schließlich immer die Theorie vertreten, daß der ganze Vorfall nur auf Erfindung beruhte und daß Tom nicht geschossen hatte. Sie bemerkte, daß der General zögerte und Waldron einen raschen Blick zuwarf. Rasch trat sie zwischen den Tisch der Anklage und den Zeugenstand und versperrte ihm die Sicht.

Der General setzte wieder seine gewöhnliche arrogante Miene auf. »Nein«, entgegnete er. »Es waren keine Waffen vorhanden.«

»Weshalb sind Sie sich da so sicher?«

»Weil mein Stellvertreter auf meinen Befehl die Leichen untersuchte und dabei keine Waffen fand.«

»Also wußten Sie nach der Tat, daß keine Waffen vorhanden waren. Wie verhält es sich jedoch mit der eigentlichen Tatzeit, General? Hatten Sie Grund zu der Annahme, daß die Dorfbewohner über Waffen verfügten?«

»Nein.«

»Ihre Männer haben keine Waffen entdeckt?«

»Richtig.«

»Sie haben nichts gesehen, kein Aufblitzen von Metall etwa, das sie zu der Vermutung gebracht hätte, daß die Dorfbewohner nicht vielleicht doch bewaffnet waren?«

»Nein.«

»Also haben sie nicht gesehen, wie jemand die Waffe auf Sergeant Kubik oder einen seiner Kameraden richtete?«

»Die Frage wurde bereits gestellt und beantwortet, Euer Ehren!« rief Waldron aus.

»Stattgegeben. Nächste Frage, Frau Verteidigerin.«

»Ich bitte um Entschuldigung, Euer Ehren. Ich wollte mich nur vergewissern, daß keine Mißverständnisse entstehen. General Marks, früh am Morgen des 22. Juni 1985 haben Sie eine Aktennotiz geschrieben, ist das richtig?«

»Richtig.«

»Ist das nicht ungewöhnlich?«

»Weshalb?«

»Ist es nicht eher Usus, nach einem Einsatz einen Bericht zu verfassen?«

»Ja, aber es handelte sich schließlich nicht um einen alltäglichen Vorfall, Frau Verteidigerin. Einer meiner Männer hatte gerade ein ganzes Dorf voller unschuldiger Zivilisten ausgelöscht.«

»Unbewaffneter Zivilisten.«

»Das sagte ich soeben.«

»Also schrieben Sie eine Aktennotiz. Zu welchem Zweck?«

»Um den Vorfall zu dokumentieren. Ich war sicher, daß Sergeant Kubik sich für seine Tat würde verantworten müssen, und wollte darüber eine Akte anlegen.«

»Sie meinen wohl, eine Akte fabrizieren.«

»Euer Ehren!« rief Waldron.

»Ich sagte, eine Akte anlegen, Frau Verteidigerin«, entgegnete der General.

»General, besitzen Sie eine Kopie der Aktennotiz, die Sie an jenem Morgen schrieben?«

»Leider nein. Offenbar ist sie verlorengegangen.«

»Wie konnte das passieren?«

Er lächelte. »Es geschieht immer wieder, daß Papiere verschlampt werden, Frau Verteidigerin. Sie können mir glauben, wie sehr ich das bedauere. Doch sogar Generäle sind zuweilen machtlos gegen eine ausufernde und manchmal unbewegliche Bürokratie.«

Claire erwiderte sein Lächeln. »In Ihrem Memorandum an jenem Morgen hielten Sie fest, daß die Dorfbewohner bewaffnet waren und daß Sie deshalb Ihren Männern den Schießbefehl gaben.«

»Das ist nicht wahr!« entgegnete Marks mit blitzenden Augen.

»Sie haben das also nicht geschrieben?«

»Nein, da es sich nicht so verhielt. Ich habe niemandem Befehl erteilt, diese Zivilisten töten zu lassen, und sie hatten keine Waffen.«

»Danke, General.« Claire ging zum Tisch der Verteidigung, wo Embry ihr einige Papiere reichte. Claire verteilte sie an Waldron und Richter Farrell. »Euer Ehren, darf ich mich dem Zeugen nähern und ihm dieses Schriftstück übergeben, das die Verteidigung als Beweisstück C kennzeichnen ließ?«

»Stattgegeben«, sagte Richter Farrell und betrachtete erstaunt das Dokument in seiner Hand.

Claire legte dem General die Seite vor. »General Marks, erkennen Sie dieses Papier?«

Der General schwieg. Zum erstenmal schienen ihm die Worte zu fehlen. Er erbleichte.

»Ist das Ihre Unterschrift, General?«

Schweigen.

»Ist das Ihre Handschrift?«

Im Gerichtssaal herrschte Totenstille, doch Claire wußte, daß es die Ruhe vor dem Sturm war. Waldron kritzelte etwas auf ein Blatt Papier und zeigte es Hogan. Aus dem Augenwinkel bemerkte sie, daß der Anwalt des Generals, Jerome Fine, seinem Mandanten Zeichen machte.

»Wenn Sie möchten, können wir die Verhandlung unterbrechen«, meinte Claire freundlich, »und eine Vertagung beantragen. Ein Handschriftenexperte ist anwesend. Wir könnten Sie auffordern, das Dokument abzuschreiben, und es sofort analysieren lassen.« Das war ein Bluff; Claire hatte keinen Handschriftenexperten vorgeladen. »Meiner Ansicht nach wissen Sie genau, daß das hier Ihre Handschrift ist. Ich muß Sie darauf hinweisen, Sir, daß sich Ihre Immunität nicht auf Lügen unter Eid, Meineid oder Falschaussage bezieht.«

»Ja«, gab er schließlich zu und starrte sie voller Haß an. Seine Stimme blieb jedoch ruhig. »Ich glaube, es ist meine Handschrift.«

»Euer Ehren«, fuhr Claire fort und drehte sich lächelnd zu Richter Farrell um. »Ich möchte Sie um die Erlaubnis bitten, Beweisstück C zur Identifizierung der Jury vorlegen zu dürfen.«

»Stattgegeben. Die Worte ›zur Identifizierung‹ werden gestrichen. Sie können es der Jury sofort geben.«

Claire reichte dem Sprecher der Jury sechs Kopien, die dieser an die anderen verteilte. Dann wandte sie sich wieder dem General zu. »Bitte lesen Sie das Schriftstück dem Gericht vor.«

Der General zögerte und sah den Richter an. »Muß ich das?« fragte er verärgert.

»Ja«, entgegnete Farrell. »Ich fürchte, das wird sich nicht vermeiden lassen.«

Marks preßte die Lippen zusammen und bedachte Claire mit einem Blick, der ihr das Blut in den Adern gefrieren ließ. Dann setzte er seine Lesebrille auf und begann: »Am frühen Morgen des 22. Juni 1985 teilte mir Major James Hernandez mit, daß sich die bewaffneten Einwohner von La Colina, El Salvador, offsichtlich feindselig gegenüber Einheit 27 verhielten.« Er räusperte sich. Sein Gesicht war hochrot. »Aufgrund der bewaffneten Feindseligkeiten befahl ich, das Feuer auf die Dorfbewohner zu eröffnen. Mein

Befehl wurde ausgeführt, siebenundachtzig Aggressoren wurden gezielt liquidiert. Die Einheit zog vom Schauplatz des Feindkontaktes ab und kehrte nach Ilopango zurück. Unterzeichnet, Colonel William O. Marks, Kommandant von Einheit 27, Ilopango, El Salvador.« Als er langsam den Kopf hob, funkelten seine Augen vor Zorn.

»General Marks«, fragte Claire, »ist das, was Sie uns eben vorgelesen haben, Ihrer Erinnerung nach eine wahrheitsgemäße Wiedergabe der Vorfälle am 22. Juni 1985? Oder möchten Sie noch etwas hinzufügen?«

Sie starrten einander an.

Dann wandte sich General Marks an den Richter. »Euer Ehren, ich möchte mich gerne mit meinem Anwalt besprechen, bevor ich diese Frage beantworte.«

»Euer Ehren«, ergriff Waldron das Wort. »Wir beantragen eine Unterbrechung, damit sich der Zeuge mit seinem Anwalt beraten kann.«

»Die Mitglieder der Jury mögen bitte den Raum verlassen«, verkündete Richter Farrell.

Während die Jury vom Gerichtsdiener hinausgeführt wurde, brach im Saal ein Tumult los.

47

Euer Ehren«, sagte Waldron. »Ich verlange, daß die Frau Verteidigerin zu Protokoll gibt, wie lange sie die Aktennotiz bereits besitzt und woher sie sie hat.«

»Nein, Euer Ehren«, entgegnete Claire, bevor Farrell antworten konnte. »Dazu bin ich nicht verpflichtet, und ich werde es auch nicht tun. Die Anklage hat kein Recht darauf, den Inhalt des Kreuzverhörs im voraus zu erfahren. Mein Gott, wir haben diese Aktennotiz in der Beweisaufnahme angeführt und genau benannt – während die Anklage schriftlich die Existenz eines solchen Dokuments abstritt. Ich habe die Aktennotiz nach Erhalt dieses Schreibens bekommen. Es handelt sich um eine Fotokopie aus den Unterlagen des CIA, auf welcher der vollständige Verteiler vermerkt ist. Mehr habe ich dazu nicht zu sagen.«

»Des CIA?« stammelte Waldron. Claire fragte sich, warum er darüber so erstaunt war.

Farrell war ganz offensichtlich bestürzt darüber, wie rasch sich das Blatt gewendet hatte. Ein ganzer Gerichtssaal war Zeuge geworden, wie ein Vier-Sterne-General einen Meineid geschworen hatte. Deshalb würde jede im Protokoll festgehaltene Bemerkung des Richters nun genau unter die Lupe genommen werden. Er mußte also auf der Hut sein. Richter Farrell öffnete eine Pepsidose und trank einen großen Schluck.

»Herr Ankläger«, sagte er. »Es ist Ihr Zeuge, und somit wäre es Ihre Aufgabe gewesen, das Dokument aufzutreiben. Ich werde Ihnen nicht aus der Klemme helfen.«

Inzwischen hatte sich Jerome Fine, der Anwalt des Generals, einen Stuhl neben den Zeugenstand gerückt. Die beiden Männer tuschelten miteinander.

»General«, wandte sich Claire an Marks. »Ist das Ihr Anwalt?«

»Ja«, entgegnete Marks mit einem leichten Lächeln.

»Und wie heißt er?«

»Jerome R. Fine, der Generalanwalt der Army.«

»Wie interessant, daß Sie einen Rechtsbeistand zu brauchen glauben, General. Haben Sie etwas zu verbergen?«

»Nicht im geringsten«, erwiderte er leise kichernd.

»General, haben Sie vor Ihrer heutigen Aussage noch einmal durchgelesen, was Sie bei Ihrer Ernennung zum Stabschef der Army vor dem Kongreß geäußert haben?«

Marks zögerte fast unmerklich. »Ja.«

»Sicher hat Ihnen Ihr Anwalt dazu geraten?«

»Ms. Chapman«, entgegnete der General hitzig. »Ich bin Ihnen keine Rechenschaft über meine Unterredungen mit meinem Anwalt schuldig.«

»Ich fürchte, Sie irren sich.« Claire warf einen Blick auf Jerome Fine, der sich anscheinend ziemlich unbehaglich fühlte. »Sie wissen, daß wir Mr. Fine nach Ihnen als Zeuge aufrufen können. Da er für die Vereinigten Staaten von Amerika und nicht für Sie privat tätig ist, fallen Gespräche zwischen Ihnen nicht unter das Anwaltsgeheimnis.«

Als der General seinen Anwalt ansah, nickte dieser fast unmerklich.

»Vielleicht möchten Sie jetzt meine Frage beantworten, General: Hat Ihr Anwalt Ihnen geraten, Ihre Aussage vor dem Kongreß noch einmal durchzulesen?«

Eine Pause entstand, und der Anwalt nickte wieder.

»Ja.«

»General Marks, haben Sie Ihrem Anwalt mitgeteilt, die Aktennotiz, die Sie kurz nach dem Zwischenfall in La Colina geschrieben haben, sei Ihres Wissens vernichtet worden? Haben Sie erklärt, Sie könnten sich an den Inhalt nicht erinnern?«

Hilfesuchend drehte sich Marks zu Richter Farrell um. »Muß ich das beantworten, Euer Ehren?«

»Ja, Sie müssen«, erwiderte der Richter.

»Ja, das habe ich gesagt«, meinte Marks. »Aber das bezog sich auf meine Erinnerung ...«

»Danke, General«, fiel Claire ihm ins Wort. »General, haben Sie je mit Ihrer Frau über das Massaker in La Colina gesprochen?«

»Mit meiner Frau?« Ungläubig sah Marks den Richter an. »Euer Ehren, ich brauche keine Fragen über mein Privatleben zu beantworten.«

»Doch, General«, entgegnete der Richter ruhig.

»Meine Frau und ich sprechen nicht über derartige Themen«, sagte der General scharf. Seine Stimme war ein wenig lauter geworden.

»Was genau bedeutet *derartige Themen*?«

»Verdeckte Operationen ...«

»Und war der Vorfall in La Colina eine verdeckte Operation?«

»Drehen Sie mir nicht die Worte im Munde herum«, zischte Marks. »Dieses Massaker war die entsetzlichste Tragödie, die je während meiner Dienstzeit ...«

»Und Sie wollen behaupten, Sie hätten Ihrer Frau nicht von dieser entsetzlichen Tragödie erzählt?«

Marks zögerte.

»Oder haben Sie sie ebenfalls belogen?«

»Ich habe, was La Colina angeht, niemals gelogen!« entrüstete sich der General.

»Wirklich nicht? Sie haben doch vor dem Kongreß gelogen. Stimmt es nicht, daß der Senat Sie im Rahmen Ihrer Ernennung zu diesem Punkt befragte? Und daß Ihre Version dieses Vorfalls im Widerspruch zu besagter Aktennotiz steht? Das heißt doch eindeutig, daß Sie dem Kongreß nicht die Wahrheit gesagt haben.«

»Das muß ich mir nicht gefallen lassen!« brüllte Marks. »Mehr als dreißig Jahre meines Lebens habe ich der Verfassung der Vereinigten Staaten gedient und das Volk dieses Landes ...«

Sein Anwalt packte ihn am Arm.

»Aber Sie haben trotzdem vor dem Kongreß gelogen, General, oder wollen Sie das abstreiten?« beharrte Claire.

»So etwas brauche ich mir von jemandem wie Ihnen nicht bieten lassen!« schrie Marks und fuhr von seinem Stuhl hoch. Sein Gesicht war puterrot. »Es ist eine bodenlose Frechheit!«

»Bitte, General!« Fine zog Marks auf den Sitz zurück.

»Was meinen Sie mit *jemandem wie Ihnen*?« erkundigte sich Claire schmunzelnd. »Von einer Verteidigerin, die ihre Pflicht tut? Die einen Mandanten schützt, der zu Unrecht des Mordes angeklagt ist? Eines Mordes, an dem Sie vermutlich beteiligt ...«

»Einspruch!« rief Waldron.

»Das ist eine üble Verleumdung!« schrie Marks.

»Fahren Sie fort«, ordnete Richter Farrell an.

»General«, widerholte Claire laut und deutlich, »Sie haben den Kongreß doch belogen, oder?«

Schweigen entstand.

Rechtsanwalt Fine flüsterte seinem Mandanten hinter vorgehaltener Hand etwas zu. General Marks faßte sich wieder. Er blickte auf und sagte kühl: »Auf Anraten meines Anwalts werde ich diese Frage nicht beantworten.«

»Augenblick mal«, sagte Claire. »Berufen Sie sich auf den fünften Verfassungszusatz?«

»Ja.«

»Und weswegen?«

»Wegen meiner Aussage«, entgegnete Marks ruhig. »Mein Anwalt hat mich gerade darauf hingewiesen, daß ich mir möglicherweise einen Meineid habe zuschulden kommen lassen.« Er wandte sich an Richter Farrell. »Euer Ehren, ich habe dieses Dokument seit dreizehn Jahren nicht mehr gesehen. Ich habe das ausgesagt, woran ich mich im Zusammenhang damit erinnere. Offen gestanden, fühle ich mich überrumpelt.«

»Euer Ehren«, ergriff Claire das Wort. »Ich beantrage, die Aussage dieses Zeugen aus dem Protokoll zu streichen, da uns das nach dem sechsten Verfassungszusatz garantierte Recht auf ein Kreuzverhör verweigert wird.«

Farrell betrachtete den General und schüttelte ungläubig den Kopf. »Ihrem Antrag wird stattgegeben. Die Aussage des Zeugen wird gestrichen.«

»Danke, Euer Ehren. Die Verteidigung beantragt basierend darauf ein Erkennen auf Verfahrensfehler, da man die Aussage des Zeugen nicht ungeschehen machen kann. Alle im Gerichtssaal haben sie gehört.«

»Abgelehnt«, fauchte Farrell mit hochrotem Kopf.

»In diesem Fall bitten wir Sie, die Mitglieder der Jury darauf hinzuweisen, daß der Stabschef der Army vor diesem Gericht nicht mehr als Zeuge auftritt und daß seine Aussage nicht mehr beachtet werden soll. Außerdem bitte ich

Sie, Euer Ehren, der Jury mitzuteilen, daß sich der Stabschef der Army Ihrer Ansicht nach des Meineides schuldig gemacht hat. Weiterhin möchten Sie den Stabschef davon in Kenntnis setzen, daß er sich nach Artikel 31 des Militärgesetzbuches nicht selbst zu belasten braucht. Informieren Sie die Jury darüber, daß er beschlossen hat, vor diesem Militärgericht keine Aussage mehr zu machen.«

»Gut«, meinte Richter Farrell, der wußte, daß ihm nichts anderes übrigblieb. »Ich werde die Jury darauf hinweisen. General, Sie dürfen sich entfernen. Wir entschuldigen uns bei Ihnen.«

Ungläubig sah Claire zu, wie der General aufstand, seine Uniform glattstrich und mit seinem Anwalt den Saal verließ.

»Euer Ehren«, sagte Waldron. »Während dieser Sitzung nach Artikel 39(a) möchte ich das nächste Beweisstück vorlegen. Es handelt sich um Beweisstück Nummer 4 der Anklage, die Tonbandaufzeichnung eines Funkspruchs des Angeklagten vom 22. Juni 1985, in dem dieser auf das Verbrechen eingeht, das ihm zur Last gelegt wird. Weiterhin möchten wir eine Niederschrift dieser Aufnahme präsentieren.«

Claire, Grimes, Embry und Tom wechselten erstaunte Blicke.

»Euer Ehren, das ist doch nicht zu fassen«, sagte Claire.

»Was soll das jetzt schon wieder?« wunderte sich Farrell. »Welches Spiel wird hier gespielt? *Überraschungsparty, oder wer schafft es zuerst, daß der Richter Magengeschwüre kriegt?* Haben Sie das Band hier, Herr Ankläger?«

»Ja, Sir.« Waldron reichte dem Richter eine schwarze Kassette und einen kleinen Recorder.

»Gut, dann hören wir es uns an«, meinte Farrell.

»Öfter mal was Neues«, stöhnte Grimes laut.

Die Aufnahme klang, als wäre sie bearbeitet worden. Das Knistern hatte man herausgefiltert, so daß Toms Stimme klar und deutlich aus dem Lautsprecher schallte.

Und es war Toms Stimme, daran bestand kein Zweifel:

»Es war unglaublich. Einfach Wahnsinn. Ich hatte es einfach satt, mich von diesen Bauern verarschen zu lassen. Also habe ich mein M-60 genommen und sie weggepustet. Ein geiles Gefühl. Gut, daß ich es gemacht habe.«

Es herrschte Schweigen. Dann schaltete der Richter den Recorder ab.

»Das bin nicht ich«, flüsterte Tom Claire zu.

»Woher stammt dieses Band?« fragte Richter Farrell.

»Von der militärischen Abwehr, dem DIA, Euer Ehren«, antwortete Waldron. »Aus der Abteilung Funkverkehr. Nach einer Durchsuchung ihrer Archive hat uns der CIA eine Kopie zur Verfügung gestellt.«

»Wann haben Sie es erhalten?«

»Heute, Euer Ehren. Während der Mittagspause.«

»Wie lange wußten Sie von seiner Existenz?«

»Ich bekam am Morgen einen Anruf, aber ich habe es erst geglaubt, als ich das Band abhörte, Sir.«

»Was soll das werden? CIA gegen DIA?« meinte Farrell. »Zivile Agenten gegen militärische?«

»Das Gespräch wurde von der Abteilung Funkverkehr abgefangen, Euer Ehren«, erwiderte Waldron. »Und zwar vom 123. Funkbataillon in El Salvador am 22. Juni 1985. Die Empfangsantennen deckten einen Frequenzbereich zwischen vier- und fünfhundert Megahertz ab. Der Beschuldigte machte die Äußerung draußen im Freien von einem Feldfunkgerät aus, das eine Reichweite bis zu dreißig Kilometer besitzt.«

Claires Gedanken überschlugen sich. Es konnte kein Zufall sein, daß die Aktennotiz sofort mit diesem Tonband gekontert wurde. Was wurde hier gespielt? Sie wandte sich zu Tom um. »Du hast so was doch niemals gesagt?« flüsterte sie. Ihr Magen krampfte sich zusammen.

»Claire, das bin nicht ich«, erwiderte er.

»Es ist deine Stimme.«

»Aber ich bin es nicht«, wiederholte er.

Sie erhob sich. »Euer Ehren«, begann sie laut und deutlich. »Wir betrachten das als Überrumpelungstaktik. Das Band hätte uns gemäß unseres Antrags zur Beweisaufnahme ausgehändigt werden müssen und zwar schon vor einiger Zeit.«

»Euer Ehren«, widersprach Waldron. »Ich habe der Frau Verteidigerin eben erklärt, daß wir das Band erst heute in der Mittagspause bekommen haben.«

»Das Problem ist nicht«, entgegnete sie spitz, »wann die Anklage das Band bekommen hat, sondern wann es sich im Besitz der Regierung der Vereinigten Staaten befand. Da unser Antrag zur Beweisaufnahme dieses Band einschließt, hatte der Herr Ankläger die Pflicht herauszufinden, ob eine amerikanische Behörde über sachdienliche Hinweise verfügt. Ich habe meine Verteidigung auf der Basis der Informationen geplant, die mir die Anklage offengelegt hat. Nun ist der Prozeß fast vorbei, und plötzlich werden wir mit schwer belastendem Material konfrontiert, ohne daß wir es hätten überprüfen können. Es ist ein Skandal!«

»Sir«, entgegnete Waldron. »Wie die Frau Verteidigerin sicher weiß, können derartige Dinge vorkommen. Beweisstücke tauchen häufig erst kurz vor Schluß auf – das gleiche gilt auch für die vorgelegte Aktennotiz.«

»Das ist richtig. Und Sie haben keinen Grund, sich zu beschweren, Frau Verteidigerin. Sie haben ja gerade etwas ganz ähnliches veranstaltet.«

»Was wir ›veranstaltet‹ haben, Euer Ehren, war lediglich der Versuch, einen Verfahrensfehler zu verhindern. Glücklicherweise sind wir durch unsere Quellen in den Besitz eines Dokumentes gelangt, das die Anklage uns schon vor einiger Zeit hätte zur Verfügung stellen müssen. Und nun versucht sie denselben Trick ein zweitesmal. Aus heiterem Himmel finden sie ein wichtiges Beweisstück und legen es dem Gericht so spät vor, daß wir keine Gelegenheit mehr haben, es durch unsere Experten überprüfen zu lassen. Warum hat es so lange gedauert, eine vor dreizehn Jahren vom DIA angefertigte Bandaufnahme zutage zu fördern?«

»Sir«, erwiderte Waldron, »es ist durchaus möglich, daß sich Personen innerhalb der Regierung durch dieses Kriegsgerichtsverfahren genötigt sahen, alte Akten nach Informationen zu durchkämmen, die man eigentlich für verloren hielt.«

»Das darf doch nicht wahr sein!« ließ sich da Tom vernehmen. »Überprüfe das Band, Claire! Das bin ich nicht!«

»Sergeant«, rügte Farrell. »Sie dürfen sich hier nicht äußern. Frau Verteidigerin, ich bitte Sie, das Ihrem Mandanten klarzumachen. Weitere Gefühlsausbrüche werde ich nicht dulden. Nun, ich nehme an, Sie wünschen eine Vertagung.«

»In der Tat, Sir. Wir beantragen einen Monat, um das Band eingehend zu untersuchen.«

»Das ist doch alles eine gottverdammte Lüge!« rief Tom aus.

»Sergeant!« donnerte Farrell. »Ich habe Sie aufgefordert, sich ruhig zu verhalten. Sie sind berechtigt, an diesem Verfahren teilzunehmen. Wenn Sie die Verhandlung allerdings weiter stören, werde ich dafür sorgen, daß Sie sie in einem Nebenraum per Videoübertragung ansehen müssen. Haben Sie mich verstanden? Ich dulde keine Unterbrechungen in meinem Gerichtssaal.«

»Das bin ich nicht!« protestierte Tom. »Es ist nicht wahr! Das ist nicht meine Stimme!«

»Führen Sie den Mann ab!« brüllte Farrell. Sofort wurde Tom von Wachen umringt, zu Boden geworfen und mit Handschellen gefesselt.

»Das alles ist eine gottverdammte Lüge!« schrie Tom weiter.

Die Wachen packten Tom an den Ellenbogen und schleppten ihn hinaus.

»Nun gut«, wandte sich Farrell an Claire, als es wieder still im Gerichtssaal war. »Ich gebe Ihnen achtundvierzig Stunden.«

48

Spät in der Nacht saßen Claire und Jackie bei Zigaretten und Scotch am Küchentisch. Das Band war bereits per Luftkurier an eine anerkannte Sachverständige für Stimmanalysen in Boulder, Colorado, geschickt worden. Claire hatte sich die Frau sorgfältig ausgesucht: Sie hatte im Auftrag des Militärs umfangreiche Untersuchungen zur Stimmenidentifikation durchgeführt und sogar schon mit Waldron zusammengearbeitet. Da sie im Pentagon als Insiderin galt, würde niemand ihr Urteil anzweifeln.

»Natürlich streitet er es ab«, meinte Jackie diplomatisch. »Bis jetzt hat er ja alles abgestritten, Claire. Schließlich leugnet er auch, daß es sein Gewehr ist.«

»Und wahrscheinlich ist es auch nicht seins«, entgegnete Claire verärgert. »Außer, sie haben den Lauf ausgetauscht.«

»Das ist möglich. Diese Kerle können tun und lassen, was sie wollen. Aber glaubst du, wenn du ganz ehrlich bist, nicht auch, daß die Waffe ihm gehörte? Daß er sie abgefeuert hat? Daß Tom geschossen hat, auch wenn Colonel Marks über Funk vielleicht den Befehl dazu gab?« Sie schenkte ihnen beiden Whisky nach.

»Nein, das glaube ich nicht.«

Jackie nahm einen großen Schluck und schüttelte sich. »Claire, dieser Mann hat dir eine Lügengeschichte über seine gesamte Vergangenheit aufgetischt. Warum beharrst du dann darauf, daß er, was diesen schrecklichen Vorfall angeht, die Wahrheit sagt? Immerhin läuft er schon sein halbes Leben davor weg.«

Claire senkte den Kopf. Sie war zu erschöpft, um zu widersprechen. Tränen traten ihr in die Augen und tropften auf den Tisch. »Ich muß mit ihm reden.«

Das Telefon läutete.

Claire hob ab. Sicher war es Grimes oder Embry.

»Professor Heller?« fragte eine tiefe Frauenstimme. »Hier spricht Leonore Eitel aus Boulder.«

»Ja bitte?«

»Hoffentlich störe ich Sie nicht, aber Sie hatten mich gebeten, sofort anzurufen, wenn ich die ersten Ergebnisse habe.«

»Schon in Ordnung.« Claires Herz klopfte so heftig, daß sie die Frau kaum verstand.

»Nun, ich fürchte, ich kann Ihnen nicht das sagen, was Sie hören wollen.«

»Er ist es also«, meinte Claire heiser.

»Ich möchte Ihnen erklären, welche Tests ich angewendet habe. Für die akustische und spektrographische Stimmenanalyse habe ich moderne Geräte von Kay Elemetrics benutzt, es handelt sich um ein Computer-Speech-Lab-Modell 4300B. Ich habe die Aufnahme mit den Stimmproben verglichen, die Ihr Mann mir telefonisch gegeben hat.«

»Und er ist es?«

»Ich habe mir die Frequenz auf der vertikalen Achse und gleichzeitig die Wortbildungsstruktur und die Konsonanten-Vokal-Verbindungen angesehen. Außerdem die Färbung, die durch das Vibrieren der Stimmbänder zustande kommt und durch die vertikalen Linien auf den Spektrogrammen …«

»Verdammt, ist es Toms Stimme?«

»Ja«, antwortete die Sachverständige ruhig. »Ich habe zweiundzwanzig Wörter verglichen und bei neunzehn eine Übereinstimmung gefunden.«

»Wie sicher sind Sie?«

»Zu neunundneunzig Prozent, würde ich sagen. Doch ich bin noch nicht fertig. Eine Sache müßte ich noch überprüfen.«

Um acht Uhr am nächsten Morgen saßen sie in dem langen, steril wirkenden Konferenzraum, dem einzigen, der nicht mit einer Kamera ausgestattet war.

»Ich will jetzt die Wahrheit hören«, begann sie.

Tom verzog das Gesicht. »Bitte, Claire …«

»Nein, erzähl mir die Wahrheit. Hast du das gesagt?«

»Natürlich nicht. Am Tag nach dem Massaker waren wir gar nicht draußen, sondern auf dem Stützpunkt. Und ich hatte gar kein Funkgerät. Das war nicht mein Job.« Er lächelte und nahm ihre Hand. »Zufrieden, Liebling?«

»Es ist deine Stimme.«

»Sie haben sie irgendwie gefälscht.«

»So was kann man nicht fälschen, Tom. Es ist deine Stimme.«

»Aber ich habe das nie gesagt.«

»Ist das die Wahrheit?«

Er zog seine Hände weg. »Es ist die Wahrheit«, antwortete er leise.

»Schwörst du?«

Er wirkte verletzt. »Mein Gott, du glaubst tatsächlich, ich war es! Sie haben dich umgedreht. Meine eigene Frau!«

»Jetzt mach mal 'nen Punkt, Tom!« rief sie. »Ich weiß nicht mehr, was ich glauben soll. Was ist mit dem Gewehr?«

»Fängst du schon wieder damit an? Du hast doch bewiesen, wie leicht ...«

»Vergiß, was ich im Gerichtssaal getan habe. Vergiß meine Tricks. Jetzt sind wir unter uns.«

»Du hast doch demonstriert, daß sie den Lauf ausgetauscht haben könnten.«

»Erspare mir die juristischen Spitzfindigkeiten, Tom. Hast du diese Menschen umgebracht?«

»Claire ...«

»Hast du den Befehl dazu bekommen? Sind deshalb alle so bemüht, den General zu decken?«

»Claire ...«

»Wenn es dir befohlen wurde, könnten wir mildernde Umstände geltend machen. Du würdest zwar nicht freigesprochen ...«

»Du denkst wirklich, daß ich siebenundachtzig Menschen abgeschlachtet habe?«

Sie sah ihn an und wußte nicht, was sie sagen sollte. »Schwöre, daß das da auf dem Band nicht deine Stimme ist.«

Er musterte sie, und sein Blick verriet, daß er gekränkt und wütend war. »Ich bin kein Ungeheuer, Claire.«

Es klopfte laut an der Tür. Als Claire öffnete, stand Embry vor ihr. Er war völlig außer Atem und reichte ihr wortlos ein Blatt Papier.

»Was ist das?«

»Sie wollten vor ein paar Tagen Hernandez' Krankenakte haben«, keuchte Embry. »Ich habe einen Kumpel gebeten, sich mal umzuschauen. Wie ich mir schon gedacht hatte, lag sie im Archiv des Pentagon. Er hat mir das hier gefaxt.«

»Ein psychiatrisches Gutachten?«

»Nein«, entgegnete Embry grinsend und brach dann in Gelächter aus. »Etwas viel Besseres.«

Die Stimmensachverständige Leonore Eitel war eine sehr zierliche, würdevoll wirkende Frau mit silbergrauem Haar und einer riesigen, schwarzen Brille. Sie trug ein elegantes, taubengraues Kostüm.

»Treten Sie in den Zeugenstand, erheben Sie die rechte Hand und sehen Sie mich an«, forderte Waldron sie auf. Die Anwälte und der Richter befanden sich in einer Anhörung nach Artikel 39(a), die der Beweisaufnahme diente. »Schwören Sie, die Wahrheit und nichts als die Wahrheit zu sagen, so wahr Ihnen Gott helfe?«

»Ich schwöre.«

Claire ging mit Leonore Eitel deren umfangreiche und beeindruckende Qualifikationen durch. Dann sagte Ms. Eitel aus, die Stimme auf dem Band gehöre tatsächlich Ronald M. Kubik, alias Thomas Chapman.

»Können Sie uns sonst noch etwas über dieses Tonband erzählen, Ms. Eitel?« fragte Claire.

»Ich habe mit einem Spektrum-Analysator ein Brummen von sechzig Schwingungen pro Sekunde ausgemacht.«

»Was hat das zu bedeuten?«

»Dieses Geräusch entsteht, wenn ein Gerät ans Stromnetz angeschlossen ist. Daraus können wir entnehmen, daß die

Stimme mittels eines Recorders mit Netzgerät, nicht mit einem batteriebetriebenen aufgenommen wurde.«

»Könnte das Brummen nicht auch vom Recorder des Funkbataillons stammen, der den Funkspruch aufzeichnete?«

»Nein. Wäre die Stimme des Sprechers mit einem Feldfunkgerät gesendet und dann aufgenommen worden, hätte ich das Brummen nicht gehört. Ich kann Ihnen das genau demonstrieren.«

»Danke, aber gehen wir zuerst einmal weiter. Könnte das Brummen beim Kopieren des Originals entstanden sein?«

»Nein, ich werde Ihnen erklären ...«

»Später. Was ist Ihnen sonst noch aufgefallen?«

»Die Bandbreite unterschied sich von der, die man bei einer per Funk übertragenen Stimme erwarten würde. Das Stimmspektrum und auch die Besonderheiten des Mikrophons wiesen eine eindeutige Differenz zu den Frequenzen auf, die sich sonst bei einer Funkübertragung beobachten lassen.«

»Ist das alles?«

»O nein. Es fehlten Merkmale, die eigentlich hätten vorhanden sein müssen.«

»Zum Beispiel?«

»Das Einrichten des Mikrophons am Feldfunkgerät, das Geräusch des Knopfes also, den man drücken muß, um zu senden oder zu empfangen. Dieses Geräusch war nicht vorhanden.«

»Und weiter?«

»Digitale Charakteristika, die es bei einem Analogband eigentlich nicht geben dürfte. Das ist ein eindeutiges Warnsignal. In den oberen Frequenzen entdeckte ich umgedrehte, V-förmige Ausschläge, unerklärliche Spitzen im Abstand von etwa anderthalb Zentimetern. Diese akustischen Merkmale finden sich normalerweise nicht bei Sprache, die auf ein Analogband aufgenommen wurde, sondern nur bei Computeraufzeichnungen.«

»Computer?«

»Richtig.«

»Was hat das zu bedeuten?«

»Daß dieses Band per Computer hergestellt wurde. Mit einer Schneidesoftware hat man Wörter und Sätze zusammengefügt. Ich würde vermuten, daß der Proband diese Wörter tatsächlich gesagt hat, allerdings in einem völlig anderen Zusammenhang. Vielleicht während einer Vernehmung oder im Gespräch. Ich muß mit neunundneunzigprozentiger Wahrscheinlichkeit annehmen, daß es sich bei diesem Band um eine Fälschung handelt. Eine sehr geschickte zwar – wirklich ausgezeichnet gemacht –, aber dennoch um eine Fälschung.«

Im Gerichtssaal machte sich Unruhe breit. Farrell schlug mit dem Hammer auf den Tisch. »Ruhe!« brüllte er. »Ich verlange Ruhe! Herr Ankläger?«

Waldron wirkte zornig und beschämt. Er hob beschwichtigend die Hände. »Euer Ehren«, sagte er, »wir hatten keine Ahnung, daß dieses Band gefälscht ist. Wir haben es in gutem Glauben als Beweisstück vorgelegt und ziehen es hiermit zurück...«

»Sie hatten die Pflicht, das Band auf seine Echtheit zu überprüfen, bevor Sie es dem Gericht vorlegten!« rief Farrell.

»Sir, wir sind ebenso überrascht wie Sie«, protestierte Waldron. »Wir hatten keinen Anlaß zu der Vermutung...«

»Setzen Sie sich, Herr Ankläger! Ich bin empört. Ich habe Sie aufgefordert, diesen Prozeß korrekt zu führen. Und was tun Sie? Zuerst laden Sie einen General vor, der einen Meineid schwört und sich wie ein gewöhnlicher Drogendealer auf den fünften Verfassungszusatz beruft. Dann präsentieren Sie uns dieses Band und bitten mich nicht einmal um die Zeit, es zu prüfen. Sie lassen mir keine andere Wahl. Ms. Chapman, wollen Sie einen Antrag auf nicht schuldig in allen Punkten der Anklage stellen?«

Sprachlos starrte Claire den Richter an. Sie stand auf. »Äh... ja, Euer Ehren.«

»Dem Antrag wird stattgegeben«, verkündete Farrell. »Ich befinde Sergeant Ronald Kubik als nicht schuldig in allen Anklagepunkten.« Er schlug heftig mit dem Hammer auf den Tisch. »Die Anklage wird angewiesen, das Ergebnis dieser Verhandlung schriftlich festzuhalten. Der Beschuldigte wird ins Gefängnis zurückgebracht, um die Formalitäten der Haftentlassung zu erledigen. Die Verhandlung ist geschlossen.« Er ließ noch einmal den Hammer niedersausen und erhob sich.

Die Zeit schien stehenzubleiben.

Um Claire herrschte Aufruhr, und trotzdem kam es ihr vor, als liefe alles gedämpft und in Zeitlupe ab. Sogar das Licht wirkte dunstig wie durch eine beschlagene Linse. Ihr Kostüm war schweißnaß, und sie bewegte sich langsam, wie unter Wasser. Sie lachte, bis ihr die Tränen kamen, umarmte erst Tom, dann Grimes und schließlich Devereaux, der sie fast erdrückt hätte. Auch Tom weinte, was ihm offenbar peinlich war. Als Claire ihrem Mann noch einmal um den Hals fiel, sah sie Waldron vorbeistürmen. Plötzlich jedoch hielt er inne, kehrte um und wartete, während Tom Claire den Rücken tätschelte und sagte: »Du hast mir das Leben gerettet, Claire.« Ein seltsames Gefühl ergriff sie: Erleichterung, Erschöpfung – aber merkwürdigerweise auch Niedergeschlagenheit und innere Anspannung.

»Frau Verteidigerin«, sagte Waldron kühl. »Meinen Glückwunsch.« Ohne zu lächeln, streckte er ihr die Hand entgegen.

Claire löste sich aus Toms Armen und reichte ihm die ihre. »Danke«, meinte sie und gab sich großzügig. »Sie haben gute Arbeit geleistet. Abgesehen von den Beweisstücken, doch ich vermute, das war wirklich nicht Ihr Fehler.«

»Das stimmt. Darf ich Sie Claire nennen?«

Sie zuckte die Achseln.

»Sie waren eine furchterregende Gegnerin, Claire, und ich hoffe, daß wir nie mehr im Gerichtssaal miteinander zu tun haben werden.«

»Das geht mir genauso, glauben Sie mir«, entgegnete sie. »Können wir uns kurz unter vier Augen unterhalten?«

Waldron wirkte überrascht. »Selbstverständlich.«

Sie suchten sich eine ruhige Ecke im Gerichtssaal.

»Hoffentlich glauben Sie nicht, daß ich hinter dem gefälschten Tonband stecke«, begann er.

Sie wich seinem Blick aus. »Lassen Sie es mich einmal so ausdrücken«, meinte sie. »Ich glaube nicht, daß es Ihre Idee war, mein Haus zu verwanzen, aber Sie hatten keine Skrupel, alle verfügbaren Informationen zu nutzen.« Waldron verzog keine Miene. Aber er musterte sie fragend. »Meiner Ansicht nach wollten eine Menge Leute, daß Sie diesen Prozeß gewinnen. General Marks zum Beispiel.« Sie lächelte ihn zuckersüß an.

In Waldrons scharfgeschnittenem Gesicht malte sich Ärger. »Man hat mir das Band zugespielt«, antwortete er. »Glauben Sie mir, ich hätte es nie benutzt, wenn ich auch nur den leisesten Verdacht gehabt hätte, daß es gefälscht ist. Übrigens: Er hat sich umgebracht.«

»Wer?«

»General Marks hat sich vor zwei Stunden in seinem Büro im Pentagon erschossen. Mit seinem Dienstrevolver. In voller Ausgehuniform.«

Claire erbleichte. »Wie bitte?«

»Er wußte, daß seine Karriere ruiniert war und daß er mit einer Anklage rechnen mußte«, erklärte Waldron. »Und dem wollte er sich nicht stellen.«

»Schade, daß er den Freispruch nicht mehr erlebt hat«, sagte Claire.

»Es war nicht seine Idee, Ihren Mann vor ein Kriegsgericht zu stellen.«

»Wessen dann?«

»Offiziell die des Staatssekretärs der Army, der als einziger dem General vorgesetzt war. Außerdem hat er Marks nie sehr gemocht. Aber ich wette, daß der Staatssekretär von anderen Leuten überredet wurde, das Kriegsgericht einzuberufen. Von Rivalen des Generals nämlich. Um wen es sich handelt, werden wir wissen, wenn Marks' Nachfolger zum Stabschef der Army ernannt wird. Er hatte einflußreiche Feinde.«

»Also wollten seine Feinde einen Prozeß vor dem Kriegsgericht«, sagte Claire und blickte ins Leere, »um zumindest im kleinen Kreis bekanntzumachen, daß General Marks wahrscheinlich die Tötung der Dorfbewohner angeordnet hat. Außerdem würde, wie seine Feinde wußten, bei einem Kriegsgerichtsprozeß herauskommen, daß Marks vor dem Kongreß gelogen hat. Daß er sogar seine Aktennotiz vernichten ließ. Daß er über das Massaker dreizehn Jahre lang die Unwahrheit sagte. Sie wußten, seine Verbrechen würden aufgedeckt werden.« Sie sah Waldron an. »Und dennoch mußte das Verfahren geheim bleiben, unter Ausschluß der Öffentlichkeit, nur militärischen Beobachtern zugänglich ...«

»Wenn sich herumgesprochen hätte, daß die Army siebenundachtzig Zivilisten abgeschlachtet und diesen Umstand dreizehn Jahre lang vertuscht hat, wären die internationalen Folgen unabsehbar gewesen.«

Claire nickte. »Und nun fügen sich die Teile des Puzzles allmählich zusammen.« Sie reichte ihm ein Blatt Papier.

»Was ist das?« fragte Waldron und überflog es. »Irgendein medizinischer Bericht. Warum ...?«

»Lesen Sie.«

»Es geht wohl um Hernandez. Um eine Augenverletzung?

»Sie wissen doch, daß er unter dem Auge eine Narbe hat. Er hat sie sich 1985 zugezogen. In La Colina.«

»Na und?« meinte Waldron, immer noch verwirrt. »Er hat die Wunde in der Krankenstation von Fort Bragg behandeln lassen.«

»Kurz nach dem Massaker. Es liegt ein Vermerk des Augenarztes und des Chirurgen bei.«

»Verbrennung und Verletzung des weichen Gewebes unter dem rechten Auge; der Lidrand ist nicht betroffen ...«, las Waldron. »Warum ist es so wichtig, daß er in La Colina verwundet wurde?«

»In seiner unter Eid abgelegten Aussage hat er behauptet, er hätte im Dorf keinen einzigen Schuß abgefeuert«, meinte Claire. »Und jetzt lesen Sie, was der Army-Chirurg geschrieben hat. Er hat genau festgehalten, was Hernandez ihm berichtete. Wir haben uns mit dem Arzt in Verbindung gesetzt, und er ist bereit, alles zu bestätigen.«

Waldron studierte das Schriftstück und blickte dann überrascht auf. »Hernandez wurde von einer glühenden Geschoßhülse direkt unter dem rechten Auge getroffen. Sie wurde ausgeworfen, als er aus seinem M-60 etwa zweihundert Schuß abfeuerte. Möglicherweise war sein Lauf überhitzt, oder er hat die Waffe zu schnell herumgerissen ... Oh, mein Gott, Ihr Mann ist ja tatsächlich unschuldig!«

Claire nickte.

»Mein Gott«, stöhnte Waldron. Er winkte Hogan zu sich heran. »Rufen Sie den CID an«, befahl er. »Sie müssen eine Verhaftung vornehmen.« Dann wandte er sich wieder Claire zu. »Ich ... weiß nicht, was ich sagen soll.«

»Schnappen Sie sich einfach den Schuldigen«, entgegnete sie und ging wieder zurück zu Tom.

Benommen traten sie aus dem Gerichtsgebäude in die gleißende Frühsommersonne. Man hatte Tom zwar noch nicht die Fesseln abgenommen, doch so lief es nun einmal beim Militär. Sie setzten sich auf die Stufen vor dem Gebäude neben den weißen Transporter. Die Wachen hielten diskret Abstand. Tom weinte wieder.

Grimes kam auf sie zu. »Hallo, Leute«, sagte er leise. »Ich glaube, ich werde mich jetzt verabschieden.«

Claire und Tom standen auf, und Claire umarmte den Anwalt. »Ich werde Sie vermissen«, meinte sie. »Vielen Dank.«

»Aber, aber«, widersprach Grimes. »Eigentlich sollte ich Ihnen danken. Endlich habe ich diesen Mistkerlen eins ausgewischt.« Als er bemerkte, daß Claire weinte, fügte er lachend hinzu: »Warten Sie nur, bis Sie meine Rechnung kriegen. Dann haben Sie wirklich Grund zum Heulen.«

Nachdem Waldron mit den notwendigen Dokumenten zurückgekehrt war, stiegen Claire und Tom in den weißen Transporter und wurden zum Gefängnis gefahren. Die nächste Stunde verbrachten sie mit Unmengen von Formalitäten. Die Entlassungspapiere wurden vorbereitet. Man führte Tom in seine Zelle, um seine Sachen zusammenzupacken. Dann schickte man ihn auf die Krankenstation, wo er seine Krankenakte holen mußte, und schließlich in die Poststelle, damit er seine neue Adresse angeben konnte. Lauter Nebensächlichkeiten, die erledigt werden wollten. Endlich stand er vor dem Gefängnisdirektor, der ihm die Entlassungspapiere aushändigte. Claire wartete. Obwohl sie sich alle Mühe gab, ruhig zu bleiben, überschlugen sich ihre Gedanken. Schließlich wurde Tom hereingeführt. Man nahm ihm die Gefängnisuniform ab und gab ihm seine Zivilkleidung – einschließlich des frischgebügelten Anzugs, den Jackie aus Cambridge mitgebracht hatte.

Und eine Stunde später war Tom – nun wieder ansehnlich in einem anthrazitfarbenen Armani-Anzug mit grüner Krawatte – ein freier Mann.

Hand in Hand verließen sie das Gefängnis. Claire spürte den warmen Sonnenschein auf ihren Gesicht. Der Duft frisch gemähten Grases lag in der Luft.

»Hallo, Liebling«, sagte Tom.

»Hallo.« Sie hob den Kopf und küßte ihn.

Seine Stimme war leise und zärtlich. »Du hast mir das Leben gerettet.

»War doch weiter nichts dabei.« Sie lächelte. »Und ich habe noch eine gute Nachricht für dich. Wir haben Beweise, daß Hernandez der Täter ist.« Sie erklärte ihm alles.

Zuerst schien er nicht zu begreifen, doch dann erhellte sich seine Miene. »Ich wette, Waldron wird die Angelegenheit unter den Teppich kehren.«

Sie schüttelte den Kopf. »Er hat sich bereits mit dem CID in Verbindung gesetzt. Sie werden Hernandez festnehmen und verhören. Ich schätze, daß er in einem halben Jahr auf dem Weg nach Leavenworth ist.«

»Oder noch schneller, falls Farrell den Vorsitz führt. Ich liebe dich.« Tom küßte sie noch einmal, diesmal leidenschaftlicher. »Und wir sind wieder eine Familie.«

Sie drückte seine Hand. »Wir müssen packen«, meinte sie. »Aber zuerst wird gefeiert.«

Endlich konnte sie wieder zuversichtlich in die Zukunft blicken.

49

Wer möchte noch Paella?« rief Tom und sah sich am vollbesetzten Tisch um. Er schwenkte eine riesige, silberne Schöpfkelle über der gewaltigen Porzellanschüssel, die mit Hummer, Pfahlmuscheln, Venusmuscheln, Hühnchen, Shrimps, Reis, Zwiebeln, Knoblauch und weiteren Köstlichkeiten gefüllt war. Tom machte die beste Paella, die Claire je gegessen hatte, seine besondere Spezialtät, wenn Gäste kamen.

Am Tisch in Cambridge saßen Ray Devereaux, seine Freundin, mit der er sich gerade wieder einmal vertrug, Toms Chefmakler, der dunkelhaarige, attraktive Jeff Rosenthal, und dessen neueste Flamme, dazu der graubärtige, pummelige Abe Margolis von der juristischen Fakultät mit Frau und Claires beste Freundin Jennifer Evans. Sie war gertenschlank, sonnengebräunt und Mitte Vierzig und trug ihr glattes dunkles Haar in einem Pagenschnitt wie Louise Brooks. Da sie zur Zeit – wie so häufig – keine Lust auf Männer hatte, war sie allein gekommen. Jackie, die neben Claire saß, wirkte müde, geistesabwesend und schlecht gelaunt. Annie, deren weißes Matrosenkleidchen bereits

Safranflecken hatte, hockte auf Toms Schoß und ließ sich von ihm vorsingen. Sie sah so zart und unbeschreiblich hübsch aus.

»Für mich nichts mehr«, sagte Ray. »Das ist schon mein vierter Teller.«

»Ich nehme noch etwas«, meinte Jeff und griff nach der Schöpfkelle, um sich zu bedienen.

Sie feierten Toms Rückkehr von einer langen Geschäftsreise auf die Kanaren, wo er ein wichtiges Joint-venture-Projekt begutachtet hatte. Keiner der Anwesenden schien diese Geschichte in Frage zu stellen.

»Möchtest du lieber Rotwein?« fragte Claire Julia Margolis, eine üppige, noch immer attraktive Brünette Ende Fünfzig, die gerade an ihrem Weißweinglas nippte. »Oder willst du bei einer Farbe bleiben?« Sie zwinkerte Tom unmerklich zu.

»Gieß einfach nach«, sagte Julia und hielt ihr das Glas hin. »Dann wird es eben ein Rosé.« Claire, die schon einiges intus hatte, bemühte sich, nichts zu verschütten. »Ins Glas, wenn es dir nichts ausmacht«, witzelte Julia Margolis.

»Für mich auch ein Schlückchen«, meldete sich Devereaux. »Ist das Chablis?«

»Merlot«, antwortete Claire. »Warst nah dran.«

»Für mich ist Wein eben Wein«, sagte Devereaux. »Nur daß manche Flaschen Korken haben und manche einen Drehverschluß.«

Tom ließ Annie auf dem Knie reiten und sang dabei ein improvisiertes Lied. »Wenn du froh bist, und du weißt es, dann bohr in der Nase …«

»Nein!« kreischte Annie. »Das stimmt nicht. Es heißt ›Dann klatsch in die Hände!‹«

»Wenn du froh bist, und du weißt es, dann bohr in der Nase!« sang Tom aus vollem Halse. Er hatte einen angenehmen Bariton.

»Nein!« quietsche Annie. »Du kannst den Text ja gar nicht!«

Er hob sie hoch in die Luft. »Ich hab dich so lieb, Annie-Schatz!« rief er.

»Hey, Tom«, sagte Jen Evans. »Während du weg warst, hat im South End ein neues Restaurant aufgemacht.«

»Schon wieder?« stöhnte Jeff Rosenthal. »Erinnert ihr euch noch daran, als das South End ein heruntergekommenes Slumviertel war? Heute kann man kaum noch die Columbus Avenue entlanglaufen, ohne über einen Arugulabusch zu stolpern.«

»Arugula wächst nicht auf Büschen«, wandte seine neueste Flamme, die hübsche, blonde Candy, im Brustton der Überzeugung ein.

»Ach, wirklich?« Jeff wirkte peinlich berührt. Offensichtlich war seine Leidenschaft für Candy schon ziemlich abgekühlt. »Dann ist es eben ein anderes Unkraut. Irgendwas, das die Italiener in ihren Blumengärten ausrupfen, in Säcke stopfen und nach Amerika exportieren. Und dabei lachen sie sich tot über uns.«

Candy riß die Augen auf und schüttelte den Kopf. »Es ist kein Unkraut, Jeff!« verbesserte sie ihn. »Man kann es im Supermarkt kaufen. Das habe ich selbst gesehen!«

Jackie verdrehte nur die Augen.

»In diesem Restaurant ist es so laut«, fuhr Jeff fort, »daß man praktisch Ohrenschützer tragen muß wie die Arbeiter am Flughafen. Außerdem kriegt man weder Wasser noch einen Brotkorb, wenn man nicht extra drum bittet. Als ob sie daran bankrott gehen würden.«

»Wenn du froh bist, und du weißt es«, sang Tom.

»Nein! Nein!« rief Annie aufgeregt. »Das ist auch falsch!«

»Was sagt ihr denn zu der Geschichte von dem General, der sich selbst das Hirn weggepustet hat?« fragte Abe Margolis. General William Marks' Selbstmord war die Titelgeschichte in sämtlichen Medien. »Wie hieß er noch mal? Wahrscheinlich kommt die richtige Story erst noch. Bestimmt drohte ihm ein Skandalprozeß wegen sexueller Belästigung oder so was.«

»Vielleicht Erpressung«, schlug Jeff vor.

»Mein Gott, ein Mann in Uniform hat einfach etwas an sich«, hauchte die vollbusige Julia Margolis und grinste lüstern. »Diese Typen können eben die Hosen nicht anbehalten.«

Claire und Tom wechselten einen Blick. Devereaux starrte auf seinen halbvollen Teller. Kurze Zeit herrschte Schweigen am Tisch.

»Nun«, meinte Claire und stand auf. »Was haltet ihr von etwas Mineralwasser?«

Einige meldeten sich, und Claire ging in die Küche. Tom setzte Annie ab. »Ich helfe dir mit den Gläsern«, sagte er und folgte Claire.

Tom legte die Arme um Claire, die gerade die leuchtend blauen Flaschen mit dem vollkommen überteuerten walisischen Mineralwasser aus dem Kühlschrank holte. »Hallo, Schatz«, flüsterte er.

»Hallo.« Sie hob den Kopf, um ihn zu küssen.

»Abe glaubt, daß Harvard mich doch nicht feuern wird«, meinte sie dann. »Er sagt, Dekan Englander habe sich sehr für mich eingesetzt und die anderen überzeugt.«

»Das sieht Englander ähnlich. Er ist eben ein guter Politker.«

Als das Telefon läutete, rührte sich keiner von beiden.

Aber Jackie stand auf und ging an den Apparat. »Einen Moment«, sagte sie in den Hörer. »Es ist für dich, Claire. Terry Embry!«

»Terry Embry?« wunderte sich Claire. Achselzuckend nahm Tom ihr die Flaschen ab.

Claire griff zum Hörer. »Terry?«

»Tut mir furchtbar leid, Sie zu stören, Claire. Klingt, als hätten Sie eine Party. Entschuldigen Sie.«

»Kein Problem, Terry. Was ist denn los?«

»Ich habe die Sachen besorgt, die Sie haben wollten. Die Besucherbücher und so weiter. Ich schicke Ihnen alles per Kurier.«

»In mein Büro bitte.« Sie gab ihm die Adresse. »Und vielen Dank.«

»Wissen Sie, daß Hernandez verschwunden ist? Sie wollten ihn zum Verhör abholen, aber er scheint wie vom Erdboden verschluckt.«

»Sie kriegen ihn schon.«

Claire legte auf und suchte die Wassergläser zusammen.

50

Es klopfte an der Tür von Claires Büro. Connie, ihre Sekretärin, steckte den Kopf herein. »Haben Sie Zeit, noch mehr Post und Nachrichten durchzuarbeiten?« fragte sie. Claire blickte von dem Artikel aus einer Fachzeitschrift auf, den ein Student sie zu lesen gebeten hatte. Sie lächelte geistesabwesend und nickte dann.

»Der Papierkram türmt sich.« Connie setzte sich neben Claires Schreibtisch und legte einen Packen Briefe ab. »Wenn wir uns eine Stunde morgens und eine Stunde nachmittags Ihrer Post und den Anrufen widmen, haben wir den Rückstand vielleicht bis Anfang nächsten Jahres aufgeholt.« Sie schüttelte den Kopf.

Claire bemerkte den großen, weißen Pappumschlag mit dem orangeblauen Logo von Federal Express. »Ist das für mich?«

»Ja, ist eben gekommen.« Connie gab ihr das Kuvert.

Der Absender war Terry Embry. Claire öffnete den Umschlag.

Sie holte tief Luft. »Connie, ich glaube, das mit der Post klappt jetzt doch nicht.«

Connie blickte sie verwundert an. »Okay«, meinte sie. »Sagen Sie mir Bescheid, wenn es Ihnen paßt.« Zögernd ging sie hinaus und blickte sich noch einmal um, bevor sie die Tür hinter sich schloß.

Claire betrachtete das kleine, viereckige Schwarzweißfoto, das aus einer Wehrdienstakte stammte. Es stellte einen jungen Soldaten mit dunklen Augen und dunklen Locken dar. Der Name lautete LENTINI, ROBERT.

Vor etwa einer Woche hatte Ray Devereaux das Personalbüro der Army gebeten, das Foto aus den Archiven herauszusuchen. Auf Claires Bitte hin hatte Embry es nun angefordert.

Sie wußte, wo sie Robert Lentini schon einmal gesehen hatte – obwohl er inzwischen kein Haar mehr auf dem Kopf hatte.

Robert Lentini war Dennis T. Mackie, Agent beim CIA.

Ihr Informant hatte seine frühere Identität abgestreift wie eine Klapperschlange die Haut.

Vielleicht war er ja schon immer Dennis T. Mackie gewesen. Vielleicht hatte er vor seinem Eintritt in Einheit 27 bereits dem CIA angehört und dort den Namen Lentini angenommen. Schließlich gehörte es zur Strategie des CIA, überall seine Leute einzuschleusen.

Ihr Informant.

Der Mann, der es geschafft hatte, General Marks' Aktennotiz aufzutreiben und dadurch die Karriere des Generals zu beenden.

Allmählich keimte ein schrecklicher Verdacht in Claire auf. Sie zog den kleinen, quadratischen Zettel hervor, der dem gefälschten Tonband beigefügt gewesen war. CENTRAL INTELLIGENCE AGENCY stand darauf.

Und darunter befanden sich hingekritzelte Initialen: DTM.

Das mußte Dennis T. Mackie heißen.

Er hatte eine Tonbandaufnahme von Tom zutage gefördert, auf der ihr Mann in ein Feldfunkgerät in El Salvador sprach. Er hatte dieses Band dem DIA in die Hände gespielt. Das Band war eine nachweisliche Fälschung, gut genug, um einer Überprüfung durch den Anklagevertreter standzuhalten, aber zu schlecht, um einen Experten zu täuschen. Und durch dieses gefälschte Beweisstück hatte sich das Blatt gewendet: Es hatte den Prozeß zu ihren Gunsten beeinflußt und Tom zur Freiheit verholfen.

Ihr schwindelte, und sie mußte aufstoßen. Ein widerlicher Geschmack machte sich in ihrem Mund breit.

Als sie mit dem Finger in den Umschlag tastete, stellte sie fest, daß sich noch etwas darin befand: ein zusammengehefteter Stoß Papier. Sie zog ihn heraus.

Sie hatte Embry gebeten, aus dem Besucherbuch des Gefängnisses in Quantico die Seiten der letzten Wochen zu kopieren. Jeder, der einen der Häftlinge sehen wollte, mußte sich in dieses Buch eintragen.

Es dauerte nur ein paar Sekunden, Dennis T. Mackies Unterschrift in der Spalte »Name des Besuchers« zu finden. Unter der Rubrik »Firma/Behörde« hatte er einen Strich gemacht. Insgesamt hatte Dennis T. Mackie Tom in den letzten beiden Wochen der Haft dreimal besucht.

Vielleicht gab es dafür eine Erklärung.

Sie rief Jackie an und bat sie, Annie abzuholen und sie über Nacht bei sich zu behalten.

Dann fragte sie Ray Devereaux telefonisch um Rat.

Auf schnellstem Wege fuhr sie nach Hause. Das Herz klopfte ihr bis zum Halse.

Tom war schon da.

Es roch köstlich nach Knoblauch.

»Sieht aus, als ob es nicht die Paella von gestern gibt«, witzelte Claire gezwungen, während sie den Aktenkoffer abstellte und ihre Jacke auszog.

»Linguini mit einer Sauce aus Venusmuscheln«, sagte er. Er küßte sie. »Dein Lieblingsessen. Hast du Hunger? Ich verschmachte.«

»Wunderbar.« Claire lächelte, obwohl sie überhaupt keinen Appetit hatte. Ihr Magen war so verkrampft, daß sie keinen Bissen heruntergebracht hätte.

»Wo ist meine Kleine?« fragte er, während er Nudeln und Salat verteilte.

»Sie wollte bei Jackie übernachten.«

»Sie hat Jackie wirklich ins Herz geschlossen.« Tom schob sich die erste Gabel Pasta in den Mund. »Entschuldige, daß ich schon anfange.«

»Mach nur.«

»Ißt du nichts?«

Sie spielte mit ihrer Serviette. »Tom, wir müssen miteinander reden.«

»Aha«, nuschelte er mit vollem Mund. Er kaute und schluckte den Bissen herunter. »Das klingt aber nicht sehr erfreulich.« Nachdem er ihr kurz zugelächelt hatte, trank er einen Schluck Mineralwasser und ließ es sich weiter schmecken.

»Wer ist Lentini?«

Toms Kauen wurde langsamer. »Ein Mitglied unserer Einheit«, antwortete er schließlich.

»Wie heißt er wirklich? Lentini oder Mackie?«

Tom trank einen Schluck und musterte sie über den Rand des Glases hinweg. »Was soll dieses Kreuzverhör, Claire? Der Prozeß ist vorbei.«

»Für mich nicht«, entgegnete sie ruhig.

Er schüttelte den Kopf.

»Liebst du mich, Tom?« fragte sie leise, fast flüsternd.

»Das weißt du doch.«

»Dann mußt du mir endlich die Wahrheit sagen.«

Er nickte und lächelte traurig. »Lentini – sein wirklicher Name ist Mackie, aber ich kannte ihn immer als Lentini – arbeitet eigentlich für den CIA. Auch schon damals, als er bei unserer Einheit war. Er hat mir erklärt, daß der CIA Marks für einen Gegner hielt, der ihnen in der Verwaltung Knüppel zwischen die Beine warf. Deshalb haben sie versucht, seine Ernennung zum Stabschef zu hintertreiben. Aber ich glaube, bei Lentini war es auch etwas Persönliches. Er verabscheute Marks genausosehr wie ich.«

»Hat er deshalb Waldron das gefälschte Band zugespielt? Um den Ankläger ins offene Messer rennen zu lassen?«

»Ist das jetzt noch wichtig?« Tom widmete sich wieder seinem Teller.

Es war totenstill im Zimmer.

»Aber ich möchte es gerne wissen: War es seine Idee oder deine?«

Er schüttelte den Kopf. »Claire, ich habe den Mann seit dreizehn Jahren nicht mehr gesehen.«

Claire spürte, wie sich Eiseskälte in ihrem Körper ausbreitete.

»Ich besitze Kopien des Besucherbuches aus dem Gefängnis«, sagte sie. »Er hat dich dreimal besucht.«

Er musterte sie prüfend. Offenbar ahnte er, daß alle Ausflüchte vergebens waren.

Langsam legte er das Besteck weg und seufzte tief. »Claire, Claire, seitdem ist doch schon so viel Zeit vergangen.«

»Du hast die Leute umgebracht«, flüsterte sie.

Er betrachtete sie nachdenklich. »Ich glaube, Marks wußte wirklich nicht, daß die Bauern unbewaffnet und völlig ungefährlich waren. Er war so erbittert über den Tod seines Freundes Arlen Ross in Zona Rosa, daß er durchgedreht ist. Als die Kacke später am Dampfen war, brauchte Marks einen Sündenbock. Er wollte die Schuld nicht auf sich nehmen und auch seinen Stellvertreter reinwaschen. Obwohl er Hernandez den Schießbefehl gegeben hatte. Mir wurde klar, daß mein Wort gegen das eines Majors stand, und natürlich würde Marks Hernandez' Aussage bestätigen. Da wußte ich, daß ich mich aus dem Staub machen mußte. Denn sie würden mir die Schuld in die Schuhe schieben. Genauso ist es ja auch gekommen. Seitdem haben Marks und Hernandez sich gegenseitig erpreßt. Als Komplizen sozusagen.«

»Aber du hast auch geschossen«, sagte Claire. »Du hast Hernandez geholfen, die Leute umzubringen.«

Tränen traten in Toms Augen. »Marks wußte, daß er sich auf mich verlassen konnte. Jeder in der Einheit außer mir und natürlich Hernandez hat sich geweigert.«

Er nahm ihre Hand, und seine Haut fühlte sich warm und feucht an. Sie zog die Hand zurück, als hätte sie sich verbrannt. Auf einmal fühlte sie sich unbeschreiblich müde. »Du hast gemeinsam mit Hernandez siebenundachtzig Menschen getötet.«

»Du mußt das in den richtigen Zusammenhang stellen, Claire. Diese Dorfbewohner haben uns ausgelacht und jegliche Kooperation verweigert. Ich mußte ein bißchen Druck ausüben.«

»Sie foltern.«

»Ein paar. Und danach konnte ich sie ja schlecht zurücklassen, damit sie sich bei irgendeinem Menschenrechtstribunal beschweren. So funktioniert das nicht. Man muß hinterher aufräumen. Ich hatte keine andere Wahl.«

Claire zitterte vor Kälte. Sie verschränkte die Arme vor der Brust.

»Marks wußte, daß er sich auf mich verlassen konnte«, wiederholte Tom. »Vor Vietnam haben sie mich einer ganzen Reihe von Tests unterzogen. Und dabei haben sie herausgefunden, daß es mir an der Fähigkeit mangelt, Mitgefühl zu empfinden. Das bedeutete, daß ich genau der richtige Mann für Liquidierungskommandos und später für Einheit 27 war. Ich konnte ohne Reue und Bedauern töten.«

Sie starrte ihn an und hatte das Gefühl, daß sich das Zimmer um sie drehte.

»Die Regierung brauchte Leute wie mich«, fuhr er fort. »Das war schon immer so. Männer, die Aufgaben erledigen, für die sich kein anderer findet. Und wenn man seinen Job gemacht hat, heißt es: *Wir sind ja so entsetzt über Ihr grausames Verbrechen. Und aus lauter Dankbarkeit lassen wir Sie für den Rest Ihres Lebens in Leavenworth schmoren.* Der Mohr hat seine Schuldigkeit getan. Nur weil ich Befehle befolgt habe, bin ich auf einmal ein Krimineller.«

Claire nickte. »Ich komme da nicht ganz mit, Tom. Laut Aussage des Ballistikexperten gab es nur einen Schützen. Alle Kugeln stammten aus demselben Lauf.«

»Alle Kugeln, die untersucht wurden. Ich habe dir doch bereits erklärt, daß es nicht meine Kugeln waren.«

»Das begreife ich nicht.« Claire gab sich Mühe, ihn zu verstehen, obwohl ihr der Schädel brummte.

Er zuckte die Achseln. »Das Aufräumen habe ich schon immer am liebsten selbst übernommen. Und ich habe stets meine eigene Munition benützt. Deutsche .38er Geschosse mit Stahlmantel. Die kann man mit einem Magneten leicht wieder einsammeln. Im Gegensatz zu den offiziellen Mistdingern aus Messing, die Hernandez genommen hat und die am Magneten nicht hängenbleiben. Ich habe den Tatort ordentlich abgesucht und alle Projektile und Geschoßhülsen mitgenommen. Schließlich wollte ich nicht meine Visitenkarte hinterlassen.«

Wieder nickte sie und schluckte. Dann stand sie auf und ging zum Telefon.

»Was hast du vor, Claire?« fragte er, folgte ihr und lächelte sie an. »Es ist vorbei. Schon vergessen? Ich bin freigesprochen worden.«

Sie nickte. »Natürlich«, sagte sie tonlos. Ihr war schwindelig, und sie mußte den Brechreiz unterdrücken. Dann griff sie zum Hörer und wählte eine siebenstellige Nummer.

»Dieses Gespräch bleibt unter uns, Claire«, meinte er. Seine Stimme klang nun weniger freundlich. »Du bist meine Anwältin und an das Anwaltsgeheimnis gebunden.«

Sie hörte das Freizeichen in der Leitung.

»Es ist ausgestanden, Claire. Kein Mensch kann wegen desselben Verbrechens zweimal vor Gericht kommen.«

Niemand hob ab. Wo steckte Devereaux bloß?

»Tu es nicht, Claire.« Tom drückte auf die Gabel.

Sie legte vorsichtig auf und sah sich in der hübsch möblierten Küche um. Wie oft waren sie, Tom und Annie hier beim Frühstück gesessen? Wie oft hatte Tom für seine

Frau und seine Stieftochter das Abendessen gekocht? Und die ganze Zeit über hatte er ihr nur Theater vorgespielt. Er hatte ihnen Sicherheit vorgegaukelt, und dabei hatten sie mit einem gefährlichen Geisteskranken zusammengelebt. »Du mußt dich stellen, Tom«, flüsterte sie.

»Das kommt nicht in Frage, Claire.«

Wieder streckte sie die Hand nach dem Telefon aus.

Er kam näher und versperrte ihr den Weg.

»Ich meine es ernst, Baby. Tu es nicht. Überleg doch mal, wieviel wir zusammen durchgemacht haben. Schau, was für ein schönes Leben wir beide führen.«

Langsam zog sie die Hand weg. »Du bist krank, Tom«, sagte sie ruhig.

»Wir sind eine Familie. Du, ich und Annie. Wir sind eine Familie.«

Claire nickte mechanisch. Dann griff sie wieder nach dem Hörer.

»Hör auf mich, Claire. Laß das. Denk an Annie. Es ist absolut überflüssig. Wir können wieder eine Familie werden.«

Mit tränenverschleiertem Blick schüttelte sie den Kopf und lauschte auf das Freizeichen.

Mit einer raschen Bewegung schlug er ihr den Hörer aus der Hand, so daß sie das Gleichgewicht verlor und zu Boden stürzte. Nachdem er die Gabel heruntergedrückt hatte, hängte er ein.

»Ich brauche dich, Claire!« rief er plötzlich.

Claire, die immer noch auf dem Küchenboden lag, blickte hinauf in sein gerötetes Gesicht. Sie zuckte zusammen. Tränen liefen ihr über die Wangen. Dann streckte sie die Hand nach ihrer Kostümjacke aus, zog das Mobiltelefon hervor und klappte es auf.

»Claire, Baby.« Sein Gesicht war schmerzverzerrt. »Das hätte ich nicht tun sollen. Entschuldige. Bitte, hör mir zu.«

Sie wählte eine Nummer, bemerkte aber, daß sie das Gerät nicht eingeschaltet hatte.

»Liebling«, sprach er weiter, beugte sich vor und stieß ihr das Mobiltelefon aus der Hand, so daß es klappernd auf die Fliesen fiel. »Hör doch zu. Wir können wieder eine Familie sein. Vergiß die Vergangenheit. Denk an Annie.«

Unter Tränen kroch sie über den Boden und griff nach dem Telefon. Diesmal trat er danach.

Ein heftiger Schmerz schoß durch ihren Arm. Sie rappelte sich auf und rannte zur Tür, doch er stellte sich ihr in den Weg.

»Du mußt dir darüber im klaren sein, daß ich einfach wieder verschwinden werde, wenn du mich dazu zwingst. Schließlich habe ich das schon öfter getan.« Sein Tonfall war ganz ruhig und gelassen. So, als würde er ihr nur versprechen, ein Problem im Haushalt in Angriff zu nehmen: eine kaputte Toilettenspülung, eine durchgebrannte Glühbirne oder eine Maus in der Küche zum Beispiel. »Ich möchte, daß du an Annie denkst und dir überlegst, was das Beste für sie ist.«

»Laß mich raus, du Mistkerl«, zischte sie.

»Ich weiß, daß du die richtige Entscheidung treffen wirst. Ich würde meinem kleinen Mädchen nie etwas antun, wenn es nicht absolut nötig ist. Niemals. Aber eines solltest du nicht vergessen: Deine Tochter und deine Schwester, die beiden Menschen, die dir auf der Welt am wichtigsten sind, würden keine ruhige Minute mehr haben. Ich mache mich aus dem Staub und verändere mich so, daß nicht einmal du mich wiedererkennst. Und deine Schwester und deine Tochter schweben dann in großer Gefahr.«

Entsetzt starrte sie ihn an. Sie begriff, daß das keine leeren Drohungen waren. Er meinte es ernst. Er würde ihr wirklich das nehmen, was ihr auf Erden das meiste bedeutete. Denn er kannte weder Schuldgefühle noch Reue. Für ihn war das alles ein Kinderspiel. Wieder erschauderte sie.

»Ständig in Sorge leben zu müssen ist eine ganz besondere Form der Hölle«, fuhr er fort. »Das würde dir ganz bestimmt nicht gefallen.«

Als es an der Tür klingelte, hallte die Glocke durchs stille Haus. Claire drängte sich an Tom vorbei und öffnete. Hinter sich hörte sie am Rascheln seiner Kleidung, daß er ihr folgte. Erst in diesem Moment spürte sie, wie schnell ihr Herz schlug.

In Devereaux' Hand wirkte die Pistole winzig.

»Habe ich dir nicht gesagt, du sollst die Anrufer-Identifikation ausschalten?« sagte Devereaux. »Bei mir klingelt das Telefon, und dann legt der Anrufer auf. Und ich kann es nicht ausstehen, wenn die Leute auflegen. Dann merke ich, daß es deine Nummer ist. Was ist denn los?«

»Alles in Ordnung«, sagte Tom. »Nichts passiert.«

Devereaux warf Claire einen fragenden Blick zu. »Was ist, Claire?«

Hilfesuchend sah Claire ihn an. »Ray«, flehte sie.

Und plötzlich knallten hinter Devereaux eine Reihe von Schüssen. Sein weißes Hemd verfärbte sich blutrot. Claire schrie auf, während Tom zurückwich und sich aufmerksam umschaute. Mit einem Stöhnen griff Devereaux sich an den gewaltigen Wanst, kippte um und stürzte zu Boden.

Weinend warf Claire sich neben ihm nieder und bettete seinen Kopf auf ihren Schoß. Er lebte noch, hatte aber starke Schmerzen. Das Blut quoll ihm aus der Brust.

Als sie aufblickte, sah sie Colonel James Hernandez hereinkommen. Er hatte eine Pistole in der Hand und trug Jeans und ein Sweatshirt.

»Hallo, Ronny, alter Junge«, begrüßte er Tom. »Ist fast so wie in alten Zeiten.«

Tom entspannte sich. »Scheiß auf die alten Zeiten«, sagte er. »Warum mußtest du die Geschichte mit dem Hund ausplaudern, Jimmy? Und das mit der Folter.«

Hernandez trat ein. »Komm schon, Kumpel«, meinte er. »Du wußtest doch, daß Lentinis falsches Tonband die Sache beenden würde. Ich wollte nur, daß sie mich in Ruhe lassen. Und wo ist mein Dankeschön? Ich habe dir eben das Leben gerettet.« Er hielt eine Hand hoch, und Tom klatschte mit der Handfläche dagegen.

»Wie ich damals deins in Nicaragua, Jimmy«, antwortete er.

Claire starrte die beiden ungläubig an.

»Jimmy, du kümmerst dich um den Fettsack da. Mach den Dreck sauber. Claire und ich haben was zu bereden. Und dann verdrückst du dich besser. Dir sind eine Menge Leute auf den Fersen.« Tom legte den Arm um Hernandez. »Der Trick mit dem Jeep in Maryland war nicht das Wahre. Du hättest beinahe meine Frau umgebracht, und ich brauche sie noch.«

»Das war ich nicht«, protestierte Hernandez. »Vielleicht jemand anderer von den Special Forces, aber nicht …«

Metall blitzte auf, als Devereaux plötzlich die Hand hob. Die Kugel traf Hernandez in den Kopf. Er stürzte leblos zu Boden.

Auf das Geräusch hin wirbelte Tom herum. Und als er sah, was geschehen war, stürzte er auf seinen toten Komplizen zu.

Im gleichen Moment spürte Claire etwas Kaltes, Hartes in ihrer Hand: Devereaux schob ihr die Pistole hinüber.

Doch Tom hatte es bemerkt und schüttelte enttäuscht den Kopf. »Tut mir leid, Claire«, sagte er spöttisch. »Jetzt hilft dir niemand mehr.«

Sie zögerte und betrachtete ihn wie durch einen Nebel. Als sie den Mund öffnete, brachte sie kein Wort heraus.

Dann hob sie die Pistole und rappelte sich gleichzeitig auf. Ihre Finger waren kaum lang genug, um den Abzug zu erreichen. Sie umklammerte die Waffe mit beiden Händen und zielte auf Toms Brust.

Tom packte Hernandez' Pistole und richtete diese auf sie. Als er sie anlächelte, sah er einen Augenblick lang aus wie der wundervolle Mann, den sie einmal geliebt hatte. »Du willst mir doch nicht weh tun«, sagte er.

Sie erschauerte und hatte Mühe geradeaus zu schauen.

Sein Lächeln verschwand. Jetzt war er wieder ein Fremder – oder der Mann, der er schon immer gewesen war. »Du kannst mit diesem Ding sowieso nicht umgehen.«

»Das wird sich herausstellen«, antwortete sie.

Er musterte sie prüfend und drückte ab.

Ein Klicken war zu hören.

An seinem Blick erkannte Claire, daß keine Munition mehr in der Waffe war. Hernandez hatte die letzten vier Kugeln verbraucht. Tom ließ die Waffe fallen und sah sich nach einem Ersatz um.

»Bleib stehen, Tom«, sagte sie.

»Du wirst nicht auf mich schießen«, entgegnete er, während sein Blick durch den Vorraum schweifte. »Du bist Anwältin. Du hältst dich an die Regeln.« Wieder schien er zusammenzuzucken. »Ich weiß, daß du dich richtig entscheiden wirst. Wegen Annie.«

Sie bemerkte, daß er etwas entdeckt hatte. Als sie seinem Blick folgte, sah sie die kleine Marmorstatue auf dem Flurtisch. Er machte einen Satz darauf zu. Claire holte tief Luft. »Du hast recht«, sagte sie und drückte ab. Durch den Rückstoß wurde ihr fast die Waffe aus der Hand geschleudert. Ein hellroter Blutfleck erschien mitten auf seiner Brust. Mit einem schrecklichen Schrei sank er zu Boden. Sie zielte noch einmal und schoß. Wieder schlug die Kugel in seine Brust ein. Als sie seine blicklosen Augen sah, wußte sie, daß er tot war.

Zuerst begannen ihre Hände zu zittern, dann ihre Schultern, und schließlich bebte ihr ganzer Körper. Sie mußte sich setzen.

Ein Schluchzen stieg in ihr auf, und sie weinte wie noch nie zuvor in ihrem Leben.

Da bemerkte sie, daß sie in Toms Blut kniete, das aus seiner Brustwunde quoll und in den feinen, grauen Wollstoff ihres Rockes sickerte.

In der Ferne wurde das Heulen der Sirenen lauter. Der Geruch nach Kordit und Blut stieg ihr in die Nase. Als sie an Annie dachte, die ebenso vertrauensselig gewesen war wie sie, weinte sie noch heftiger. Ihr Leben würde nie wieder so sein wie zuvor. Und doch fühlte sich Claire zum erstenmal seit langem endlich sicher.